クイントス・スミュルナイオス

ホメロス後日譚

西洋古典叢書

凡　例

一、翻訳にあたっては、ヴィアンの校訂本（F. Vian (ed. et tr.), *Quintus de Smyrne: La suite d'Homère.* (Les Belles Lettres), 3 vols. Paris 1963-69）を底本として用いた。

二、原文はヘクサメトロスの韻律で書かれており、可能な範囲で行ごとに対応するように訳出した。訳文欄外下部の漢数字は行番号を示す。

三、固有名詞は原則として原文に出る形をそのまま用いたが、慣例に従ったものもいくつかある。また、「トレイケ（＝トラキア）」のように、読者になじみがないと思われる形については、脚註で説明を付した。

四、解説で参照されるラテン文学の固有名詞のうち、ギリシア文学と共通のものについては原則としてギリシア語形を用いた。ただし、「アエネアス」のようにラテン語形にした場合もある。

五、ギリシア語の固有名詞のカナ表記については次の原則に従った。なお、巻末に「固有名詞一覧」を付し、簡単な説明とともに原綴りを記した。

(1) θ, ϕ, χ は τ, π, κ と同音に扱う。

(2) $\pi\pi, \sigma\sigma, \tau\theta$ は「ッ」音で表わす。ただし、$\lambda\lambda, \rho\rho$ は「ッ」を省く。

(3) 本叢書の原則に従い、固有名詞の母音の音引きは省略した。ただし、「テーベ」などのように、慣例に従って音引きを施した場合も少数ある。
六、「暁女神」のように、漢字だけで訳される神の名については原語の読みをルビで付した。
七、テクストにある（　）はそのまま本文に用いた。なお原語併記の（　）については活字のポイントを下げた。
八、本文中、［　］の記号はテクストの真正に疑義のある箇所ないしはテクストが壊れていてそのままでは意味が通らない箇所を示す。なお、訳者による補訳はポイントを下げた［　］で示した。
九、本文中、〈　〉の記号は校訂者による挿入語句であることを示す。

目次

ホメロス後日譚

北見紀子 訳

第一歌

梗　概

トロイエの王子パリスに奪われた絶世の美女ヘレネを取り返すため、彼女の夫メネラオスとその兄アガメムノン王はアカイア（ギリシア）の王たちを率いてトロイエと戦っている。戦争は十年目にいたって、パリスの兄であるトロイエの最強の将ヘクトルがアカイア随一の英雄アキレウスに討たれ、トロイエ方が戦意を失っているところから物語が始まる。

窮地に陥ったトロイエを助けるべく、アマゾンの女王ペンテシレイアが加勢に訪れ、トロイエ王プリアモスの歓待を受ける。彼女は戦死する運命にあったが、それを知らずに奮戦を続けて多くの敵を殺し、アカイア軍を追いつめる。状況の異変に気づいたアキレウスが参戦してペンテシレイアを討ち取る。しかしアキレウスは死んだ彼女の美しさに打たれ、深く悲しむ。そのために味方のテルシテスの嘲笑を受け、彼を殺す。ペンテシレイアを敬っていたトロイエの人々はアカイア方の許可を得て彼女の葬礼を丁重にとり行なう。

神にもまがうヘクトルがペレウスの子［アキレウス］に討たれ、
火葬壇が遺体を焼きつくし、大地が遺骨をおおい隠した、
そのときからトロイエの人々はプリアモスの都に閉じこもっていた、
心根も大胆な、アイアコスの孫［アキレウス］[1]の大いなる武勇を恐れて。
あたかも牝牛たちが茂みを出て恐ろしい獅子に
出会うのを避け、深いやぶの中に逃げ込んで
すくんだまま身を寄せあうかのように。
そのように、彼らはかの勇士を避けて城市の中にいた。
思い起こせば、かつて彼が幾人の命を奪い去り、
イデ[2]のスカマンドロスの流れの傍らで荒れ狂ったか、
巨大な城壁のもとへ逃げ込もうとする者を幾人殺したか、
いかにしてヘクトルを討ち取り、町の中を引きずり回したか。
そして、やむことなく波打つ海を渡って他にも人々を八つ裂きにしたの
だった、

（1）アイアスもアイアコスの孫であるが、『ホメロス後日譚』でアイアコスの孫といえば普通アキレウスを指す。

（2）トロイエにある山。

初めてトロイエに禍いをもたらしたときに。
人々はこうしたことを思い起こし、都の中に閉じこもっていた。
彼らのまわりを重苦しい嘆きが漂っていた、
あたかもすでにトロイエがむごい火に焼きつくされてしまったかのように。
　ところがそうしたときに、水脈広いテルモドンから
女神のような姿を身にまとい、女王ペンテシレイア(1)がやって来た。
苦しみに満ちた戦いに思いこがれ、
また、いまわしく恥ずべき噂を逃れようとしていたのだった、
国中で妹をめぐる非難によって
誰も自分を苦しめることがないように。その妹ヒッポリュテのゆえにこそ
悲しみは生じたのである。妹を力強い槍で殺してしまったのだが、
それは意図してのことではなく、鹿を狙ってのことだった。
そのためにトロイエの地へやって来たのだ。
戦いを好む心が彼女をこのことに駆り立ててもいたのだが、
いまわしい血のけがれを清めてもらい、
いけにえによって恐ろしい復讐女神たちをなだめようとしていたのだ。
復讐女神たちは妹のために怒り、姿は見えないながらもたちまち

(1)小アジアには勇敢な女たちの国があるとされていた。これがアマゾン族で、ペンテシレイアはその女王である。

ペンテシレイアを追って来たのである。この女神たちはつねに罪を犯した者の足に
つきまとうもの、罪人には決してそこから逃れるすべはないのだ。
女王には他に十二人の女たちがつき従っていた、いずれも高貴の身で
全員が戦いや恐ろしい戦闘を待ちこがれている。
女王の従者ではあったが、名門の家に生まれた者たちだった。
しかしこれらすべての女たちよりもはるかにまさっていたのがペンテシレイアだった、
あたかも、広い空いっぱいの星の中で神々しい月が
すべてにまさってひときわ光を放っているように。
そのときは天空が雷雲に裂かれ、
吹きつのる風のすさまじい力も眠る。
そのように彼女は、後に続くすべての女たちの中で抜きん出ていた。
そこにはクロニエ、ポレムサ、デリノエ、
エウアンドレ、アンタンドレ、高貴なブレムサ、
そしてまたヒッポトエ、黒い瞳のハルモトエ、
アルキビエ、アンティブロテ、デリマケイアもおり、

さらに槍を大いに誇りとするテルモドッサがいた。
これだけの女たちが、意気さかんなペンテシレイアの身辺につき従っていた。
ちょうど、不朽のオリュンポスから
暁女神が、美しく髪を結った季節の女神《ホライ》たちを伴って
まばゆい白さの馬に心はずませて降りて来るように。
ホライすべてが、非の打ちどころのない美しさでありながら、
その中にあって暁女神《エオス》が輝くばかりの姿かたちですべてにまさっている。
そのように、ペンテシレイアがトロイエの都へやって来た姿は
アマゾンの女たちすべてにまさっていた。トロイエの人々は
あちこちから後を追って来て、大いに讃嘆した。無敵のアレスの
深くすねあてをつけた娘が、至福の女神たちにも似た
姿であるのを見て。その顔には
厳しくもまた輝かしい美しさがあふれていたのだ。
その微笑みは愛らしく、眉の下には魅力に満ちた瞳が
光のようにきらめいていた。
頬は恥じらいに赤く染まり、その上をおおうのは

勇気を帯びた、この世のものとも覚えぬ優美さだった。
　それまで嘆いていた人々も喜びに沸き返った、
ちょうど、道筋広い海から虹が上がるのを
山の上から見た農民たちのよう、
神の降らせる雨を待ちこがれていたのである。
畑はすでに干上がってゼウスの雨を求めている。
ようやく大空が曇り始め、人々は
風と雨が近づくよい前兆を見つけて喜ぶ。(1)
それまでは耕地を思って嘆いていたが。
そのようにトロイエ人の息子たちは、祖国に
戦いへはやり立つ恐ろしいペンテシレイアが現われたのを見て
歓喜した。幸福への希望が人の心に宿ると、
うめきに満ちた禍いの影も薄くなるものだからだ。
そのために、嘆きを重ね大いに苦しんでいた
プリアモスも胸中にしばしの喜びを見いだした。
さながら、盲目のために長く苦しんできた人が
神聖な光を見るか、さもなくば死にたいと願っていたところ、

(1) 当時、虹は雨の前触れと信じられていた。

非の打ちどころのない医者あるいは神のはたらきによって
眼の闇を取り除いてもらい、日の光を目にしたときのよう。
以前ほどは見えないにせよ、長かった苦しみを思えば
ささやかな喜びを覚える、しかし不幸の苛酷な苦痛は
まぶたの奥に今なお残ったままである。そのような思いで
ラオメドンの息子［プリアモス］は恐ろしいペンテシレイアを見つめた。
わずかな喜びはあったものの、殺された子どもたちを思うと
悲しみはなおもずっと深かった。彼は女王を自分の館に招き、
心からの敬愛をこめて手厚くもてなした、
二〇年ぶりに遠くから帰ってきた娘に対するように。
そして贅をつくした晩餐を供したが、それは
栄光に満ちた王たちが、敵の大軍を打ち倒し、
勝利に歓喜して祝宴の席についたときに食べるにもふさわしいものだった。
美しく高価な贈り物を与え、切り倒されてゆくトロイエ人たちを
救ってくれるならさらに多くのものを与えると約束した。
そこでペンテシレイアは、人がかつて望みもしなかったことを宣言した。
アキレウスを討ち取ってアルゴス人[1]の大軍を滅ぼし、

（1）ギリシア人のこと。「アカイア人」「ダナオイ人」も同様にギリシア人を指す。

船団を火の中に投げ込んでみせると。

愚かなことよ、立派な槍を持つアキレウスが
人を滅ぼす戦さにおいてどれほど抜きん出た勇士であるか知らなかったのだ。

　この話を聞くと、エエティオンの高貴な娘
アンドロマケは[2]〈おのれの〉心のうちでこのようにつぶやいた。

「ああ、気の毒な方、なぜそんな大それた考えを述べたてるのでしょう、
あなたには、恐れを知らぬペレウスの子［アキレウス］と戦う力はありません。

あなたこそ血塗られた破滅に追いやられるでしょうに。

あわれな人よ、なぜ狂おしい思いにとらわれたのでしょう。

もはやあなたの傍らには死神《タナトス》とまがまがしい宿命女神《アイサ》が迫っているというのに。

ヘクトルは槍にかけてはあなたよりはるかにすぐれていました。

それほどの勇者でありながら討たれてしまい、トロイエの人々を深く悲しませたのです。

都じゅうの誰もがあの人を神のように仰ぎ見ていたものを。

彼はわたしや、神にも等しいご両親にとって大きな誉れでした、
生きている間は。いっそ、広い大地がわたしをおおい隠してくれればよ

（2）ヘクトルの未亡人。

かったのに、
あの人が槍にのどを貫かれて命を落とす前に。
けれどみじめにも、言葉につくしがたい苦しみを目のあたりにすることに
なりました。
城市をめぐってアキレウスの駿足の馬があの人を残酷にも
引きずり回したのです。あの男がわたしから晴れて結ばれた夫を
奪い去ってしまい、わたしは毎日つらい悲しみを覚えるのです」。
エエティオンのくるぶし美しい娘は心の中でこうつぶやいた、
夫を思い出しながら。貞淑な女にとって
死んだ夫を思う苦しみはかくもつのるものである。
太陽はすみやかに軌道をめぐって
オケアノス[1]の深い流れに沈み、昼の光は消えた。
楽しい飲食が終わると
女奴隷たちはプリアモスの館の中に
心地よい寝床を広げた、果敢なペンテシレイアのために。
彼女がそこへ行き床につくと、甘い眠りが両目を
おおい隠した。すると、天の高みから

（1）当時世界を取り巻いて流れるとされた潮流。

パラスの意志により、いつわりの夢がやってきた。
女王がこの夢を見て、戦いの隊列の中へ突き進んだあげく、
トロイエ人らにも、女王自身にも禍いが起こるように。
このようなことを、戦いを司るトリトゲネイア(2)は考えていたのだった。
不幸をもたらす夢はペンテシレイアの父の姿になって現われ、
脚の速いアキレウスに正面から立ち向かい、
勇敢に戦えと励ました。これを聞いた彼女の心は
喜びに高鳴った。その日のうちに、身も凍るような戦闘の中で
大きな手柄を立てることができるだろうと思ったのだ。
愚かな乙女よ、夜の不吉な夢にだまされたとは。
それこそ、多くの苦しみを受けた幾多の人々に
寝床の中でたえずずるいことを語りかけ、誤りへ導くものなのに。
こうして夢は戦えとあおりたてて、女王をすっかりあざむいたのだった。
　さて、薔薇色のくるぶしをもつ暁《ユリゲネイア》の女神が身を起こすと、
心に大きな力を吹き込まれたペンテシレイアは
寝床から跳ね起きて、彫金細工で飾られた武具を
身につけ始めた。それは神アレスが与えたものだった。

(2) 本歌一二五行のパラスとともに女神アテネの別名。

まず、まばゆいばかりの白い脚に
身体にぴったり合うすねあてをつけた。
さらに、いちめんに装飾をほどこした胸鎧を身につけ、肩からは
誇らしげに大きな剣を下げた。そのさやは
すべてが銀と象牙で、技巧をこらして造られていた。
そして神から授かった楯を背に負ったが、その形は月の輪のよう、
オケアノスの深い流れの上に昇り、
半ばまで満ちかけて、両端がまるく曲がった月、
そのように、えも言われぬ輝きを放っていた。
頭には黄金の羽飾りをつけたかぶとをかぶった。
こうして彼女は金銀で飾られた武具を身につけた。
その姿は稲妻のようだった、それはオリュンポスから大地へ
力強い無敵のゼウスが
人間たちへ、重くとどろきわたる嵐か
たえずしきりに鋭い響きを立てる風の叫びの前兆として投げつけるもの。
ただちに彼女は急いで大広間を通り抜けて
楯の下に二本の槍をたずさえ、右手には

両刃の戦斧を持った。それは恐ろしい不和女神が
命をむさぼる戦闘のための、強力な助けとして与えたものである。
この斧を誇らしげに手に取ると、ただちに城壁の外へ出て
戦士の誉れたる戦いへ赴くようにとトロイエ人たちに呼びかけた。
たちまちこれに従って集まってきたのは
武勇にすぐれた者たちだが、以前にはアキレウスに
立ち向かおうともしなかったものだ、相手を残らず殺した敵だったからだ。
女王はおごり高ぶる心にまかせ、脚の速い立派な馬に
またがった。それは北風の神の妻
オレイテュイアが、かつてトレイケ[1]を訪れた女王に贈り物として
与えたもので、速いハルピュイアたち[2]をもしのぐ駿足だった。
こうしてこの馬に乗ると、勇敢なペンテシレイアは都にそびえる
王宮をあとにした。不吉な死神《ケーレス》たちが彼女をそそのかして
最初で最後となる戦いへ向かわせていたのである。
周囲にはトロイエ人たちが、帰らぬさだめの道を歩みながら
大勢かたまって、容赦ない戦いへ向けて怖れを知らぬ乙女に
ついていった、先導羊のあとを行く羊たちのように。先導羊のほうは

（1）ギリシアの北にあった王国。通常トラキアと呼ばれる。
（2）女の顔と鳥の身体をもつ怪物たち。

羊飼いの誘導術をもって、すべての仲間の先頭を駆けてゆく。
そのように、勇敢な女王のあとを大いに気負い立つ
たくましいトロイエ人たちと、大胆なアマゾンの女たちがついていった。
巨人族に立ち向かうトリトニス[1]のように、
はたまた戦いを呼び起こす不和女神が軍の中を駆けめぐるように。
そのように、トロイエ人たちの中でペンテシレイアは戦意に燃えていた。
折しもこのときクロノスの子［ゼウス］に向かい、多くの苦しみを受けた手を
さし上げて、富裕なラオメドンの高貴な息子は祈った。
つねにその目でイリオン[2]を見守ってきたイデの
ゼウスの尊い神殿の方を向いて。
「お聞きください、父なる神よ、この日のうちにアカイアの軍が
アレスの娘なる女王の手によって滅びますように、
女王がわたしの館に無事帰れるようお守りください。
あなたの偉大な息子、力強い軍神《アレス》とその娘御を
重んじて。天上の女神と見まごうばかりの方であり、
神たるあなたの一族につながる生まれなのですから。

（1）女神アテネの別名。
（2）トロイエの都の名前。

この身をお憐れみください。わたしは子どもたちを失うという
不幸をいくつも耐えてまいりました。死神たちが彼らをさらったのです、
戦いの先陣で、アカイア人の手にかけて。
お憐れみください。われら高貴なダルダノスの血を引く者がわずかなりとも
世にあるかぎり、この都が無傷であるかぎりは。どうかわれらも
むごい流血と戦闘から一息つくことができますように」。
　こう言ってしきりに祈った。すると一羽の鷲が鋭い叫びを上げながら
すでに息も絶え絶えな鳩を爪につかんで
まっしぐらに左手へ飛び去っていった。胸のうちで
プリアモスは恐れをなした、もはや戦闘から
ペンテシレイアが生きて帰ってくることはないと悟ったのだ。
これこそまさに、この日のうちに死神たちがまちがいなく
実現しようとしていることであった。王は打ちひしがれて深く悲しんだ。
　一方アルゴス人たちは、遠くからトロイエ軍と
アレスの娘ペンテシレイアがこちらへ向かってくるのを見て驚いた、
戦士たちは、山の中で毛の豊かな羊の群れに

うめきに満ちた殺戮をもたらす獣のようだったし、
女王は、風にあおられて乾いた茂みに荒れ狂い
燃えさかる炎さながらであった。
集まってきた者たちに一人がこう言った。
「ヘクトルが討たれた後、トロイエ人たちを集結させたのは誰なのだろう。
奴らにはもはやわれわれに向かってくる勇気などないと思っていたのに、
突如として、戦意も新たに押し寄せてくるではないか。
それにあの中の誰かが、戦えとあおりたてているぞ、
あれは神かもしれない、大きな武勲をもくろんでいるのだから。
さあ、打ち負かされることのない勇気を胸にすえて
勇敢に戦うよう心を決めるのだ。われわれとて
今日トロイエ軍と戦うにあたって、神々の助けがないわけではあるまい」。
　こう言うと、人々は輝く甲冑をまとい、
闘志を身につけて船団の外へいっせいに飛び出していった。
両軍は生肉を食う野獣のようにぶつかり合い
血みどろの戦闘となった。双方ともに立派な武具、
槍、胸鎧、牛皮の頑丈な楯、そして

がっしりしたかぶとで武装していた。それぞれが敵の身体を
青銅の武器で容赦なく突き刺し、トロイエの土は赤く染まった。
　このときペンテシレイアが殺したのはモリオン、ペルシノオス、
エイリッソス、アンティテオス、武勇すぐれたレルノス、
ヒッパルモス、ハイモニデス、そしてたくましいエラシッポスであった。
またデリノエはラオゴノスを、クロニエはメニッポスを殺した。
彼はかつてピュラケからプロテシラオスに従ってきたのだった、
力強いトロイエ人たちと戦うために。
この男が息絶えたので、イピクロスの子ポダルケス(1)の
心は動揺した。仲間の中でもとくに彼と親しかったからである。
すぐさまポダルケスは、女神とまごうクロニエめがけて槍を投げた。
重い槍が彼女の腹を貫き通すと、たちまち槍先に続いて
黒ずんだ血が噴き出し、ついではらわたが残らず流れ出た。
これに怒ったペンテシレイアがポダルケスの
右腕の厚い筋肉を大槍で突き、
血潮豊かな血管を切り裂くと
開いた傷口から黒ずんだ血がどっとわき立って

(1) プロテシラオスの弟。戦死した兄に代わってピュラケの王となっていた。

ほとばしり出た。彼はうめきながら
後方へ退却した、心が苦痛に屈してしまったからである。
彼が退くと、ピュラケ人たちの間に言い知れぬ無念の思いが
わき起こった。一方ポダルケスは戦闘からわずかに遠ざかると、
自らの仲間たちの腕の中で、ほどなく息を引き取った。
　さてイドメネウスは長い槍でブレムサの右胸のあたりを
突き刺して殺し、ただちにその心臓を切り裂いた。
彼女はトネリコの木のように倒れた。山あいに
大きくそびえたところを木こりたちが切ると、木はいたましげな
鋭い響きとともに鈍い音を立ててどっと倒れる、
そのように、彼女は苦痛の叫びを上げて倒れ、死によって四肢は
ことごとく力を失い、魂は吹きつのる風にまぎれていった。
またメリオネスは、エウアンドレとテルモドッサが
殺戮に満ちた戦いの中へ突き進んでくるところを殺した、
一方は心臓に槍を打ち込み、もう一方は下腹に
短剣を突き刺して。たちまち命は彼女たちから去っていった。
オイレウスの勇敢な息子［小アイアス］は、デリノエの

鎖骨を鋭い槍で突き通して殺した。
テュデウスの子［ディオメデス］はアルキビエとデリマケイアの頭を
肩のあたりから首もろとも切り落とした、
死をもたらす剣で。二人は若い牝牛のように倒れた、
たくましい若者ががっしりした斧で
うなじの筋を断ち切り、いきなり牛たちの命を奪う、
そのように、彼女たちはテュデウスの子の手にかかって倒れた、
トロイエの野に、自らの頭を切り離されて。
それに続いてステネロスが、たくましいカベイロスを討ち取った、
アルゴス人たちと戦おうとセストスからやってきた男だが、
再び祖国に帰りつくことはなくなった。
彼が殺されたのでパリスは心に怒りを燃やし
ステネロスめがけて矢を放った。しかし狙ったものの
相手に傷を負わせることはできず、矢はあらぬ方にそれた、
容赦のない死神たちがそちらへ向かせたからである。
そしてたちまち、青銅の胴鎧をつけたエウエノルを倒した、
ドゥリキオンからトロイエ人たちと戦うためにやってきた者である。

彼が死んだので、高貴なピュレウスの息子［メゲス］は動揺し、
ただちに羊の群れを襲う獅子さながらに
飛びかかった。誰もがこの屈強な戦士の前から逃げ出した。
彼はイテュモネウスとヒッパソスの息子アゲラオスを殺した、
この二人はミレトスからダナオイ人たちに戦いの雄叫びをもたらした者たちで、
神にもまがうナステスと度量の広いアンピマコスに従っていた。
この王たちが領するのは白い頂をもつラトモスの山、
ブランコスの広い谷、パノルモスの海岸、
そして流れの深いマイアンドロス川、この川は
繁るぶどうにおおわれたカリア人の土地へと、羊に富むプリュギエ(1)を発し
幾度も曲がりくねりながらうねり流れていくのである。
この二人をメゲスは戦闘で殺したのであった。
他にも出会うかぎりの者たちを黒い槍で打ち倒した。
その胸にトリトゲネイアが大胆さを吹き込んだからである、
敵に死をもたらす日を投げつけるために。
アレスの寵児ポリュポイテスはドレサイオスを討った、

(1) 小アジア中部の国。

これは気高いネアイラが知恵豊かなテイオダマスと
雪を頂くシピュロス山のふもとの臥所で交わって生んだ息子で、
そこは神がニオベ(2)を石に変えたところである。けわしい岩の高みからは
いまだに彼女のおびただしい涙がしたたり落ちている。
とどろきわたるヘルモスの流れと
シピュロスの巨大な峰がともに嘆きの声を上げている、
そしてその頂はいつも羊飼いたちを悩ませる霧に包まれているのだ。
これは通りかかる人々にとっては大いなる驚嘆の的である、
不幸な悲しみに泣き、数えきれぬ涙を流して
しきりに嘆く女の姿にそっくりだからだ。
遠くから見たらまさにニオベだといえよう、
しかし近くに寄ってみると
シピュロスの切り立った岩のかたまりに見えるのだ。
だが、ニオベは神々の恐るべき怒りを受け、
岩の姿になってもなお泣き悲しんでいる。
　人々はむごたらしい戦闘を繰り広げ
互いに殺し合っていた、恐ろしい阿鼻叫喚《キュドイモス》の神が両軍のまっただなかを

(2) ゼウスの息子タンタロスの娘。レト女神を侮辱したために神罰を受け、子どもをすべて殺された。自分は石に変えられたが泣き続けているという。

歩き回っていたからだ。容赦ない最期をもたらす死神《タナトス》がその傍らに
立っていた。彼らのまわりには残忍な命運の神《ケーレス》たちがうろつき、
うめきに満ちた殺戮をもたらしていた。
その日はトロイエ軍もアカイア軍も、多くの者の心臓が
埃の中で打ち砕かれ、たえまなく雄叫びが上がった。
ペンテシレイアのさかんな戦意はとどまることがなかった、
あたかも高い山の中で雌獅子が牛たちに
飛びかかり、谷の切り立った岩を駆け抜けて
心を喜びで満たす血を求めているかのようだった。
この折り、そのようにアレスの娘はダナオイ人たちに飛びかかった。
彼らはなすすべもなく後退していった。
女王はその後を追った、低くとどろく海の波が速い船を追うように。
そのとき、吹きつのる順風に白い帆を広げ、
あちこちで岬が叫ぶと
長く続く砂浜に向かって海は吠える。
そのように、彼女は追撃を続けダナオイ人の隊列を切り裂いた。
そしてうぬぼれに胸をふくらませて、脅しの言葉をかけた。

「犬どもめ、今日こそプリアモス王に対する非道の行ないを
つぐなうがいい。わたしの力を逃れおおせて
親や子や妻を喜ばせる者などいないだろう。
死んで鳥や獣の餌食となって横たわれ。
おまえたちが墓の盛り土でおおわれることもないだろう。
テュデウスの子「ディオメデス」は、アイアコスの孫「アキレウス」は、
それにアイアスはどこにいるのだ。彼らは最強の戦士だとの噂ではないか。
だがわたしに立ち向かおうとはしないのであろう、
身体から命を抜き去られ、死者の国へ送られるのではないかと恐れて」。
　こういうと彼女は勝ち誇って、死神《ケール》にもまがうすさまじさで
アルゴス勢に飛びかかり、多くの兵を討ち取った。
あるときは刃の深い戦斧で、またあるときは
鋭い槍を振りかざして。元気のよい馬が
彼女の矢筒と、敵を容赦することのない弓を運んでいた。
血みどろの戦闘の中で、苦痛をもたらす矢と弓が
必要になることもあろうかと。血気にはやる戦士たちがそのあとに続いた、
格闘にすぐれたヘクトルの弟や友人である。

彼らは胸のうちにたくましいアレスの息吹をみなぎらせ、
ダナオイ人たちをとぎすまされたトネリコの槍で殺していった。
ダナオイ人たちは落ち葉や雨粒のように
次々と倒れていった。はてしない大地は血にぬれて
死体で埋まり、大きなうめき声を上げた。
馬たちは矢やトネリコの槍で刺し貫かれ
最後に一声いなないて息絶えていった。
ある者は砂埃を握りしめたままけいれんしていた。
トロイエの馬たちが彼らを追いかけてきて
死体と一緒になって倒れた連中を、麦束のように踏みつけていた。
　トロイエ人の一人が、たいそう喜び感嘆した、
ペンテシレイアを見ると、軍勢の中を突撃していく姿は
黒い嵐さながらだったのだ、その嵐は
太陽が山羊座に入るとき、海上で荒れ狂うもの。
彼はむなしい希望を抱いてこう言った。
「諸君、今日はまちがいなく天上からどなたか女神が
降りてこられたのだ、アルゴス人たちと戦い

ゼウスのゆるがぬ意志によってわれわれに救いをもたらすために。
ゼウスは力強いプリアモス王のことを忘れずにいてくださったのだろう、
王はその不死の血を引く者だと言っているのだから。
あの方を見ていると、人間の女とは思えない、
かくも勇敢で、きらめく武具をまとったあの姿は
アテナイエか、気性激しいエニュオ[1]か、
不和女神《エリス》か、レトの輝かしい娘[2]に違いない。
きっと今日のうちにアルゴス人たちを虐殺しつくし
船団に火をかけて焼きつくすだろう、
かつてトロイエにやってきてわれらに禍いをたくらんだ者たちの船団を。
彼らはここへ来てわれわれに戦争という惨禍をもたらした、
だがきっとヘラス[3]へ帰りつくことはあるまい、
祖国に無事戻れることはないだろう、女神がわれわれを助けてくださるの
　だから」。
　このトロイエ人は心の中ですっかり喜んでこう言った。
愚か者よ、自分自身にもトロイエ人たちにもペンテシレイアにも
耐えがたい禍いがふりかかってくるとは知らなかったのだ。

(1) 戦争の女神。
(2) 狩猟の女神アルテミスを指す。
(3) ギリシアのこと。ちなみに日本語でギリシアというのはラテン語の「グラエキア」から来ている。

勇敢な心のアイアスも、町を攻め落とすアキレウスも
戦闘の恐ろしい叫びに気づいていなかったのである。
二人ともメノイティオスの子［パトロクロス］の墓の傍らに伏しまろび、
友をしのんでそれぞれむせび泣いていた。
ある神が二人を戦闘から遠ざけていたのだ、
多くの者が打ち倒され、恐ろしい最期を遂げるように。
トロイエ人や、さらに攻撃をかけてくる
果敢なペンテシレイアの手にかかって……
……(1)破滅をもくろみ、彼女の
力も勇気もさらに高まっていた。戦闘に
飛び込めば戦果を上げぬことはなく、(2)必ず
逃げる者の背中や、向かってくる者の胸を切り裂くのだった。
女王は生暖かい血を全身に浴びていた。突撃を繰り返しても
手足は軽やかだった。危険を恐れぬ心を
疲労が打ちひしぐことはなく、鋼のような力を保っていた。まだ彼女には
［運命女神《モイラ》が輝かしいアキレウスに立ち向かわせて(3)］
恐ろしい宿命女神《アイサ》が誉れを授けていたのだ。女神は

(1) 本文の欠落がある。
(2) このあたりの本文は疑わしいとされる。
(3) この行は内容が合わず真正な本文ではないとされる。

戦闘から離れて立ち、不吉なまでに勝ち誇っていた。ほどなく
この乙女がアイアコスの孫の手にかかって討ち取られるように
定めていたのである。闇が女神をおおい隠していた。女神は
姿を見せぬまま悲惨な最期へペンテシレイアを導きつつ、
最後の栄光を与えていた。女王はあちこちで敵を討ち取った。
あたかも露にぬれた庭に、若い牝牛が
味のよい春の草を求めて飛びこんだよう、
人のいないのを幸い、あちらこちらを駆け回り、
花ざかりのみずみずしい若草を残らず踏み荒らし、
むさぼり食ったり、足で踏みにじったりする。
そのようにアカイアの息子たちの軍勢を追って
アレスの娘「ペンテシレイア」は敵を殺し、敗走させた。
　トロイエの女たちはこの女の戦いぶりを遠くから見て
感嘆していた。戦いたいという意欲にとりつかれたのは
アンティマコスの娘ヒッポダメイアで、戦闘を耐え抜くティシポスの(4)
妻だった。彼女は決意を固め、熱意に満ちて
大胆な言葉で、同年輩の女たちに苛酷な戦いに

(4) このあたりの人名はテクストによってかなり異なる。

加わろうと呼びかけた（恐れを知らぬ勇気が彼女をあおっていた）。
「みなさん、夫たちと同じような勇気を
胸に吹き込むのです。あの人たちは祖国のために
子どもたちやわたしたちを守って敵と戦っています。
苦難から一息つくひまもなく――さあ、わたしたちも
勇気をもって、同じように戦うことを考えましょう。
わたしたちは屈強な男たちと異なるところはありません。
あの人たちと同じ命の力が、わたしたちにもあるのです。
目も膝も何もかも同じ、
みんな同様に光や豊かな空気を受け取っています。
食べ物も違うわけではない、神さまは他にどんな長所を
男の人たちに与えたというのでしょう。だから戦いを恐れてはなりません。
あの方は格闘にすぐれた男たちよりもはるかにまさっているでは
ありませんか。あの方は自分のそばに家族や祖国が
あるわけではないのに、異国の王のために
心から進んで、男たちをものともせず戦っています。
大胆さを忘れず、決して危険を恐れようとしません。

わたしたちはといえば、足元にそれぞれの苦しみがありますのに。
いとしい子や夫が都のまわりで
死んでいった人もいるし、この世にいない父親を嘆く人もいます。
またある人は兄弟や舅の死を深く
悲しんでいます。つらい嘆きをもたぬ人は
誰もおらず、ゆくてに見えるのは隷属の日ばかりです。
これほど苦しい目にあっているのだから、戦いを
避けてはなりません。戦って死ぬほうが、
後になって幼い子どもたちとともどもむごい運命のもとに
異国へ連れ去られるよりよいのですから。
そのときにはもう都は打ち壊され、夫たちもこの世にはいないのですよ」。
　こう言うと、すべての女たちがいまわしい戦いに加わりたいと願った。
ただちに武具を身につけて城壁の前へ
行こうとした、町や人々を救いたいという意欲に燃えて。
大胆さが彼女たちをあおりたてた、
さながら巣箱の中でミツバチがブンブンうなるように。
冬はすでに去り、牧場に向かって飛び出そうとしており、

中にじっとしているのはがまんできない。
そのようにトロイエの女たちは戦いに行こうとはやり立って
互いを奮い立たせた。羊毛もかごも
投げ捨てて、恐ろしい武器へと手を伸ばした。
　このとき、夫たちやたくましいアマゾンたちとともに
彼女たちも死んだかもしれなかった、
もし分別のあるテアノ(1)が女たちを引き止め
思慮深い言葉で、突進するのをやめさせなかったなら。
「いったいなぜ、むごい戦さにかかわりたいと思うのですか、
不幸な人たちよ、かつては戦いなどには加わらなかったではありませんか。
経験もないのにできそうもないことをしたがるとは、
興奮して正気をなくしたのですか。あなたがたと
戦いを知りつくしたダナオイ人たちの力が同じわけはありますまい。
アマゾンの女たちは、生まれながらに容赦ない戦闘や騎馬の技など
男たちのすることをすべて好んでいたのです。
だから彼女たちには戦う意欲がつねにわいているし、
男にひけをとらないのです。強くなるための鍛錬によって

(1)トロイエの女神官で、長老アンテノルの妻。

胆力も増し、膝がついえるようなこともないのです。
あの方は力強いアレスの娘だと聞いています。
それゆえ、女の身であの方と張り合うのは賢いことではありません。
それとも、祈りに答えて女神が助けに来てくださったのかもしれません。
人はすべて生まれは同じですが、するべき仕事は
それぞれ違うのです。心がやり方をわきまえている仕事をするのが
最もよいことなのですよ。
ですから、かしましい戦いのことは忘れて
家の中で機織り仕事に専念なさい。
戦いのことは、わたしたちの夫が取りしきってくれましょう。
よいことが期待できるでしょう、アカイア人たちが
倒れてゆくのが見えますし、こちら側では男たちに大きな力が
わいていますから。悪いことを恐れる必要はありません。
容赦のない敵が町を包囲したわけではありませんし、
女まで戦わねばならぬほど、さしせまった事態ではないのです」。
　テアノはこう言った。年長者だったので女たちは彼女の言葉に従い、
戦いを遠くから見守った。一方ペンテシレイアはさらに

敵を倒していた。アカイア人たちは震えおののいたが、
苦しい死をまぬかれるすべはなかった。
あたかもメーメーと鳴く山羊が豹の恐ろしいあごのもとに
かみ殺されるようだった。戦士たちはもはや戦う意欲を失って
逃げ出した。皆散り散りに敗走した。
肩から甲冑を地面に投げ捨てる者も、
甲冑をつけたままの者もいた。馬たちは
御者を失ったまま逃げた。追う者たちには歓喜がわき起こり、
殺される者たちからはおびただしいうめき声が起こった。
苦しむ者たちにもはや気力はなかった。身も凍るような
戦いの最前線に遭遇した者には誰も生きのびる見込みはなかった。
まるで恐ろしい嵐が襲いかかって
いっぱいに花をつけた高い木々を根こそぎ地面に
なぎ倒すよう、また別の木は根元から折りとられて散らばり、
引きちぎられた枝が折り重なって倒れている。
そのときダナオイ軍の多くが〈このとき〉運命女神《モイラ》の意志と
ペンテシレイアの槍によって倒れ、埃にまみれた。

　だが、トロイエ軍の手によって船に火が
放たれようとしたとき、敵に背を向けることのないアイアスが
うめき声を聞きつけ、アイアコスの孫に声をかけた。
「アキレウスよ、大きな叫び声がおれの耳に届いた、
すさまじい戦闘が起きているようだ。
さあ行こう、トロイエ人たちが機先を制して船団の傍らで
アルゴス人たちを殺したり、軍船を焼き払ったりして
われわれ二人が苦しい非難を受けることのないようにな。
偉大なゼウスの血を引く者が
父祖のとうとい家柄をはずかしめてはいけない、父上たち自身も
輝かしいトロイエの都を槍で攻め落としたものだ。
以前、(1)勇敢なヘラクレスとともに、ラオメドンの
…………
今こそわれらの手でそれをなしとげることができよう、
われわれには大きな力がみなぎっているのだから」。
　こう言うと、大胆果敢なアイアコスの孫も彼に従った、
うめきに満ちた叫び声がその耳に届いていたからである。

(1) おそらく、「不実な行ないを罰するために」という意味の行が欠落していると思われる。トロイエの先代の王ラオメドンはヘラクレスに娘を救ってもらったが、約束した報酬を与えなかった。

二人は輝く鎧を急いで手に取った、
そしてそれを身につけると大軍の前にたちはだかった。
その美しい武具からは大きな音が響きわたる、猛り立つその様子は
怒れるアレスのようだ。それほどの力を意気込む二人に
楯を振りかざすアトリュトネ(1)が与えたのだった。
アルゴス人たちは二人の勇士の姿をみとめて喜んだ、
あたかも偉大なアロエウスの子ら(2)のようだったのだ。
彼らはかつて広大なオリュンポスに大きな山を置いたという、
高いオッサと頂そびえ立つペリオン。
この二つの峰は勢いすさまじく天にも届こうとしていた。
そのように、容赦ない戦闘に立ち向かったアイアコスの孫たちは
待ち望んでいたアカイア人たちには大きな喜びであり、
両人とも敵軍を滅ぼそうと戦意に燃えていた。
そして血気にはやる槍で多くの者を討ち取った、
牛を打ち倒す獅子たちが、太った羊の群れが
羊飼いの手から離れて茂みの中にいるのを見つけ
皆殺しにするときのよう、黒ずんだ血をすすりつくし

(1) 女神アテネの別名。
(2) オリュンポスの神々に対してさまざまな反抗を企てた二人の巨人の兄弟、オトスとエピアルテスのこと。

臓物で大きな腹を満たすまでやめないのだ。
そのように二人は数限りなく敵軍の者たちを倒していった。
　このときアイアスが殺したのはデイオコス、勇敢なヒュロス、
戦さを好むエウリュノモス、そして高貴なエニュエウスであった。
一方ペレウスの子［アキレウス］はアンタンドレ、ポレムサ、
アンティブロテ、それに続いて高潔なヒッポトエ、
さらにハルモトエを討ち取って、雄々しいテラモンの子とともに
敵の全軍に襲いかかった。彼らの手によって
密集した屈強な隊列もたやすくあっという間に
倒れていった。あたかも暗い森に火がかかり
山の下草を吹き荒らす風にあおられて燃え広がるように。
　勇猛果敢なペンテシレイアは
身も凍る戦いに獣のように飛び込んでくる彼らを見つけると
二人に向かって突き進んでいった、あたかも
雑木林の中で恐ろしい豹が不吉な心を抱いて
すさまじく尾をふりまわし、狩人たちに向かって
飛びかかるよう、しかし狩人たちも鎧に身を固め、

槍を頼みに豹の攻撃を敢然と待ち受ける。
そのように大胆な戦士たちはペンテシレイアが来るのを待ち構え
槍を振りかざした。彼らが動くにつれて青銅の武具が
鳴り響いた。まず勇敢なペンテシレイアが
とても長い槍を投げた。槍はアイアコスの孫［アキレウス］の楯に
当たったが、跳ね返って石のように砕け散った。
知恵豊かなヘパイストスの神々しい贈り物(1)はそれほどに強力だったのだ。
彼女はもう一本の速い槍をアイアスめがけて
手に振りかざし、二人にこう言って挑みかかった。
「今わたしの投げた槍はむだになった、
だが今度こそはおまえたち二人の力も命も
奪ってみせよう、おまえたちはダナオイ人たちの中で武勇を誇って
いるが、馬を馴らすトロイエ人の中でもわたしの方が
おぞましい戦いに耐える力があるのだ。
さあ、もっと近くに寄って戦うがいい、アマゾン族の
胸のうちにある力がどれほどのものかわかるだろう。
わたしはアレスの血を引いているのだから。死すべき人間の男ではなく

(1) アキレウスの楯は火と鍛冶の神ヘパイストスが作ったものとされ、ホメロス『イリアス』第十八歌四七八―六〇八行にその詳しい記述がある。

戦いに飽くことのないアレス自身がわたしの父なのだ。
それゆえわたしの力は人間たちよりはるかにまさっているのだ」。
　そして大いに……
……(2)二人は笑った、ただちに彼女の槍はアイアスの
銀造りのすねあてに当たったが、それを打ち抜いて
立派な肉体に届くことはなかった、貫かんばかりの勢いではあったが。
神によって、敵の残酷な刃が
彼の血で染まることはないように定められていたからである。
アイアスはアマゾンのことは気にかけず、トロイエ軍の
群れに飛びかかっていき、ペレウスの子一人を
ペンテシレイアに向かわせておいた。心の中では
いかに彼女が勇敢であっても、アキレウスにとっては
この一騎討ちは鷹が鳩に対するようにたやすいと知っていたからだ。
　女王は投げつけた槍がむだになったので大声を上げてくやしがった。
するとペレウスの息子は彼女をあざけってこう言った。
「女め、なんとたわいのないことを自慢したものよ、
われわれと戦おうと思ってここにやって来たとは。

(2) 本文に欠行がある。

われらはこの大地に住む英雄たちの中でもとりわけすぐれた最強のもの、
なぜならわれわれはいやしくも雷電をとどろかすクロノスの子の一族の
出身なのだ。血気にはやるヘクトルさえわれわれに対しては
おびえたものだ、遠くからでもわれらがむごい戦いへと
突き進んでくるのを見たならば。さしも屈強であったあの男も
おれの槍が殺したのだ。おまえの心はまったく狂ってしまったか、
こうも大それた考えを抱いて、われわれを今日のうちに滅ぼしてやろうと
公言するとは。だがおまえにこそ、すぐにも最期の日が訪れるだろう。
もはやおまえの父アレス自身とて、おれの手から
おまえを救うことはできまい。おまえは罰としていまわしいさだめを受け
　るのだ、
山中で牛を襲う獅子に出会った雌鹿のように。
おまえは聞いたことがないのか、われわれの手にかかって
クサントスの流れのほとりで幾人の者が打ち倒されたか、
また聞いたにせよ、至福の神々がおまえの身も心も
奪ってしまったのか、容赦ない死神たちにむさぼりつくされるようにと」。
　こう言うと、力強い手に長い槍を振りかざして飛びかかった、

その槍はケイロンによって作られ、敵を殺すものである。
たちまち勇敢なペンテシレイアの右の乳房の上に
傷を負わせると、黒ずんだ血がどっと
ほとばしり出た、彼女の手足はあっという間にくずおれて
手から大きな斧が落ちた。闇がその目を
おおいつくし、苦痛が胸底までしみわたった。
女王はそれでも息をふき返し、敵が
すでに自分を速い馬から引きずり落とそうとしているのを見た。
彼女は迷った、手で大きな剣をひきぬいて
血気にはやって飛びかかってくるアキレウスの攻撃に備えたものか、
それとも脚の速い馬からただちに飛び下りて
高貴な勇士に命乞いをし、今すぐにも
多くの青銅と黄金を与えると約束したものか。それはいかに大胆な人であろうと
死すべき人間の心を喜びで満たすもの、
もしもこれで、敵を殺してやまぬアイアコスの孫［アキレウス］を説きなだめることができたなら、

あるいは心の中で、同じ年頃なのを憐れんで
帰国を許してくれはせぬかと——かくも死を逃れたいと願うこの身に。
　こうしたことを彼女は思い迷った。けれど神々はことをそのようにはし
　なかった。
駆け寄ろうとした彼女に対し、ペレウスの息子［アキレウス］は大いに怒り、
疾風のような脚をもつ馬を彼女もろとも突き抜いた。
あたかも、燃える火の上にかざした焼き串に
夕食を待ちきれない者が臓物を突き刺すように。
あるいはまた、山あいで狩人がむごい槍を投げて
勢いもすさまじく鹿の腹の真ん中を
突き通せば、力強く飛んだ槍は
高い梢の樫や松の幹に食い込む。
そのようにペレウスの子は、みごとな駿馬とともに
ペンテシレイアを猛々しい槍で一気に
刺し貫いた。彼女はたちまち埃と死にまみれ
土の上に倒れたが、慎みは失わなかった。恥辱がその
美しい屍をはずかしめることはなかった。彼女は身体を伸ばしてうつぶせ

に横たわり、
槍に身をけいれんさせながら、速い馬に折り重なって倒れていた。
あたかもモミの木が冷たい北風の力で折れたかのように。
広い谷と森の中ではいちばん高かったであろう、
この木を泉の傍らではぐくんだ大地にとっては大いなる装いであったものを。
そのように。ペンテシレイアは速い馬のもとに倒れていた、
姿こそ美しくはあったが、その武勇は打ち砕かれてしまったのだ。
　トロイエ人たちは女王が戦いのうちに殺されたのを見ると
群れをなして震えながら城市へ逃げ込んだ、
言葉にできないほどの大きな悲しみに心を痛めながら。
ちょうど、風が広い海に襲いかかったときのよう、
水夫たちは船を失いながらも死を逃れ
少数の者がさんざん苦労した末に残酷な海へ出てゆく。
やっとのことで目の前に陸地と町が現われた。
彼らはひどい苦しみに身体中疲れきって
海から飛び出してゆく、船のことや波のために

むごい闇へ押しやられた仲間たちのことをたいそう悲しみながら。
そのようにトロイエ人たちは戦いをやめ城市へ逃げ込むと、
誰もが猛々しいアレスの娘と、うめきに満ちた戦闘で
死んだ人々のために涙を流した。
　一方、彼女に対しペレウスの子［アキレウス］は大いに勝ち誇ってこう言
い放った。
「こうして犬や鳥の餌食となって埃の中に寝ているがいい、
臆病な女め。誰がおまえをそそのかしておれに
刃向かわせたのだ。おまえは戦いから無事に戻り
アルゴス人たちを殺して、年老いたプリアモスから数知れぬ贈り物を
得ようとでも言ったのか。だがおまえのそんなもくろみは
不死の神々が実現させはしなかった。われわれは英雄たちの中でもとりわ
けすぐれた最強の者なのだ。
ダナオイ人たちにとっては大いなる光、トロイエ人にとっては災い。
不運な女よ、おまえにもだ。暗い死のさだめと自らの心に
かりたてられて、女のつとめも捨て、
男でさえ恐れをなす戦場に足を踏み入れたとは」。

　こう言ってペレウスの息子は速い馬と
恐ろしいペンテシレイアからトネリコの槍を引き抜いた。
両者とも身を震わせながら、ただ一本の槍によって死んでいった。
彼は彼女の頭から輝くかぶとを取り去ったが、
そのきらめきは太陽の光かゼウスの稲妻にも似ていた。
すると、彼女は砂埃と血にまみれて倒れていたが
やさしい眉の下から現われた面ざしは
戦死してもなお美しかった。これを見て周囲を取り巻く
アカイア人たちは讃嘆した、至福の女神とも見まごうばかりだったのだ。
武具をまとって大地の上に横たわっているさまは、さながらゼウスの娘、
不滅のアルテミスが広い山中で
脚の速い獅子を射るのに疲れ手足も萎えて眠っているようだった。
ペンテシレイアが屍となってもなお愛らしくあるようにしたのは
力強いアレスの伴侶、キュプリス[1]自身だった、
非の打ちどころのないペレウスの息子を恋心で苦しめるためである。
多くの者が、故郷に帰ったあかつきにはこのような乙女を
妻として結婚の床に眠りたいものと願った。

(1) 愛と美の女神アプロディテの別名。通常はヘパイストスの妻とされ、アレスとは恋愛関係にあったと言われる。

ことにアキレウスは心の苦しみをどうすることもできなかった、
彼女を殺してしまい、高貴な妻として若駒に富むプティエ(1)へ
連れ帰ることも叶わなかったからである。その背の高さも姿かたちも
非の打ちどころがないほど美しく、不死の女神のようだったものを。
　一方アレスの胸は娘のために悲しみに沈み
心が痛んだ。彼はただちにオリュンポスを飛び出した、
その姿はつねにすさまじくとどろく雷のよう。
それはゼウスが投げつけるもの、その無敵の手から
はてしのない海や大地の上へ輝きながら
放たれれば、広大なオリュンポス全体も揺さぶられる。
そのように、怒り心頭に発したアレスは武器を取り
広い天空から飛び出した、自分の娘のむごい死を
聞きつけて。広大な空を降りてゆく彼に
北風の神の娘、そよ風の女神《アウライ》たちが
乙女のむごたらしい死を伝え聞かせたのである。アレスはこれを聞くと
嵐のようにイデの山を駆け上った。その足元では
小さな谷も、深くえぐられた広い峡谷も

(1)ギリシア北部テッサリアにある国。アキレウスの故郷。

河も、イデのはてしないふもと全体が震えた。
そしてこの日ミュルミドネス人たち[2]に多くの嘆きをもたらしたであろう、
もしもゼウス自身が恐ろしい稲妻と
苛酷な雷で彼を追い払わなかったなら。
稲光りはゼウスの足元から数限りなく空へ飛び出し
すさまじく燃えさかった。アレスはこれを見て
力強い雷をもつ父神のとどろきわたる脅しに気づき、
戦いの喧噪の中へ飛び込むのをやめた。
あたかも高い山頂から巨大な岩が
ゼウスの激しい雨によって河とともに砕け落ちるときのよう、
雨が雷を伴えば、岩は激しくころがり落ちて
谷は鳴りとどろく、岩は鈍い響きを立てながら
たえずあちこち跳ね返り、地平にたどりつくと
勢いはやまぬもののようやく止まる。
そのようにゼウスの力強い息子アレスはしぶしぶながら
怒りに燃えつつも立ち止まった。至福の神々を統べるものには
オリュンポスの神は誰でも従うのである。相手は自分たちよりも

（2）アキレウスの部下で、プティエに住んでいた民族。

はるかに高い地位にあり、その力はゆるぎようがないからだ。
しかしあれこれと考えをめぐらせば、心はさまざまに揺れた。
激怒するクロノスの子〔ゼウス〕のすさまじい脅しを
恐れ、天に帰るべきかとも思えば、
父神のことをかえりみず、不滅の手を
アキレウスの血で染めるべきかとも迷う。ようやくアレスは
思い出した、幾多のゼウスの息子たちですら戦いで殺され、
父自身ですら彼らを死から救ってやれなかったことを。(1)
それゆえアレスはアルゴス人たちから離れていった。
不死なるゼウスの意向に逆らうことをしたら
ティタンたち(2)同様、残酷な雷に打たれて倒れることになったであろうから。
　さて、たくましいアルゴス人の戦意あふれる息子たちは
あちこちで死体に飛びついて、血にまみれた武具を
すばやくはぎ取っていた。しかしペレウスの息子〔アキレウス〕は
愛らしくも勇敢であった乙女が土埃の中に横たわるのを見て深く悲しんでいた。
以前に親友パトロクロスを失ったときと同じような

(1) リュキア王サルペドンはゼウスの息子であったが、ゼウス自身も彼を死から救うことはできなかった。ホメロス『イリアス』第十六歌四三一―四六一行参照。
(2) オリュンポスの神々の支配を覆そうとして戦い、敗れた巨神族。

重い苦悩に心をさいなまれていたのだ。
するとテルシテス(3)が面と向かって彼を心ない言葉でののしった。
「アキレウスめ、情けない奴だ。どの神さまがこの憎いアマゾンの女のために
あんたの心をたぶらかしたのだろう、
この女はわれわれに対してさんざんひどいことをもくろんでいたではないか。
それをあんたは女好きな気持ちから
賢い妻にしようと結納金を積み
正式に求婚してめとってやろうと思ったのか。
戦っているときに女が機先を制してあんたを槍で突いておればよかったのにな。
あんたの心は女に夢中になりすぎたのさ、
この女を見たとたんよこしまな気持ちに誘われて
輝かしい武功のことなど頭になくなってしまったのだろう。
あわれな男よ、あんたの勇気や知恵はどこにある。
非の打ちどころのない王としての力はどこに行ったか。

(3) いつも王たちを罵倒するアカイア人で、ホメロス『イリアス』第二歌二一二―二六九行にも登場する。

女好きのためにトロイエ人たちがどんな苦しみをこうむったか知らないの
　か。
人間にとって床入りの歓びほど
危険なものはない。いかに賢い男でも
これで馬鹿になる。栄光は戦いにこそついてくるものだ。
槍を取る男には勝利の誉れと戦いが
快いが、臆病者には女と寝るのが喜びなのだ」。
　彼はこのようにさんざんののしった。すると寛大なアキレウスが
激怒した。すぐに力強い手でテルシテスの
あごと耳をなぐりつけた。歯はことごとく
大地に飛び散り、彼はうつぶせに倒れて死んだ。
口からはどくどくと血が吹き出ていた。
腰ぬけの魂はたちまちこの卑しい男から
去って行った。これを見てアカイア人たちは喝采した。
彼は邪悪な男で、アカイア人たちを憎んでひどい罵言を
浴びせていたからである。ダナオイ人たちの恥だったのだ。
血気さかんなアルゴス人の一人がこんなふうに言った。

「卑しい者が王を公然とののしったり陰口をたたいたりするのは
よいことではない。恐ろしい怒りがついてくるからだ。
これが正義というもの、アテ女神は恥知らずな舌を罰するが、
人間たちにはいつも苦しみに苦しみを重ね与えるのだ」。
　このようにそのアルゴス人は言った。すると怒り狂っていた
寛大なアキレウスが死者に次のような言葉をかけた。
「愚かな思いを忘れて土埃の中に横たわっているがいい。
卑しい者がすぐれた人間に挑戦すべきではない。
以前きさまはオデュッセウスの忍耐強い心を
手ひどく挑発し、不名誉な非難の言葉を吐いた。
だがペレウスの子にはそうはいかないとわかっただろう。
おれはきさまの命を取り去った、それも手の
軽い一撃で。容赦ない死がきさまをおおいつくした。
きさまは弱さゆえに命を落としたのだ。さあ、アカイア人たちのもとから
失せろ、死者たちの間で罵声を放つがいい」。
　勇敢なアイアコスの子の大胆な息子はこのように言った。
しかしアルゴス人の中でテュデウスの子「ディオメデス」だけは

殺されたテルシテスのためにアキレウスに腹を立てた。
テルシテスと血のつながりがあるからだった。こちらが高貴なテュデウス
の
勇敢な息子であるのに対し、テルシテスは神にも等しいアグリオスの子、
アグリオスは高貴なオイネウスの兄弟なのだった。
オイネウスはダナオイ人の将となるべき息子テュデウスを
もうけた、そしてテュデウスから力強い息子ディオメデスが生まれたのだ。
そういうわけで彼はテルシテスが殺されたことに立腹した。
そしてペレウスの子［アキレウス］に向かって手を上げたことだろう、
もし彼をアカイア人のすぐれた息子たちが制止し
寄り集まっていろいろとなだめなかったなら。同様に彼らは
ペレウスの子も押しとどめた。実際、アルゴスの
勇者たちがすでに剣をとって争いかねなかったのだ。
邪悪な怒りが彼らをあおっていたからである。
しかし二人とも朋友の説得に従った。
　さて、アトレウスの子である王たち［アガメムノンとメネラオス］は気高
いペンテシレイアに

大いにあわれみを覚えた。彼らも女王のことを讃嘆していたので
トロイエ人たちに対し、栄光の都イリオンへその遺体を武具とともに
運ぶのを許した。プリアモスが使者を送ってきたことを
聞いたのである。老王は心のうちで
勇敢な乙女を武具や馬とともに
富裕なラオメドンの広大な墓所に埋葬しようと思ったのだ。
そして都の前に高く巨大な火葬壇を
積み上げて、その上に乙女を載せた。
死者にふさわしいたくさんの財宝を積み、
火をかけて富貴な女王とともに焼いた。
そしてヘパイストス神の巨大な力、すなわち破壊の炎が
彼女をむさぼりつくすと、人々は入れかわり立ちかわり
香りのよい酒で火葬壇の火を手早く消した。
遺骨を拾い集めると甘い香油をふんだんに注ぎ
うつろな棺に納めた。遺骨の周囲には
上から牛の豊かな脂身を置いたが、この牛はイデの山で
草を食んでいた群れの中でもとくに立派なものであった。

トロイエ人たちは自分の娘に対するように涙を流し
深く悲しみながら堅固な城壁にそって
せり出した塔の上のラオメドンの遺骨のそばに彼女を埋葬した、
アレスとペンテシレイアその人を讃えながら。
そしてその近くに、彼女に従って戦争に赴き
アルゴス人に討たれたアマゾンの女たちすべてを葬った。
アトレウスの子らは涙を誘う墓を築くことを拒まず、
他の戦死者たちについても、槍の飛び交う中から遺体を引き取ることを
戦いにすぐれたトロイエ人たちに許したのであった。
死者に恨みはなく、あわれみに値するものであり
命を失ったからにはもはや敵ではないからである。
　アルゴス人たちの方も、同時にトロイエ人の手にかかって
戦いの前線で殺され倒れた
多くの英雄たちを火にゆだねた、
戦死者たちのために深く心を痛めながら。そして誰よりも
勇敢なポダルケスのために泣いた。彼は戦いでは
勇ましい兄のプロテシラオスにも劣らなかったからである。

しかしもはや高貴なプロテシラオスはヘクトルに討たれてしまい、
弟もペンテシレイアの槍に討たれて
アルゴス人たちに不幸な悲しみをもたらした。
それゆえ人々は大勢の死者とは別のところに
彼を埋葬した。彼ひとりをめぐって立ち働き
遠くからでも見える墓を築いた、勇敢な心をもった王のために。
また離れたところには卑しいテルシテスのあわれな死体を
埋め、へさきのみごとな船のもとに戻って
心からアイアコスの孫アキレウスを讃えた。
　輝く暁女神《エオス》がオケアノスに沈むと
大地には神聖な夜が広がり、
財宝豊かなアガメムノンの幕舎で
勇者ペレウスの子は祝宴の席についた。そして他の英雄たちもともに
尊い暁が戻ってくるまで饗宴を楽しんだ。

第二歌

梗　概

ペンテシレイアの戦死で再び窮地に陥ったトロイエ方では主立った人々が今後の方策を話し合う。戦争をやめるべきだという意見も出るが、結局プリアモス王の意見どおり、暁女神（エオス）の息子メムノンの援軍を待って再び戦うことにする。まもなくメムノンがアイティオペイアから大軍を率いて到着し、プリアモスは父祖伝来の盃を彼に贈って歓待する。翌日戦場に立ったメムノンは大活躍し、アカイア方の勇士アンティロコスを討ち取る。その父ネストルの訴えを聞いたアキレウスはアンティロコスの仇を討とうとメムノンに立ち向かい、長く激しい戦いの末にメムノンを殺す。メムノンの屍は風神たち（アエタイ）によって運ばれ、女神たちもその死を悼む。彼の部下たちは鳥に変えられ、王の墓の上で戦うさだめとなった。メムノンの母、暁女神は深く嘆き悲しむが、なだめられて翌日再び世界に光をもたらす。

こだまを返す山の頂の上に
不滅の太陽の明るい光がさし昇ると
幕舎の中でアカイア人の屈強な息子たちは
喜びに沸き、無敵のアキレウスに大いに感謝を捧げた。
一方トロイエ人たちは都じゅうで涙にくれ、塔の上に
座を占めて見張りについたが、誰もが恐怖にとらわれていた。
あの屈強な勇士が巨大な城壁を越え
彼らを殺してすべてを火で焼き払うのではないかと。
悲嘆にくれた彼らに向かって長老のテュモイテスがこう言った、
「朋友たちよ、この苛酷な戦争にどんな救いがあるのか
わしにはもう見当もつかない。
格闘にすぐれたヘクトルも死んでしまった。かつては
トロイエの大いなる守りであったのに、死神《ケーレス》たちから逃れられず
アキレウスの手にかかって討ち取られた。あの男に

戦闘で立ち向かえば神でさえ殺されるかもしれぬ。
あの女王をさえ戦いで討ち果たした、他のアルゴス人が皆
恐れていたペンテシレイアをな。
なにしろ奇跡のように思えた人だ。わしはあの方を見て
天上からここへ降りてきた女神がわれわれに
喜びをもたらしてくださると思ったものだ。だがそれは間違いだった。
さあ、これからどうすればよいのか考えようではないか、
憎むべき敵となおも戦うべきか、
もはや滅びようとしている都から逃げるべきか、
容赦ないアキレウスが戦闘に加わっている以上
もうアルゴス軍と力を競うことはできまい」。
　こう言うと、ラオメドンの息子［プリアモス］が答えた。
「友よ、トロイエ人たちよ、それに頼もしい同盟軍の諸君、
恐怖にかられて祖国を捨ててはならぬ。
また城市を離れたところで敵と戦うべきではない、
塔と城壁の上で待つとしよう。
肌の黒い人々が住むアイティオペイア(1)から

（1）エチオピアのこと。

無数の軍勢を率いて勇敢なメムノン[2]がやって来るまで。
もうすでに彼はこの地の近くまで来ていると
思うのだ、かなり前にわしは非常に悩んで
使いを出しておいたからな。
彼はトロイエに来てすべてをなしとげようと
喜んで約束してくれたのだ。だからもうすぐ来てくれることだろう。
さあ、もうしばらく辛抱してくれ、戦って勇敢な死を
遂げる方が、逃げて他国の人々に
恥をさらしながら生きるよりずっとよいのだから」。
　こう老王は言った。だが賢明なプリュダマス[3]は
もはや戦うことがよいとは思えず、思慮深い意見を述べた。
「もしメムノンがわれわれの恐ろしい破滅を遠ざけると
明確に約束してくれたのなら、都にとどまって
その英雄を待つことに反対はするまい。しかし
彼が仲間とともに来てくれても戦死してしまったら
さらにわれわれ多くの者にとって不幸なことに
なるのではないかと思う。アカイア軍には恐るべき力が増しているからだ。

(2) アイティオペイアの王。暁女神の息子でプリアモスの甥にあたる。

(3) トロイエ方の知将。

聞いてくれ、都を捨てて遠くへ逃げ
卑怯な思いに負けて多くの恥をしのびながら
異国の地へ移るのはよくない。また祖国に残って
アルゴス人との戦闘で殺されてゆくのもよくない。
だからもう遅いかもしれぬが、ダナオイ人たちに
誉れ高いヘレネとその財宝を返した方がよいのではあるまいか。
彼女がスパルタから持ってきたものに加え
二倍のものをさし出すのだ、都とわれわれ自身を守るために。
われわれの富を敵軍が山分けしたり
町がすさまじい火で焼きつくされたりする前に。
さあ、わたしの言うことに従ってくれ、トロイエ方にとって
これ以上よい意見があろうとは思えないのだ。
ああ、以前もヘクトルがわたしの意見を聞いてくれれば
よかったのに、わたしが彼を城市の中に引き止めようとしたときに[1]」。
　高貴な勇士プリュダマスはこのように述べた。これを聞いたトロイエ人
　たちは
心の中ではうなずいていたが、表立っては

（1）このときのいきさつはホメロス『イリアス』第十八歌二四九―三一三行に記されている。

何も言わなかった。誰もが王を恐れていたし
ヘレネを敬っていたからだ、彼女のために滅びようとしていたのだが。
だがこの高潔な人をパリス(2)は面と向かってひどく非難した。
「プリュダマスよ、おまえは臆病で卑怯者だ。
おまえの胸中には敵を前にして踏みとどまる気持ちなどなく
恐れて逃げることばかり考えている。おまえは軍議の第一人者だと
言っているが、誰より愚かなことばかり言うではないか。
さあ、おまえなど戦争から身を引くがよい、
広間に引っ込んで座っていることだ。わたしの周囲の他の者たちが
町じゅうで武装してくれよう、苛酷な戦いに対して
納得のいく打開策が見つかるまで。
労苦とむごい戦さなくしては
人間の名誉も功績も高まることはないからだ。
臆病な話は年端も行かぬ子どもや女たちが好むだけだが
おまえの心根もそんなものだ。戦いにおいてはおまえの言うことなど
信用できない、おまえはみんなの戦意をそいでしまうのだからな」。
パリスはこのようにののしった。するとプリュダマスは腹を立てて

(2) プリアモスの息子。ヘレネを夫のスパルタ王から奪った。

反論した。彼は正面きって反駁することをためらわなかった。
憎むべき、邪悪で愚かな者は
人前では好意的なことを言ってへつらうが、心の中や
相手のいないところでは非難する。
したがって彼は高貴な王子に対しても公然と反論した。
「まったく、この地上に住む者の中でもこんなにいまわしい人はいない。
あなたの無謀さゆえにわれわれは苦しんできた。あなたは途方もない
戦争を引き起こしたしこれからも続けるのだろう、
祖国が民とともに滅び去るのを目にするまで。
だがわたしにはこんな無謀な心など無用、安全な道を知る
恐れを持ち続けたいものだ。そうすればわが家も無事であろうに」。
　このように言ったが、パリスはプリュダマスには何も答えなかった。
これまでトロイエ人たちにどれほどの苦しみをもたらしたか、
これかれもどれだけそうなるかわかっていたのだ。だが燃える思いにかられて
女神にもまごうヘレネと離れればなれになるよりは死んだ方がましだと思ったのだ。

彼女ゆえにトロイエ人の息子たちは
町の高所から見張りを続け
アルゴス人らとアイアコスの孫アキレウスを監視していた。
　そんな彼らのもとに戦意あふれるメムノンが到着した。
肌の黒いアイティオペイア人を治めるメムノンは
無数の軍勢を引き連れてやって来た。トロイエ人たちは
彼を見て喜びに沸いた。あたかも水夫たちが
恐ろしい嵐に苦しめられた後に
天空に円を描く大熊座の光を見つけたかのよう、
そのように人々はまわりじゅうで歓喜したが、中でもラオメドンの子「プ
　リアモス」は
喜んだ。アイティオペイアの人々によって船団を
焼き払うことができるという望みが湧いてきたのだ。
力強い王がいたし、兵士の人数も多く、
誰もが戦闘に向かう意欲に満ちていた。
それゆえ王は暁女神《エリゲネイア》(1)の高貴な息子を
立派な贈り物と華やかな饗宴で讃えた。

(1) エオスの別名。以下、原則としてエオスとエリゲネイアをともに「暁女神」と訳す。

両者は宴席の食事を囲んで歓談した。
プリアモスはダナオイの将たちやこれまで耐え忍んだ苦しみについて
語りつくし、メムノンはおのれの父や母エオスの
不死の命、はてしないテテュス[1]の流れ、
深く流れるオケアノスの聖なる波、
不滅の大地の果て、太陽の昇る位置にある国、
オケアノスからプリアモスの都とイデの山に
至るまでの旅路について語った。
さらには力強い手で邪悪なソリュモイ人[2]の
神聖な軍隊を打ち砕いたことも。彼らはその行く手をはばんだが
メムノンは相手方へのわざわいとなり堪えがたい死をもたらしたのだった。
こうしたことを彼は話し、またこれまで出会ったさまざまな
民族について語った。これを聞いた王の心は喜びに満ち、
敬意をこめて歓迎の言葉をかけた。
「メムノンよ、こうして神々はそなたの軍勢とそなた自身を
わが館でわしに見せてくださった。
どうか、さらにはアルゴス人たちが

（1）大空と大地の娘。オケアノスの妻となり多くの河を生んだとされる。

（2）山岳に住む種族。その名はエルサレム（ヒエロソリュマ）のもとになったと言われる。

そなたの槍によって滅びてゆくところを見せていただきたいものだ。
そなたはどう見ても不滅の神々のようだ、
この世に住む英雄とは思えないすばらしさよ。
だから彼らにむごい殺戮をもたらすことができるであろう。
さあ、今日のところはわしの饗宴を楽しんでほしい。
その後でそなたにふさわしいように戦ってくれ」。
　そう言うと手に大きな盃を取り上げ
メムノンに歓迎のしるしとしてその重い黄金の盃を
惜しみなく渡した。これは足萎えた知恵豊かな神
ヘパイストスの傑作で、キュプロゲネイア(3)を妻に迎えたとき
力強いゼウスに贈ったものだった。ゼウスはこれを贈り物として
神にまごう息子ダルダノスに与えた。彼はこれを息子エリクトニオスに与え、
エリクトニオスはこれを高潔なトロスに与えた(4)。トロスはこれをイロスに
財宝とともに遺贈し、イロスはラオメドンにこれを与えた。
ラオメドンはプリアモスにこれを与えたので、プリアモスもこれを
息子に贈ろうとした。しかしそれは神々が許さなかった。

(3)「キュプロス生まれの女神」という意味で、愛と美の女神アプロディテの別名。

(4) 盃を譲られたのは、以下もそれぞれ父と息子の間柄である。

メムノンはその美しい盃に心底感嘆し、
手に取りながらこのような言葉を返した。
「大きな自慢をしたり約束をしたりするのは
祝宴にふさわしくありません。おだやかに
大広間で宴を楽しみ、礼にかなったことをすべきです。
わたしが武勇にすぐれ勇敢であるか、そうでないかは
戦いでごらんになれましょう。そのときに戦士としての力が示されます。
ですが、そろそろ寝ることを考え、夜通し飲むのは
やめましょう。戦う意欲に満ちた者には
酒を飲みすぎるのも、眠りが足りなくて苦しいのも堪えがたいことですから」。
こう言うと、老人は感嘆して言葉をかけた。
「宴のことは心のままにするがよい。望みどおりにふるまってくれ。
気が進まぬのなら無理強いはしたくない。宴席から
立ち去ろうとする者を引き止めるのも、とどまろうとする者を
広間から追い出すのもよくないことだ。[1] それが人の道というものだから
な」。

（1）ホメロス『オデュッセイア』第十五歌七二―七三行に類似した表現がある。

こう言うと、メムノンは食卓から立ち上がり、これが最後となる
寝床の方へ行った。他の客たちも眠ろうと考えて
立ち去った。すると［彼らに］(2)甘い眠りが訪れた。
　一方稲妻を集めるゼウスの広間では
神々が宴を楽しんでいた。クロノスから生まれた父神は
すべてを心得て、おぞましい響きを立てる戦いの行方についてこう語った。
「神々よ、皆明日の戦闘で起こる重苦しい不幸を
知っておくがよい。たくさんの力強い馬が
双方の戦車の周囲で切り裂かれ、
戦士たちが死ぬことになろう。彼らのことが心配になっても
ここから離れるな。わしの膝にとりすがって
嘆願するようなことも許さぬぞ。死神《ケーレス》たちはわれわれにも容赦ないのだか
　らな」。
　神々自身もよく承知していたことであってもこう言ったのは、
誰か取り乱す者があっても戦闘から離れているように、
また息子や愛する者のため
不滅のオリュンポスの中でむなしく嘆願する者がないようにするためで

(2) 括弧内の部分は正確な本文がわかっていない。現行のテクストに従って訳した。

あった。
神々は力強い雷鳴を持つクロノスの子の言うことを聞き、
胸のうちで耐え、王の前では
何も言わなかった。彼をひどく恐れていたからである。
胸を痛めながらも神々はそれぞれの住居と臥所《ふしど》のあるところへ
帰っていった。不死の身であっても
眠りのやさしい賜物がまぶたに広がっていった。
　切り立った山々の頂の上の広い空に
輝く明けの明星が姿を現わすと、すこやかに深く眠っていた人々も
干し草を束ねる仕事をしようと目をさます。
このとき暁女神《エリゲネイア》の勇猛な息子からも
最後の眠りは去っていった。彼は胸を勇気でふくらませ
すでに敵と戦う意欲に燃えていた。
暁女神は心ならずも広い大空に上った。
トロイエ人たちが戦いのため武具を身につけると
力強いプリアモスの周囲に集まった同盟軍も一人残らず
これにならった。ただちに城壁の前へ押し寄せるさまは

黒い雲のよう、それはクロノスの子が
嵐を起こすとき重い空のもとに寄せ集めるもの。
平原は人でいっぱいになった。彼らはあたり一帯に広がって
小麦を食いつくすイナゴのようだった。それは
広大な大地をおおう雲か雨に似て
飽くことを知らずひしめき合い、人間たちに恐ろしい饑餓をもたらすのだ。
それほどにも彼らは数多く力強かった。大地は
突き進む兵たちに満ち、足元からは砂埃が舞い上がった。
　アルゴス人たちは彼らが押し寄せてくるのを見て
遠くで驚愕していたが、ただちに青銅の鎧を身につけると
剛勇のペレウスの子［アキレウス］に従った。彼は軍の真ん中で
力あふれるティタンたち(1)のように進み、
昂然と馬や戦車を進めていた。彼の武具は
稲妻のように一面に輝きを放っていた。
さながら大地を取り巻くオケアノスの果てから
死すべき者たちを照らす太陽が大空に昇り
輝きわたるよう、このとき万物を養う大地も空も笑いに満ちる。

(1) オリュンポスの神々より一世代前の神々。

そのようにアルゴス人たちはペレウスの子につき従っていた。
一方、トロイエ軍の中をメムノンが進む様子は
戦意高鳴るアレスのよう、
意気さかんな兵たちが王に従って歩を進めていた。
　やがてトロイエ軍とダナオイ軍の長い隊列は
戦いを始めたが、中でもアイティオペイア人たちが抜きん出ていた。
両軍が大きな音を立ててぶつかり合う様子は、嵐の季節に
あちこちから風が吹き寄せてくるときの海の波のようだった。
それぞれがとぎすましたトネリコの槍を繰り出して
互いの身体を切り裂き、うめき声と喧噪がわき起こった。
大きな河がとどろきうめきを上げながら海に
注ぎ込むときのよう、そのときゼウスの激しい嵐が起こり、
雲の上からすさまじい雷がとどろく。
兵たちは互いにぶつかり合い、火のような息を吐いていた。
このように戦っている者たちの足元で広大な大地は
鳴りとどろき、騒然たる叫び声は神聖な天空に
上った。両軍はそれほど恐ろしい叫びを上げていたのである。

このときペレウスの子はタリオスとメンテスを討ち取ったが
二人とも名家の出だった。彼はさらに多くの者を討ち取った。
さながら地下で激しい嵐が家々を襲うよう、
たちまち何もかも土台から打ち砕かれて
地表に散らばる、大地が重く揺さぶられるからだ。
そのように人々はペレウスの子の槍によって砂埃の中に倒れ
ただちに死んでいった。それほどにもアキレウスの心は荒れ狂っていたのだ。
一方では同様に暁女神《エリゲネイア》の高貴な息子が
アルゴス人たちを切り倒していた。そのさまはまがまがしい宿命女神《アイサ》のよう、
人々にいとわしく恐ろしい災いをもたらす女神である。
まず彼はペロンの胸を無慈悲な槍で
貫いて討ち取り、ついでエレウトスを殺した。
二人とも戦争や苛酷な闘いを望んで
アルペイオス(1)の流れのほとり、トリュオンに住んでいたのだが
ネストルに従ってイリオンの神聖な都へやって来たのだった。

(1) ペロポンネソス半島西部の川。ホメロス『イリアス』第二歌五九二行でも言及されている。

この二人を倒すと、メムノンはネレウスの息子［ネストル］を殺そうと
意気込んで向かっていった。神にもまごうアンティロコス(1)が
前に立ちはだかって長い槍を向けた。メムノンが
身をかわしたので槍はわずかにそれ、彼の親友、
ピュラソスの子アイトプスに当たった。彼は友が殺されたことに怒って
アンティロコスに飛びかかった、あたかも大胆不敵な獅子が
猪を襲うよう、だが猪も人間にも獣にも立ち向かい
闘うすべを心得ている、そしてすさまじい戦いが起こるのだ。
そのようにすばやく飛びかかるとアンティロコスは相手に
大きな岩を投げつけた。だがメムノンの心はひるまなかった。
頑丈なかぶとがむごい破滅を防いでくれたからだ。
彼は攻撃を受け胸のうちですさまじく
猛り立った。かぶとが大きな音を立てた。彼は
アンティロコスに向かってさらに荒れ狂い、力が煮えたぎった。
そこでネストルの息子の——相手も戦闘にすぐれていたが——
乳の上を突いた。力強い槍が心臓を貫いた。
そこは人間にとってただちに致命傷となるところである。

(1) ネストルの息子で、アカイア軍の主要な戦士の一人。

アンティロコスが殺されたのでダナオイ人たちは皆
悲痛の念にかられた。ことに自分の子を目の前で
殺された父ネストルの胸は悲しみに沈んだ。
父がわが子を殺されるのを目のあたりにしたときほど
人間がつらい苦しみに襲われることはないからだ。
それゆえ肝は座り心はゆるがなかったが
わが子がむごい死の運命に倒れたことを深く悲しんだ。
そして、遠くにいたトラシュメデス[2]に急いで呼びかけた。
「早く来てくれ、誉れ高きトラシュメデスよ、
おまえの兄、わしの息子を殺した奴を
不名誉となる屍から追い払うのだ、さもなくばわれわれが
あれのために不幸な最期を遂げるのだぞ。
もしおまえの胸のうちに恐れがあるならおまえは
わしの息子ではないしペリクリュメノス[3]の血を引く者でもない、
ヘラクレスにさえあえて立ち向かった方なのだから。
さあ戦うのだ、必要に迫られれば
戦いの中では臆病者にも大きな力が湧くものだからな」。

（2）ネストルの息子で、アンティロコスの弟。

（3）ネストルの兄。ギリシア神話中最大の英雄とされるヘラクレスと戦って殺された。

こう言うと、それを聞いたトラシュメデスはむごい悲しみに
心をかき乱された。すぐにその傍らへペレウス(1)も
やって来た、主人が殺されたことに
胸を痛めたのである。彼らは力強いメムノンに対して
血みどろの戦いもいとわず飛びかかっていった。
あたかも、切り立った山のふもとの森の中で
狩人たちが猪や熊など
大きな獣に立ち向かい、
仕留めてやろうと身構えるよう、だが獣は両人に襲いかかり
力を頼りに荒れ狂い、人間たちを押し返す、
そのようにメムノンは傲然としていた。彼らは近づいても
相手を長いトネリコの槍で
殺すことはできなかった。槍は彼の身体から遠く
それた。暁女神《エリゲネイア》がそらしてしまったからだ。
だが槍はむなしく地面に落ちたわけではなかった。ただちに
大胆不敵なペレウスはメゲスの息子ポリュムニオスに
飛びかかって殺した。またラオメドン(2)を殺したのは

(1) アンティロコスの従者。カタカナ表記ではアキレウスの父と同綴になるが、これは Phereus. アキレウスの父は Peleus.

(2) トロイエ方の戦士。プリアモスの父とは別人。

ネストルの力強い息子で、一騎討ちによって
メムノンに殺された兄のため怒っていた。だがメムノンは
頑丈な手で青銅造りの鎧をはぎ取っており、
トラシュメデスも勇敢なペレウスの力も
気にしなかった。二人よりずっと力が上だったからだ。さながら
鹿をめぐって大きな獅子が進んでくると
山犬は恐れてもう近づく気にならないように。ネストルは
これを間近に見てひどく悲しみ、他の部下に
敵に向かっていくよう命じた。そして自ら
戦車を降りて戦おうと身構えた。
死んだ子を悼むあまり、おのれの力もかえりみず戦いに
飛び込もうとしたのである。このとき彼もわが子同様
戦死者たちとともに横たわることになったかもしれない、
大胆不敵なメムノンが向かってくる彼にこう言わなかったなら。
自分の父と同じ年頃なのであわれみを覚えたのだ。
　「ご老人、お年を召したあなたがわたしに向かって
戦うべきではない。わたしには今わかったのだ。

あなたのことを、敵に向かってくる若く屈強な戦士だと思っていた。
わたしは心はやってこの腕と槍にふさわしい
戦功を立てられると考えてしまったのだ。
さあ、いまわしい戦いと殺戮から身を引かれるがよい、
退かれよ、わたしが望まぬのにあなたに打ちかかることのないよう、
ずっとすぐれた者と戦ってあなたの子のそばに倒れることの
ないように、あなたが分別を失ったと人に言われることの
ないように。自分よりすぐれた者に立ち向かうべきではない」。
　こう言うと、老人はこのように言葉を返した。
「メムノンよ、おまえの言うことはすべてたわごとだ。
わが子のために敵と戦い、無慈悲な殺害者を
屍から追いのけようとする者に向かって
分別を失ったなどと言う者はおらぬ。ああ、わしの力が
変わらずにいれば、おまえもわしの槍の力を思い知るであろうに。
今おまえはまったく思い上がった口をきいているが、
若者の心は大胆でも知恵はまだ頼りないものだ。
だからおまえもうぬぼれて愚にもつかぬことを言うのだ。

もしおまえが若さのさかりにあるときのわしに向かってきたら
武勇にすぐれていようと、仲間たちのもとに戻ることはできないだろう。
今わしは獅子のように恐ろしい老いの重荷に苦しんでいる、
羊でいっぱいの小屋から、犬ごときに大胆に
追い払われる獅子のようにな。望んでも犬から
身を守ることができぬ、もはや歯も力も
しっかりとはしていない、時がたって剛毅な心も萎えた。
そのようにわしにはもはや昔のような力が
湧いてはこない。しかしながらわしはまだ
多くの者より力は上だ。老いに勝てるものは少ないのだ」。
　こう言って後退し、砂埃の中に横たわる
息子を残していった。もはや
敏捷な手足にはかつてのような力はなかったのだ。
苦しい老いに重く押さえつけられていた。
それと同様に立派な槍をもつトラシュメデスもじりじりと後退し、
大胆不敵なペレウスも、他のすべての仲間たちも
恐れにとらわれていた、この恐ろしい戦士の攻撃を受けて。

　あたかも大きな山から深く渦を巻く河が
沸き返り、たえずとどろきながら流れるときのよう、
そのときゼウスは人間たちの上に雲を広げ
大きな嵐をあおれば、雷が響きわたり
稲妻がひらめいて、巨大な雲がたえずぶつかり合う。
くぼんだ耕地は水であふれ
不吉な響きを立てる雨が押し寄せ、広い峡谷も
山じゅうに恐ろしい叫びをこだまさせる。
そのようにメムノンはヘレスポントスの海岸沿いにアルゴス人たちを
追撃し、後ろから追いついては打撃を与えていた。
多くの者がアイティオペイア人の手にかかって
埃と血の中で命を落とし、死んでゆくダナオイ人たちの血のりで
大地は汚れた。メムノンは心を踊らせて
敵の隊列を追い続け、トロイエの土は
死体でいっぱいになった。彼は戦闘をやめなかった。
トロイエ人たちにとっては光、ダナオイ人たちにとっては災いと
思われていたからだ。だが多くの嘆きをもたらす運命女神《モイラ》が

傍らに立って彼を惑わせ、戦闘へとあおりたてていた。
彼の周囲でたくましい従者たちが戦っていた。
アルキュオネウス、ニュキオス、寛大なアシアデス、
槍にすぐれたメネクロス、アレクシッポス、クリュドン、
その他の者たちがはやり立って戦っていた。彼らも
王を信頼し、結束して戦いに臨んでいた。
だがそんな折り、ダナオイ軍に飛びかかってきたメネクロスを
ネレウスの孫［トラシュメデス］が殺した。仲間ゆえに怒り心頭に発した
大胆不敵なメムノンは多くの者を戦闘で殺した。
あたかも山中で狩人が脚の速い鹿に襲いかかり
若者たちの知恵のおかげで、おぞましい網すなわち
狩りの最後のわなの中へ
皆まとめて落とし入れるときのよう、犬たちは喜んで
しきりに吠え立てる。狩人ははやり立って槍で
脚の速い鹿たちにむごい死をもたらすのだ。
そのようにメムノンは大軍を切り裂き、周囲で仲間たちが
喜びにわいていた。アルゴス人たちはこの誉れ高い戦士から逃げた。

ちょうど高い山から巨大な岩が
ころがり落ちるよう、無敵のゼウスが高みから
むごい雷を放ち断崖から岩を押し落とすと、
岩は生い茂る低木林や長い谷を打ち砕く。
峡谷じゅうがとどろきわたり森の中で震える、
岩が落ちてくると下で草をはんでいた
羊や牛やその他の獣はその残酷な容赦ない
勢いを避けようとする。そのようにアカイア人たちは
突進してくるメムノンの力強い槍から逃げた。
　だがそのときネストルは勇敢なアイアコスの孫の
傍らに行き、息子のために心を痛めてこう言った。
「アキレウスよ、たくましいアカイア人たちの大いなる防壁よ。
わしのいとしい息子が殺された、死んでしまって武具は
メムノンに取られた。あれが犬の餌食にならぬかと心配だ。
早く救い出してやってくれぬか、殺された仲間を忘れず
もう生きてはおらぬことを悲しむのが親友というものじゃ」。
　こう言った。それを聞くとアキレウスの心は悲しみに沈んだ。

メムノンがうめきに満ちた喧噪の中で
アルゴス人たちを槍でなぎ倒しているのを見つけると
ただちに、別の隊列の中、その手で突き殺していた
トロイエ人たちを捨て、戦いを激しく望んで
彼に向かって行った。アンティロコスと他の殺された者たちゆえに
怒りに燃えていたのだ。すると相手は両手に岩をつかんだ、
それは人々が麦の豊かな地に境目として置いたもの、
その岩を疲れを知らぬペレウスの子の楯へ
高貴な戦士は投げつけた。しかしアキレウスは巨大な岩を避けたりせず、
すぐに長い槍を振りかざして近くへ迫った。
彼は徒歩だった、馬たちは戦線の後ろにいたからだ。
そして楯を越えて相手の右肩を強く突いた。
メムノンは傷を負いながらもひるむことなく反撃し、
アイアコスの孫の腕を力強い槍で突いた。
血が流れ出ると、英雄はむだな喜びに小躍りし、
相手に向かってすぐに思い上がった言葉をかけた。
「これでおまえはおれの手で打ち倒されて死に、

無惨な最期を遂げるのだ。もう戦闘から逃れることはできないぞ。
あわれな奴め、なぜトロイエ人を執拗に殺し続ける、
母が不死なるネレウスの娘(1)だからといってどの人間よりも
はるかに強いというつもりか。だがおまえにはもはや
運命の日が来たのだ。おれは神の血を引く者、
暁《エオス》女神の勇敢な息子だ。遠くオケアノスの流れの
傍らでゆりのようなヘスペリデス(2)がおれを育てたのだ。
だからおまえとの容赦ない戦いも避けはしないぞ。
おまえはネレウスの娘の子だとうぬぼれているが、
高貴なわが母はどれだけ彼女よりすぐれているかおれは知っている。
母は神々と人間たちの上に光を注ぎ、
不朽のオリュンポスの中でも、人間たちにとって益となる
立派で輝かしいことはすべてわが母によってなしとげられるのだ。
だがおまえの母親は海の不毛な隠れ家に座ったきり、
怪物どもとともに暮らし魚に囲まれてとりすましているが
何もせず隠れたままだ。おれはテティスのことなど気にもかけず
天上に住む女神たちと同列にあるとは思わない」。

(1)アキレウスの母は海神ネレウスの娘、女神テティスである。なお海神ネレウスは Nereus と綴り、ネストルの父ネレウス Neleus とは異なる。

(2)夜の女神または巨人アトラスの娘たちで、オケアノスの西端に住むとされる。

こう言うと、アイアコスの子の勇敢な息子はこう言い返した。
「メムノンよ、どこまで思い上がるつもりか、あさはかにも
おれに向かって戦いを挑もうとするとは。
力でも生まれでも威厳でもおれの方がおまえより上だ、
偉大なゼウスとたくましいネレウスの高貴な血を
受け継いでいるのだから。ネレウスが生んだ海の乙女たち
ネレイデスはオリュンポスでも神々に尊ばれている。
中でも、すぐれた考えをめぐらすテティスは重んじられている。
残忍なリュクルゴス[3]の力を恐れた
ディオニュソス[4]を自分の住居に迎え入れたからだ[5]。
また、鍛冶にすぐれたヘパイストスが
オリュンポスから落ちたときも自分の館に受け入れた[6]。
白い雷電を放つゼウスさえいましめから解き放った[7]。
すべてを見そなわす天の神々はこうしたことを忘れず
わが母テティスを神々しいオリュンポスの中でも敬っているのだ。
おれの母が女神であることをおまえも思い知るだろう、
この手から放たれた青銅の槍がおまえの肝を突き刺すときに。

(3)幼時のディオニュソス神を迫害したため、神罰を受けたとされる王。
(4)ぶどう酒と演劇の神。
(5)ホメロス『イリアス』第六歌一三〇—一三七行参照。
(6)ホメロス『イリアス』第十八歌三九四—四〇五行参照。
(7)他の神々がゼウスを拘束したとき、テティスが彼を救った。ホメロス『イリアス』第一歌三九六—四〇六行参照。

おれはパトロクロスの仇としてヘクトルを討った。おまえもアンティロコスの仇として
おれの怒りを受けるがいい。おまえが殺したのは臆病者の友ではないからな。
だが、年端も行かぬ子どものように突っ立って
親や自分たちの手柄話をしている場合ではない、
今こそ戦うときであり武勇を示すときだ」。
　こう言って、とても長い剣を手に取った。
メムノンも同様にし、互いにすばやく飛びかかった。
二人は胸を高ぶらせ、ヘパイストスが
不滅の技で造り上げた楯を激しく打ち合っては
何度もおどりかかった。双方のかぶとがぶつかり
羽飾りが互いをかすめた。
ゼウスは両人をいつくしんで力を授け
疲れを知らぬように、また身体も大きくして
人間ではなく神のようにしてやった。不和女神《エリス》が二人を見て歓喜していた。
二人は相手の身体に早く槍を突き刺そうと

楯や大きな羽根をつけたかぶとの隙間を
しきりに狙った。あるときはまた
すねあての少し上や、たくましい身体をおおう
彫金細工の胴鎧の下をめがけ
必死になって戦った。二人の肩のあたりで
武具が鳴り響いた。戦うトロイエ人、
アイティオペイア人と、雄々しいアカイア人の双方から
叫び声は神々しい天にまで達した。足元から埃が舞い上がり
広い空に届いた。戦闘は頂点に達していたのだ。
　あたかも霧が山から雨粒を舞い上げるよう、
奔流は跳ねあがる水に満ちて
響きわたり、峡谷一帯がはてしなく
とどろくと、羊飼いたちは皆
急流と霧におびえる、それは恐ろしい狼や
広い森のはぐくむ他の獣たちにとって都合のよいものなのだ。
そのように戦士たちの足元から息がつまるほどの埃が舞い上がり
神聖な太陽の光も包み隠し

天空も曇らせた。人々は砂埃と
むごい戦闘の中で恐ろしい苦しみにあえいだ。
だがある神が砂埃をすばやく戦場から
追いのけた。恐ろしい死神《ケーレス》たちが
血気さかんな双方の戦列をあおり
うめきに満ちた戦闘へたえず向かわせていた。アレスは
残忍な殺戮をやめず、いたるところで大地は
流れ出る血にまみれた。黒い破滅神《オレトロス》が歓喜していた。
馬を養う平原は戦死者でいっぱいになった、
シモエイスとクサントス(1)がイデから
神聖なヘレスポントスへ注ぐ流れで取り囲むあたり一面に。
　戦士たちの闘いははてしなくさかんに続き
双方の力は拮抗していた。
その間オリュンポスの神々は遠くからこれを見て
ある者は不屈のペレウスの子に、
またある者はティトノス(2)と暁女神《エオス》の高貴な息子［メムノン］に心を寄せて
いた。

(1) 双方ともトロイエを流れる河の神。

(2) 暁女神の夫、メムノンの父。不死の命を与えられたが女神が若さを願うのを忘れたため、老いてセミに変えられたという。

広い天空がどよめき、海が響きわたり、
黒い大地は二人の足元で
一面に揺さぶられた。誇り高いネレウスの娘たちは皆
テティスの周りで勇敢なアキレウスを思っておびえ、
言い知れぬ不安にとらわれていた。
暁女神《エリゲネイア》自身もわが子のために恐れを覚えつつ
戦車で天空を進んでいた。傍らには
太陽神《エエリオス》の娘たちが神聖な軌道に沿って
茫然と立ちつくしていた。それはゼウスが
疲れを知らぬ太陽が年を追って回るようにと授けた道、
万物は日ごとにたえまなくめぐる時を
一年の周期に従って生き、滅ぶのだ。
このとき至福の神々の間にも容赦ない戦いが起きたであろう、
雷をとどろかせるゼウスの意志により
二人の命運の神《ケーレス》(3)がすばやくそれぞれの戦士のもとに
行かなかったならば。闇の命運はメムノンのもとへ行き、
輝く命運は大胆なアキレウスの方へ行った。これを見ていた

(3) 人の命運を擬人化した神。他では死を決定する役割をもつため、死神と訳す場合が多い。

神々は大声で叫び、たちまちある者はむごい苦しみを覚え、
ある者は輝く歓喜に包まれた。
　英雄たちはたえず血みどろの一騎討ちを続け、
命運の神《ケーレス》たちが近づいたのも気づかず
互いに全力をつくして戦っていた。
この日不滅の巨人族《ギガンテス》かたくましいティタンたちの
苛酷な戦いが行なわれているのだと
思われただろう、二人の戦いはそれほどすさまじいものだったのだ。(1)
二人はあるときは剣をふるって飛びかかり、またあるときは
大きな岩を互いに投げつけた。
どちらも攻撃をやめずひるみもせず、
あたかもはかり知れぬ武勇をまとったゆるぎない岩山どうしがそびえるよ
　うだった。
二人ともゼウスの子孫であると自負していたからだ。
エニュオは対等な戦いを繰り広げていたので
両人は長いこと何度もぶつかり合って戦った。
彼らの勇敢な仲間たちも王とともに

(1) このあとに欠行を想定するテクストもある。

たえずさかんに戦いを続け、
力つきて楯に槍を突き立てられるまでやめなかった。
双方とも攻撃を受けて無傷な者はなく、
誰もが激突を続けて手足から地面へ血と汗を
流していた。大地は死体でおおわれた。
さながら空が雲におおわれ太陽が山羊座に
入る(2)よう、そのとき水夫は海をひどく恐れるものだ。
馬たちはいななき、突進する人々とともに
戦死者を踏みにじっていた。あたかも実り豊かな秋の後
冬が来て、木から散り敷いた葉のように。
　死体と血の海の中で
栄えある神々の息子たちは互いに対する
怒りをおさめることなく戦いを続けていた。不和女神《エリス》が
戦闘の苛酷な天秤を持ち上げた。もはや均衡は破れていた。
高貴なメムノンの胸の底を
ペレウスの子が傷つけると、大きな剣は身体を
突き抜いた。たちまちいとしい命は打ち砕かれた。

(2)冬になること。この時期ギリシアでは嵐が多い。第一歌三五五—三五六行参照。

メムノンは黒ずんだ血潮の中に倒れ、武具が大きな音を立てた。
大地はとどろき仲間たちは逃げ去った。
ミュルミドネス人たちが彼の武具をはぎ取った。トロイエ人たちは
逃げたが、アキレウスはそのあとを嵐のように勢いすさまじく追いかけて
　いった。
　暁女神《エオス》は嘆きの声を上げ雲に身を隠し
大地は陰った。風神《アエタイ》たち(1)はすばやく
母の言いつけに従ってプリアモスの平原へ
ひとすじの道を進み、死者を包んだ。
彼らは暁女神《エオス》の息子「メムノン」をさっと持ち上げ
白い天空の中へ運んでいった。彼らの心は
戦死した兄弟のために嘆き、高空一帯が
うめき声を上げた。メムノンの手足からはあるかぎりの
血のしずくが降り注ぎ、次の世代の人間たちへの
形見となった。神々はあちこちからこれを
集めてきてざわめく河にした。
長大なイデの山すそに住む人々は皆

(1) 暁女神の息子たちとされる。

それをパプラゴネイオスと呼んでいる。
この河は、メムノンが死んだ悲しむべき日になると
血の流れとなってものを養う大地を横切る。
水からはひどく堪えがたい匂いが
立ちのぼる。あたかもおぞましい傷口から
腐敗した血がすさまじい匂いを発しているように思えるだろう。
しかしこれも神々の意志によってなされたことなのだ。
すばやい風神《アエタイ》たちは暁女神《エオス》の勇敢な息子を運んで
大地をかすめ、暗い闇に身を包んで飛んでいった。
　一方、アイティオペイア人たちも殺された王を
遠くに放っておいたままにはしなかった。神がすぐ彼らを
導き、望みに応えて速く動けるようにしたので
彼らはただちに空を飛んでいけるようになったのだ。
そこで彼らは王を悼みながら風たちについていった。
あたかも猪か獅子の残酷なあごに引き裂かれ
茂みの中に倒れた狩人の亡骸を
不幸な仲間たちがかつぎあげて嘆きながら

運んでいくときのよう、犬たちは主人を慕って
むごい狩りのために悲しげな鳴き声を立てながらついていく。
そのように、彼らは苛酷な戦場をあとにして
しきりに嘆きながらすみやかな風神《アエタイ》たちについていった、
広大な闇に身を包んで。まわりではトロイエ人たちも
ダナオイ人たちも、彼らが皆王とともに姿が消えてゆくのに驚き、
いつまでも言葉もなく茫然としていた。
疲れを知らぬ風神《アエタイ》たちは低くうめきながら
格闘にすぐれたメムノンの屍を
深い流れのアイセポスの河[1]のほとりに安置した。
そこは結い髪うるわしいニンフたちの美しい森があり、
のちにアイセポスの娘たちが
さまざまに繁る木でおおわれた大きな墓を築いた。
そしてまわりじゅうで女神たちが
玉座美しい暁女神《エリゲネイア》の息子を讃えてしきりに嘆きの声を上げた。
　日の光が沈むと、暁女神《エオス》は空から降りて
わが子のために泣きくれた。まわりを囲むのは

（1）ミュシア（小アジア北西部の国）の河。

美しく髪を結った十二人の乙女たち、彼女たちが司るのは
回り続けるヒュペリオン[2]の高い道すじ、
夜と日の光、そしてゼウスの意図から生じた万物で、
その館と不滅の門をめぐって
入れかわり立ちかわり行き来しながら
年ごとにずっしりとした収穫をもたらせば、順々に太陽の運行に従って
寒い冬、花ざかりの春、
楽しい夏、ふどうの豊かな秋が続いてゆく。
彼女たちが天の高みから降りてきて
メムノンのためにはてしなく涙を流すと
プレイアデス[3]もともに泣き、大きな山々や
アイセポスの流れもこだまを返し、たえまない慟哭が起こった。
彼女たちに囲まれた暁女神《エリゲネイア》はわが子を抱きしめて
しきりに嘆きながら長いうめき声を上げた。
「おまえは死んでしまった、いとしい子よ、この母に
つらい苦しみを残して。おまえを失った以上わたしは
天上の神々に光を注ごうとは思いません。

(2) 太陽の別名。
(3) 巨人アトラスの娘たちで、すばるの七つ星になった。

地下の神々が住む恐ろしい深淵に降りていきましょう。
そこは亡骸を離れたおまえの魂が漂うところ、
深淵《カオス》といまわしい闇が万物をおおっています(1)。
そうすればクロノスの子も胸に苦しみをお感じになるでしょう。
わたしにはネレウスの娘［テティス］ほどの誉れもないらしい、ゼウスおん自らに
認められてすべてに目を配り、すべてを終わりまで導いているというのに
それが何になるのでしょう。さもなくばゼウスもわたしの光を重んじてくださったであろうに。
ですからわたしは闇の中へ行きましょう。テティスを海から
オリュンポスへ引き出して、神々と人間に光を放たせてやるがいい。
わたしは天よりも嘆きに満ちた闇の方がいい、
おまえを殺した者に光を投げかけようとは思いません」。
　このように語る女神の顔には、涸れることのない川のように
涙が流れ、屍のまわりの
黒い大地をぬらした。神々しい夜女神《ニュクス》(2)は
いとしい娘とともに悲しみ、大空は暁女神《エリゲネイア》のためを思って

六一五　(1) 前後とのつながりが悪く本文に疑問もあるが、ここでは冥界の描写を挿入したものと解しておく。
六二五　(2) 暁女神の母。

闇と雲ですべての星をおおい隠した。
　トロイエ人たちはメムノンのために心を痛め
城市の中にいた。王と仲間たちを惜しんでいたのだ。
アルゴス人たちもさして喜んだわけではなく、彼らも
殺された仲間たちの傍らで平原に野営していた。
槍も見事なアキレウスを讃える一方で
アンティロコスのために泣いた。喜びと悲しみが同居していた。
　一晩中暁女神《エオス》はひどく嘆き悲しんだ。
闇が女神を包んでいた。日の出のことを
気にかけてはいなかった、広大なオリュンポスがいとわしかったのだ。
傍らでは脚の速い馬たちがしきりにうめき、
不馴れな大地を踏みしだきながら
悲しむ女王を見つめ、いつもの軌道に帰りたがっていた。
ゼウスは怒って激しく雷をとどろかせ、大地全体が
揺さぶられた。神々しい暁女神《エオス》は震えあがった。
　肌の黒いアイティオペイア人たちは嘆きながら
すみやかに王を埋葬した。牝牛の眼をした暁女神《エリゲネイア》は

力強い息子の墓のまわりでしきりに悲しむ彼らを
鳥に変え、空を飛べるようにしてやった。
今では多くの種族の人々がそれを
メムノン鳥と呼んでいる。鳥たちは王の墓の上を
飛び交って泣き叫び、塚の上に砂埃を
まき散らすと、メムノンに敬意を表して
互いに激しい戦いを始めるのだ(1)。メムノンは冥王《アイデス》の館の中で
または至福の神々に混じってエリュシオンの野(2)で
喜びに踊る。そして神々しい暁女神《エオス》も
これを見て歓喜する。鳥たちの戦いは
力つきて片方がもう一方を殺すまで、あるいは
双方とも王のために戦って最期を遂げるまで続くのである。
　光をもたらす暁女神《エリゲネイア》の意志によって
好戦的な鳥たちはこうしたことをなしとげることになった。そのとき
神々しい暁女神《エオス》は豊かな実りをもたらす季節の女神《ホライ》たちとともに天空に
　昇った。
季節の女神たちは気の進まぬ暁女神をゼウスの敷居へ導き

(1) 暁女神が息子の死を悲しみ、彼の部下たちを鳥に変えたことについては、オウィディウス『変身物語』第十三歌五七六―六一九行参照。
(2) 英雄たちが死後住むとされた極楽。

重い悲しみもやわらぐような言葉をかけて元気づけたが
暁女神はなお嘆いていた。それでも日輪の軌道を忘れなかった。
ゼウスのたえまない脅しをひどく恐れていたのである。
ゼウスからこそ、オケアノスの流れ、大地、
それに燃える星たちの住居に囲まれた万物は生ずるのだ。
プレイアデスが暁女神を先導した。女神は自ら
高空の門を開き、闇を一掃した。

第三歌

梗　概

アンティロコスの埋葬の後、アキレウスはアカイア軍を率いてトロイエの城門に迫る。アポロン神の制止を振り切って攻撃を続けたため、アポロンは怒り彼に矢を放って致命傷を負わせる。アキレウスはなおも戦いを続け、天上では女神ヘレがアポロンを非難したが、アキレウスはやがて城門の前で息絶える。

トロイエ軍は態勢を立て直し、アキレウスの屍をめぐってアカイア軍と激しい戦いを繰り広げるが、アイアスの奮戦によりついに城市の中に退く。アカイア人たちは陣営にアキレウスの遺体を安置しその死を嘆き悲しみ、彼の戦友たちや戦地妻ブリセイスが弔いの言葉を述べる。海の女神たちや詩神たちも加わって丁重な葬儀が行なわれる。中でもアキレウスの母テティスの悲嘆は深かったが、アキレウスを神々の列に加えようという海神ポセイダオンの約束でようやく心を鎮める。

　玉座美しい暁女神《エリゲネイア》の光が現われると
槍をもつピュロス人たちは主人のためにしきりに涙を流しながら
アンティロコスの屍を船の方へ運び
ヘレスポントスの海岸に彼を埋葬し
深く悲しんだ。周囲でアルゴス人の力強い息子たちが
うめいていた。誰もが耐えがたい悲しみに包まれながらも
ネストルを称賛していた。彼の心はさほど打ちのめされてはいなかったの
だ。
賢い人の心は苦難にあっても勇敢に耐え
苦しみの中でも打ちひしがれることはないのだった。
　ペレウスの子は親友アンティロコスを失って
激しい怒りに燃え、トロイエ人たちに対して立ち上がった。彼らの方でも
立派な槍をもつアキレウスをひどく恐れていたが
意気さかんに城壁の外へ広がっていった。

死神《ケーレス》たちがその胸に大胆さを吹き込んだからだった。
多くの者が勇猛なアイアコスの孫の手にかかって
帰ることのできない冥王《アイドネウス》のもとへ下ることになっていたし、アキレウス自身も
同様にプリアモスの都の傍らでまもなく戦死するさだめだった。
たちまち両軍は一つの場所でぶつかり合い
トロイエの大軍と恐れを知らぬアルゴス軍が
衝突し、戦いがわき起こった。
　ペレウスの子はその中で多くの敵兵を
なぎ倒した。生命を与える大地は血に染まり
クサントスとシモエイスの流れは死体で
ふさがった。彼は城市まで追撃して
殺戮を続けたので、敵軍は恐怖にとらわれた。
このとき彼は全員を滅ぼし、枢《とぼそ》から門扉を引きはがして
地面に叩きつけたかもしれなかった。あるいはかんぬきに斜めから
体当たりして粉々に打ち砕き、ダナオイ人たちに
プリアモスの都への道を開いて豊かな町を滅ぼしつくしたことだろう、

もしポイボス[1]が戦いに倒れてゆく数知れぬ英雄たちを見て
仮借なき心に大いに怒りを覚えなかったら。
ただちに神はオリュンポスから降りてきた。
矢筒と、死をもたらす矢を肩に負って、
アイアコスの孫に面と向かって立った。両の目からは
恐ろしい炎が輝き、足元で大地が震えた。
偉大な神はすさまじく叫んだ、アキレウスが
この世のものとも思えぬ声におびえて戦いから引き下がり、
トロイエ人たちが死から救われるように。
「引き下がれ、ペレウスの子よ、トロイエから手を引くがよい。
これ以上敵に悪い命運を送りつけるのはよいことではない。
オリュンポスの神々にもおまえに腹を立てるものがあるかもしれぬ」。
こう言ったが、アキレウスは神の不死なる声にもひるまなかった。
すでに容赦のない死神たちが彼のまわりを飛び交っていたからだ。
それゆえ彼は神のことを気にも留めず、大声で叫び返した。
「ポイボスよ、なぜ望まぬわたしをあおりたてて神と戦わせようと
されるのか。傲慢なトロイエ人を守ろうとして。

(1)弓の神アポロンの別名。アポロンはつねにトロイエ軍の味方であった。

以前にもわたしをあざむいて戦いの喧噪から
遠ざけたではないか、初めてヘクトルを死から
救い出したときに。[1] トロイエ人たちが町じゅうで彼のために祈るものだから。
さあ、遠くへ退いて他の神々の住居へ
行かれるがよい、さもなくばあなたが神といえどもわたしは打ちかかるかもしれぬ」。
こう言って神を残して立ち去り、トロイエ人たちに向かっていった。
彼らがいっせいに町の方へ向かってなおも逃げようとするのを
追いかけた。ポイボスは胸に怒りをたぎらせ
心の中でこのようにつぶやいた。
「なんたることだ、あの男はまったく狂ってしまったのか。もはや
クロノスの子［ゼウス］ご自身であろうと他の神であろうと彼には耐えきれまい、
このように猛り狂って神々にさえ刃向かうとは」。
こう言うとさっと雲の中に身を隠した。
そして霧をまとい、恐るべき矢を放つと

（1）アポロンはアキレウスに襲われたヘクトルを救ったことがある。ホメロス『イリアス』第二十歌四四一―四五四行参照。

たちまちかかとに傷を負わせた[2]。ただちに苦痛が
心臓に達した。アキレウスはどっと倒れた、
地下に渦を巻く嵐の力で大地が
深く揺さぶられ、塔が根こそぎ崩れ落ちるように。
そのようにアイアコスの孫の立派な身体は土の上に倒れた。
彼はあたりをにらみ回すと〈呪わしい[3]〉叫び声を上げた。
「隠れておれに恐ろしい矢を射かけたのは誰だ、
堂々と正面から向かってくるがいい。
そうすればそいつは黒い血とはらわたをおれの槍で
ぶちまけられてまがまがしい冥府へ向かうだろうに。
この地上に住む英雄たちの中でおれに一騎討ちを挑んでも
槍で勝てる者などいないのだから。
たとえ胸の奥に恐れを知らぬ心をもっていようと、
鋼でできているほど恐れを知らぬ心があろうともだ。
卑怯者はいつも勇敢な者を隠れて待ち伏せるものだ、
おれに堂々とかかってこい。たとえダナオイ人たちに
怒りをもつ神であっても。これは不吉な闇に

(2) アキレウスの唯一の弱点はかかとであった。今日の「アキレス腱」の語源である。

(3) この語の部分はテクストが誤って伝わっているものと思われる。ヴィアンの解釈に従って訳した。

包まれたアポロンであったような気がする。
いとしい母がかつておれに告げたことがある、
この神の矢に射られてスカイアイ門の前で
みじめな最期を遂げるだろうと。あれはむなしい予言ではなかったのだ」。
　こう言っておぞましい矢を不治の傷口から
荒々しく引き抜いた。弱った身体から
血がほとばしり、命運が心をおおい始めた。
怒りにかられて彼は矢を投げた。風たちがやってきて
ただちにそれを捉え、ゼウスの神聖な地へ向かっていた
アポロンに渡した。神聖な矢が神の手を
離れ、失われてはならないからである。
神は矢を受け取るとすみやかに広大なオリュンポスへ着き
他の神々の集まりに加わった。神々は人間たちの
戦いを見ようと、大急ぎでそこへ集まってきたのである。
あるものはトロイエ人の祈りを叶えようと願い、
またあるものはダナオイ人の祈りを叶えようとして、それぞれの思いにと
　　らわれたまま

戦いの喧噪の中で殺す者と死んでゆく者を見つめていた。
　ゼウスの賢い妻［ヘレ］はアポロンを見つけると
すぐに容赦ない言葉で非難した。
「ポイボスよ、今日はなぜひどいことをしたのですか、
あの結婚のことも忘れて。あれはわたしたち不死のものが
神にもまがうペレウスのために決めたことだったのに。あなたはまさに
祝宴のただ中にいて歌ったではありませんか、いかにして銀の足のテティ
　スが
広い海の深みをあとにしてペレウスの妻に迎えられたかを。
あなたが竪琴を奏でるとさまざまなものたちが集まってきました、
獣も鳥も、岩の切り立つ山の頂も、
海も、蔭深い森もすべてやってきたのです。
なのにあなたはそうしたことも忘れ無慈悲なことをして
貴い男を殺したのです。他の神々とともに
あなたが神酒《ネクタル》を注いで、テティスとペレウスの子として生まれるようにと
約束したものを。あなたは誓いを忘れて
力強いラオメドンの民に恩恵を与えたのです。

あの男のためにあなたは牛の番をしましたが、彼は人間の身でありながら
神であるあなたを苦しめたのですよ[1]。あなたは気が狂って
自分が苦しんだことも忘れてトロイエ人に恩恵をもたらしたのです。
なさけない話です。あなたは誰がみじめで不幸を受けるに
値するか、誰が神々に重んじられるべきか、
あわれにもわからないのだから。アキレウスは
わたしたちに敬意を払っていたしわたしたちの子孫だったのですよ。
けれどアイアコスの孫が死んだからといって
トロイエ人の苦しみは軽くなりはしないでしょう。
彼の息子がまもなくスキュロス島[2]からむごい戦いに加わろうと
父親ゆずりの勇敢さでアルゴス人たちを助けに
来るでしょうから。多くの敵にわざわいをもたらすでしょう。
あなたはトロイエ人のことなどどうでもよく、アキレウスを
武勇のゆえにねたんでいたのです。他の誰よりもすぐれた人間でしたから。
愚か者よ、ネレウスの娘［テティス］がゼウスの館にやってきたとき
神々の間でどう顔向けができるのですか。
かつてあなたを自分の息子のように思い尊んでくれたというのに」。

（1）「民」とはトロイエ人を指す。ラオメドンはプリアモスの父。アポロンはゼウスへの謀反の罰として彼の下僕となって働いたが、ラオメドンは約束した報酬を与えなかった。ホメロス『イリアス』第二十一歌四四一—四六〇行参照。

（2）エーゲ海のスポラデス諸島の一つ。

ヘレは腹を立て、たくましいゼウスの息子を
こう言ってしきりにののしった。アポロンはひとことも答えなかった、
不滅の父の妻を敬っていたからである。
まともに目を合わせることもできず、
永遠の命をもつ神々から離れて
じっとうつむいていた。オリュンポスの神々の中でも
ダナオイ人を守るものたちは彼にひどく腹を立てていた。
一方トロイエ人に誉れを授けようと願うものたちは
心の中で彼を称賛し喝采していたが
ヘレにはわからぬようにしていた、天上の神々すべてが
怒れるヘレに敬意を表していたからだ。だがペレウスの子［アキレウス］は
戦意を失ってはいなかった。燃えるような手足には
黒い血が戦いを求めてたぎっていた。
トロイエ人は誰一人として傷を負った彼に近寄らず
遠巻きにしていた。あたかも茂みの中で
獅子におびえる猟師のよう、一人の狩人が
傷を負わせ投げ槍は心臓を貫いたものの

獅子は大胆さを失うことなく獰猛な眼をぐるぐる回し、
恐ろしいあごですさまじく吠える。
そのようにペレウスの子は致命傷を負ったにもかかわらず
心は怒りに燃えた。神の矢は彼をむしばみつつあったが
彼は跳ね起きて頑丈な槍を振りかざし
敵に飛びかかった。そしてヘクトルの勇敢な戦友、
高貴なオリュタオンのこめかみを突いて殺した。
期待に反してかぶとは長い槍に耐えることができず、
槍はただちにかぶとを貫き
骨と脳髄へ達して、若いさかりの命を散らした。
ついで、眉の下から目の底まで槍を打ち込んで
ヒッポノオスを討ち取った。眼球はまぶたから
地面に落ち、魂は冥府へ飛び立っていった。
それからアルキトオスのあごを突き刺し
舌をそっくり切り落とした。彼は地面に倒れて
息を引き取り、槍先が耳から突き出た。
勇士はさらに向かってくる者たちを殺し

他にも逃げようとする多くの者の命を奪った。
身体の中ではまだ血がわきたっていた。
　しかし手足が冷えきって命がつきようとしたとき
アキレウスはトネリコの槍にすがって立ち止まった。皆が恐れおののいて
いっせいに逃げると、こう叫んで脅した。
「おい、卑怯なトロイエ人にダルダノイ人よ、おれが死んでも
この槍を逃れることはできないぞ、皆おれの復讐女神《エリンニュエス》たちからの
罰として残酷な破滅を迎えるがいい」。
　これを聞いた人々は震えあがった、山で
子鹿が力強い獅子の吠え声におののき
この猛獣を恐れて逃げるかのように。そのように
馬を養うトロイエの人々も異国の同盟軍も
アキレウスの最後の脅しにおびえ
彼がまだ傷を受けていないものと思った。アキレウスは死におおわれて
大胆な心も屈強な手足も重くなり
大きな山のように屍の間に倒れた。
大地は鳴りとどろき、非の打ちどころのないペレウスの子が

倒れると武具がはてしなく響きわたった。しかし
敵の心はこれを見てなおも恐れおののいた。
あたかも血に飢えた獣が若者たちに殺されても
羊たちは打ち倒された野獣を見て家畜小屋の
傍らで震え、そばに近寄ろうとしないかのよう、
まだ生きていると思って死体の前でおびえるのだ。
そのようにトロイエ人たちはもはや息のないアキレウスを恐れた。
　しかしパリスは次のように言って味方をさかんに
励ました。心の中で喜んでいたのだ。ペレウスの子が
死んだからにはアルゴス人たちが激しい戦いを
やめるだろうと思ったのである。アキレウスはダナオイ人たちの守りだっ
　たからだ。
「諸君、わたしを喜んで助けてくれるなら
今日はわれわれがアルゴス人らの手にかかって死ぬか
無事にイリオンまでヘクトルの馬で
戦死したペレウスの子を引きずっていくかのどちらかだ。
この馬たちは兄が死んだとき

主人を嘆き悲しみながらわたしを戦闘の中へ連れていってくれた。
その力でアキレウスの屍を引いて行くことができれば
馬たちにとってもまたヘクトル自身にとっても
大きな名誉を与えてやれるだろう、冥府の人々の間にも
英知や法があるのなら。奴はトロイエの人々にわざわいをなしたのだから。
町ではトロイエの女たちが大喜びして
奴を取り囲むだろう、恐ろしい
牝豹か雌獅子が子ゆえの恨みを抱いて
むごい狩りにたけた、苦労をいとわぬ男に対するように。
そのようにトロイエの女たちは殺されたアキレウスの屍の周囲に
はてしない怒りを覚えて群らがるだろう。
ある者は親ゆえに、ある者は夫ゆえに、
ある者は子どもゆえに、またある者はいとしい兄弟ゆえに怒りにかられて。
わが父も、老いのために心ならずも
町にとどまっている長老たちも大いに喜ぶだろう、
われわれが奴を城市まで引いてゆき
空を舞う鳥どもの餌食にしてやったなら」。

こう言うと、人々は剛胆なアイアコスの孫の屍の
周囲に押し寄せた。先ほどまでは彼を恐れていたのだが、
グラウコス[1]、アイネイアス[2]、勇敢なアゲノル、
その他おぞましい戦いにすぐれた者たちが
屍をイリオンの貴い都まで引きずっていこうと意気込んだ。
しかし神にも等しいアイアスはアキレウスのことを忘れはせず
すぐに駆けつけた。すべての敵を長い槍で
遺体から押し返した。トロイエ方は攻勢をゆるめず
周囲にたえず大人数で押し寄せて
戦った、針の長いミツバチのように。
巣箱のまわりに数知れず飛び交い
人を押し返そうとするが、彼は蜂の攻撃にかまわず
蜜のようなロウを切り取ろうとする、蜂たちは
煙や人の力に押されるがまた飛びかかってくる、
しかし人の方でもまったく意に介さない。
そのようにアイアスは向かってくる者たちをものともせず、
まず乳の上を突いてマイオンの子

(1) 小アジアの南西にある王国リュキエの王。トロイエの同盟軍を率いていた。
(2) トロイエの王族で、主要な英雄。のちにローマの建国者とされた。

アゲラオスを殺し、ついで高貴なテストルを討った。
さらにオキュトオス、アゲストラトス、アガニッポス、
ゾロス、ニッソス、そして誉れ高いエリュマスを討ち取ったが、
これは雄々しいグラウコスにしたがってやってきた者だった。
アテネの聖地、けわしいメラニッピオンに住んでいたが
そこはマッシキュトス山の真向かいでケリドニエの岬の近く
——海を渡る水夫たちはこの岬をひどく驚き恐れる、
けわしい暗礁をよけて通るときに。
彼が死んだのでヒッポロコスの輝かしい子［グラウコス］は
愕然とした、朋友だったからだ。
そこですぐさま牛皮を重ねたアイアスの楯を
傷つけた、だが槍は美しい肉体には届かなかった。
牛の皮と楯の下の胸鎧が防いでくれたのである、
その鎧は彼の疲れを知らぬ手足にぴったり合っていた。
グラウコスは容赦ない攻撃をやめようとはせず
アイアコスの孫アイアスを討ち取ろうとして
うぬぼれに心を狂わせて挑みかかった。

「アイアスよ、おまえは他のどのアカイア人よりも武勇すぐれて
いるという話だな。おまえのことを人はたいそう
自慢する、勇猛なアキレウスのようだと。だが奴が死んだのだから
おまえもともに今日死ぬことになるだろう」。
　こう言ったとはむなしい言葉を吐いたものだ、どれだけすぐれた
勇士に向かって槍を振りかざしているか知らなかったのだ。
彼にじろりと一瞥をくれると、退くことのないアイアスは言った。
「みじめな奴よ、戦いではヘクトルが
おまえよりどれほどすぐれていたか知らないのか。あの男もおれの力と槍を
避けたのだ、武勇とともに分別もある奴だったからな。
おまえの心は闇の国へ行きたがっていると見える、自分より
はるかにすぐれた者に戦いを挑んでいるのだから。
おまえはおれの父祖伝来の客人ではない、
おまえはテュデウスの力強い息子にしたように
おれを贈り物でまるめこんで戦いからそらすこともできないぞ[1]。
おまえが彼の力を逃れたとしても、おれはもはやおまえを

（1）グラウコスは戦場でディオメデス（テュデウスの子）と対峙したが、お互い父祖の代からの友好関係にあることがわかり、武具を交換して別れた。ホメロス『イリアス』第六歌一一九—二三六行参照。

生きたまま戦いから帰しはしないつもりだ。
それとも周囲で戦う者をあてにしているのか、おまえとともに
卑怯なハエのように、非の打ちどころのないアキレウスの
屍に群がる連中を。だがそいつらが
向かってきたらおれは死と暗い命運を与えてやるぞ」。
　こう言ってトロイエ人たちに立ち向かった、
広い谷や森で猟犬に囲まれた獅子のように。
栄光を得ようとリュキエ人たちとともにはやり立つ
多くのトロイエ人をたちまちのうちに打ち倒した。兵たちは恐れおののいた、
海中で恐ろしい海の怪物や
波間に住む大きなイルカに襲われた魚たちのように。
そのようにトロイエ人らはたえず攻撃を続ける
力強いテラモンの子を恐れた。しかし
アキレウスの屍の傍らで戦いは続き、次から次へと
幾多の者が獅子をめぐる猪のように
埃の中で殺されていった。彼らの周囲で残酷な戦いがわき起こった。

その中で剛胆なアイアスは勇猛なヒッポロコスの子［グラウコス］を
討ち取った。グラウコスはアキレウスの傍らで仰向けに
倒れた、あたかも山でがっしりした樫の木の傍らに灌木が倒れるように。
そのように彼は槍の一撃を受けてペレウスの子の
傍らに倒れた。そのそばでアンキセスの力強い息子［アイネイアス］が
アレスのいとしむ仲間たちとともに奮戦を続け、グラウコスの
遺体をトロイエ人たちの方へ引っぱり出してイリオンの貴い都へ運ぶよう
胸を痛めている戦友たちに引き渡してやった。
彼自身はアキレウスをめぐって戦い続けた。だが
勇猛なアイアスがその右の前腕に槍で
傷を負わせた。彼は急いで苛酷な戦闘から
引き下がり、ただちに城市へ向かった。
彼のまわりで知恵豊かな医師たちが忙しく働き、
傷の出血を止め、その他負傷者の
むごい苦痛をいやすのに必要なすべての処置を行なっていた。
　アイアスは稲妻のように戦いを続け
次々に敵を殺していった。従兄弟の死[1]に

（1）アキレウスはアイアスの従兄弟にあたる。

深く心を痛め悲しんでいたからである。
その傍らで非の打ちどころのないラエルテスの勇敢な息子［オデュッセウス］が
敵と戦っていたので、敵兵たちはひどくおびえた。
彼は血気にはやるペイサンドロスとマイナロスの息子
アレイオスを殺した。名高いアビュドスに住んでいた者である。
続いてアテュムニオスを討ったが、これは髪美しい
ニンフのペガシスがグレニコス川の流れのほとりで
力強いエマティオンに産み与えた子だった。その傍らで
今度はプロテウスの息子オレスビオスを倒した。高いイデの
山ひだに住んでいた者だったが、帰国して
誉れ高い母パナケイアに迎えてもらうことは叶わず、
オデュッセウスの手にかかって倒れた。彼は荒れ狂う槍で
他にも多くの者の命を奪い、
屍のかたわらで手が届くかぎりの者を殺した。だが
血気さかんなメガクレスの息子アルコンが槍で
その右膝を突き、輝くすねあてから
黒ずんだ血がほとばしり出た。しかしオデュッセウスは傷をものともせず、

傷を負わせた相手にとってはすぐわざわいとなった。
戦おうとする相手の楯を槍で貫き
すさまじい勢いで手に力をこめて
大地に押し倒したのである。埃の中に倒れた
敵の武具が鳴り響き、身体をおおう鎧は
土埃にまみれた暗紅色の血に染まった。彼が残酷な槍を
相手の身体と楯から引き抜くと、槍に続いて
魂は手足から抜け、不死のまま身体を残して去った。
負傷したオデュッセウスはその仲間たちにも飛びかかり
響きおぞましい戦いをやめようとはしなかった。他の
すべてのダナオイ人たちも偉大なアキレウスのために入り乱れて
自らすすんで戦い、とぎすましたトネリコの槍を手に
勢いもすさまじく多くの敵を討ち果たした。
あたかも生い茂る森に風が激しく襲いかかり
軽い木の葉が大地に散り敷くよう、
秋が終わって新しい年が始まったときに。
そのように戦場に踏みとどまるダナオイ人たちは槍をふるって敵を倒した。

すべての者が死んだアキレウスを心にかけていたからである。
ことに勇敢なアイアスはそうだった、それゆえ誰にもまして
たえずトロイエ人を討ち取る姿はまがまがしい宿命女神《アイサ》さながらだった。
彼をめがけてパリスが弓を引き絞った。しかしアイアスはすぐに気づいて
頭に石を投げつけた。残酷な石は
二重の前立てのあるかぶとを打ち砕き、パリスを
闇がおおった。パリスは土埃の中に崩れ落ちた。その願いにも
かかわらず矢は身の守りとはならなかった。矢は埃の中に
ばらばらに飛び散り、空の矢筒が傍らにころがって
手からは弓が落ちた。親しい人々が彼を抱え上げ
ヘクトルの馬でトロイエの町まで運んだ。
パリスはまだかすかに息があり、苦しげにうめいていた。
人々は主人の武具も置き去りにはせず、平原から
王子とともに運んでいった。
彼に向かいアイアスは怒りに燃えて遠くから呼びかけた。
「犬め、今日は死神《タナトス》の重い手から逃れおおせたか。

だがきさまに間もなく最後の日がやってくるぞ、
アルゴス人の誰かか、このおれの手によって。
今は他のことが先だ、アキレウスの亡骸を
むごい殺戮の場からダナオイ人のもとへ救い出してやらねば」。
　こう言って敵にいまわしい命運を送りつけた。
彼らはまだペレウスの子の屍をめぐって戦っていたのである。
　しかし彼の力強い手にかかって多くの者が
息を引き取ったのを見ると、敵は踏みとどまれずに逃げ出した。
あたかもとるにたりないハゲワシが、鳥の王者であるワシに
追い散らされるよう、山で
狼に引き裂かれた羊をむさぼっているときに。
そのように、大胆なアイアスはすばやい投石と
剣と力とで敵を四方八方に追い散らした。
トロイエ軍は震えあがって戦場から
いっせいに逃げ出した。それはムクドリたちが
鷹に襲われて追い回され、恐ろしいわざわいを
避けようと、てんでに群れをなして飛びゆくようだった。

そのように彼らは戦場を捨ててみじめにも
臆病さにまといつかれ、プリアモスの町へ逃げ込んだ、
迫り来る巨大なアイアスにおびえて。
彼の両手は人間の血を浴びていた。
そして大勢の者を皆殺しにしたことだろう、
城門が開いて皆が町に駆け込み、
ようやく一息つかなかったら——恐怖が心に迫っていたのだ。
アイアスは羊飼いが元気な羊を囲い込むように敵を町に閉じ込めると
平原へ戻ったが、大地は足の踏み場もなく
武具や血や戦死者を踏みつけて歩いた。
広大な大地には膨大な数の者が横たわっており
広い城市からヘレスポントスに至るまで
非情な宿命女神《アイサ》の餌食となった若者ばかりだった。
ちょうど刈り取り人の手で、ぎっしりと植わった乾いた麦が
倒れたよう、重い穂をつけた麦がその場で束ねられて
積まれると、すばらしい畠を持つ人の心は
その仕事ぶりを眺めて喜ぶのだ。

そのように、おぞましい破滅に倒れた両軍の兵たちは
多くの涙を呼ぶ戦いを忘れてうつぶせに
横たわっていた。アカイア人の力強い息子たちは
埃と血にまみれて殺されたトロイエ人たちの武具をすぐにはぎ取ったりは
　せず、
まずペレウスの息子［アキレウス］を火葬壇にゆだねることにした。彼は
　戦いの中では
すさまじい力で荒れ狂い、彼らの守りとなっていたのである。
　そこで王たちは彼の身体を戦場から引いてくると
まわりに集まって大きな遺体を運んだ。担ぎ手たちが
速い船の前にある幕舎に彼を安置すると
すべての者が彼の傍らに集まって心を痛め
うめき声を上げた。彼はアカイア軍の力だったからだ。
彼は兵舎の中、もはや槍を忘れ
重くとどろくヘレスポントスの海岸のかたえによこたわっていた。
それは傲岸なティテュオス[1]が倒れたかのよう、ピュト[2]を
訪れたレト[3]を暴行しようとしたときアポロンが

(1) ゼウスと大地母神から生まれた巨人。
(2) アポロンの聖地デルポイの別名。
(3) ゼウスの妻で、アポロンとアルテミスの母。

これに怒り、無敵のティテュオスをただちに
速い矢で射殺したのである。彼は痛ましい血の海の中で
何プレトロン[4]にもわたって母なる広い大地に
倒れ、大地は神々に憎まれた息子を
嘆きうめいたが、レト女神は哄笑した。
そのようにアイアコスの孫は敵の地に倒れ、
トロイエ方には喜びを、アカイア方にははてしない嘆きをもたらした。

…………[5]

人々が泣くと、海の淵が周囲でとどろいた。
やがて皆の胸は張り裂けそうになり
トロイエとの戦いに敗れ滅んでしまうのではないかと誰もが思った。
皆船の傍らで、館に残してきた
いとしい両親を思い起こし、結婚してまもない妻が
空の床で涙にくれてやつれ
幼い子どもとともにいとしい夫を待っていることを思うと
さらにうめき声を上げた。泣きたい思いはつのり
偉大なペレウスの子の傍らで深い砂の上に伏して

(4) 面積の単位。一プレトロンは約九三〇平方メートル。

(5) 本文に欠行がある。

いつまでも涙を流し
頭をかきむしって髪を引きちぎった。
あちこちにうつぶした者たちの頭は砂にまみれた。
人間たちが戦って砦に閉じこもり
うめき声を上げるよう、敵が乱入して
大きな町に火を放ち、人々を皆殺しにして
あちこちで財宝を奪い去るときに。
そのように船の傍らでアカイア人たちは泣き叫んだ、
アイアコスの孫はダナオイ人の守り手だったのに
神の手になる矢によって偉大な姿を横たえているのだ。
それはアレスが、力強い父をもつ恐ろしい女神[1]に
トロイエの野で重い岩を投げつけられたときのようだった。
　ミュルミドネス人たちはアキレウスのためにはてしないうめき声を上げ、
非の打ちどころのない王の周囲に集まってきた、
彼は愛情に満ち、誰にもわけへだてのない戦友だったのだ。
傲慢でもなく、人に悪意をもつこともなく、
賢さにおいても武勇においても誰よりもすぐれていたからだ。

（1）アテネのこと。ホメロス『イリアス』第二十一歌四〇三―四〇八行にはアレスがアテネに岩を投げつけられて倒れた話がある。

　アイアスがまず大きなうめき声を上げてむせび泣き、
神の手で射殺された叔父のいとし子を
悼んだ。広い大地の上に住む
死すべき人間の手では討たれようがなかったのだ。
輝かしいアイアスは彼のために心を痛め
あるときは死んだペレウスの子の天幕の方へ
さまよい、またあるときは海の砂に
長々と身を横たえてこのような嘆きの言葉を述べた。
「アキレウスよ、おまえは力強いアルゴス人の大いなる砦だったのに
広大なプティエから遠く離れたトロイエで死んでしまった、
どこか見えないところから放たれた呪わしい矢に射られて。
卑怯者は戦いにまぎれてその手を使い狙いを定めるものなのだ。
大きな楯を振りかざしたり、
戦いに向けてこめかみにしっかりとかぶとを
かぶせたり、手で槍を振りかざしたり
青銅の刃で敵の胸を切り裂いたりできる者ではないから
遠くから弓矢で戦いたがるのだ。

もしおまえを射た奴が正面から向かってきたなら
おまえの槍の一突きで傷を受けずに逃げおおせることはなかったろうに。
しかしおそらくこれらすべてはゼウスの考えられたことだったのだろう、
われわれの労苦を無にしようというのだ。
ゼウスはアルゴス軍を破りトロイエ方にまもなく勝利を
お授けになるのだろう、アカイア人からこれほど大きな守りを奪ったのだから。
ああ、きっと老ペレウスは大きな悲しみを
耐え忍ばねばなるまい、苦しい老いの身で。
知らせ自体がペレウスの命を奪うかもしれぬ、
だからこの不幸をすぐに忘れるがよい。
もし息子についての悲報が彼の命を奪うことがなかったとしても、
ああ気の毒に、堪えがたい苦しみの中で老いにさいなまれ
炉の傍らでたえず苦痛に命をむしばまれるのだろう。
ペレウスよ、かつてこの上なく神々に愛されたというのに。
だが神々は不幸な人間たちの望みをすべて叶えたりはしないのだ」。
　彼はこのように悲しみにくれてペレウスの子を悼んだ。

次にポイニクス老人[1]がはてしない嘆きの声を上げ
勇敢なアイアコスの孫の立派な遺骸を抱きしめると
しきりに心を痛めながら悲しげに叫んだ。
「そなたは死んでしまった、いとしい子よ、わしにいつまでも
避けがたい苦しみを残して。そなたのむごい最期を目にする前に
大地に盛り上げた土がわしをおおいつくしてくれたらよかったのに。
わしはこれ以上つらい不幸に襲われたことはない、
祖国もいとおしい両親も捨てて
ヘラスの地を渡りペレウス王のもとへ逃れたときでさえ。王はわしを受け
　入れて
贈り物を与え、ドロペス人[2]を治めるようにしてくれた。
そしてそなたを腕に抱えて館のまわりを歩き
わしの胸に託して、幼いそなたを
自分自身の息子と思って心をこめて育てるように命じた。
わしはそのとおりにした。そなたはわしの懐の中でうれしそうに
まだまわらぬ口で何度も『パパ』と言い、
頑是ない望みからわしの胸や肌着を

（1）アキレウスの養育係。プティエに亡命しペレウスに庇護された。
（2）テッサリアの住民。

涙でぬらしたものだ。わしはそなたを腕に抱いて
喜びでいっぱいだった、わしの暮らしを庇護し
老いの支えとなるように育てようと。
すべては叶ったがつかの間のことだった。
今そなたは死んで闇に消えてしまった、わしの心は
みじめに痛んでいる。むごい苦しみに
さいなまれているからだ。非の打ちどころのないペレウスが
このことを知る前に、わしは悲嘆のために死んでしまいたいものを。
王にこの知らせが届いたらいつまでも嘆き悲しむだろう。
そなたを失った悲しみはわれわれにとってあまりにもみじめだ、
父上にもわしにも。そなたが身まかって
これほどつらいのだから、われわれはゼウスの定めた日より先に
大地の下へ早く沈んでしまいたい。その方がずっとましだ、
守り手を失ったまま生きながらえるよりは」。
　老人はこう言った。胸の悲しみはますますつのるばかりだった。
ついでアトレウスの子「アガメムノン」が涙を流しながら弔いの言葉を述べた。

彼は胸中深く苦しみにさいなまれつつ嘆いた。
「おまえは逝ってしまった、ペレウスの子よ、ダナオイ軍随一の勇士よ、
おまえが死んでアカイアの大軍は守りを失ってしまった。
おまえを失ったわれわれは敵にとってたやすい相手に
なってしまった。おまえが亡くなってトロイエ軍は大喜びなのだ、
かつては、元気のよい羊たちが獅子を恐れるようにおまえを恐れていたのに。
これからは彼らは船の傍らまで攻め寄せるつもりなのだろう。
父なるゼウスよ、あなたは人間たちをいつわりの言葉で
たぶらかすのか、わたしにプリアモス王の都を攻め取らせようと
言われたのに(1)、約束したことを叶えてはくださらぬ。
わたしの心をすっかりあざむいた。アキレウスを
失ったからにはこの戦いを終結させられるとは思えない」。
　彼は心を痛めながらこのように言った。人々は
勇敢なペレウスの子のために心から嘆き悲しんだ。
人々が泣くと傍らの船もこだまを返し、
はてしない響きが不朽の天空に立ちのぼった。

(1) ゼウスはアガメムノンの夢に現われてトロイエ攻略の成功を約束した。ホメロス『イリアス』第二歌一八—四〇行参照。

あたかも激しい風の力で大波が
わき起こり、海から浜辺へすさまじく
打ち寄せるよう、あたり一面に潮が飛び散り
たえず砕ける波とともに岬も叫びを上げる。
そのように亡骸のまわりで勇敢なペレウスの子をめぐって
ダナオイ人たちはいつまでも嘆き、悲しいうめき声が起こった。
　そして彼らが嘆いているうちに暗い夜が来たことだろう、
アトレウスの子にネレウスの息子ネストルが
声をかけなかったなら。彼も勇ましい息子アンティロコスをしのんで
胸のうちに数多くの苦しみを抱えていた。
「笏杖をもつアルゴス人の王、力強いアガメムノンよ、
今日のところはいとわしい泣き声を上げるのはもう
やめようではないか。明日からはもうアカイア人らが
思う存分嘆き、何日も涙を流すのを止める者はあるまい。
さあ、今は恐れを知らぬアイアコスの孫［アキレウス］のいたわしい血を
洗い清めて寝台に寝かせよう。長いこと
死者に礼をつくさず放っておくのはよいことではないぞ」。

ネレウスの賢い息子はこのように勧めた。
アガメムノンは急いで部下たちに
冷たい水の入った鍋を火にかけて暖め、
遺体を洗い、美しい衣装を着せるように
命じた。それは海の緋色の染料で染めたもので、トロイエに来た
いとしい息子に母が与えたものだった。彼らはすぐに王の命令に従った。
彼らはすべての仕事を手順どおりにていねいに行ない
戦死したペレウスの子を寝台に安置した。
　彼を見て賢いトリトゲネイアは憐れみを催した。
そこで頭に仙酒《アンブロシエー》(1)をしたたらせたが、これは
死んでしまった者の身体を長い間若く保つはたらきがあるという。
遺体を露のようにみずみずしく、生きているように見せた。
さらに死体の眉を恐ろしい表情にした。
それは彼が戦死した友パトロクロスのゆえに憤激したときの
すさまじい表情に見られたのと同様だった。
女神はさらに、遺体をより大きく勇敢に見えるようにした。
アルゴス人たちはペレウスの子がまるで生きているかのように

（1）普通は神々の飲む酒をネクタル、神々の食物をアンブロシエーと呼ぶが，ここでは飲料のようである。

見えるのを目にして皆感嘆した。寝台いっぱいに
横たわるさまは眠っている人のようだったのだ。
　彼の周囲には不幸な捕虜の女たちがいた。アキレウスが
神聖なレスボス、キリキアのそびえ立つ町、
エエティオンのテーベ(1)を攻め落としたときに連れてきた乙女たちで、
立ったまま泣き叫んで美しい肌をかきむしったり
両手で胸を打ったりしながら
心優しいペレウスの子を心底から悼んだ。
敵の女たちではあったが彼は彼女たちを大切にしていたからだ。
中でも心を痛めていたのは
戦いにすぐれたアキレウスの妻ブリセイスで
遺体のまわりをおろおろと歩き、両手で
美しい肌をかきむしって泣き叫んだ。彼女が胸を打つと
柔らかな胸から血のにじんだあざが
ふくらんだ。ミルクに暗紅色の血を注いだようだった。
痛ましげに嘆く彼女の美しさが
愛らしくきらめき、優雅さがその姿を包んでいた。

(1)アンドロマケの父エエティオンが治めていた小アジアの国。

彼女は痛々しげに泣きながら次のように言った。
「ああ、わたしはこの上なく不幸な目に会いました。
これ以上つらい思いをしたことはありません、
兄弟や広い祖国を失っても
あなたが亡くなったことに比べれば。あなたはわたしにとって
神聖な日、太陽の光、優しい人生、
よいことへの希望、苦しみに対する限りない助けであり
すべての輝かしいものや両親よりもずっと大切な方だったのです。
わたしは捕虜の身ですが、あなただけがわたしにとってすべてでした。
そしてわたしを妻にし、奴隷のつとめをなくしてくださいました。
今となっては他のアルゴス人がわたしを船で
肥沃なスパルテか乾いたアルゴスへ連れてゆくことでしょう。
そして不幸にもあなたから離れて婢女となり
つらい苦しみに耐えることになるのでしょう。
あなたの死を目にする前に、盛り土がわたしを隠してくれればよかったのに」。
こう言って不幸せな捕虜の女たちや悲しむアカイア人たちとともに

戦死したペレウスの子のために涙を流し
主人であり夫であった人を嘆いた。彼女のつらい涙は
乾くことなく、まぶたから土の上へ
したたり落ちた。ちょうど岩の裂け目の泉から
黒ずんだ水がわき出るよう、分厚い氷や雪におおわれた
固い土の下にあるが
東風神《エウロス》の息吹や太陽の光を受けて氷が溶け出すのだ。
　そのとき慟哭が起こったのを聞きつけたのは
海の深淵に住むネレウスの娘たちだった。
彼女たちすべての心につらい苦しみがわき起こった。
彼女たちが哀れげに泣くとヘレスポントスもこだまを返した。
海の女神たちは身に黒い衣をまとい
急いで現われた。そこはアカイア軍の船団があるところで、
彼女たちが灰色の波を分けて進んでくると
海は割れて開いた。女神たちが泣き叫びながら
やってくるさまは、大きな嵐を予感した
すばやい鶴の群れのようだった。彼女たちが泣くと

海の怪物たちも哀れげにうめいた。まもなくめざす場所に着くと
姉妹の剛胆な息子のために激しい泣き声を上げた。
詩神《ムーサイ》たちもただちにヘリコン山をあとにして(1)
やってきた。胸に忘れえぬ悲しみを抱き、
つぶらな瞳のネレウスの娘［テティス］に敬意を表して。
　ゼウスはアルゴス人たちに勇気を吹き込み、
女神たちの高貴な群れを目のあたりにしても
軍勢がおびえないようにした。女神たちは
不死の身ながらアキレウスの屍の周囲でそろって嘆きの声を上げた。
ヘレスポントスの岬もこだまを返し、
アイアコスの孫の死体の周囲の地面は一面に
涙でぬれた。人々は大きなうめき声を上げ、
泣く者たちの武具も幕舎も船も
すっかり涙でよごれた。大きな悲しみがわき起こっていたからだ。
　ペレウスの子の母はわが子を抱きしめて
唇にキスし、涙を流しながら次のように言った。
「薔薇色の衣の暁女神《エリゲネイア》は天上で喜ぶがいい、

(1) ムーサイは詩や音楽等を司る九人の女神。ヘリコン山はその聖地で、ボイオティアにある。

広い流れのアクシオス[1]もアステロパイオスゆえの
怒りを忘れて胸のうちで喜ぶがいい、そしてプリアモスの一族も。
けれどわたしはオリュンポスへ行きましょう、
不死なるゼウスの足元に身を投げて大いに嘆きましょう、
望まぬわたしを人間の男に与えて妻にさせたのだから。
その男にはもはや容赦のない老いがとりつき
死神《ケーレス》たちが近くに来て死の結末をもたらそうとしている。
けれどわたしには彼のことはアキレウスほど気にかからない。
この子をアイアコスの子［ペレウス］の館で勇敢な戦士にしてやろうと
ゼウスは約束してくださった、この結婚がいとわしく
あるときは吹きつのる風、あるときは水になり
またあるときは鳥や燃える炎に身を変えたわたしのために。
死すべき身の夫は臥所《ふしど》でわたしを従わせることはできなかった、
——大地と大空に囲まれたあらゆるものに姿を変えるわたしを——
オリュンポスの神が息子を並外れて
高貴で勇敢な男にしてやろうと約束してくれるまで。
そのことは確かに叶えてくださいました、誰よりもすぐれた人間だったの

（1）パイオニアの河の神。その孫アステロパイオスはトロイエの同盟軍を率いていたが、アキレウスに殺された。ホメロス『イリアス』第二十一歌一三九—一九九行参照。

だから。
けれど彼の命を短いまま終わらせてしまい、わたしをあざむかれたのです。
ですからわたしは天上へ行きましょう、ゼウスの館へ行き
いとしい子のために泣きましょう。かつてご自身やお子たちが
恥ずべき目に会ったときわたしがしてさしあげたことを
思い出させ、この悲しみでお心を揺さぶるために(2)」。
　こう言って海の女神テティスは泣きくずれた。すると
カリオペ(3)がしっかりと心を落ち着かせて彼女に言葉をかけた。
「泣くのをおやめなさい、女神テティスよ。わが子のために
苦しみで取り乱して、神々と人間を支配する方を
怒らせてはなりません。力強い雷鳴をもつ王者ゼウスの
息子たちでさえおぞましい死神《ケール》に打ち倒されて亡くなりました。
わたしの息子オルペウスも、わたしが不死であるのに
亡くなりました。彼の歌にはすべての森も、
すべてのごつごつした岩も、川の流れも、
よく響く風の吹きつのる息吹も、
速い翼で飛び交う鳥たちもついてきたのに。

(2) 第二歌四三八―四四二行参照。
(3) ムーサの一人。その子オルペウスは伝説的な歌人だったがトラキアの女たちに殺された。

でもわたしは大きな悲しみに耐えました。苛酷な悲しみや苦しみに
心を惑わされるのは神にふさわしくないからです。
ですからあなたもつらくとも、勇敢な息子のために泣くのはおやめなさい。
わたしや他のピエリアの女神たち［ムーサイ］の息吹を受けて
詩人たちはいつまでも彼の栄光と勇気をこの地上の人々に
歌い聞かせるでしょうから。あなたは暗い悲しみに
打ちひしがれて人間の女のように泣いてはなりません。
あなたは聞いたことがないのですか、大地に住むすべての人間のまわりを
不吉な恐ろしい宿命女神《アイサ》が飛び回っていることを。
神々さえも意に介さない、それほどの力を独り占めしているのです。
宿命女神が望めば、プリアモスの黄金に富む都も
破壊しつくすし、トロイエ人もアルゴス人も
滅ぼしてしまうことでしょう、神々もそれを止めることはできません」。
　カリオペは賢い思いをめぐらしながらこのように語った。
太陽はオケアノスの流れに沈み
闇深い夜が大空に広がって
悲しむ人間たちにはそれが救いとなった。

アカイア人の息子たちは遺体のまわりに集まって
大きな不幸の重みに打ちひしがれながらそのまま砂の上で眠った。
しかし心乱れたテティスは眠れず、不死のネレウスの娘たちとともに
わが子の傍らにじっと座っていた。まわりでは詩神《ムーサイ》たちが
悲しむテティスに入れかわり立ちかわり
さまざまな慰めの言葉をかけ、悲嘆を忘れさせようとしていた。
　しかし暁女神《エオス》が歓喜して天上に昇り
すべてのトロイエ人とプリアモスにまばゆい光を
もたらすと、ダナオイ人たちはアキレウスを深く悼んで
何日も泣いていた。周囲では広い海岸がうめき、
偉大なネレウスは娘に敬意を表して
弔いの言葉をおくり、他の海の神々も
亡くなったアキレウスのために泣いた。
ようやくアルゴス人たちは偉大なペレウスの子の亡骸を
火にゆだねようと、無数の薪を
積み上げた。それはイデの山から運んできたもので
全軍総出で行なった。アトレウスの息子たち「アガメムノンとメネラオス」が

殺されたアキレウスの亡骸をすみやかに焼くために
膨大な薪を集めてくるよう命じて送り出したのである。
戦死した若者たちのたくさんの武具を
火葬壇のまわりに積み上げると、
トロイエ人の美しい息子たちを殺してその上に投げ込み、
いななく馬やたくましい雄牛も
牝羊や脂肪の重い豚とともに投げ入れた。
捕虜の女たちは激しく泣きながら
大箱から織物を運んできてすべて火葬壇の上に投げかけ、
黄金と琥珀も上に積み上げた。ミュルミドネス人たちは
自らの髪を切り、主人の遺体をおおった。
そしてブリセイス自身も遺体の傍らで悲しみながら
巻き毛を切り、最後の贈り物として主人に捧げた。
人々はいくつもの香油の壺を並べ、
火葬壇のまわりに蜜や甘い酒の壺を置いた。
そこからは生《き》の酒が神酒《ネクタル》のように甘い香りを放っていた。
他にも、人間たちの感嘆の的として大地と神聖な海が生み出す

貴重な香料をさまざまに投げ入れた。
　火葬壇をすべてきちんと整えると
歩兵と武具をつけた騎兵が涙を呼ぶ火葬壇のまわりを
行進した。オリュンポスのとある場所から
ゼウスはアイアコスの孫の亡骸に仙酒《アンブロシエー》のしずくを注ぎ、
ネレウスの娘［テティス］に敬意を表して
ヘルメス(1)をアイオロス(2)のもとに送って
神聖な速い風を呼び集めさせた。アイアコスの孫の
亡骸を焼こうとしていたのである。すぐにやってきたヘルメスに対し
アイオロスはそむくことはなかった。ただちに恐ろしい北風神《ボレエス》と
吹き荒れる西風神《ゼピュロス》を呼び集め
疾風に荒れ狂うようトロイエへ送り出した。
風神たちはすばやく飛び立ち、海にはてしないうねりを
巻き起こした。彼らがやってくると
海も大地も響きを返し、あらゆる雲が
大空を渡ってざわざわと寄り集まった。
ゼウスの意志により風神たちは戦死したアキレウスの火葬壇に

(1) ゼウスの伝令をつとめる神。
(2) 風の神々の王。

どっと吹き寄せた。燃える火の息吹があおられ
ミュルミドネス人たちのはてしない慟哭が起こった。
風神たちはつむじ風を放って押し寄せ
周囲に急いで吹きつけたが、遺体を焼くのに
まる一昼夜を要した。おびただしい煙が
神々しい空に立ちのぼり、薪の山は
すべて火に飲み込まれてうめき、黒い灰となっていった。
疲れを知らぬ風たちは仕事を終えると
群雲とともにそれぞれの洞窟へ帰っていった。
　すべてをむさぼる火が、死体の傍らで
殺された馬や若者たちや、その他アカイア人たちが
涙を流しながら力強い遺体のまわりに供えた宝物を焼き、
そのあと偉大な王を最後に焼きつくすとミュルミドネス人たちは
薪の火を酒で消した。彼の骨は
はっきりと見分けがついた、他のものとは
似ていなかったのだ。無敵の巨人の骨のようで、他のものとは
混ざっていなかった。牛や馬、

トロイエ人の子らはその他のいけにえといっしょになっていたが
アキレウスの屍からは少し離れたところにあった。彼は真ん中で
一人火の力に飲み込まれていたのである。
朋友たちはうめきながら彼の骨を拾い集め
大きくて頑丈な櫃《ひつ》に納めた。
それは銀製で、光り輝く黄金の象眼で一面に飾られていた。
ネレウスの娘たちはアキレウスに深く敬意を表して
骨に仙酒《アンブロシエー》と香油を塗り
温めた[1]蜜とともに埋葬するよう
まとめて牛の脂身の中に入れた。母は壺を渡したが
それはかつてディオニュソスが贈り物として与えたもので
器用なヘパイストスのみごとな作品だった。
女神たちはその中に偉大なアキレウスの骨を納めた。
アルゴス人たちはまわりに土を盛って
ヘレスポントスの淵の近くの岬の突端に巨大な墓を築き
ミュルミドネス人の勇敢な王のために泣いた。
　恐れを知らぬアイアコスの孫の神馬も

（1）「甘い」と解する説もある。

船の傍らで涙を流さずにはいられず、彼らも
戦死した主人のために泣いていた。
この上なくいとわしい悲しみを抱いて
不幸な男たちともアルゴス人の馬たちとも交わらず、
哀れな人間たちから遠く離れて
オケアノスの流れやテテュスの洞窟を越え
かつて高貴なポダルゲが響きのよい西風神と交わって
つむじ風のような脚をもつ馬として産んでくれたところへ行こうとした[1]。
そしてただちに心で思ったとおりのことをしたかもしれない、
もし神の理知がそれを引き止めなかったなら。それはアキレウスの
血気にはやる息子がスキュロス島からやってくるためで、
彼が軍に合流するのを待たねばならなかった。
神聖な深淵《カオス》の娘である運命女神《モイライ》たちが
この馬たちが生まれたときそのような運命の糸を紡ぎ出していたのである。
彼らは不死の身ながらまずポセイダオンに服従し、
ついで大胆なペレウスと無敵のアキレウスに、
そして四番目に雄々しいネオプトレモス[2]に仕えるさだめであり、

（1）ハルピュイア（疾風の精）であるポダルゲが西風神ゼピュロスと交わって神馬クサントスとバリオスを生んだ。ホメロス『イリアス』第十六歌一四九―一五一行参照。

（2）アキレウスの息子。

のちにゼウスの意図によって彼を
エリュシオンの野、至福の神々の地へ連れて行くことになっていた。
それゆえ彼らは心にいとわしい苦しみを受けながらも
船の傍らに留まって胸のうちで
古い主人を悲しみ、新しい主人に会いたいと願っていた。
　とどろく海の強い波をあとにして
大地を揺する神〔ポセイダオン〕が浜辺にやってきた。人間たちには
その姿は見えなかったが、海の女神たちの傍らに立って
まだアキレウスのために悲しむテティスにこう語りかけた。
「さあ、わが子のことでいつまでも泣くのはやめるがよい、
彼は死者たちとともにいるのではなく神々の仲間となるのだ。
高貴なディオニュソスや力強いヘラクレスのように。
むごい運命も冥王《アイデス》もいつまでも彼を闇の中に
引き止めはしない、すぐにゼウスの光の中へ行くであろう。
わしからも彼にエウクセイノスの海(3)にある神々しい島を
贈り物として与えよう。そこでおまえの息子は永遠に
神となるのだ。周囲のたくさんの住民たちが

（3）現在の黒海。その島はイストロス（ドナウ）川河口に近い白島（レウケ）。

美しいいけにえを捧げて彼をあがめるだろう、
わしを敬うのと同様に。おまえは早く泣くのをやめることだ。
そして悲しみに心を乱してはならないぞ」。
　このようにテティスに励ましの言葉をかけると
そよ風のように海へ去った。彼女の心は胸のうちで
いくらか落ち着きを取り戻した。これらのことを神はのちに叶えてやった
　のである。
アルゴス人たちも泣いていたが、ヘラスから率いてきた
各自の船のもとへ去っていった。ピエリアの女神たち［ムーサイ］は
ヘリコン山へ戻り、ネレウスの娘たち［海の女神たち］は
雄々しいペレウスの子を嘆きながら海に沈んだ。

第四歌

梗　概

強敵アキレウスが戦死したことでトロイエ方は喜ぶが、戦争のなりゆきを楽観できないという声も出る。一方、アキレウスを失った悲しみから立ち直ろうとするアカイア人たちは、テティスの意志に従って彼を追悼するための競技大会を開く。競技会はテティスとアキレウスを讃えるネストルの朗唱で始まり、徒競走では小アイアスがテウクロスを破って優勝する。レスリングでは大アイアスとディオメデスが勝敗を争うが引き分けになる。イドメネウスは拳闘に名乗りを上げるが、年長者であるため青年たちは勝負を挑むのを遠慮し、彼が闘わずして優勝者となる。しかし実際の試合が見たいと老人たちが望んだため、エペイオスとアカマスが闘って引き分けとなる。弓術ではテウクロスが小アイアスを破って勝つ。円盤投げではただ一人投擲に成功した大アイアスが優勝する。幅跳びではアガペノルが、槍投げではエウリュアロスがそれぞれ他を引き離して優勝する。パンクラティオンでは大アイアスに挑む者がなく、彼が優勝者となる。戦車競走ではメネラオス、馬術ではアガメムノンが勝ち、勝者はみなテティスから賞品を受け取った。

不幸なトロイエ人たちも、戦いにすぐれたヒッポロコスの
勇敢な息子［グラウコス］に涙を惜しまなかったから放っておいたりはせず、
ダルダニア門の前の火葬壇の上に
誉れ高い勇士をのせた。アポロンは自ら
燃える火の中から彼をすばやく運び上げ
すみやかな風神たちに渡してリュキエの地の境へ運ばせた。
風神たちはただちに彼をテランドロスの谷底の
美しい地へ運び、壊れることのない岩を
その上に置いた。ニンフたちがその近くに聖なる水を湧き出させ
涸れることのない川としたが、人々は今もそれを
流れも美しいグラウコス川と呼んでいる。これらは
神々がリュキエ人の王を尊んで行なったことである。
　アルゴス人たちは進みの速い船の傍らで
雄々しいアキレウスのためにうめいていた。彼を実の息子のように

悼んでいたから、残酷な苦痛と悲しみがすべての者を
打ちのめしていた。広い軍の中誰一人泣かぬものはなかった。
一方トロイエ人たちは、アルゴス人たちが苦しみ
アキレウスが火に焼きつくされるのを見てたえず喜びにわいていた。
そしてある者が思い上がって次のように言った。
「クロノスの子はオリュンポスからわれら全員に
思いもよらぬ喜びを授けてくださった、トロイエで
アキレウスが死ぬのを目にすることができたらと思っていたところに。
彼が戦死したのだからトロイエの誉れ高い人々も
むごたらしい流血や血なまぐさい戦いから一息つくことができよう。
奴の手にはいつも不吉な槍が荒れ狂い
恐ろしい血のりを浴びていたのだから。われわれの中で
奴に立ち向かった者は誰一人それ以上日の光を仰ぐことはできなかった。
だがアカイア人の勇敢な子らもアキレウスが戦死した今となっては
へさきもみごとな船に乗って逃げ出すことだろう。
ヘクトルがまだ生きていてくれたらよかったのに。そうすれば
アルゴス人を幕舎の中で皆殺しにしてくれたろうに」。

あるトロイエ人は有頂天になってこのように言った。
だが、一方では賢明な思慮をもつ者がこう言った。
「ダナオイ人の残酷な軍隊は船に乗って
すぐにももやにかすむ海へ逃げ出すだろうとあなたは言うのか。
だが奴らは大いに戦さを望んでいて恐怖心などあるまい。
他にも力強く勇敢な男たちがいるのだから、
テュデウスの子、アイアス、それにアトレウスの勇敢な息子たちなど。
アキレウスが死んだとしてもわたしは彼らが恐ろしい。
銀の弓をもつアポロンが奴らを殺してくれればよいが。
その日にこそ、戦いもいまわしい不幸も終わり
われらの祈り求める休息がもたらされようものを」。
　彼はこのように言った。天上の神々のうち
たくましいダナオイ人を助けに来たものたちは
頭をおびただしい雲でおおって
苦しみうめいた。一方トロイエ人たちに
快い結末を与えようと望むものたちは喜んだ。
そしてそのとき、名高いヘレがクロノスの子に話しかけた。

「白い雷をひらめかせる父ゼウスよ、なぜトロイエ勢に力を貸すのですか、
髪うるわしい乙女のことを忘れて。あなたはかつて彼女を
ペリオンの谷間で、神にもまがうペレウスの
心にかなう妻として与えました。あなたは自らこの結婚を
神聖なものとされ、わたしたち神々はすべてあの日
祝宴に参列してたくさんの美しい贈り物を与えました。
ところがあなたはそうしたことを忘れて、ヘラスに大きな悲しみを与えようとしたのですね」。
　ヘレはこのように言ったが、無敵のゼウスは何も答えなかった。
じっと座ったまま心を痛めさまざまなことを思いめぐらしていた。
アルゴス人たちがまもなくプリアモスの都を滅ぼすさだめに
あったからだが、彼らにはむごい災いを与えようと考えていた、
うめきに満ちた戦いでも、重くとどろく海でも。
ゼウスは後に実現することをこのように思いめぐらしていたのだった。
　暁女神《エオス》がオケアノスの深い流れに帰り
はてしない漆黒の闇が大地をおおうと

人々は苦痛を忘れ一息ついた。
アルゴス人たちは悲しんではいたが船の傍らで夕食をとった。
執拗な飢えが胸の中に入り込んだら
望んだところで胃から追い出すことはできないからである。
敏捷な手足も重くなり、心をさいなむ胃の腑を満たしてやらぬことには
解決のしようがないのだ。
そこで彼らはアキレウスを悲しみながらも食事をした。
すべての者が厳しい必然に促されてのことだった。
人々が食事をすませると甘美な眠りが訪れて
身体から苦痛を解き放ち、力がわき上がった。
　大熊座が太陽のすばやい光を待ち望んで
東に頭を向けると、暁女神《エオス》も目ざめ、
たくましいアルゴス人の軍勢も目をさまし
トロイエ方に殺戮とむごい命運をもたらそうとしていた。
あたかもイカロスのはてしない海(1)か
刈り入れ時のかわいた麦畑が深く波打つよう、
群雲を寄せる西風神《ゼピュロス》のはてしない力に巻き込まれて。

(1)エーゲ海南部。イカロスは人工の翼で空を飛んだが、この付近に墜落したとされる若者。

そのように人々はヘレスポントスの海岸にざわめき集まった。
そのとき待ちかねた人々に向かってテュデウスの息子［ディオメデス］がこう言った。
「諸君、本当に戦場に踏みとどまる勇気があるなら
今こそ憎むべき敵とさらに戦おうではないか。
もはやアキレウスがいないからといって彼らが勢いづくことなく
九九a（城壁の外に出て力強いテラモンの子と対峙することがないように。(1)）
さあ、武具と戦車と馬に身を固め
城市へ向かおう。苦闘の果てには栄光があるだろう」。
彼はダナオイ人に囲まれてこう言った。力強いアイアスがそれに答えた。
「テュデウスの子よ、よく言ってくれた。おまえはむなしいことを言わず
戦いにたけたトロイエ人と戦うよう
格闘にすぐれたダナオイ人を励ましてくれる。皆の士気も上がっている。
だが、海から女神テティスがやってくるまで
船団のところで待たねばなるまい。女神はご子息の墓の傍らで
華やかな葬礼競技を催そうといろいろ考えておられるのだ。

(1) この一行は採用していない写本も多いが、ヴィアンの校訂に従ってここに挿入した。

テティスはそのようにおれに告げられた、海の深みへ帰る前に
他のダナオイ人から離れたところで。もうまもなく
おいでになるものと思うのだ。ペレウスの息子が死んだとはいえ
トロイエ人もさして勢いづくことはあるまい、
おれもおまえも、非の打ちどころのないアトレウスの子もまだ生きている
　のだから」。
　テラモンの高貴な息子はこのように言った。神霊《ダイモーン》が
競技会の後自分にむごくも悪しき運命を用意しているとは
知らなかったのだ。彼に答えてテュデウスの息子は言った。
「友よ、もし本当にテティスが来てご子息の墓の傍らで
華やかな葬礼競技を催されるのなら
他の者たちも引きとどめて船の傍らで待つことにしよう。
至福の神々の意向には従うべきだからな。
それに神々の思し召しいかんにかかわらず、アキレウスには
われわれも心にかなう栄誉をさずけるよう考えねばなるまい」。
　テュデウスの勇猛果敢な息子はこのように言った。
そのとき海からペレウスの妻が

夜明けに先立つそよ風のようにやって来た。すぐにテティスは
アルゴス人の群れの中へ入っていった。人々はそこで待ちこがれ、
ある者は数多くの競技に参加し
ある者は競技を見物して心を楽しませようとしていた。
彼らが集まると、黒いヴェールをかぶったテティスは
競技の賞品を運んできてアカイア人たちに
すぐに競技を始めるよう促した。人々は女神の言葉に従った。
　まずネレウスの息子「ネストル」が中央に立ち上がった。
彼は拳闘や消耗激しいレスリングで闘おうと
していたわけではない。彼の手足や
すべての関節を陰鬱《うつ》な老いが打ちひしいでいたからだ。
しかし胸のうちにある心も知恵もまだ確固たるもので、
広場で議論がかわされるとき、アカイア軍では
他に誰一人として彼にかなうものはなかった。
その弁舌ゆえに、会議ではラエルテスの輝かしい子「オデュッセウス」も、
アルゴス人すべての王である、槍もみごとなアガメムノンも
彼にはゆずるところがあった。

そこで、観衆の真ん中でネストルは貞淑なネレウスの娘［テティス］を
歌で讃えた、彼女がすべての海の女神たちの中で
賢さと美しさのゆえにどれほどすぐれているかを。女神はこれを聞いて喜んだ。
彼はペレウスのなごやかな結婚のことを物語った。
その結婚を不死の神々がペリオン山の頂で協議して
取り決めたこと、神々が祝宴の席で
神聖な食事をしたことを。そのとき不死の手で
神々しい食物を黄金の器に入れて運んできたのは
すみやかな季節《ホライ》の女神たち。掟女神《テミス》は喜びに満ちて
銀の食卓を手早くととのえ
ヘパイストスは汚れない火を灯し、まわりではニンフたちが
黄金の盃に仙酒《アンブロシエー》を注ぐ。
優雅女神《カリテス》たちは愛らしい踊りに、
詩神《ムーサイ》たちは歌に心を傾ける。
すべての山も川も獣も喜び、不滅の天空も
ケイロン(1)の美しい洞窟も神々自身も楽しんでいた。

（1）半人半馬の怪物ながら知者で、ペリオン山に住み、ペレウスにテティスとの結婚を勧めた。アキレウスらの師でもある。

こうしたことをネレウスの高貴な息子は
熱心に耳を傾けるアルゴス人たちに語り聞かせた。
人々はこれを聞いて楽しんだ。彼はさらに広場の真ん中で
非の打ちどころのないアキレウスの不朽の武勲を歌い、たくさんの人々が
心からの喝采を送った。彼は初めから話を説きおこし
言葉をよく選んで、この誉れ高い勇士にこの上ない賛辞を送った。
海を渡るときに住民もろとも攻めとった十二の町、
また広い陸地を渡りつつ攻め落とした十一の町、
テレポス[1]や、テーベの地で誉れ高く力強い
エエティオンを討ったこと、
ポセイダオンの息子キュクノス[2]や、神にもまがうポリュドロス[3]、
立派なトロイロス[4]や非の打ちどころのないアステロパイオスを槍で殺した
　こと、
クサントスの川の流れを血で真っ赤に染め
すべての響きわたる流れを無数の死体で
おおいつくしたこと[5]——さざめく川のほとりで
リュカオン[6]の命を奪ったときに。

(1) ミュシアの王。アキレウスは彼に一度傷を負わせたが、神託に従って槍のさびを塗り、その傷を癒した。本歌一七四—一七七行参照。

(2) 身体のどこにも傷を負わないさだめにあったが、トロイエ戦争の初期にアキレウスに締め殺され、白鳥になったとされる。

(3) プリアモスの末息子。

(4) プリアモスの息子。本歌四一八—四三五行参照。

(5) ホメロス『イリアス』第二十一歌一—二一一行参照。

(6) プリアモスの息子。いったんアキレウスは彼を捕らえてレムノス島に奴隷として売った。エウネオスが身代金とひきかえに彼をトロイエ王家へ返したが、アキレウスは戦場で再び彼と出会って殺した。本歌三八三—三八五行およびホメロス『イリア

ヘクトルを討ち果たしたこと、ペンテシレイアや
玉座美しい暁女神の息子を倒したこと、
こうしたことがらを知っているアルゴス人たちにあらためて
歌い聞かせた。彼が偉大であり、面と向かって
戦える者がなかったこと、若者たちの競技会で
青年たちが足の速さを競うときも
戦車競走でも槍試合でも並ぶ者がなかったこと、
美しさにおいてもダナオイ人たちをはるかに越えていたこと、
軍神《アレス》の戦いが起こったときにはその武勇は限りないものだったことを。
そして彼の息子が、波に洗われるスキュロス島から来たときには
父同様の姿が見られるようにと神々に祈った。
　アルゴス人たちはその言葉の一つ一つに拍手を送り、
銀の足のテティスも讃嘆して脚の速い馬を与えた。
それは槍もみごとなアキレウスに
カイコスの流れのほとりでテレポスが彼に与えたもの、
ひどい傷に苦しむテレポスを
アキレウスが槍で癒してやったのであるが、それは彼と刃を交えたとき

ス』第二十一歌三四―一二七行
参照。

アキレウス自らが彼の腿を突いた武器だった、力強い槍を刺し貫いたので
　ある。
これらの馬をネストルは部下たちに渡した。
彼らは神にもまがう王を大いに讃えながら
馬を船の傍らへ引いていった。テティスは広場の中央の
走路のわきに十二頭の牝牛を置いた。いずれにも
乳の下に美しい子牛がついていた。
これは武勇すぐれた無敵のペレウスの子が
大きな槍を頼みにイデ山か追い立ててきたものだった。
　これをめぐって二人の者が勝利をさかんに望んで立ち上がった、
まずテラモンの子テウクロス(1)、そして小アイアス(2)
――ロクリスの射手の中で最もすぐれたアイアスである。
彼らはすばやく手で陰部のまわりに布を
巻きつけ、習わしに従って隠すところをすべておおった。
たくましいペレウスの妻と
他の海の女神ネレイデスをはばかってのことである。女神たちは
テティスとともにアルゴス人らの勇壮な競技を見に来たのだった。

(1)大アイアスの異母弟。
(2)ロクリスの王。小柄なためテラモンの子の大アイアスと区別して小アイアスと呼ぶ。

アルゴス人すべての王であるアガメムノンが
二人に速さを競う走路のゴールを示した。
競争を司る不和女神《エリス》が二人を勢いづけた。
二人は出発点からすばやく鷹のように飛び出した。
先頭はどちらが先ともわからなかった。見物している
アルゴス人たちは双方それぞれに対して歓声を上げた。
しかし二人がゴールに駆け込もうとしたとき
神々がテウクロスの力と手足を妨げた。
ある神かなんらかの不運が彼を意地悪く
根の深いギョリュウの枝にぶつけた。
彼はつまずいて地面に倒れ
左の足先をひどくくじいた。両側の血管が
はれ上がってふくれた。見物していたアルゴス人たちは叫び声を上げた。
小アイアスがうれしげに彼を追い抜いた。
アイアスに従ってきたロクリス人たちが駆け寄り、
たちまち皆喜びにわき返った。
そして牝牛に草を食ませるよう船の方へ引いていった。

テウクロスの周囲にも急いで部下たちが駆けつけ、
足を引きずる彼を連れていった。医師たちはすみやかに
足から血を抜き取ると、傷の上に
香油にひたした羊毛をあてがってていねいに包帯を巻き、
むごい苦痛を消し去った。
　一方では二人の勇敢な男がただちに
激しいレスリングに参加しようとしていた。
馬を馴らすテュデウスの子［ディオメデス］と豪傑アイアスである。
二人は中央に進み出た。二人を見たアカイア人たちは驚嘆した、
両者とも神のようだったからだ。
二人は獣のようにぶつかり合った。
山の中で餌を求めて鹿をめぐって争うが
両者の力は等しく、
どちらも互いにゆずらず、少しもひるまない。
そのように二人の力は強く拮抗していた。ようやくアイアスが
テュデウスの子をがっしりした手で組み止めて
押しつぶそうとした。しかしディオメデスは技と力を用いて

脇腹をずらせ、相手の上腕に肩を押し当てて
テラモンの力強い息子をやにわに持ち上げると
反対側の足を腿に蹴りつけて
勇者を地面に投げ倒した。そしてアイアスの身体の上に
どっかと座った。人々は喝采した。
勇敢なアイアスは怒りに燃えて再び立ち上がり
容赦ない格闘に向けて身構えた。
すぐに恐ろしい手に砂をまぶし、荒々しく
テュデウスの息子を中央に呼び戻した。
相手は恐れることなく飛びかかってきた。
二人の足元からおびただしい砂煙が舞い上がった。
彼らは互いに恐れを知らぬ雄牛のようにぶつかり合った。
山の中で二頭が大胆な力を試そうと角を突き合い
足で埃をかき立てると、山の頂も
その鳴き声にこだましてとどろく。
すさまじい勢いで頑丈な頭と頭をぶつけ合い
力のかぎり長いこと闘う。

疲労のために激しくあえぎながらも容赦ない闘いを続け
口から地面に大量の泡がしたたり落ちる。
そのように彼らはがっしりした手でたえず闘っていた。
二人の背中も力強い首筋も
手に押されてきしみ音を立てた、
山の中で木々が互いに青々とした枝をぶつけ合うように。
テュデウスの子は力強い手で何度も巨大なアイアスの
がっしりした腿をつかんだが、相手は頑丈な足で
しっかりと立っており、後退させることはできなかった。
アイアスは上から襲いかかって
ディオメデスの肩を揺さぶり地面に投げ倒そうとした。
二人は技をつくして格闘を続けた。
人々はこれを見てあちこちで歓声を上げた。
ある者は誉れ高いテュデウスの子に、
ある者は力強いアイアスに声援を送った。
アイアスは勇者の肩を左右に揺さぶって手で下腹をつかみ
すさまじい力をこめて地面へ岩のように

投げつけた。テュデウスの子が倒れると
トロイエの大地はとどろき、人々は拍手喝采した。
彼は跳ね起きて巨大なアイアスに
三度目の闘いを挑もうとした。
だがネストルが間に入り、二人に話しかけた。
「輝かしい子らよ、激しい格闘はもうやめるがよい。
偉大なアキレウスの亡き後、おまえたちがアルゴス軍の中では
並ぶ者のない勇士だということは、われわれはよく知っているのだから」。
　こう言うと、二人は闘いをやめた。
そして額からしきりに流れ落ちる汗を手でぬぐった。
二人はキスをかわし、友情によって争いを忘れた。
女神たちの中でも神々しいテティスは彼らに四人の女奴隷を与えた。
屈強で恐れを知らぬ英雄たちも
この女たちを見て目を見張った。すべての女奴隷の中でも
慎み深さと手仕事の巧みさにかけては並ぶ者がなかったのだ、
髪うるわしいブリセイスを除いては。彼女たちはアキレウスが
レスボス島(1)から捕虜として連れてきたもので、彼はこの女たちに満足して

(1) エーゲ海北東部、小アジアの沖にある大きな島。

いた。
一人は夕食と食物の管理を行ない
もう一人は会食者たちに甘い生《き》の酒を注ぎ
三人目の女は食後の手に水を注ぎ
四人目の女はいつも食後にテーブルを運び出していた。
力強いテュデウスの子と豪傑アイアスは
この女たちを分け合ってへさきもみごとな船の方へ送り届けた。
　拳闘には力強いイドメネウスが立ち上がった。
進み出たのは、あらゆる競技にすぐれていたからである。
誰も彼に立ち向かおうとはしなかった。
すべての者が彼を敬い一目置いていたのである。年長者だったからだ。
テティスは皆の前で戦車と脚の速い馬を
彼に与えた。これはかつて偉大で力強いパトロクロスが
高貴なサルペドン(1)を討ち取ってトロイエから引いてきたものである。
イドメネウスはこれを従者たちに渡し船の方へ
引いてゆかせ、自らは輝かしい闘技場にとどまった。
するとポイニクスがたくましいアルゴス人たちにこう言った。

(1)リュキエの王。パトロクロスに討たれたいきさつは、ホメロス『イリアス』第十六歌四六二―五〇七行に語られている。

「神々は戦いなくしてイドメネウスに立派な賞品を授けられた、
彼の力も手も肩も疲れさせることなく。
血を流すこともなく皆が年長者に敬意を表したのだ。
だが若者たちよ、今度は競技に参加して
拳闘にすぐれたこぶしの技を競い合うがよい、
そしてペレウスの子の魂を楽しませてくれ」。
　こう言うと、話を聞いた人々は顔を見合わせていた。
誰もが黙りこくって競技を拒んだであろう、
高貴なネレウスの息子が彼らを非難しなかったなら。
「皆の者、戦いにすぐれた男たちが
友人どうしの拳闘の試合を避けるのはよくない。
これは若者の楽しみでもあるし、疲れはするが栄誉をもたらすものだ。
ああ、わしの身体に神にもまがうペリエス(2)を
われらが埋葬したときのような力がまだあればなあ。
このわしとアカストスは従兄弟どうしで競技に出た。
そしてわしは拳闘で高貴なポリュデウケス(3)と
引き分けになり、同じ賞品を手にしたのだ。

(2) ペリアスともいう。ギリシア北部イオルコスの王。ネストルおよびイエソン（一七六頁註(1)参照）の叔父。イエソンの妻メデイアの謀略により殺された。
(3) ゼウスの子。ポルクスともいう。ヘレネの兄弟にあたる。

他の誰よりも強いアンカイオス[1]もレスリングでは
わしに驚嘆し震えあがって
勝ちを求めて立ち向かおうとはしなかったのだ。
かつて格闘にひいでたエペイオイ人の国で、武勇すぐれた彼を
わしが打ち負かしたからだ。
彼は亡きアマリュンケウスの墓の傍らに倒れて背は砂にまみれ
周囲ではたくさんの人々がわしの強さと力に感嘆したものだ。
それゆえ、さしもの屈強なあの男ももはやわしに向かって
拳を振りかざすことはなく、わしは闘わずして賞品を手に入れた。
だが今のわしには老年と苦痛が襲いかかっている。
だからおまえたちに言おう、若者にふさわしく賞をつかんでほしい。
青年が競技で賞品を勝ち取るのは名誉なことだからな」。
　こう老人が言うと、大胆な男が立ち上がった。
雄々しく神にもまがうパノペウスの息子［エペイオス］で
のちに木馬を建造してプリアモスの都に
災いをなすことになる者だった。だが拳闘の相手になろうと
近づく者は誰一人いなかった、戦争が巻き起こったときには

（1）アルカディア（ペロポネソス半島中部）の英雄。アガペノルの父。

苛酷な戦いはまったく不得手な男だったのだが。
そして高貴なエペイオスは労せずしてみごとな賞品を
アカイア軍の船へ持ち帰ることになっただろう、
もし高貴なテセウス(2)の息子、槍をもつアカマスが
向かって来なかったら。彼の心には大きな力がわき上がっていた。
すばやい手に乾いた革ひもを取ると
それをエウエノルの子アゲラオスが
巧みに拳にまきつけてやり、王を励ました。
パノペウスの子の方でも朋友たちが
エペイオス王を元気づけた。彼は獅子のように
中央に立ち、自ら殺した牛の革で作った
乾いたひもを手に巻いた。人々はあちこちで歓声を上げ、
がっしりした拳を血に染めて闘おうとする力強い二人に
声援を送った。両人は
闘志を燃やして狭いリングに立ち
それぞれ拳が以前のように機敏に動くかどうか
戦闘で動きが鈍っていないか試した。

（2）アテナイの王。クレタ島の怪物ミノタウロスを退治した。本歌三八九行参照。

まもなく二人は向かい合って拳を上げ
互いにじっとにらみ合った。そして膝と膝を
互いに入れ替えながらつま先立ちで少しずつにじり寄り
長いこと打ち合うのを避けた。
だが二人はぶつかり合った、
さながら速い雲が風の力を受けて互いに衝突し
稲妻を放つよう、とぎすまされた雲の勢いに
広大な天空もゆらぎ、嵐が重く響きわたる。
そのように、乾いた革ひもを巻いた拳を受けて
二人のあごは音を立てた。おびただしい血が流れ落ちた。
額からは血に染まった汗が流れ、若々しい頬を真っ赤に染めていた。
二人はすさまじい勢いで激しく闘った。
エペイオスは攻撃をやめず、力を頼りに荒れ狂った。
一方テセウスの息子は試合の中でも冷静さを失わず
しばしば相手の力強い拳《こぶし》に空を切らせた。
そして巧みに相手の両手を引き離し
飛びかかって眉間に拳を叩きつけると

それは骨に達した。エペイオスの目から血が流れ落ちた。
しかしエペイオスはアカマスのこめかみに
重い拳を打ち込んで、相手の身体を地面に倒した。
アカマスもすぐに跳ね起きて屈強な相手に飛びかかり
頭を一撃した。エペイオスはすばやく
わずかに身をかがめて左手で額に拳を浴びせ
飛び上がって右手で鼻を殴った。
アカマスはあらゆる技をつくして拳を繰り出した。
アカイア人たちは二人が勝利の喜びをめざして闘いたがるのを
互いに引き離した。すぐに従者たちが
がっしりした拳から血に染まった革ひもをほどいた。
二人は闘いを終えて一息つき
穴の多い海綿で額をぬぐった。
朋友や仲間たちが二人を互いに引き合わせ
苦しい怒りを早く忘れて
友情を示して仲直りするようなだめた。
二人は朋友たちの勧告に従い

（賢い人の心にはつねに協調性があるものだから）
互いにキスをかわし、心は苛酷な争いを忘れた。
黒いヴェールをかぶったテティスはすぐに
賞を望む二人に二つの銀の混酒器を与えた。
それはイエソン[1]の勇敢な息子エウネオスが
力強いリュカオンの身代金として、海に囲まれたレムノス島[2]で
神にもまがうアキレウスにさし出したものだった。
ヘパイストスが高貴なディオニュソスのために
贈り物として作ったものである。それはディオニュソスがオリュンポスへ
ミノスの誉れ高い娘［アリアドネ］を貰い妻として連れてきたときのことだった。
テセウスは彼女を心ならずも名高いディエ島に置き去りにしたのである。
貰いディオニュソスはこれに神酒《ネクタル》を満たして
息子に贈り、息子トアスはこれを多くの財宝とともに
ヒュプシピュレに与え、彼女は気高い息子に
これを残してやり、彼がリュカオンのためにアキレウスにそれを渡したのである。
その一方を高潔なテセウスの息子が取り

（1）イアソンともいう。金の羊毛を求めてコルキスに向かい、アルゴ船の一行を率いたことで知られる。
（2）エーゲ海北東部の島。

もう一つを高貴なエペイオスが喜んで自分の船へ運ばせた。
傷だらけになった二人のけがは
ポダレイリオス(3)がていねいに手当てをした。
彼はまず傷を吸い、次に自分の手で
巧みに傷口を縫い合わせた。その上に薬を塗ったが
これは彼の父がかつて与えたもので
人の不治の傷さえもその日のうちに
たちどころに苦しい痛みを取り去って治すことができる。
すぐに二人の顔や髪豊かな頭の傷は治り、
苦痛は静まった。
　弓術にはテウクロスとオイレウスの息子［小アイアス］が
立ち上がった。この二人は先にも徒競走で力を競い合っている。
槍もみごとなアガメムノンは二人から遠く離れたところに
馬のたてがみのついたかぶとを置いて言った。「このかぶとの
飾り毛を鋭い青銅の矢で切り離した者を、はるかにすぐれた勝者としよう」。
まずアイアスがすぐに矢を放つと
かぶとに当たり、青銅は鋭い響きを立てた。

(3) アカイア軍の軍医。医神アスクレピオスの息子。

心中待ちかねていたテウクロスが
二番目に矢を放つと、鋭い矢はかぶとの飾り毛を切り落とした。
見ていた人々は大きな歓声を上げ
彼をほめ讃えた。
彼は速い足の傷に苦しんでいたが、それが
手ですみやかな矢の狙いを定める妨げにはならなかったからである。
ペレウスの妻［テティス］は彼に神にもまがうトロイロスの
美しい甲冑を与えた。これは神聖なトロイエで
ヘカベ[1]が生んだ子で、どの青年よりもすぐれていたが
その美しさから得るところは何もなかった。恐れを知らぬアキレウスが
槍と力で彼の命を奪ったからである。
あたかも、露にぬれた青々とした庭の
水をたたえた溝の傍らで花開いた
穂かケシが実をつける前に
研いだばかりの鎌で切り取るよう、
成長を終えて翌年の種をつけることも許さず
春の露にぬれて伸びようとしていたのを

（1）プリアモスの妃。

そのいとなみもむなしく刈り取ってしまう。
そのように、神にも等しい姿かたちのプリアモスの息子を
ペレウスの子［アキレウス］は殺した。まだひげも生えず、
花嫁も持たず、子ども同然の若さだったものを。
だが人を破滅させる運命女神《モイラ》が彼を戦争に巻き込んでしまった、
楽しみに満ちた青春が始まったばかりのところで。
その頃男たちは大胆になり、心も一人前になってくるのだが。
　やがて今度はがっしりした巨大な円盤を
すばしこい手で投げようと多くの者が試みた。
だがそれはとても重かったので、アルゴス人は誰一人として
投げることができなかった。退却を知らぬアイアスだけが
力強い手でそれを投げた。あたかも夏の暑い季節に
乾ききった野生のオークの枝を投げるよう、
大地では刈り入れ時の作物が皆乾く時分に。
誰もが驚嘆した、彼の手から飛んで行った青銅の円盤は
男が二人がかりでやっと持ち上げるほどだったのだ。
これはかつて力強いアンタイオス(2)が

(2) 大地母神から生まれた巨人。大地に触れている間は無敵だったが、ヘラクレスが彼を抱え上げて絞め殺した。

力を試そうと手でやすやすと投げていたものだった、
ヘラクレスの力強い手で殺される前に。
ヘラクレスは多くの戦利品とともに
無敵の腕にふさわしい賞品としてこの円盤を手に入れたのだが
のちに勇敢なアイアコスの子［ペレウス］にそれを与えた、
イリオンの誉れ高い都を彼の助けで攻め落としたときに(1)。
アイアコスの子は息子にそれを与え、息子アキレウスは進みの速い船で
トロイエへこれを持っていき
力強いトロイエ人と戦うときにおのが父を思って
戦意を高めるよすがとし、また力を試す道具とした。
この円盤をアイアスはがっしりした手で遠くまで投げたのである。
このときネレウスの娘［テティス］は彼に神にも等しいメムノンの
名高い武具を与えた。アルゴス人たちはこれを見て
驚嘆した、いずれもあまりにも巨大だったからだ。
輝かしい勇士はこれを喜んで受け取った。
身につけてみると頑丈な手足にぴったり合い
巨大な身体につりあうのは彼だけだったからである。

（1）以前ヘラクレスはペレウスらの助けを借りてトロイエを攻め落とした。いわゆる第一次トロイエ戦争である。

そして彼は大きな円盤をも持っていった、
大きな力を試したいときの楽しみとなるように。
　今度は幅跳びを競おうと多くの者が立ち上がった。
他の者の記録をはるかに越えて跳んだのは
槍もみごとなアガペノルで、人々は遠くまで跳んだこの男に喝采を送った。
気高いテティスは彼に偉大なキュクノスの
美しい武具を与えた。キュクノスはプロテシラオスが戦死した後
多くの者の命を奪ったが、ペレウスの息子が
勇士たちの中でまっ先に彼を殺してトロイエ軍を悲嘆におとし入れたの
だった。
　槍投げではエウリュアロスが競争者たちを
大きく引き離した。人々は大きな歓声を上げ
羽根をつけた矢でさえこれほどには飛ぶまいと言い合った。
そこで、勇猛なアイアコスの孫の母は彼に
大きな盃を与えて持っていかせた。これは銀造りで
アキレウスがリュルネッソス(2)の富裕な町を攻め落としたときに
ミュネスを槍で討ち取ってかち得たものである。

（2）プリュギエの町。ブリセイスの故郷。

剛毅なアイアスは手と足を使う格闘[1]をしようと立ち上がり
最強の勇士は中央に出てくるようにと呼びかけた。
人々はこの力強く大胆な男を目にして肝をつぶし
誰一人として立ち向かおうとはしなかった。
恐ろしい恐怖が全員の勇気を
打ちひしいでしまい、その無敵の拳の
打撃を受けたらすぐ顔を打ち砕かれるだろう、
相手になってはとんだ災難になるだろうと心底恐れた。
ようやく皆は粘り強いエウリュアロスに合図を送った。
彼が拳闘にすぐれていることはよく知られていたのだ。
だが彼はまん中に出たものの、この剛胆な勇士に恐れをなしてこう言った。
「おいみんな、他のアカイア人なら誰を選ぼうと
おれは相手になってみせる。だがこの大きなアイアスではどうにもならないよ。
ずっと力が上なのだから。この人が怒りにかられて
全力を出そうものなら、おれの心臓を叩きつぶすだろう。
おれはこんな無敵の相手を逃れて無事に船まで帰れるとは思えない」。

（1）パンクラティオン（拳闘とレスリングを兼ねた格闘技）を指す。

こう言うと人々はどっと笑った。剛毅なアイアスも
内心すっかり喜んだ。彼が手にしたのは二タラントン(2)の
きらめく銀塊で、闘わずして勝った賞として
テティスが彼に与えたのだが、女神はアイアスを見て
いとしいわが子を思い出し、嘆きで胸がいっぱいになった。
　ついで戦車競走に参加しようと
賞に引かれてすぐに立ち上がったのは
まずメネラオス、そして大胆な戦士エウリュピュロス、
エウメロス、トアス、それから神にも等しいポリュポイテスだった。
彼らは馬に馬具を投げかけて戦車をつなぎ
皆勝利の喜びをめざして意欲をみなぎらせた。
すぐに彼らは戦車に乗り込んで抽選のために
砂地に集まった。それぞれが出発点に立った。
そしてすぐさま力強い手に手綱を握った。
馬たちは車につながれたまま後足をけり上げ
なんとか先に飛び出そうとあがき、いたずらに足踏みをしながら
耳をぴんと立て、額飾りを泡でぬらした。

(2)重量の単位。一タラントンは二五・八六ないしは三七・八キログラムと推定される。

ただちに乗り手たちは、力強く脚の速い馬たちに先を争ってむちを入れた。
馬たちはすばやいハルピュイアのように
くびきももどかしいとばかり、たちまち飛び出すと、
戦車を地面から浮き上がらせるほど猛スピートで曳いていった。 五一五
戦車の轍もひづめの跡も見えなかった。
馬たちはそれほどの疾走をした。
すさまじい砂埃が平原から天まで届くさまは
煙か霧のよう、その霧が南風神《ノトス》や西風神《ゼピュロス》の力で
山の頂の上に広がると 五二〇
冬が始まり、山々は雨にぬれるのである。
エウメロスの馬が大きく先に飛び出した。
その後に神ともまがうトアスの馬が続いた。めいめいが次々に
戦車の上で叫び声を上げていた。彼らは広大な平原をわたり…… 五二四
…………[1]
「……神聖なエリス[2]から。それは彼が邪悪なオイノマオス王[3]の 五二六
速い戦車を追い越して偉業をなしとげたときのことだった。
王はその頃知恵豊かな娘ヒッポダメイアの結婚をめぐって

(1)四八行の欠行が推定される。この部分では、トアスとエウリュピュロスが戦車から落ちたこと、メネラオスが首位に立っていたエウメロスをかわして優勝したことが語られていたものと思われる。五二六—五三二行は、観衆の一人がメネラオスの馬を賞讃した言葉の末尾である。
(2)ペロポンネソス半島西岸の町。
(3)エリスの王。娘ヒッポダメイアの求婚者たちに自分との戦車競走を課し、敗れた者を殺していたが、ペロプスに敗れて死んだ。

若者たちに容赦ない破滅をもたらしていたのだ。
しかしオイノマオスは戦車競走にたけていたけれども
それほど速い馬を持っていたのではなく
ずっと脚の弱い馬だった。この馬は風のようだったではないか」。
　彼はこう言って力強い馬とアトレウスの子自身を
さかんにほめ讃えた。メネラオスの心も喜びでいっぱいになった。
すぐに従者たちがひどくあえぐ馬をくびきからはずした。
競走に参加して勝利を争った者たちもみな
疾風のように走る馬を解放した。
神にもまがうトアスと粘り強いエウリュピュロスが
戦車から落ちて身体を打ったときの傷はすべて
ポダレイリオスがただちにすばやく手当てをした。
アトレウスの子は勝利の喜びに酔った。
髪うるわしいテティスが彼に美しい黄金の杯を与えた。
アキレウスがテーベの名高い都を攻め落とす以前は
神にもまがうエエティオンの大いなる宝だったものである。
　今度は別の者たちが単騎の競争馬の支度をして

走路に導いた。手に牛革のむちを取り
全員が馬に飛び乗った。
馬たちはあごにくつわをかみしめて泡を吹き
飛び出そうとしてしきりに足で大地をけって音を立てていた。
とそのとき、競走が始まった。皆が出発点から
すぐさまいっせいに飛び出して先頭を争うありさまは
つむじ風となって吹き荒れる北風神《ボレエス》か
うなりを上げる南風神《ノトス》のよう、嵐と風の勢いで
広い海面があおられると不吉な祭壇座[1]が昇り
船乗りたちに涙に満ちた災難をもたらす。
そのように皆速い足で土煙を舞い上げながら
平原をどこまでも疾走していた。騎手たちは
それぞれ馬を励まし、たえずむちで打ったり
たえまなく手であごを揺さぶって
くつわをさかんに鳴らしていた。
馬たちは勢いよく走った。観衆から大きな歓声が起こった。
皆広大な平原を飛ぶように駆けていたのだ。

（1）南の空に現われる星座。

そしてステネロス(2)の乗ったアルゴス産の活発な馬が
一気に勝利を得たことだろう、
もし走路をそれて何度も平原へ駆け出してしまわなければ。
カパネウスの息子は馬術にすぐれてはいたが
御するだけの力が手になかったのである。
馬はまだ競走に慣れていなかったのだ。血統は悪いものではなく
神の血を引くアリオンの子孫だった。アリオンとは
ハルピュイアがうなりを上げる西風神《ゼピュロス》に
他のどの馬よりもはるかにすぐれたものとして生み与えた馬である。
父の速い風と脚の速さをよく競うほどで
アドレストス(3)がこれを贈り物として神々から受け取った。
ステネロスの馬はその子孫で、テュデウスの息子がこれを神聖なトロイエ
　で
贈り物として朋友に与えたのだった。
ステネロスはその脚を頼みにこの速い馬を馬比べの場へ引き出し
第一人者たちの中に立ちまじって馬術競走で
栄光を勝ち取れるだろうと思ったのである。

(2)カパネウスの子で、ディオメデスの親友。

(3)アドラストスともいう。ギリシアのテーバイを攻略した将の一人。カパネウスはその戦友。

しかし馬の方はアキレウスの葬礼競技で脚を競うのを喜ばなかった。
そこで第二位にとどまり、アトレウスの子が巧みに
この駿馬を追い抜いた。人々はアガメムノンを称賛するとともに
勇敢なステネロスの馬と彼自身をもほめ讃えた。
二位となりたびたび走路から飛び出したとはいえ
並外れた力と脚で疾駆したからである。
そして喜ぶアトレウスの子にテティスは
神の血を引くポリュドロスの銀の胴鎧を与え、
またステネロスにはアステロパイオスの青銅造りの
がっしりしたかぶと、二本の槍、頑丈な革帯を与えた。
　女神は他の騎手や、その日アキレウスの墓の傍らで
競技に参加すべく集まった者すべてに
贈り物を与えた。ただその中で
勇猛なラエルテスの子［オデュッセウス］は悲しんでいた。
勝利を望んでいた彼を、むごい傷が競技から遠ざけてしまったのである。
それは彼がアイアコスの力強い孫［アキレウス］をめぐって奮戦した折りに
勇敢なアルコンが負わせた傷であった。

第五歌

梗概

競技大会の後、アカイア人たちの前に、神によって作られたアキレウスの武具が運ばれてくる。とくに楯は、天体、戦争、農作業、神々の姿などさまざまな絵柄を浮き彫りにしたみごとなものである。テティスはアキレウスの遺体を戦場から救い出した者をアカイア軍随一の勇者として、これに息子の武具を与えようと宣言する。アイアスとオデュッセウスの二人が自分こそはこの武具にふさわしいとして争い、どちらが武具を得るべきか決めてほしいと長老たちに訴える。だが敗者の報復を恐れた長老たちはトロイエ人の捕虜たちに判定をゆだねる。アイアスは自分の武勲を主張し、オデュッセウスを臆病者だとそしる。オデュッセウスは自分のように知恵のある者こそ価値があり、武勇もアイアスに劣らないと反駁する。この論争を聞いたトロイエ人たちはオデュッセウスを勝者と判定する。敗れたアイアスは憤りのあまり狂気に陥り、アカイア人だと錯覚して羊の群れを惨殺する。正気に返った彼は絶望し、アカイア人たちを呪って自殺する。アイアスの弟テウクロスや妻テクメッサをはじめとしてアカイア人たちは彼の死をしきりに嘆き、丁重な葬儀を行なう。

さまざまな競技が終わると
女神テティスは皆の中央に、神の手になる
雄々しいアキレウスの武具を置いた。
あたり一面に彫金細工が光り輝いていたが、それは力強いヘパイストス[1]が
勇敢なアイアコスの孫の楯を飾ってつけたものであった。
神の作り上げた図像の中にはまず天空と大気が
巧みに表わされていた。大地とともに海もあった。
風、雲、月、太陽がそれぞれの位置に
おさまっていた。大空に円を描いて軌道をめぐる
すべての星座が作られていた。
またその上には限りない空が広がっていた。
そこにはくちばしの長い鳥が飛び交っていた。
風のように飛び回るさまはほんとうに生きているかのようだ。
周囲にはテテュスとオケアノスの深い流れが描かれていた。

(1) 火と鍛冶の神。

そこからただちに恐ろしい川の流れが広がり
大地を横切って四方へうねり流れていた。
　まわりには大きな山の恐ろしい獅子や
強欲な獣が描き出されていた。
獰猛な熊や豹もいた。力強い猪もいて
恐ろしいあごのもとにすさまじい音を立てながら
残酷な牙をとぎすましていた。
狩人たちが力強い犬を後ろからけしかけたり
石や速い投げ槍を投げつけたりして
立ち向かうさまは、実物のようだった。
　人を滅ぼす戦いの絵もあり、恐ろしい乱戦が描かれていた。
人々は速い馬に混じってあちこちで殺されていた。
不滅の楯に描かれた大地一帯が
おびただしい血にぬれているかのようであった。
恐怖神《ポボス》、恐慌神《デイモス》、うめきをもたらすエニュオもおり
陰惨な血を全身に浴びていた。
いとわしい不和女神《エリス》や剛胆な復讐女神《エリンニュエス》たちもいて、

不和女神《エリス》は耐えがたい戦闘へ男たちを駆り立て
復讐女神《エリンニュエス》たちは不吉な炎を吐いていた。
周囲では容赦ない命運《ケーレス》たちが突き進み
残酷で強力な死神《タナトス》が四方へ駆け回っていた。その傍らに
不吉なとどろきを巻き起こす戦闘女神《ヒュスミナイ》たちがいたが、そのすべての手足から
大地に血と汗が流れ落ちていた。
無慈悲なゴルゴンたち(1)もいた。その髪に混じって
恐ろしい蛇たちがむごたらしく舌を突き出すさまが
彫られていた。それらの彫金細工にはただ驚嘆するほかはなく
見る者はぞっとした。
まるで生きて動いているかのようだったのだ。
　このようにありとあらゆる戦いの怪物が形づくられていた。
そこから離れて平和な美しい光景があった。
よく働く人々が数多く住む立派な町があって
正義の女神《ディケ》がすべてを見守っていた。
めいめいがそれぞれの仕事に励んでいた。

(1) 海神ポルキュスの娘。髪は蛇で、その目に見られた者は石になったという。

果樹園はたわわに実をつけていた。黒い大地は花ざかりだった。
神の作り上げた楯には石くれだらけの切り立った
貴い徳の女神《アレテ》の山も描かれていた(1)。
女神自身はナツメヤシの木の頂に立っており
頭が天をかすめるほど高かった。
至るところで小道がイバラにさえぎられ
人間の正しい歩みを妨げていた。
多くの者が道のけわしさに茫然として後ずさりし
少数の者だけが汗にまみれながら神聖な道を上ってゆくのだ。
　広いうねを行き来する刈り取り人たちもいて
といだばかりの鎌を手に
乾いた麦束をせっせと刈り取っていた(2)。
他の者が何人も束ね役として後に続いた。仕事はみるみるはかどった。
牛たちは首をくびきにつながれたまま
豊かに穂をつけた麦束で重くなった車を引いていた。
また畑を耕す牛もおり
その後から土は黒ずんでいった。

(1) 以下、人間が徳を身につけることの難しさを比喩的に描いている。

(2) この行を省く写本もあるが、前後に続くものとして訳した。

その後を若者たちが突き棒を手にかわるがわる
牛を追っていた。膨大な仕事がこのように描かれていた。
　宴席には笛と竪琴が置かれていた。
青年たちの前に女たちの歌舞隊がいた。
彼女たちは生きているもののように動き回っていた。
　踊りと楽しい饗宴の近くには
まだ髪に泡をつけたままの姿で冠も美しいキュプリスが
海から現われ（まわりには愛神《ヒメロス》が飛び回っていた）
髪うるわしい優雅女神《カリテス》たちとともに愛らしく微笑んでいた。
　また雄々しいネレウスの娘たち［海の女神たち］が
道すじ広い海から姉妹［テティス］を連れて
アイアコスの子［ペレウス］との婚礼へ導いていた。
すべての不死の神々がペリオン(3)の高い頂で祝宴に参列していた。
傍らにはしめり気の多い青々とした牧場があり
数知れぬ草の花で彩られ
森や美しい水の湧く透きとおった泉もあった。
　嘆きの種となる船(4)が海を渡っていた。

（3）ギリシア北部テッサリアの東にある山。

（4）海難が多いことを表わすものと思われる。

あるものは横に傾きながら先を急ぎ
あるものはまっすぐに進んでいた。その傍らで恐ろしい波が起こり
ふくれ上がっていた。水夫たちはてんでに動揺して
吹きつのる突風を恐れ——そのありさまは本物のよう——、
白い帆を絞り、死を逃れようとしていた。
漕ぎ座に座り櫂を取るものもいた。船のまわりでは
黒い海がしきりに櫂で打たれて白くなっていた。
　その傍らに海の怪物に囲まれて微笑む
大地を揺るがす神［ポセイダオン］の姿が彫られていた。疾風のような馬たちは
黄金のむちで打たれて急いで海の上を駆け
生きているかのように神を運んでいた。
彼らが進んでいくと波は静まり平らな凪が前方に開けた。
一方ではイルカが群れをなして
はしゃぎながら神のまわりに集まり
主を歓待していた。それは銀造りであったが
本当にもやにかすむ波を泳いでいるようだった。

他にも多くのものが思慮深いヘパイストスの
不死の手によって巧みに楯の表面に描き出されていた。
オケアノスの深い流れがすべてを取り巻いていた。
それは楯のへりに沿って一番外側にあり、楯全体が
その内に固定され、すべての彫金細工が中に密集していた。

　傍らにはとても重いかぶとが置かれていた。
そこには激怒した様子で天空に立つゼウスが
浮き彫りにされていた。周囲では神々がゼウスのために
抵抗するティタンたちと戦っていた。
力強い炎がすでにティタンたちを包んでいた。
空からは雷が雪のようにたえまなく噴き出していた。
ゼウスには巨大な力がわき起こっていたのである。
巨神たちが息づいているありさまは今なお焼かれているかのようだった。

　そのわきには大きく、壊れることのない頑丈な
胴鎧の胸当てがあった。これがペレウスの子を包んでいたのだ。
巧みに造られた大きなすね当てもあった。非常に重かったが
唯一アキレウスにとっては軽いものだった。

　その近くでは恐ろしい剣が輝きわたっていた。
黄金の負い革と銀のさやで飾られ
象牙のつかがぴったりとはまり
神の手になる武具の中でもことにすぐれて光を放っていた。
傍らの地面には力強い槍が横たえられていた。
ペリオン山で造られたもので、そびえ立つモミの木のよう、
いまだに虐殺のなごりとヘクトルの血の匂いを放っていた。
　さて、黒いヴェールをかぶったテティスはアルゴス人たちの中で
アキレウスを悼みながら次のように神々しい言葉を述べた。
「これで、亡くなったわが子を悼んでわたしが催した
葬礼競技はすべて終わりました。
彼の屍を救い出した者はアカイア軍第一の勇者として出てきなさい。
神の手になるすばらしい武具を身につけるがよい。
至福の神々の心にもかなう品々です」。
　こう言うと、席から立ち上がって言い争いを始めたのは
ラエルテスの息子と神にもまがうテラモンの子アイアス、
すべてのダナオイ人よりはるかにすぐれているさまは

空にひときわ明るくきらめく宵の明星のよう、
すべての星々の中ではるかに輝きがまさっている。
そのような姿で彼はペレウスの子の武具の傍らに立った。
そして高貴なイドメネウス、ネレウスの息子「ネストル」、
賢明なアガメムノンに訴えた。彼らならば
輝かしい武勲を正しく判断してくれるだろうと思ったのだ。
同様にオデュッセウスも彼らを全面的に信頼していた。
彼らは賢く、ダナオイ人の中でも非の打ちどころがなかったからである。
　だがネストルはイドメネウスとアトレウスの高貴な息子「アガメムノン」を
離れたところへ呼んで、意見を求める二人にこう言った。
「友よ、憂いのないオリュンポスの神々が
今日はとてつもなく耐えがたい災いをわれわれにもたらそうとしている。
偉大なアイアスと知謀にたけたオデュッセウスが
すさまじく激しい争いを始めてしまったとは。
二人のうち神に栄光を得ることを許された者は
心を喜びで満たすだろう。だがもう一方は悲しみをつのらせ
ダナオイ人全員に対して名誉を奪われたと非難を浴びせるだろう、

とりわけわれわれに対して。もはや戦闘でも以前同様に
われらの傍らに立ってくれることはあるまい。二人のうちどちらかが
怒りにとりつかれたなら、アカイア人たちには大きな苦痛となろう。
一方は戦闘で、もう一人は知謀においてわが軍の誰よりもすぐれているのだから。
ここはひとつわしの言うことを聞いてくれ。わしの方がずっと年上で
少なからぬ年の差があるのだから。わしは老いとともに
知恵も重ねてきた、よいことも苦しいこともたくさん経験してきたからな。
ものごとを決めるにはいつでも経験豊かな老人のほうが
若い男よりすぐれているものだ。たくさんのことを知っているのだから。
だから、神にもまがうアイアスと戦さを好むオデュセウスの争いの裁きを
賢いトロイエ人にゆだねようではないか。
敵の者たちが最も恐れているのはどちらなのか、(1) 一五八a
どちらがいまわしい戦闘の中から
ペレウスの子の屍を救い出したのか。わが軍には槍に屈して
先頃隷従のくびきに従ったばかりのトロイエ人たちが大勢いる。
彼らならこの二人の争いに正しい裁きを下すだろうし

（1）この行は第四歌に属するとする写本もある。

どちらかに肩入れすることもなかろう。ふりかかってきた災いを覚えている
るから
ひとしくすべてのアカイア人を憎んでいるはずじゃ」。
彼がこう言うと、槍もみごとなアガメムノンが言った。
「ご老体、われわれアカイア軍の中には老若問わず
あなたより賢い者はいない。
神々により勝利から遠ざけられた方が
アルゴス人に容赦なく腹を立てようとの仰せだが
確かに最強の勇士どうしが争っているのだからな。
わしも胸のうちで同じことを考えていた、
捕虜たちに裁きをゆだねようと。
敗れた方は彼らを非難して、戦さにすぐれたトロイエ人らに
恐ろしい仕打ちをたくらみこそすれ、われわれに怒りを向けはしまい」。
　こう言った。三人は胸のうちで同意を固め
友として裁定を下すことを公然と拒否した。
彼らが拒絶したのでトロイエ人の誉れ高い息子たちが
捕虜ではあったが中央に座を占めた。

戦争にまつわる訴えともめごとを正しく裁くためである。
　中央に立ったアイアスは怒りに燃えてこう述べた。
「オデュッセウスよ、なんとあきれた心根か。どの神に心狂わされて
おれと同様にゆるぎない力があると思ったのか。
それとも埃の中に倒れたアキレウスから恐ろしい軍勢を
遠ざけたとでもいうのか、トロイエ兵が彼に群がってきたときに。
あのときおれは奴らを苦しい流血の中に投げこんでやったが
おまえはすくみ上がっていたではないか。母親はおまえを
臆病で卑怯な者として産んだのだ。おれよりもずっと弱い、
力強く吠える獅子と犬ほども違うのだぞ。
おまえの胸には踏みとどまって敵を待つ勇気などなく
考えることといえば策略と邪悪な所行ばかり。
もう忘れたのか、イリオンの神聖な都に向かおうと
アカイア人たちが集まったがおまえは逃げようとしたな。
おまえが臆病風に吹かれて仲間に加わりたがらないのを
アトレウスの子らが連れていったのだ。おまえなど来ねばよかったのだ。
おまえの意見に従ってポイアスの名高い息子［ピロクテテス］を

おれたちは神聖なレムノス島に置き去りにした、ひどくうめいていたもの
　を。
おまえがひどい仕打ちを企んだのは彼に対してだけではない。
神にもまがうパラメデス(1)にも死をもたらした。
武勇でも思慮深さでもおまえよりすぐれた男だったのに。
それなのに今おまえはおれに対抗しようというのだ。
かつてしてもらったことも忘れ
自分よりはるかにすぐれた者に敬意を払おうともしない。
以前おれは敵との戦いに震えあがったおまえを
戦闘から救い出してやったのに。おまえは他の者たちに
敵の群れの中にただ一人置き去りにされ、自分でも逃げ出そうとしていた
　ところだった(2)。
あの戦闘の中、ゼウス自らが空の高みから
おれの大胆な力を追いのけてくれればよかったのだ。
そうすればトロイエ人たちが諸刃の剣でおまえを八つ裂きにし、
犬どもの餌食にしてやったろうし、おまえが策略を頼みに
おれと張り合おうとすることもなかったろうに。

(1) アカイァ軍の知将。オデュッセウスが狂気を装ってトロイエ遠征を逃れようとしたとき、その計略を見破ったためオデュッセウスは彼を恨んで謀殺した。

(2) ホメロス『イリアス』第十一歌四五六―四八八行参照。

みじめな奴め、武勇では他の誰よりもはるかにまさると言いながら
なぜ船を船団のまん中に置いているのだ。
なぜおれがしたように速い船を外側に引き上げようとはしないのか[1]。
おまえが恐れに取りつかれたためだ。おまえはむごい火を船団から
遠ざけようともしなかった。おれは危険をかえりみず
ヘクトルのかけた火に対しても踏みとどまった。あの男は戦いのただ中でも
おれの前からは逃げ出したが、おまえはいつも奴を恐れていたではないか。
戦死したアキレウスをめぐって戦闘が起きたとき
われわれは戦場でこの賞品を的に競えばよかったのだ。
そうすればおまえもおれが敵軍と恐ろしい喧噪の中から
立派な武具を勇敢なアキレウス自身とともに
幕舎へ運んでいくのを目にすることができただろう。
だがおまえは弁舌の力を頼りに、この武具は自分のものだと言うのだ。
おまえには勇敢なアイアコスの孫の不滅の武具を
身につける力はないし、手でその槍を振り回すこともできない。
だがおれにはすべてがぴったり合う。

(1) 船団の外側に船を配置することは、船団を襲ってくる敵に対してまっ先に対抗することを意味する。ホメロス『イリアス』第八歌二二三—二二六行参照。

おれこそこの輝かしい武具を身につけるのがふさわしいし
神の美しい贈り物を汚すこともない。
だが、なぜわれわれはここにつっ立ってひどい言葉で
非の打ちどころのないアキレウスの輝かしい武具をめぐって争っているの
　だ。
彼は人を滅ぼす戦いにあっては抜きん出ていたのに。
これは戦場での武勇を決める争いだ。銀の足のテティスは
下劣な言葉の争いを皆の前で行なわせようとしたのではないぞ。
会議の場なら人に弁舌も必要だろうが。
おれはおまえよりずっと高貴で勇敢なのだ。
あの偉大なアキレウスと同じ血筋なのだから」。
　こう言うと、ラエルテスの息子は巧みな思考をめぐらして
激しく反論した。
「とりとめもなくしゃべるアイアスよ、なぜわたしにそんなむなしいこ
　とを言いたてるのか。
おまえはわたしのことを臆病でみじめで卑怯な奴だと言うが
わたしは知恵でも弁舌でもおまえよりはるかにすぐれている。

それこそが人に力を与えるものなのだ。
切り立った不壊の岩でも
山の石切工は知恵によってたやすく切り崩すことができる。
鈍くとどろく広い海がひどく荒れていても
水夫たちは知恵によって無事に渡ることができる。
技によって狩人は強い獅子や豹や猪や
その他ありとあらゆる獣を打ち負かすことができる。
猛々しい牡牛も人間の巧みな技によって
くびきにつなぐことができる。万事は精神によってなしとげられるのだ。
戦いにおいても何事を決めるにも
愚かな者より経験を積んだ者のほうがすぐれている。
それゆえ勇敢なオイネウスの孫［ディオメデス］(1) は全軍の中から
わたしを知恵あるがゆえに選んで力を借りた、敵の見張りに近づくために。
われわれ二人は力を合わせ大きな手柄を立てた。
また力強いペレウスの息子その人を
わたしは援軍としてアトレウスの子のもとに連れてきた。(2)
アルゴス軍に他の英雄が必要となったとしても

(1) オデュッセウスはディオメデスと協力して夜間トロイエの間者を捕らえて殺し、敵陣に潜入して援軍の王を殺した。ホメロス『イリアス』第十歌三三八―五〇二行参照。

(2) アキレウスは短命で死ぬことを案じた母テティスのはからいでスキュロス島にかくまわれたが、オデュッセウスが彼を見つけ出し連れてきた。

おまえの力や他のアルゴス人の策ではやって来ないだろうが
アカイア軍の中でわたし一人が
蜜のように甘い言葉で相手を説き伏せ
若者たちの戦いへ導いてくることが
できるのだ。英知から発した言葉は人にとって
大きな力となる。人の勇気も身体の大きさも
賢い知恵を伴っていなければ何にもならない。
だがわたしには不死の神々が力とともに知恵を授け
アルゴス軍の大いなる守りとしてくださった。
おまえは、わたしが以前敵の雄叫びから逃げようとしたのを
救ってやったと言ったがそのようなことはない。わたしは逃げ出さなかったし
向かってくるすべてのトロイエ人に対してしっかりと踏みとどまった。
彼らは怒濤のようにすさまじい攻撃をかけてきたが、わたしは腕の力によって
多くの者の命を奪った。おまえの言うことは真実ではない。
おまえは乱戦の中へわたしを救いに来たのではなく

おまえ自身を救えるような場所にいたのだ。戦いから逃げるところを
槍で殺されないようにな。わたしは船を中央に引き上げておいたが
それは敵の力を恐れてのことではなく
いつでもアトレウスの子たちと戦闘に対する策を講じるためだ。
なるほどおまえは船を外側に引き上げておいただろう。
だがわたしは自分の手で自分を打ちすえてひどい傷を作り
トロイエの町へ潜入した。彼らがむごい戦争について
何を考えているのか知るためだ。
わたしはヘクトルの槍も恐れたことはない。彼が勇気を頼みに
われわれ全軍に向かって一騎討ちを挑んだとき
わたしは彼との戦いを望んでまっ先に立ち上がったのだ。
今度もアキレウスの傍らでわたしはおまえより多くの敵の戦士を殺し
死んだ彼を武具とともに救い出した。
おまえの槍などこわくはない。
わたしはまだ恐ろしい傷の痛みにさいなまれているが
これは戦死したアキレウスの武具を守ったがゆえの負傷なのだ。
そして、わたしにもアキレウス同様、ゼウスの尊い血が流れている」。

　このように彼が言うと、力強いアイアスはこう答えた。
「狡猾なオデュッセウスめ、誰よりも邪悪な男よ、
トロイエ人が戦死したアキレウスを引きずっていこうとしたとき
おまえがあの場所で戦っているのを
見たアルゴス人などいないぞ。
おれは槍と力で戦闘の中、奴らの膝をついえさせ
追撃を続けて追い散らしてやったのだ。奴らは一目散に逃げていった。
雁《がん》か鶴の群れが草におおわれた野原で
餌をついばんでいるところをワシに襲われたように。
そのようにトロイエ人たちはおれの槍とすばやい剣に恐れおののいて
大きな災いを逃れようとイリオンへ駆け込んでいった。
あのときおまえに力がわいていたとしても、おれの近くで
敵と戦っていたのではない。おまえは離れたところにいて
別の戦列で戦っていたのだ。神にもまがうアキレウスの屍のそばではない。
そここそ激しい戦闘がおきた場所だ」。
　こう言うと、抜け目のない心をもつオデュッセウスは答えて言った。
「アイアスよ、おまえがいかに誉れ高い戦士であろうと

知恵でも力でもわたしがおまえに劣るとは思わない。
アルゴス軍の中では、わたしはおまえより
知恵にかけてははるかにまさっているし、力においても同等か
もっと上かもしれない。遠くから見ただけでトロイエ人も
このことがわかるだろう。わたしを大いに恐れているのだから。
おまえ自身、他の皆と同様わたしの力をよく知っているはずだ。
おまえは苛酷なレスリングの試合でひどく苦戦したではないか、
戦死したパトロクロス(1)の墓の傍らで
雄々しいペレウスの子「アキレウス」が記念すべき葬礼競技を催したときに」。
　神にもまがうラエルテスの名高い息子はこのように言った。
そのときトロイエ人の息子たちは戦士の苛烈な争いに裁きを下した。
全員一致で戦いにすぐれたオデュッセウスに
勝利と神々しい武具を与えたのである。
彼の心は喜びに満ちあふれたが、兵士たちはうめき声を上げた。
力強いアイアスは身をこわばらせた。
ただちに彼を恐ろしい不幸が襲った。
彼の体内では紅い血がわき立ち、苦い胆汁が煮えくり返って

(1) パトロクロスの葬礼競技でオデュッセウスとアイアスはレスリングの勝負を競ったが引き分けに終わった。ホメロス『イリアス』第二十三歌七〇八—七三九行参照。

肝臓と混ざりあった。焼けつくような苦痛が
心臓に達し、うずきわたる痛みは脳の底を
貫いて脳髄に至り、勇士の心を狂わせた。
彼は地面に目を据えて
動かぬもののように立ちつくしていた。
心を痛めた朋友たちが彼を口々に慰めながら
へさきもみごとな船の方へ連れていった。彼は心進まぬまま
最後の道を歩いた。その後を運命女神《モイラ》がついていった。
　アルゴス人たちは船とはてしない海の傍らへ戻ると
さっそく夕食と眠りをむさぼったが
そのときテティスは大海原へ入っていった。
他のネレイデスもついていった。そのまわりを
海の波が育てた怪物どもが泳いでいた。
　彼女たちは賢明なプロメテウス[2]にひどく腹を立てていた。
彼の予言に従ってクロノスの子がいやがるテティスを
ペレウスに妻として与えたことを思い出したのである。
その中でキュモトエ[3]が怒りにかられてこう言った。

（2）ゼウスがテティスを妻にと望んだとき、テティスは父親をしのぐ子を生むであろうから、人間の男（ペレウス）に嫁がせよと忠告した。のち、ゼウスの意に背いたため縛られてワシに毎日肝臓を食われたとされる巨人。
（3）ネレイデスの一人、テティスの姉妹。

「ああ哀れな男よ、不壊の鎖につながれて
その身にふさわしい責め苦を受けたもの、
肝臓が腹の中で再生するたびに大ワシに食いつかれ裂かれたときに」。
　黒髪を結ったキュモトエは海の女神たちにこう言った。
太陽が沈み、夜が訪れて
畑は暗くなり、空には星が散りばめられた。
アルゴス人たちはへさきの長い船の傍らで野営し
神聖な眠りと甘い酒に身をまかせていた。
それは高貴なイドメネウスの故郷クレテ島から
水夫たちが波打つ海を越えて運んできた酒だった。
　だがアイアスはアルゴス人たちを恨み
幕舎の中で蜜のように甘い夕食をとることも忘れ、
眠ろうともしなかった。彼は武具を身につけて荒れ狂い
鋭い剣を取り、数えきれぬほどの考えをめぐらせた。
船に火をかけ、アルゴス人を皆殺しにしてやろうか、
それともうめきをもたらす剣で
狡賢いオデュセウスだけをすばやく八つ裂きにしてやろうかと。

そしてこのように考えたことを、残らずただちに実行に移したであろう、
トリトニスが恐ろしい狂乱《リュッサ》の女神を彼の中に投げ入れなかったなら。
トリトニスは辛抱強いオデュッセウスが自分のために
つねにいけにえを捧げてくれたことを思い出し、彼の身を案じたのだ。
そこで偉大なテラモンの子の力を
アルゴス人たちからそらした。彼が突き進むさまは
破滅を呼ぶ疾風に満ちた恐ろしい嵐のよう、
それは船乗りたちに身も凍るような恐怖の前兆をもたらすもの。
そのときプレイアデス［すばる星］[1]は不朽のオケアノスの流れに沈み
名高いオリオンを恐れてちぢこまると
空を曇らせ、海は嵐で荒れ狂う。
そのようにアイアスは歩みの及ぶところへ突き進んでいった。
彼はむこう見ずな獣のようにあたり一帯を駆け回った。
それは岩の切り立つ谷間を駆け抜け
あごから泡を吹き、さまざまに恐ろしいことを思いめぐらす、
洞窟からおのれの子を引きずり出して殺した犬や狩人に対して。
獣はあごを動かして四方に吠え声を響かせる、

（1）もとは巨神アトラスの娘たちであったが、オリオンに追われ双方とも星にされたという。

下草の中にいとしい子の姿が見つかるのではないかと。
そのように心が猛り狂うところに出くわしたなら
その人にとっては命の最後の日となることだろう。
そんな獣のようにアイアスは容赦なく飛びかかった。彼の心臓は黒く煮えたぎっていた。
ヘパイストスの炉の上で大鍋が激しく煮え立つよう、
燃える火の勢いに音を立ててたぎり立つ。
胴のまわりでたくさんの薪が燃えさかるのは
仕事を急ぐ下僕の心ゆえ、
よく肥えた豚の毛をむしるのに気もそぞろだ。
そのように彼の胸の奥で大きな心臓は煮えたぎった。
彼が荒れ狂うさまははてしない海か嵐か
はたまた衰えることなく燃え広がる火のよう、
強い風の力で山あいに激しく燃えさかり
炎が上がると広大な森も崩れ落ちる。
そのようにアイアスは勇敢な心を苦痛に貫かれ
みじめに荒れ狂った。口からはおびただしい泡が流れ出し

あごからは吠え声がわき起こり
武具が肩のまわりで鳴り響いた。これを目にした者は皆
ただ一人の男の脅しに震えあがった。
　そのときオケアノスから黄金の手綱をもつ暁女神《エオス》が上ってきた。
眠りの神《ヒュプノス》がそよ風のように広い空へ上ると
神聖なテテュスのもとからオリュンポスへ戻ってきたばかりの
ヘレに出会った。夜明け前にテテュスを訪れていた
ヘレは彼を抱きしめてキスをした。眠りの神はヘレにとって非の打ちどころのない娘婿だったのだ。
それはアルゴス軍に怒りを向けたクロノスの子を彼が
イデ山の頂でベッドに眠らせて以来のことだった(1)。
すぐに女神はゼウスの館へ行き、眠りの神はパシテエ(2)の
寝床に飛びこんだ。人々は目をさました。
アイアスは胸のうちに血に飢えた狂乱《リュッサ》を秘めて
疲れを知らぬオリオンのようにうろつき回った。
そして残酷な飢えに獰猛な心をかり立てられた
勇敢な獅子のように、羊の群れにおどりかかった。

（1）ゼウスがアルゴス軍を敗走させようとしたとき、ヘレは娘パシテエを妻にする条件で眠りの神に頼んでゼウスを眠らせ、戦況を逆転させようとした。ホメロス『イリアス』第十四歌二三一―三六二行参照。
（2）ヘレの娘。ホメロスは優雅女神の一人としている。

彼は羊たちを次から次へと数限りなく埃の中へ
倒していった。夏が終わり冬が戻ってきたときに
北風の力で木の葉が散りしくように。
このようにアイアスは怒り狂って羊の群れに襲いかかったが
ダナオイ人たちにおぞましい死神《ケーレス》たちを送りつけているつもりでいたのである。
　このときメネラオスは兄の傍らに寄り
他のダナオイ人に聞こえぬよう、次のように話しかけた。
「今日はまもなく皆にとって破滅の日となるだろう。
巨大なアイアスが狂気に陥ってしまったのだから。
彼はじきに船に火を放って、あの武具のために腹を立て
われわれをみな幕舎の中で殺すだろう。
テティスが武具をめぐる競技など催さねばよかったのに。
ラエルテスの子「オデュッセウス」も無分別な気持ちで自分よりはるかにすぐれた戦士と
張り合おうとしたりしなければよかったのだ。
われわれは大きな誤ちを犯してしまった。どなたかよこしまな神に惑わされたのだ。

アイアコスの孫［アキレウス］が戦死した後は力強いアイアスだけが
戦いの砦だったのだから。神々はわれわれから
彼をも奪って災いをもたらそうとしているのだ。
われらが皆むなしく最期を遂げるように」。
　こう言う彼に、槍もみごとなアガメムノンは答えて言った。
「いやメネラオスよ、いかに苦しいからといって
ケパレニアの賢い王(1)に腹を立ててはならぬ。
われわれの死を企んでいる神々に怒りを向けることだ(2)。
このことは彼の責任ではない。彼はたびたび
われらの益となっているし、敵に対しては苦痛となっているのだからな」。
　二人はダナオイ軍のために心を痛めながら、このように話し合っていた。
遠くにいた羊飼いたちはクサントスの流れのほとりで
重い不幸を逃れようとギョリュウの蔭に身をすくめていた。
あたかも野うさぎがすばやいワシを恐れて
生い茂るやぶの中にちぢこまるよう、ワシが鋭い叫び声を上げ
翼を広げてあちこち飛び回るときに。
そのように彼らは勇敢な戦士を恐れてあちこち逃げ回った。

（1）オデュッセウスのこと。ケパレニアはギリシア西部の島々を指す。
（2）この行を削除する写本もある。

ついにアイアスは殺された牡羊の傍らに立つと
ぞっとするような笑い声を上げ、こう話しかけた。
「埃にまみれて横たわり、犬や鳥の餌食となるがいい。
アキレウスの名高い武具もきさまの守りにはならなかったのだからな。
それを求めてきさまは自分よりすぐれた者と争ったが。
横たわっているがいい、犬め。妻が子どもとともに
ひどく悲しんできさまを抱きしめて泣くこともないのだ。
両親にしてもきさまを老いの支えとして
ともに暮らすことも叶わない。祖国から遠く離れたところで
鳥や犬が死んだきさまをむさぼりつくすだろうからな」。
　彼はこう言った。奸智にたけたオデュッセウスが
おびただしい血にまみれて死者たちの中に横たわっていると思ったのだ。
そのときトリトニスが彼の心と目から
死の息を吐く恐ろしい狂気《マニエ》の女神を追い払った。
狂気の女神はたちまち恐ろしいステュクス(1)の流れのほとりへ戻った。
そこはすばやい復讐女神《エリンニュエス》たちが住み
奢れる人々につねにおぞましい苦しみを投げつける場所である。

(1) 冥府を流れる川。

　アイアスは大地にわななく羊の群れを見ると
あまりのことに愕然とした。これは神々のしわざなのだと悟った。
全身から力が抜け
勇ましい心も苦痛に打たれた。茫然として
前に踏み出すこともできず後ずさりすることもできず
峰のように立ちつくしていた。それはすべての山々の中で
抜きん出て高く根を張っているものなのだが。
しかし胸に正気を取り戻すと
痛ましげなうめき声を上げ、このように言って嘆いた。
「ああ、このおれはなぜこんなに神々に憎まれるのか。
神々はおれの心を狂わせ、まがまがしい狂気を吹き込んで
おれの怒りとは何の関係もない羊たちを殺させた。
ああ、この手で邪悪なオデュッセウスに罰を下してやることが
できればいいのに。奴はくだらない人間のくせに
おれを不幸のどん底に突き落とした。
復讐女神たちが邪悪な人間に対して企むかぎりの苦しみを
奴も受けるがいい。女神たちよ、他のアルゴス人どもを

むごたらしい殺戮《りく》に巻き込み、アトレウスの子アガメムノンにも
涙に満ちた悲しみを与えてくれ。
奴が帰国したいと願っても無事に故郷に着くことがないように。
ああ、おれが勇敢であろうとも憎むべき者どもの間で生きながらえて何に
　なる。
アルゴスのいまわしい軍に呪いあれ。耐えがたい命にも呪いあれ。
もはや勇士が名誉を得ることはなく、卑しい者のほうが
重んじられ愛されるのだ。アルゴス軍の中で
尊ばれているのはオデュッセウスなのだから。
おれが皆のためになしとげ挑んだことはすべて忘れられてしまったのだ」。
　たくましいテラモンの息子「アイアス」はこう言って
ヘクトルの剣(1)で首を貫いた。
血が音を立ててほとばしり出た。彼は埃の中に倒れた、
ゼウスの雷に焼かれたテュポン(2)のように。
彼が倒れると黒い大地は大きなうめき声を上げた。
　そのとき、彼が埃の中に倒れたのを見てダナオイ人たちは
群れをなして駆け寄った。先ほどは誰も近寄ろうとはしなかったが、

(1) アイアスとヘクトルはかつて一騎討ちをし、引き分けて別れた。この剣はそのときヘクトルが与えたもの。ホメロス『イリアス』第七歌二四四―三〇四行参照。
(2) 百の蛇の頭をもつ怪物。もとはテュポエウスという巨人のことであったらしいが、テュポンはこれと混同される。

見ていた者は皆恐れに取りつかれていたのだ。
すぐに彼らは死者の上に身を投げた。
うつぶせになると頭を埃まみれにした。
彼らが嘆くとその泣き声は貴い天空に達した。
あたかも男たちが幼い子羊を
牝羊から引き離して食事に供するときのよう、
母羊たちは子のいなくなった囲い地のまわりを
しきりに動き回ってメーメーと鳴き声を上げる。
そのように人々はこの日アイアスのまわりに集まって
大きなうめき声を上げた。蔭深いイデの山も
平原も、船団も、はてしない海もこだまを返した。
　テウクロスは死者の傍らで残酷な死神《ケーレス》たちに
身をゆだねようと図ったが、他の者たちが彼から大きな剣を取り上げた。
彼は苦しみのあまり死者の傍らに身を投げて
おびただしい涙を流した。幼子もこれほどには泣くまい。
それは炉ばたで頭から肩まで灰をかぶって
孤児となってしまったゆえに泣きじゃくる子、

父を知らない上に、育ててくれた母も死んでしまったのだ。
そのように彼は兄の死を悲しんで
屍のそばにはい寄ると、次のように嘆いた。
「勇敢なアイアスよ、なぜ心狂って
われとわが身にむごい死と破滅をもたらしたのか。
トロイエ人の息子たちが苦難から一息つき
あなたを失ったアルゴス人たちを滅ぼしに来ればいいというのか。
皆にはもうかつてのような勇気はなく
戦場に倒れようとしているのだ。あなたが不幸を防ぐ守りだったのだから。
兄上がここで亡くなった以上、わたしにはもう
帰国などうれしくない。わたしもここで死んでしまいたい、
実り豊かな大地があなたとともにわたしをおおい隠してくれるように。
両親のことも死んだあなたほどには気にかからぬ。
彼らがまだこの世にあり、生きながらえてサラミス(1)に
住んでいるとしても。兄上はわたしの誇りだったのだから」。
　こう言ってしきりに嘆いた。それに続いて高貴なテクメッサ(2)もうめいた。
彼女は非の打ちどころのないアイアスの伴侶だった。捕虜の身ではあった

(1) アテナイ（現在のアテネ）の近くの島、アイアスとテウクロスの故郷。
(2) プリュギエの王女。アイアスに祖国を攻め落とされ、その妻となった。

が
彼は彼女を妻とし、晴れて結ばれた妻が
正式な夫のもとで管理するかぎりのものを
すべて任せて女主人としていたのである。
彼の力強い腕に抱かれて
彼女は父親にそっくりの息子エウリュサケスを産んだ。
だがその子はまだ幼いので寝床に残されていた。
彼女は大きなうめき声を上げ、夫の屍の傍らに身を投げると
伏しまろんで美しい身体を埃まみれにした。
そして胸の奥で深く嘆き悲しみながら泣き叫んだ。
「ああ、わたしはなんと不運な目に会ったのでしょう、
あなたが戦場で敵の手にかかったのではなくご自身の手で命を落としたと
は。
わたしには忘れられない悲しみが襲いかかりました。
あなたが死んで涙に満ちた日をトロイエで迎えるとは
思ってもみなかったこと、おぞましい死神《ケーレス》たちがすべてを粉々にしてしま
いました。

あなたの無惨な最期を目にする前に堅い大地が
わたしを飲みこんでくれればよかったのに。
わたしはこれ以上つらい不幸に出会ったことはないのですから。
わたしが祖国からも両親からも引き離され
他の捕虜の女たちとともに嘆きながら
あなたに連れ去られたときでさえ。それまでは王女として
尊敬を受けていたわたしに隷従の日がやってきたのです。
でもわたしにはいとしい祖国も死んだ両親のことも
どうでもよい、あなたが亡くなったことに比べれば。
あなたは不幸なわたしに対し、すべてにわたって気を配り
心を結びつけ妻としてくれたのですから。
そしてトロイエから帰国した折りにはわたしをすぐにも美しい都サラミスの
王妃にしようと言ってくれたのです。けれど神はそれを
叶えてはくださらず、あなたは死んであの世の人となり
わたしのこともあの子のことも気にかけてはくれません。あの子は
父親を喜ばすこともなく、あなたの王国に足を踏み入れることもないで

しょう。

誰かがあの子をみじめな奴隷にしてしまうでしょう。

父を失った幼子はずっと卑しい者の手で育てられるのですから。

孤児の身の上は哀れなもの、あの子にとって
人生は重荷となり不幸が次々と襲いかかるでしょう。

不幸せなわたしにもまもなく隷従の日が訪れましょう、
あなたに先立たれたからには。あなたはわたしにとって神のような方でしたのに」。

こう言う彼女に、アガメムノンが思いやりをもって言葉をかけた。

「いや、奥方よ、もはやあなたを誰かの奴隷にはしますまい。

非の打ちどころのないテウクロスやこのわしが生きているかぎり。

われわれは限りない尊敬のしるしを捧げてあなたを敬おう。

あなたを女神のように敬うのだ。そしてあなたのお子もあがめよう、
神にもまがうアイアスがまだ生きているかのように。彼はアカイア軍の力だったのだから。

ああ、彼が自らの手で命を断ってアカイア全土に
悲しみをもたらすなどあってはならないことでしたな。

数限りない敵の軍勢も彼を殺すことはできなかったものを」。
　彼は胸のうちで悲しみながらこのように言った。
人々が哀しげにうめくと、ヘレスポントス[1]の海も泣き声に
こだまを返し、むごい苦痛が人々の間を漂っていた。
アイアスが自害したので思慮深いオデュッセウスも
悲しみに包まれ、心を痛めながら
嘆くアカイア人たちに向かってこのように言った。
「諸君、まことに怒りほど悪いものはない。
人にとってはひどい争いの温床となるものだ。
今度のことにしても、偉大なアイアスは
わたしに腹を立てたために心を狂わされた。
トロイエ人の息子たちがアキレウスの武具をめぐって
栄えある勝利をわたしに与えたりせねばよかったのだが。
その武具ゆえに力強いテラモンの勇敢な息子は苦しみ
自ら死を選んだのだ。だがわたしは彼の怒りに責任はない。
多くのうめきをもたらす宿命女神《アイサ》が彼を滅ぼしたのだ。
もしわたしが胸のうちで彼が憤慨するだろうと予測できていれば

（1）現在のダーダネルス海峡。

わたし自身も勝利を求めて
彼に対抗して立ち上がるようなこともしなかっただろうし
他のダナオイ人が彼と張り合おうとするのも許さなかっただろう。
それどころかこのわたしが神々しい武具をこの手で
進んで彼に与えたことだろう、たとえ彼が望まなかったとしても。
だがわたしは彼がこれほど苦悩し後で怒るとは
思いもよらなかった。
女や、町や、巨大な財宝をめぐって争っていたわけではなく
武勇をめぐる争いだったのだ。このたぐいの論争は
賢明な人々にとってはつねに快いものなのだからな。
アイアスは勇士だったが、天の憎むべき宿命女神《アイサ》に惑わされて
誤ちを犯したのだ。激情に身をゆだねてはならぬのだから。
賢い人は数知れぬ苦難に襲われようとも
確固たる心をもって耐え、取り乱しはしないものだ」。
　神にもまがうラエルテスの名高い息子はこのように言った。
さて皆が心ゆくまで嘆き、つらい悲しみにひたると
ネレウスの息子［ネストル］が悲しむ者たちにこう言った。

「皆の者、死神《ケーレス》たちの心は無慈悲なものだ。
われわれに一時《いちどき》に不幸な悲しみを重ねてよこしたのだからな。
アイアスも、力強いアキレウスも
他のアルゴス勢も、わしの息子アンティロコスも
亡くなった。だが戦いで死んだ者たちのために
一日中涙を流し心惑うのはよくないことだ。
女々しい涙は忘れるがよい。
死んだ者にふさわしい礼をつくす方がよいのだから。
火葬壇や墓を築き、遺骨を埋葬するのだ。
泣いたところで死体が目をさますわけではないし
無慈悲な死神《ケーレス》たちに飲みこまれてしまったら何を理解するすべもないのだ」。
　彼がこう言って励ますと、神にもまがう王たちは
胸に悲しみを抱きながらもすぐに集まった。
遺体は大きかったが大勢で持ち上げてすみやかに
船団の方へ運んだ。埃にまみれて
武具と手足にこびりついていた血を

荒い清め、経帷子で包んだ。
そのとき若者たちがイデの山から大量の薪を運んできた。
葬列は遺体のまわりを行進した。
人々は彼の周囲にたくさんの薪を積み上げ、多くの羊、
立派な織物、何頭ものみごとな牛、
それに脚の速さを誇る馬、
輝く黄金、そしてこの輝かしい戦士が
かつて殺した戦士から奪った数々の武具をのせた。
さらにその上に透きとおった琥珀を置いたが
これはすべての神託を発する太陽神《エエリオス》の娘たちの涙だという。
それはパエトン[1]が死んだとき
彼女たちが広いエリダノス[2]の流れのほとりで流した涙で
太陽神がこれを息子のために不滅の名誉のしるしとして
琥珀に変え、人間たちの大いなる宝としたのである。
アイアスを大きな火葬壇の上にのせると
アルゴス人たちは死んだ名高い勇士アイアスを讃えた。
人々は彼の周囲でしきりにうめき声を上げながら

（1）太陽神の息子。父の戦車を借りて天空を駆けたが落下して死んだ。
（2）現在のポー川を指す場合と、地の果てにある神話上の川を言う場合がある。

高価な象牙、灰色にきらめく銀、
香油の壺、その他名誉ある輝かしい富として
たくわえるものを皆置いた。
人々はそこに力強く燃える火をつけた。すると海から
風が吹いてきたが、それは勇者アイアスを焼くために
テティスが送ったのであった。風は吹きつのり
亡骸は船団の傍らで一昼夜燃え続けた。
それは昔、うめきをもたらすゼウスの雷によって
波打つ海に倒れたエンケラドス[1]が
トリナキエ[2]の下に眠るよう、その島は煙に包まれた。
あるいはネッソス[3]の策略に陥って苦しみ
生きながら身体を火で焼かせたヘラクレス[4]のよう、
彼が大いなる試練に立ち向かい
生きたまま焼かれると、オイテ山[5]全体が周囲でうめいた。
名高い英雄を残して魂が高空と混ざり合ったとき彼は神の一員として
認められ、さまざまな苦難を与えた大地が彼の身体を包みこんだ。
そのようにアイアスは武具をつけたまま戦闘を忘れ

(1) 神々に反抗を企ててゼウスに殺された百の手をもつ巨人。シチリア島エトナ山の下に埋められたという。
(2) 現在のシチリア島。
(3) 半人半馬の怪物。ヘラクレス（次註参照）に殺されたが、死際に薬といつわって毒を与えた。ヘラクレスはこれに触れて身体が焼けただれ、炎に身を投じた。
(4) ゼウスの子で、大力無双の英雄。
(5) テッサリア（ギリシア北部地方）の南にある山。ヘラクレスはこの山頂で焼身自殺した。

火の中に横たわっていた。たくさんの人々が砂浜にひしめき合っていた。
トロイエ人たちは喜びにわき、アカイア人たちは悲しみに沈んでいた。
　貪欲な炎が美しい屍を焼きつくすと
人々は火葬壇をぶどう酒で消した。
彼の骨を黄金の櫃《ひつ》に納め、その周囲に膨大な土を盛り上げた。
ロイテイオンの岬[6]から遠からぬところである。
人々はすぐに速い船のもとへ散っていったが悲嘆にくれていた。
アキレウス同様に彼を敬っていたからである。
黒い夜が現われ、人々に眠りをもたらした。
彼らは食事をとり、暁を待ったが
まぶたを半ば閉じてわずかにまどろむだけであった。
テラモンの子［アイアス］が死んだので、トロイエ軍が
夜襲をかけてくるのではないかとひどく恐れていたのである。

(6) ヘレスポントス（二二六頁註（1）参照）に張り出している、トロイエ付近の岬。

第六歌

梗　概

メネラオスは集会の場でアカイア勢の心を試そうと、本心をいつわって帰国を提案する。ディオメデスはそれと知らずに戦いを続けようと主張する。予言者カルカスはそれに続けてアカイア軍の勝利のためにアキレウスの息子ネオプトレモスを呼び寄せるべしと言い、オデュッセウスとディオメデスがその任務を帯びてスキュロス島へ出発する。一方、トロイエには英雄ヘラクレスの孫エウリュピュロスが援軍を率いてやって来る。彼はパリスの館でさかんな歓迎を受け、ヘラクレスの武功を描いた楯を身につけて戦場に赴く。エウリュピュロスは祖父の名に恥じぬ活躍を見せ、美男ニレウスと軍医マカオンを相次いで討ち取る。アカイア軍は追いつめられ、総大将アガメムノン兄弟も敵に囲まれるほどの窮地に陥る。味方の奮戦でアガメムノンらはようやく危難を脱したものの、アカイア勢はエウリュピュロスの前に敗走を余儀なくされる。夜になったため戦闘は終わり、アカイア軍はかろうじて壊滅をまぬかれる。

暁女神《エオス》がオケアノスの流れとティトノスの寝床を離れ
広い大空へ向かうと世界は光に満ちあふれ
大地も大空も微笑んだ。
はかない人間たちは仕事にとりかかり
それぞれの仕事に精を出していた。一方アカイア人たちは
メネラオスの召集を受けて集会場へ向かった。
全軍の者が集合すると
彼は集まった者たちの中央に立ってこう言った。
「わたしの話を聞いてくれ、神の血を引く王たちよ。
これから話をしよう。わたしは戦死した者たちのために
心底つらい思いをしている。わたしのために
残酷な戦争に加わってくれたのに。家郷にも親たちにも
帰国を迎えてもらうことはできない。天なる宿命女神《アイサ》が多くの者の命を打ち砕いてしまったのだ。

ここに皆を呼び寄せる前に重苦しく耐えがたい死神《タナトス》が
このわたしに襲いかかってくれればよかったものを。
神はわたしに次々と不幸を与えて
たくさんの禍いを見せようとしているのだ。これほど長い戦いを続けても
何の成果も得られないのでは誰が喜ぶだろう。
さあ、せめてわれわれ生きている者だけでも進みの速い船に乗り
すぐにもそれぞれの故郷へ逃れようではないか。
アイアスも、力強いアキレウスも死んでしまったのだから。
彼らが命を落としてしまったからには、われわれも破滅を逃れえないと
わたしは思うのだ。手ごわいトロイエ人たちに殺されてしまうだろう。
それもわたしと恥知らずなわが妻ヘレネのためだが、わたしにはもはや
皆に比べれば彼女のことなどどうでもよい。諸君が戦いに倒れるのを
この目で見るよりは。あんな女など卑怯きわまりない間男ともども
滅びるがいい(1)。彼女はわたしの館と臥所を捨てたときに
神に分別の心を奪われてしまったのだ。
あの女のことはプリアモスとトロイエ人たちにまかせておけばよい。
われわれはすぐにも出発しよう。死んでしまうよりは

(1) ヘレネはトロイエの王子パリスと恋に落ち、夫メネラオスを捨ててトロイエに来ている。

不吉な叫びに満ちた戦いから逃げる方がずっとよいのだから」。
　こう言ったが、彼はアルゴス人たちを試そうとしたのである。
心の底では嫉妬にかられて別のことを考えていた。
つまりトロイエの民を滅ぼし、都の長い城壁を
根こそぎ打ち砕いて、屍の重なる中に高貴なアレクサンドロス(2)を倒して
軍神《アレス》を血で飽かせてやりたいと。
なぜなら嫉妬よりいとわしいものはないからだ。
そして彼はこのようなことを思いめぐらしながら席に腰を下ろした。
すると槍を振るうテュデウスの子［ディオメデノス］が中央に立ち上がって
軍神《アレス》の寵児メネラオスをすぐに非難した。
「アトレウスの息子よ、卑怯ではないか。なぜひどい恐れに
とらわれてアルゴス人たちにそんなことを言われるのだ。
力のない女子どもでもあるまいに。
アカイア人の屈強な息子たちはあなたの言うことには耳を貸すまい。
トロイエの城壁を残らず大地に打ちつけるまでは。
勇気こそ人間にとっての大きな誉れ、逃げることは恥だ。
皆の中であなたの言うことに従う者がいたら

(2) パリスの別名。

わたしはすぐにもその頭を暗く光る鉄の刃で切り落とし
空を舞う鳥どもに餌としてくれてやろう。
さあ、士気を高める役目にある者たちは
すぐにも船に残る者たちをすべて奮い立たせ
槍を研ぎ、楯その他必要なものを身につけて
皆朝食の支度をせよと——人も馬も——
戦いに向かおうとする者たちに命ずるのだ。
戦場に出ればすぐにも軍神《アレス》が決着をつけてくれよう」。
　テュデウスの子はこう言って、もとの席に腰を下ろした。
ついでテストルの子(1)が中央に立って次のような言葉を述べた。
そこが意見を述べる場所だったからだ。
「わたしの言うことを聞いてくれ、恐れを知らぬアルゴス人のいとしい
　子らよ。
知ってのとおりわたしは神託を正しく解きあかすことができる。
かつてわたしは、そびえ立つイリオンは十年目に
攻略することができると言った。神々は今これを成就しようと
しているところだ。勝利はわれわれの足元にある。

(1)アカイア軍の予言者カルカス。なおテストルは第三歌二二九行に出るトロイエ人とは別人。

ここでテュデウスの息子と退却を知らぬオデュッセウスを
すぐにも黒い船に乗せてスキュロス島へつかわそう。
アキレウスの勇敢な息子を説得して連れて来てもらうのだ。
彼はわれわれに大いなる光をもたらしてくれるだろう」。
　賢いテストルの子はこのように言った。人々は喜んで
拍手喝采した。カルカスの予言は言葉どおり
実現すると信じていたからである。
するとラエルテスの子がアカイア人たちにこう言った。
「諸君、今日は長々と議論している場合ではない。
諸君はとうに疲れているし心せいているからだ(2)。
わたしもよく知っているが、疲れた人々は弁論家や
ピエリアの女神たち〔詩神たち〕に愛される詩人の話には耳を傾けたがらない。
人は簡潔な言葉を求めるものだからな。
さて、この話はアルゴス軍全員の賛同を得たのだし
何よりテュデウスの子がついてきてくれるのだから、引き受けよう。
われわれ二人が行けば戦さを好むアキレウスの勇敢な息子を
言葉で説得して連れてくることができるだろう。

（2）この行、原文の文意が明確でなくテクストも疑わしい。本訳はヴィアンの解釈による。

母親はさかんに嘆いて館の中に
引き止めようとするかもしれぬが、あの剛勇の父の子なのだから
心根は勇敢であると信じているだろう」。
　彼がこう言うとメネラオスは賢明な考えをめぐらして言った。
「オデュッセウスよ、まさにおまえはたくましいアルゴス人たちの救い
手。
雄々しいアキレウスの勇敢な息子が
八六a おまえの勧告どおりわれわれの待ち望む救いとして(1)
スキュロスから来てくれたなら、そして天なる神が
祈りにこたえて勝利を授けてくださり、わたしもヘラスの地へ帰りついた
なら
彼にわたしの誉れ高い娘ヘルミオネを妻として
喜んで与えよう、多くの豊かな財宝とともに。
彼もこの妻と名門の血を引く舅に
不足があるなどと傲慢なことは言うまい」。
　こう言うと、ダナオイ人たちは皆彼の言葉に喝采を送った。
こうして集会は解散した。皆は船団の方へ散り

（1）この行を削除する写本もある。

人間の力のもととなる食事へと向かった。
　人々が満腹し食事を終えると
テュデウスの息子は知恵あふれるオデュッセウスとともに
速い船をはてしない海へ引き下ろした。
すぐに食糧と索具をすべて積みこむと
彼ら自身も船に乗りこんだ。彼らとともに乗船した
二十人の男たちは、逆風のときも
海がなぎに静まるときも櫂をあやつるのが巧みだった。
彼らは堅固な漕座に腰を下ろすと
海の大きな波を打ちつけた。あちこちでおびただしい泡がわき起こった。
船が進むと櫂の動きに従って
水面に道が開けた。男たちは汗まみれになって船を漕いだ。
あたかもくびきにかけられた牛が力をふり絞って
木製の荷車をせっせと引いてゆくよう。
車軸が回ると車は重荷にきしみ
二頭ともその労苦に首や肩から
大量の汗を地面にしたたらせる。

そのようにこのとき若者たちは重い櫂を
こぐのに懸命だった。彼らはみるみる広い海を分けて進んでいった。
他のアカイア人たちは遠ざかる彼らを見送って
残酷な投げ槍や、戦いに使う槍を研いでいた。
　危険を恐れぬトロイエ人たちは城市の中で
戦闘への備えに励み、神々に向かって
流血を逃れ苦しみから一息つくことができるように祈っていた。
彼らの祈りにこたえて神々は禍いからの救いとして
力強いヘラクレスの孫エウリュピュロス(1)を連れてきた。
そして彼には戦闘にすぐれた数多くの兵が
従っていた。カイコス(2)の長い流れのほとりに住み
力強い槍を誇る者たちだった。
彼を取り巻くトロイエ人たちは喜びにわいた。
あたかも、囲いの中に閉じ込められて飼われているガチョウたちが
えさを投げる飼い主を目にしたときのよう。
口々に鳴き騒ぎつつ主を取り巻いて迎えれば(3)
それを見た飼い主も喜びを覚える。

（1）ヘラクレスの子テレポスの息子。トロイエ王プリアモスの甥にあたる。エウリュピュロスがトロイエを助けに来たのは、プリアモスが彼の母アステュオケを買収したからだという伝承がある。
（2）小アジアにある王国ミュシアを流れる川。
（3）この行を削除する写本もある。

そのようにトロイエの息子たちは力強いエウリュピュロスを目にして
歓喜した。エウリュピュロスも集まってきた人々を見て
大胆な心を喜びで満たした。女たちは戸口で
この高貴な勇士に見とれていた。彼が歩むさまは軍勢の中でもひときわ
水際立っており、山犬に混じって山を歩む獅子さながらだったのだ。
　パリスは彼を歓待し、ヘクトル同様に手厚くもてなした。
彼の従兄弟で同じ血筋に生まれたからである。
プリアモスの高貴な妹アステュオケが
テレポスの力強い腕に抱かれて
彼を産んだのである。テレポスと言えば結い髪美しいアウゲ(4)が
両親の目を逃れて恐れを知らぬヘラクレスに産み与えた子だった。
幼いテレポスが乳を求めるのを
すばしこい雌鹿が育て、ゼウスの意志により
自分の子ども同様にいつくしんで乳房をさし出してやった。
ヘラクレスの子がみじめに朽ち果てるのはふさわしいことではなかったか
　らだ。
そのテレポスの名高い息子をパリスはさっそく好意をこめて

（4）テゲアの王女。ヘラクレスに犯され私生児としてテレポスを産む。赤子テレポスは山に捨てられたが、雌鹿に育てられた。

自分の館へ案内した。広い町を通って
アッサラコスの墓(1)、そびえ立つヘクトルの館、
トリトニスの神々しい神殿を通りすぎるとその近くに
パリスの屋敷とヘルケイオス(2)・ゼウスの清浄な祭壇があった。
そしてパリスは熱心に相手の兄弟や姻戚や両親のことを尋ね、
エウリュピュロスもあらゆることを語った。
両人はこのように親しく言葉をかわしながら歩んでいった。
　彼らは大きく富裕な館の中に入った。そこには
女神とまがうヘレネが優雅女神《カリテス》の姿を帯びて腰かけていた。
彼女には四人の侍女がかいがいしく仕え
他の女たちは豪奢な寝室から離れたところで
婢女にふさわしい仕事をしていた。
ヘレネはエウリュピュロスを目にして大いに讃嘆し
彼もヘレネに見とれた。そして互いに言葉をかけ
二人はかぐわしい館の中で歓迎のあいさつをかわした。
奴隷たちは二つの椅子を女主人の傍らに置いた。
すぐにアレクサンドロスは腰を下ろし、その傍らに

(1) かつてのトロイエ王。アイネイアスの曾祖父にあたる。
(2) ゼウスの添え名。「家の守護神」の意。

エウリュピュロスも座った。人々は都の前で野営を張り
そこにはトロイエの勇敢な歩哨たちが立っていた。
彼らはすぐに武器を地面に置き、
重い疲労にまだあえぐ馬たちを傍らにつないだ。
そしてまぐさ棚に速い馬たちの食べ物を置いた。
　そのとき夜が昇ってきて、大地と天空を黒く染めた。
ケテイオイ人(3)もトロイエ人たちも高い城壁の傍らで
夕食をとった。饗宴に列席した者たちの間では
さかんに会話がかわされた。幕舎の傍らでは至るところで
火が燃えさかっていた。響きのよい七管笛《シューリンクス》(4)や
高い音を立てる葦で作られた笛が響きわたった。
竪琴の楽しげな音色もこれに加わった。
アルゴス人たちは遠くからこれを見て
笛や竪琴の響き、人や馬の声、
饗宴や羊飼いにふさわしい葦笛の音に驚愕した。
そこで幕舎にいた者はそれぞれ
夜明けまで交替で船を見張るように命じた。

(3) エウリュヒュロスを王とする種族。
(4) 七本の管を並べて束ねた笛。

高い城壁の前で宴を張っている高貴なトロイエ人たちが
こちらへ向かってきて火をかけたりすることのないように。
一方アレクサンドロスの館では勇猛なテレポスの子が
誉れ高い王族たちとともに祝宴の席についていた。
プリアモスや他のトロイエ人の息子たちはかわるがわる
苛酷な運命に耐え、アルゴス軍と刃を交えてくれと
しきりに頼んだ。エウリュピュロスはすべてそのとおりにしようと約束した。
人々は晩餐を終えるとそれぞれの家へ帰っていった。
エウリュピュロスは屋敷に残り、少し離れたところにある
匠をこらした寝室へ入って眠りについた。かつて
高貴なアレクサンドロス自身が誉れ高い妻とともに眠った部屋である。
それはどの部屋よりもなみはずれて立派であった。
エウリュピュロスはそこへ行って眠り、主人たちも他の部屋で
玉座美しい暁女神《エリゲネイア》が現われるまで眠りに落ちた。
テレポスの子は夜明けとともに起き、イリオンへやってきた
他の王たちとともに大軍に加わった。

兵たちはすぐに勇み立って武具を身につけ
誰もが最前線で戦おうと意気ごんだ。
エウリュピュロスもたくましい身体に
稲妻のようにきらめく武具をまとった。
神々しい楯にほどこされたたくさんの彫金細工は
力強い勇者ヘラクレスのかつての偉業[1]を表わす絵柄だった。
　その中には恐ろしいあごから舌を突き出し
実際に動いているかのようにすさまじく猛り立つ
二匹の蛇がいた。ヘラクレスはまだ幼いとき
二匹をそれぞれ殺したのである[2]。生まれたときから
力ではゼウスにも劣らなかったから心も魂も大胆だったのだ。
天上の神々の子孫が
役立たずで無力であるようなことはなく、
母の胎内にいるときから大いなる加護が備わっていたのだ。――
またネメア[3]の凶暴な獅子もいて
力強いヘラクレスのがっしりした手で
絞め殺されていた。恐ろしいあごは

（1）ヘラクレスはエウリュステウスの命によって行なった、いわゆる十二の功業を始め数々の武勇伝で名高い。以下はそれらをエクプラシス（絵画に描かれているものを記述すること。西洋古典文学の叙述の一つの型）の形で列挙したものである。

（2）ヘラクレスは神ゼウスと人間の女アルクメネとの間に生まれた。ゼウスの妻ヘレはこれを嫉妬してヘラクレスを殺そうとし、そのゆりかごの中に二匹の蛇を送りこんだ。しかし幼児ヘラクレスはこれらの蛇をそれぞれ両手につかんで絞め殺した。

（3）アルゴリス（ペロポンネソス半島中部）北部の谷。

血みどろの泡にまみれ、瀕死の形相だった。
その傍らには数知れぬ頭から恐ろしげに舌をひらめかす
ヒュドラ[1]が彫られていた。のたうつその首を
彼は地面に打ち倒していたが、残った数少ない首から
おびただしい頭が生えてくるのだった。ヘラクレスと
剛胆なイオラオス[2]は苦闘していたが、両人とも勇気にあふれていたから
一人が刃の曲がった鎌で
頭を片っ端から切り落とすと、もう一人が赤く焼けた鉄で
その首を焼き焦す。さしもの怪物の力も尽きた。――
次にはあごから泡を吹く凶暴な野生の猪が
彫られていた。それをアルカイオス[3]の力強い孫が
生け捕りにしてエウリュステウス[4]のもとへ運ぶさまは本物のようだった。
脚の速い雌鹿もみごとに描かれていた。[5]
これは耕地を一面に踏み荒らして付近の住民たちを苦しめていたものだ。
力強い英雄は恐ろしい火の息を吐くその鹿の
黄金の角をつかんでいた。――
その傍らにはステュンパロス湖[6]のいまわしい鳥たちがいて

（1）多くの頭をもつ水蛇の怪物。
（2）ヘラクレスの甥。彼の難業に同行し、共に戦った。
（3）アルクメネ（二四七頁註（2）参照）の夫アンピトリュオンの父。ヘラクレスは実際にはゼウスの子であるが、アンピトリュオンを父として育てられたため、「アルカイオスの孫」と言えばヘラクレスを指す。
（4）アルゴリスの王。ヘラクレスに十二の功業を果たすよう命じた。二四七頁註（1）参照。
（5）アカイア地方（ペロポンネソス半島北部）ケリュネイアにいたとされる雌鹿。
（6）アルカディア（ペロポンネソス半島中央部の山岳地帯）にある湖。そこに住む鳥は群れをなして人を襲い、畑を荒らしたという。

あるものは矢で射られて土埃の中で息絶えていたが、
あるものはまだ巧みに逃げて白いもやの中へ飛び去っていた。
これらの鳥にもヘラクレスは怒って次々と
矢を放っていた。その勢いは息もつかせぬようであった。——
不壊の牛革の楯にはさらに神にも等しいアウゲイアス[7]の
巨大な牛小屋が鮮やかに描かれていた。
そこへ力強いヘラクレスは神々しいアルペイオス[8]の
深い流れを引き込んだ。周囲でニンフたちが
この偉業に感嘆していた。——その傍らには火を吐く雄牛[9]がいた。
これもまた手に負えぬ怪物であったが
ヘラクレスは力強い角をつかんで力ずくで屈服させた。
彼が無敵の両腕に力をこめると筋肉が盛り上がった。
牛は鳴き声を上げているかのようであった。——楯にはそれに加えて
女神の姿を身にまとったヒッポリュテ[10]が
彫られていた。彼は細工をほどこした肩帯を
奪い取ろうと、力強い手で
髪をつかんで速い馬から彼女を引きずり下ろした。

（7）エリス（ペロポンネソス半島北西部）の王。三千頭の牛を飼っていたが牛舎を三〇年間掃除しなかった。ヘラクレスはこの牛舎に川の流れを引き込んで一日で清掃した。
（8）ペロポンネソス地方を流れる川。
（9）クレテ島にいたとされる雄牛。ヘラクレスはこれを捕らえて馴らすよう命じられた。
（10）勇猛な女族アマゾンの女王。なお第一歌二四行で言及されたペンテシレイアの妹とは別人。

他のアマゾンの女たちは逃げ散って震えおののいていた。――
傍らにはトレイケの地に住むディオメデス[1]の、世にも恐ろしい人食い馬が
　いた。
ヘラクレスはこの馬どもを醜悪なまぐさ棚のところで
残酷な心をもつ王自身もろともに殺した。――
また、無敵のゲリュオネウス[2]が牛の群れの傍らで
死んでいる姿も描かれていた。頭は棍棒に打ち砕かれ
血にまみれて土埃の中に散らばっていた。
その前には何にもまして恐ろしい彼の犬オルトロス[3]が
打ち倒されていた。その力強さは兄の
残酷なケルベロス[4]にも劣らなかったのだが。
傍らには牛飼いエウリュティオン[5]がおびただしい血にまみれて倒れていた。
――
さらに、不可侵の木に輝くヘスペリデス[6]の
黄金のりんごが描かれていた。幹に巻きついた
恐ろしい蛇が殺されていた。ヘスペリデスは
偉大なゼウスの勇敢な息子を恐れてちぢこまっていた。――

(1) 人間を食う馬を飼っていたトラキアの王。本歌三九行に登場するアカイア方の英雄とは別人。

(2) ゲリュオンとも呼ばれる巨人で、三つの頭と三つの胴体を持っていた。ヘラクレスは彼の殺害とその牛の捕獲を命じられた。

(3) ゲリュオネウスの番犬。

(4) 冥界の入り口を守る番犬で、三つの頭を持つとされる。

(5) ゲリュオネウスの牛飼い。主人の牛を守ろうとしてヘラクレスに殺された。

(6) 夜の女神（ニュクス）または巨人アトラスの娘とされる姉妹。人数については諸説がある。女神ヘレが結婚祝いに与えられた黄金のりんごを守っていたが、ヘラクレスはエウリュステウスの命によりそのりんごを奪い

そこにはまた、神々にとってさえ見るも恐ろしい
ケルベロスもいた。エキドナ[7]が無敵のテュポエウス[8]の子として
身も凍るような洞窟の中で生んだもので、黒く恐ろしい夜女神《ニュクス》の傍らにいた。
これもまがまがしい怪物で[9]
涙をもたらす冥王《アイデス》の不気味な門の前で
死者の群れをもやにかすむ深淵へ押し戻す。
ゼウスの息子［ヘラクレス］はこのケルベロスをたやすく打ちのめし
頭が重くなったところをステュクスの深い流れの傍らへ連れて行き
いやがるのもかまわず不慣れな場所へ
大胆にも引きずっていった。──その次にはカウカソス[10]の深い谷が
描かれていた。プロメテウスを岩に縛りつけていた
鎖を粉々に打ち砕き
偉大な巨人《ティタン》を解放した[11]。傍らにはうめきをもたらす鷲が
身体をむごい矢で射られて横たわっていた。──
ポロス[12]の館にいるケンタウロスたち[13]の
力強い姿も描かれていた。争いと酒が
この怪物たちをけしかけヘラクレスとの戦いを引き起こしたのだ。

取った。
(7) 半身は女で残りの半身は蛇の姿をした怪物。ケルベロスの他さまざまな怪物を生んだ。
(8) 百の蛇頭をもつ巨人。二二〇頁註（2）参照。
(9) この行を削除する写本もある。
(10) 黒海からカスピ海に至る山岳地帯。
(11) 巨人プロメテウスはゼウスの意にそむいて人間に火を与えた罰として柱に縛りつけられ、肝臓を毎日鷲に食われた。ヘラクレスはこの鷲を射落としてプロメテウスを解放した。
(12) ケンタウロス（次註参照）の長。
(13) 半人半馬の怪物。宴席で酒に酔って暴れ、ヘラクレスと戦った。

あるものは打ち倒されて松の木の傍らに横たわっていた。
その木を折って武器にしていたのだが。
あるものは長いモミの枝を手にしてさかんに戦い、
争いをやめようとはしなかった。苛酷な戦闘で全員の頭が
打ち砕かれて血のりにまみれる様子は実物のようだった。
酒と血が混じり合い、食べ物も混酒器も
磨かれたテーブルもすべて押しつぶされていた。――
その戦いを逃れたもののエウエノス(1)の流れのほとりで
矢に射られて殺されたネッソスの姿もあった。
ヘラクレスは愛らしい妻ゆえに彼に腹を立てたのである。(2)――
力強く勇敢なアンタイオスも描かれていた。
彼はレスリングの試合を挑んだが
ヘラクレスは彼を高々と抱え上げたくましい手で絞め殺したのだ。――
流れも美しいヘレスポントスの波打ち際には
容赦のない矢に射られた恐ろしい海の怪物が横たわっていた。
ヘラクレスはヘシオネ(3)の苛酷ないましめを解いてやったのである。――
その他アルカイオスの勇敢な孫の数知れぬ功業が

(1)アイトリア地方(ギリシア中部)を流れる川。

(2)妻のデイアネイラの渡河を託したネッソスが彼女を犯そうとしたため、矢で射殺した。

(3)トロイエ王ラオメドンの娘、プリアモスの姉妹。父ラオメドンが神々との約束を破った罰として海の怪物のいけにえにされたが、ヘラクレスに助けられた。

ゼウスのいとしむエウリュピュロスの大きな楯に刻まれていた。
　エウリュピュロスは戦列を駆けめぐる軍神《アレス》にもまがう姿だった。
つき従うトロイエ人たちは、その武具や
神の姿を身にまとったこの戦士の姿を見て歓喜した。
パリスは彼に戦いへ向け励ましの言葉をかけた。
「よく来てくださった。今やアルゴス勢は皆
船もろともみじめな最期を遂げるだろうと
わたしは確信している。あなたのような人は
トロイエ軍の中でも、戦さにたけたアカイア勢の中でも見たことがないか
らだ。
偉大で勇敢なヘラクレスの名にかけて言うが
身の丈といい、武勇といい、輝かしい姿といいあなたは彼に生き写しだ。
彼のことを胸に刻み、同様の武勲をめざして
切り裂かれたトロイエ軍を勇敢に守ってほしい。
われわれが一息つけるように。あなただけが
危機に瀕《ひん》しているこの都からまがまがしい命運を遠ざけてくれるものと思
うのだ」。

こう言ってさかんに激励すると、エウリュピュロスはこう答えた。
「神さながらの姿をもつ、プリアモスの雄々しい息子よ、
残虐非道な戦さで誰が死ぬか助かるかというのは
不死なる神々の膝に据えられて動かせぬことです。
だが今度のことはわたしには当然のことであり、戦う力もあるのだから
城市の前面に立ちましょう。そして誓いましょう、
殺すか、殺されるかしないうちは戻ることはないと」。
　彼が勇敢にこう言うと、トロイエ人たちはたいそう喜んだ。
そこで彼はアレクサンドロス、高潔なアイネイアス、
槍も見事なプリュダマス、高貴なパンモン[1]、
デイポボス[2]、それにパプラゴニア[3]軍の中でも
ひときわ戦いに耐え抜く力をもったアイティコスを
いずれも戦闘を熟知した者として選んだ。
戦闘の最前線で敵と戦うために。
そしてただちに彼らは全軍の前に進み出て
我先に城市から出発した。たくさんの兵たちが従っていった。
あたかもミツバチのすばらしい群れが

(1)プリアモスの息子。
(2)プリアモスの息子。パリスの死後ヘレネと結婚した。
(3)小アジア北部の地域。その住民はトロイエに加勢した。

女王蜂に従って二重の屋根を取りつけた巣箱[4]から
かまびすしい音を立てて飛び出してゆくよう――春の日が来たときに。
そのように戦闘に向かう将たちに人々はついていった。
彼らが歩を進めるにつれて人や馬の足音は重く
天まで響き、武具がはてしなくとどろいた。
さながら吹きつのる風がすさまじい力で
巨大な海の底を揺さぶりかき乱すときのよう。
たちまち黒い波が叫びを上げて海岸に打ち寄せ
うねりとどろいて藻を吐き出せば
はてしない海岸にどよめきが起こる。
そのように、彼らが進むと広い大地も大きくこだました。
　アルゴス人たちの方も高貴なアガメムノンを中心に
防壁の前へあふれ出た。兵たちは互いに
恐ろしい戦さに立ち向かおうと励ましの声を上げた。
――脅威におびえて船の傍らにちぢこまることなく
戦意を燃やすように。
彼らは押し寄せてくるトロイエ勢とぶつかり合った。

（4）「巣箱」を形容するこの語は語義が明確でなく、「全体をおおわれた」ととる解釈（リデル＝スコット＝ジョーンズ）もあるが、より明確なイメージをもつものとしてヴィアンの解釈に従った。

そのさまは子牛の群れのよう――母牛たちが山の
春の牧草地をあとにして、茂みを出て牛小屋へやってくるのを迎えるとき
　のことだ。
畑は青々と茂り、大地がたくさんの花でおおわれる頃、
手桶は牝牛や牝羊の乳でいっぱいになり
家畜の群れが混じり合うと、あちこちで
さかんに牛の鳴き声が起こり、牛飼いの男も喜びに顔を輝かせる。
そのように両軍がぶつかり合うと喧噪がわき起こった。
双方が恐ろしい叫び声を上げていた。
彼らははてしない戦闘を繰り広げた。阿鼻叫喚《キュドイモス》の神が
残酷な殺戮《ポノス》神とともに戦いの中をうろついていた。
楯や槍やかぶとが間近で
ぶつかり合った。周囲で青銅の武具が火のようにきらめいていた。
戦場は槍でおおわれた。黒い大地はどこもかしこも
殺された戦士や戦車の間に倒れた
足の速い馬の血で染まった。
あるものは槍で貫かれてけいれんし、あるものは折り重なって

その上に倒れた。恐ろしい喧噪が天空を貫いた。
青銅の不和女神《エリス》(1)が両軍に襲いかかっていたのだ。
あるものはひるむことなく石を投げ
あるものは研いだばかりの投げ槍や矢を用い
またあるものは斧や両刃の戦斧や
がっしりした剣、一騎討ちのための槍を用いて戦っていた。
それぞれが戦闘から身を守るものを手にしていた。
　最初はアルゴス軍がトロイエ方の戦列を少し押し返した。
だがトロイエ軍も攻撃をしかけ
軍神《アレス》を血に染めてアルゴス勢に飛びかかった。
その中でエウリュピュロスは黒いつむじ風のように
すべての敵に襲いかかりアルゴス人たちを
大胆になぎ倒していた。ゼウスが誉れ高いヘラクレスに敬意を表して
エウリュピュロスに大きな力を与えたのである。
そして彼は、トロイエ軍と戦っている
神にもまがう戦士ニレウス(2)に巨大な槍を向け
へその少し上を貫いた。ニレウスは大地に倒れた。

(1)「青銅の武具をつけた不和女神」の意か。ホメロス『イリアス』第十六歌五四三行「青銅の軍神（アレス）」を模倣した表現である。

(2)シュメ（エーゲ海南部の島）の王。アキレウスにつぐ美男として知られた。

血があふれ出し、見事な鎧も
美しい姿もふさふさとした髪も赤く染まった。
彼は埃と血にまみれ戦死者たちの間に横たわった。
あたかもしなやかなオリーブの青々とした若木が
とどろく川の流れの力で
堤もろとも土ごと打ち砕かれて
根こそぎ押し流されたよう――木は花をいっぱいにつけたまま横たわっている。
そのように、このときニレウスは広い平原に倒れ
美しい身体と輝くばかりの美貌は土にまみれた。
彼を殺すとエウリュピュロスはこう言い放った。
「埃にまみれて横たわれ。おまえの美しい姿かたちは
いくら望んだとて身の守りにはならなかった。このおれが
死から逃れようとするおまえの命を奪ったのだ。
みじめな奴め、自分よりすぐれた相手だと知らずに立ち向かうからだ。
戦闘では美貌が力に勝つことはないのだぞ」。
　こう言うと、死者に飛びかかって立派な武具を

はぎ取ろうとした。だがマカオン[1]が彼に向かってきた。
ニレウスが目の前で運命に屈したので怒ったのである。
マカオンがエウリュピュロスの広い右肩をむごい槍で突くと
さしもの勇者も血を流した。
だがエウリュピュロスは容赦ない戦闘から退こうとはしなかった。
さながら山の中で獅子か獰猛な猪が
狩人に囲まれても荒れ狂い、大勢の中で
先手を取って自分に傷を負わせた者を殺そうとするよう。
そのような勢いで彼はマカオンに飛びかかり、たちまち
大きく頑丈な槍で右の股関節に傷を負わせた。
マカオンは血を流しながらも
退却しようとはせず、相手の攻撃から逃げなかった。
そしてただちに大きな岩を持ち上げて
雄々しいテレポスの息子の頭めがけて投げつけた。
だがかぶとがすぐにむごい流血と禍いを防いだ。
そして英雄エウリュピュロスはこの勇士に腹を立て
怒りに荒れ狂って

（1）医神アスクレピオス（二一六〇頁註（1）参照）の息子。アカイア方の軍医。

ただちにマカオンの胸に槍を打ち込んだ。
血まみれの槍先は背中まで達した。
マカオンは獅子の牙に襲われた雄牛のように倒れた。
その身体のまわりできらめく武具が高く鳴り響いた。
エウリュピュロスはすぐに残酷な槍を
深手を負った相手から引き抜くと、勝ち誇ってこう言った。
「みじめな奴め、おまえの心はたがはずれていたのだ。
弱虫のくせに自分よりずっとすぐれた戦士に刃向かうとは。
それゆえ非情な宿命女神《アイサ》の餌食になったのだ。
あとはせいぜい、鳥どもに
戦いに倒れたおまえの肉を食いちぎってもらうがいい。
それとも荒れ狂うおれの手を逃れて故郷に帰れると思っていたのか。
おまえは医者だから有益な薬をいろいろ知っているのだろうが
それを頼りに禍いの日などすぐ避けられると思っていたのだろう。
だがもやにかすむオリュンポスに住む
おまえの父親自身[1]であろうとおまえの命を死から救い出すことはできない
のだ。

(1) 医神アスクレピオス。もとは人間として生まれ、死者をよみがえらせる力があったという。

たとえおまえに神酒《ネクタル》と仙酒《アンブロシエー》を注ごうとも」。
　彼がこう言うと、マカオンは苦しい息の下から答えた。
「エウリュピュロスよ、おまえが生きていられる時間も長くはないぞ。
トロイエの野を行くおまえの傍らには破滅をもたらす死神《ケール》が立っているのだ。
おまえが罪を重ねるこの地で」。
　こう言うと魂は身体を離れ、すぐに冥府へ降りていった。
息絶えた彼に向かって誉れ高い勇士はこのように言った。
「さあ、おまえは大地に横たわっているがいい。
おれは未来のことなど思いわずらいはしない。たとえ今日
いまわしい破滅がこの足元に及んだとしても。われわれ人間は
永遠に生き続けることはできないのだ。誰にも最期の日が来るのだからな」。
　こう言って死体に暴行を加えた。テウクロスはマカオンが
埃の中に倒れているのを見て大きな叫び声を上げた。
彼から離れたところで奮戦を続けていたのだが
それは中央で戦闘が起き、戦士たちがそれぞれ一騎討ちを繰り広げていた
　ためだった。
だがテウクロスは戦死したニレウスのためにも心を痛めた。

彼がすぐ近くに埃にまみれて横たわっているのを
神にもまがうマカオンの屍についで見つけたのである。
すぐにテウクロスは大声を上げてアルゴス人たちを励ました。
「攻めかかれ、アルゴス人たちよ。襲いかかってくる敵に
背を向けてはならぬ。われらには限りない恥となろう、
高貴なマカオンと神にもまがうニレウスを
トロイエ軍がイリオンまで引きずっていったなら。
さあ、士気を高め敵と戦おうではないか。
殺された二人をわれわれが引いていくか、
われら自身が死んで彼らの傍らに横たわるかのどちらかだ。
敵の餌食にならぬよう味方を守るのが戦士の習い。
労なくして戦士が名を上げることはできないのだから」。
　彼がこう言うと、ダナオイ人たちは悲しみに襲われた。
二人をめぐって両軍が戦い、軍神《アレス》の手にかかって
多くの者が大地を赤く染めた。戦況は再び互角となった。
　ポダレイリオスが、兄「マカオン」が無惨な死を遂げ埃の中に
打ち倒されていることを知ったのは時間がたってからであった。

進みの速い船の傍らに座って、槍に打たれた戦士たちの傷の手当をしてい
　たからである。
兄のため怒り心頭に発した彼は
すべての武具を身につけた。うめきに満ちた戦いに飛びこもうとする
彼の胸にはすさまじい力がわき起こり
心臓の奥には黒々とした血が煮えたぎっていた。
ただちに彼はすばやい手で穂先の長い槍を
振りかざして敵におどりかかった。
たちまち彼はアガメストルの勇敢な息子クレイトス(1)を討ち取った。
髪美しいニンフがパルテニオス(2)の
流れの傍らで生んだ子である。この川は大地を横切って油のように進み
美しく流れる水をエウクセイノスの海に注いでいる。
ポダレイリオスはさらに兄のために
敵の戦士ラッソスを殺した。プロノエがニュンパイオス川(3)の
流れのほとり、広い洞窟のすぐ傍らで生んだ神にもまがう子だった。
これは不思議な洞窟で、人々の話によれば
パプラゴニアの広大な山々や

(1) トロイエの援軍の戦士。
(2) パプラゴニア（二五四頁註(3)参照）の川。
(3) コンマゲネ（小アジア、ユーフラテス川西岸の王国）の川。ギリシア語ではニンフの神殿を「ニュンパイオン」ということから、この名がつけられたものと思われる。

ぶどう畑におおわれたヘラクレイアに住むすべてのニンフたちの
神殿であるという。それは岩をくり抜いた洞窟で
女神たちにふさわしく、奥が見通せないほど深い。
洞穴には氷のように冷たい水が流れ
床の上の固い岩の台座には
あちこちに石の混酒器があるが
人の手で作り上げたもののように見える。
その傍らにはパンの神[1]や愛らしいニンフたちの像、
織機や糸巻き棒など人間の技で
作られるものがさまざまにあり、神聖な奥部までやってきた人にとっては
この上なく驚くべきものである。
中には二つの道があり、一つは下り坂でもう一つは上り坂である。
一方は響きわたる北風神《ボレエス》の息吹の方へ向き
もう一方は雨を含んで吹く南風神《ノトス》に面しているが
こちらを通って人間は女神たちの洞穴へ降りてゆく。
もう一つは神々の道であり、人間は容易に
行き来することができない。広い深淵となって

（1）半身は人、半身は山羊の姿をした牧神。

崇高な冥王《アイドネウス》の国まで続いているからだ。
神々にはこれを見ることが許されているのである。
さて、マカオンおよびアグライエ(2)の輝かしい息子をめぐって
両軍は戦い、おびただしい死者を出した。
ダナオイ軍は苦しい戦いを続けた末に
ようやく二人を自陣の方へ引いていった。すぐに遺体を運んだのは
少数の者であった。むごい戦闘から来るおぞましい苦難が
他の多くの者の周囲に漂っていたのだ。彼らはやむなく戦い続けていた。
　しかし多くの者が血なまぐさい苛酷な戦いに倒れ
黒い死神《ケーレス》たちが満足すると
禍いをかりたてるエウリュピュロスに追いつめられた
アルゴス人たちは群れをなして船団へ逃げこんだ。
アイアスとアトレウスの屈強な二人の息子［アガメムノンとメネラオス］を
　取り巻くわずかな者だけが
戦闘の中に踏みとどまった。だが彼らは皆すぐに
大勢の兵に取り囲まれて敵の手にかかったことだろう。
もしオイレウスの息子［小アイアス］が賢明なプリュダマスの

(2) ニレウスの母。

左の肩から乳の近くを槍で傷つけなかったなら。
血がほとばしり出て、相手は少し後ろに引き下がった。
勇名とどろくメネラオスがデイポボスの
右の乳のあたりに傷を負わせると、相手は速い足で逃げ出した。
そして高貴なアガメムノンは刃向かってくる大軍の中から
多くの者を討ち取り、槍に荒れ狂って
高貴なアイティコスに襲いかかると、彼は朋友たちの中へ逃げ込んだ。
　軍を率いるエウリュピュロスは彼らが皆
残酷な戦闘から退いてゆくのに気がつくと、
船団の方へ逃げる者たちを追うのをすぐにやめ
たちまちアトレウスの屈強な息子たちと
オイレウスの勇敢な子に飛びかかった。アイアスは走るのも
非常に速かったが、戦いでもまた抜きん出て強かったのである。
そこでエウリュピュロスは長い槍を手に、これらの者たちにすばやく飛びかかった。
彼にパリスと雄々しいアイネイアスがついてきたが
アイネイアスはすばやくアイアスの頑丈なかぶとめがけて

巨大な岩を投げつけた。アイアスは埃の中に倒れたが
命は取りとめた。彼は最期の日を
帰国途中のカペレウス(1)の岩礁で迎えるさだめにあったからである。
まだかすかに息をしている彼を、軍神《アレス》の寵を受ける従者たちがかつぎ上げ
アカイア軍の船のもとへ運んでいった。
そしてアトレウスの血を引く誉れ高い王たちは後に取り残された。
二人の周囲に敵軍が迫り
四方から皆手に取れるかぎりのものを投げつけてきた。
ある者はうめきをもたらす矢を、ある者は石を、
またある者は槍を浴びせてきたのである。二人はその真ん中を
あちこちと歩き回った。そのさまは闘技場に引き出された猪か獅子のよう(2)。
王族たちが人々を集め、その日に
彼らを閉じこめ獰猛な獣たちによって
無惨な最期を遂げさせるのだ。獣たちは闘技場の真ん中で
誰であろうと近づこうとしてきた奴隷をむさぼり食う。
そのように二人は囲まれながらも、向かってくる者たちを切り裂いた。
　しかし二人が望んだとて助かるすべはなかったろう。

(1) エウボイア島南西の岬。海の難所として知られた。

(2) 闘技場はトロイエ戦争の時代にはなく、ローマ時代のもの。

もしテウクロス、雄々しいイドメネウス、
メリオネス、(1)トアス、それに神にも等しいトラシュメデスが駆けつけな
　かったなら。
彼らはそれまで勇猛果敢なエウリュピュロスを恐れていたので
重苦しい破滅を避けるべく、船団の傍らへ逃げかねないところだった。
しかしアトレウスの子らの身を案じてエウリュピュロスに
立ち向かったのだった。すさまじい激戦が始まった。
　そこで槍もみごとなテウクロスはアイネイアスの楯に
槍を打ち込んだ。しかし美しい身体を傷つけることはできなかった。
四枚の牛革を重ねた楯が破滅を防いだのである。
しかしアイネイアスは恐れをなして少し後ずさった。
メリオネスはパイオンの子、非の打ちどころのない
ラオポオンに飛びかかった。これは結い髪美しいクレオメデが
アクシオスの流れのほとりで生んだ子で、神聖なイリオンへ
トロイエの援軍として非の打ちどころのないアステロパイオスとともに
　やってきたのだった。
メリオネスは彼の陰部の上を鋭い槍で突き刺した。

(1) クレテの王族。イドメネウスの配下の将。

たちまち槍先に続いて腹わたが飛び出し、
ラオポオンの魂はただちに闇の中へ降りていった。
オイレウスの子アイアスの剛毅な朋友
アルキメドンも屈強なトロイエ勢に攻めかかった。
祈りをこめつつ、すさまじく戦う敵の中へ
投石器で石を放ち続けたのである。
兵士たちはうなりをあげて飛んでくる石を恐れて逃げ散った。
その石を不吉な運命女神《モイラ》がパンモンの勇敢な御者
ヒッパシデスの方へ向けた。彼は手に手綱を握っていたが
こめかみを打たれてたちまち車台から投げ出され
車輪の前に落ちた。馬は飛びすさったが速い車の外輪が
あわれにも倒れた彼の身体をひいていった。
彼はむちと手綱を投げ出すと
すぐさま残酷な死に打ち砕かれた。
パンモンは悲しみに襲われた。彼は一瞬にして
王でありながら速い戦車を御さねばならなくなった(2)。
そしてその場で死と最期の日を迎えたことだろう。

(2) この時代の戦車は二人乗りで、身分の劣る者が御者をつとめた。

トロイエ人の一人が血なまぐさい乱戦の中で
手に手綱を受け取り、容赦ない敵の手にさらされている王を
救い出してやらなかったなら。
ネストルの勇敢な息子［トラシュメデス］は神にもまがうアカマス（1）に飛びかかり、
膝の上を槍で突き刺して
無惨な傷を負わせ、いとわしい苦痛を与えた。
アカマスは戦いから退き、涙に満ちた戦闘を
朋友たちにゆだねた。もはや戦える状態ではなかったからだ。
そのとき誉れ輝くエウリュピュロスの従者が
トアスの賢明な朋友デイオピテスの
肩の少し下を突いた。残酷な槍は
心臓のあたりまで達した。血とともに冷たい汗が
とめどなく身体を流れ落ちた。退却しようと
後ろを向いたところを剛勇のエウリュピュロスが捕まえ
速い足の腱を切断した。デイオピテスの両足は
切られた場所から動くことができず、不滅の命は去った。

（1）トロイエの長老アンテノルの息子。

ただちにトアスは鋭い槍で
パリスの右の腿を突き刺した。パリスは後ずさって
後方に置いてきたすばやい弓を取りに行った。
イドメネウスは手を振り上げて持てるかぎりの石を
エウリュピュロスの腕に投げつけた。
その手からむごい槍が地面に落ちた。エウリュピュロスはすぐ後ろに下がって
槍を拾い上げようとした。持っていたのを手から落としてしまったからである。
アトレウスの子らはようやく戦闘から一息つくことができた。
エウリュピュロスには従者たちがただちに駆け寄って
多くの者の膝をついえさせた長い不壊の槍を手渡した。
彼は槍を受け取るとすさまじい勢いで荒れ狂い
手の届くかぎりの者を殺し、たくさんの者を討ち取った。
　こうなるとアトレウスの子らも、その他格闘にすぐれたダナオイ人も
誰一人として踏みとどまることはできなかった。
全員がひどい恐怖にとりつかれたからである。

エウリュピュロスは禍いを巻き起こしつつ敵の全軍を攻め立て
後ろから追いかけて打撃を与えた。
そしてトロイエ勢や馬を馴らす朋友たちに呼びかけた。
「戦友たちよ、さあ皆で心を一つに合わせ
ダナオイ軍を殺戮と壊滅へ追いこんでやろう。
奴らは羊の群れのように船団の方へ逃げてゆくぞ。
われわれは幼少の頃から慣れ親しんだ
すさまじい戦いにひたすら心を向けるのだ」。
　こう言うと、戦士たちは群れをなしてアルゴス軍に襲いかかった。
アルゴス人たちは震えおののいて恐ろしい戦闘から逃げ出した。
トロイエ軍がそれを追撃するさまは、白い牙をもつ犬たちが
野生の雌鹿を追って広い谷や森を駆け抜けるようだった。
トロイエ軍は残虐な流血にまみれた苛酷な戦闘から
逃げようとする者たちを幾人も埃の中へ打ち倒した。
エウリュピュロスは非の打ちどころのないブコリオン、
ニソス、クロミオス、アンティポスを討ち取った。
富裕なミュケネ[1]やラケダイモン[2]に住んでいた者たちである。

(1)アガメムノンの支配する王国。
(2)スパルタの別名。メネラオスの支配する王国。

いずれも名門の血を引く者であったがエウリュピュロスは彼らを殺した。
大軍のうち彼が倒した数知れぬ人々のことを
歌いたいと思ってもわたしにはその力がない
——たとえわが胸の中に鉄の心があったとしても。
　アイネイアスはペレスとアンティマコスを殺した。
二人ともイドメネウスとともにクレテからやって来た者である。
また勇敢なアゲノルは非の打ちどころのないモロスを討ち取った。
ステネロス王に従ってアルゴスからやって来たのだが
戦闘から逃げ出すところをはるか後ろから
研いだばかりの槍を投げて右脚の下部に打ち当てた。
槍は勢いすさまじく太い腱を
まっすぐにつらぬき、相手の骨を無残に断ち切った。
運命が苦痛と混じり合い、戦士は息を引き取った。
またパリスはモシュノスと勇敢なポルキュスを討った。
二人は兄弟で、サラミスから［大］アイアスの船に
乗ってやって来たのだが、もはや帰国は叶わなくなった。
それに続いてメゲス(3)の気高い従者クレオラオスを

(3) アカイア方の将。

左の乳の下を射て殺した。いまわしい闇が彼をおおい隠し
生命は飛び去った。彼が倒れても
心臓はなおも苦しんで
たえず動悸を打ち、羽根をつけた矢をふるわせた。
　パリスはさらに勇敢なエエティオン(1)めがけて
勢いすさまじく矢を放った。青銅の矢尻はたちまち
相手のあごを貫いた。彼はうめき声を上げ、涙が血と混じり合った。
戦士たちはそれぞれに敵を殺していた。
広い戦場は折り重なって倒れたアルゴス人の屍でいっぱいになった。
　このときトロイエ軍は船団に火をかけたことだろう
——もし夜が現われ深い霧をもたらさなかったならば。
エウリュピュロスは他のトロイエ人の息子らとともに
船から少し離れたシモエイス(2)の流れのほとりへ引き上げて
歓喜しながらそこで野営した。
船団のところではアルゴス人たちが砂浜に倒れこんで泣いていた。
戦死した者たちのことを深く悲しんでいたのだ。
多くの仲間が埃の中に倒れ暗い死を迎えたからである。

(1)アカイア方の戦士。第一歌九八行で言及されたアンドロマケの父とは別人。

(2)トロイエを流れる川。

第七歌

梗概

翌日、アカイア軍は戦死したマカオンやニレウスを埋葬し、戦闘を再開する。マカオンの弟ポダレイリオスは兄の死を悲しんで自害しようとするが、長老ネストルは世の道理やマカオンの人徳を説いて思いとどまらせる。エウリュピュロスは前日同様トロイエ軍の先頭に立って活躍し、アカイア軍を窮地に陥れるが両軍は戦死者の埋葬のためいったん戦闘を中止する。一方、スキュロス島に着いたオデュッセウスとディオメデスはアキレウスの息子ネオプトレモスを訪ね、戦いに加わってアカイア方を助けてほしいと頼む。ネオプトレモスはこの頼みを快諾し、翌日の出発を決める。息子の身の危険を案じた母デイダメイアは行かないでくれと泣きすがるが、ネオプトレモスは彼女を振り切って出航する。神々の加護を得て彼らはトロイエに戻り、ただちに戦闘に加わる。ネオプトレモスの参戦により、追いつめられていたアカイア勢はいくらか持ち直す。日が暮れて陣営に戻った彼は守り役ポイニクスや総大将アガメムノンをはじめとする味方のさかんな歓迎を受け、戦意をあらたにする。

　大空が星々をおおい隠し、まばゆく輝く暁女神《エオス》が
目覚めると、夜の闇は引き退いた。
そのとき屈強なアルゴス人の勇敢な息子たちのうち
あるものは激しい戦いへ向けて船団の前へ進み
エウリュピュロスに立ち向かおうと戦意を燃やした。
またあるものは船の傍らにとどまってマカオンを埋葬した。
そしてニレウスも——美貌と輝く姿かたちにおいては永遠の神々にも
たぐうべき男だったが、武勇にすぐれたところはなかった。
なぜなら神々が人間にすべてを同時に与えることはなく
運命として、長所には短所がつきものだからである。
そのように、ニレウス王は愛すべき美しさを備えてはいたものの
柔弱であった。しかしダナオイ人たちは彼のことも忘れずに
埋葬してやり、墓の傍らで涙を流した。
高貴なマカオンに対するのと同様に。こちらはとくに不死の神々にもひと

しく
敬われていた。名高い英知の持ち主だったからだ。
　しかし両人の周囲に人々が土を盛り墓を築いた頃
平原ではなお死をもたらす軍神《アレス》が荒れ狂っていた。
両軍からはすさまじい喧噪と雄叫びがわき起こり
牛革の楯は投石と槍で打ち砕かれた。
こうして人々は、苦しみをもたらす軍神《アレス》のもとに戦っていたが
ずっと食事もとらず埃の中に
横たわってしきりにうめいているのはポダレイリオスだった。
彼は兄［マカオン］の墓から離れようとしなかった。彼は自らの手で
一思いに命を断ってしまいたいと願った。
そこで剣に手をかけたかと思うと、今度は恐ろしい毒薬を
探したりするのだった。朋友たちがさまざまに慰めの言葉をかけて
彼を押しとどめたが、彼の苦しみはおさまらなかった。
このとき、築かれたばかりの勇敢な兄の墓の傍らで
自らの手で命を断って果てたかもしれなかった。
もしネレウスの息子がその声を聞きつけなかったなら。

ポダレイリオスが哀れにも苦しんでいるのに気づいていたのである。
行ってみると、彼はうめきに満ちた墓の傍らに
うつぶしていた。かと思えば今度は
頭に砂をかぶったり、力強い手で胸を叩いて
兄の名を呼ぶのだった。主人を囲んで奴隷たちが
朋友とともにうめき、皆がまがまがしい不幸に打ちひしがれていた。
ネストルは深く悲しむポダレイリオスに向かって、蜜のように甘い言葉で
　話しかけた。
「若者よ、狂わんばかりに苦しんだり、ひどく悲しんだりするのは
やめるがよい。知恵豊かな男と生まれたからには
死者の傍らに伏して女のように泣き悲しむものではない。
兄上を光の中によみがえらせることはできぬのだ。彼の魂は
この世を離れて天空に飛び去り、置き去りにされた肉体は
むごい火にむさぼりつくされ、骨は大地に引き取られたのだから。
このように彼は栄え、そして滅んだのだ。言葉につくせぬ悲しみを
耐えることだ。わしもマカオンに劣らぬ息子を
敵の戦士のために失った。

槍でも知恵でも人並みすぐれていたのに。
あれほど父を愛してくれた若者は他にはおるまい。
父親のわしを救おうとして死んだのだ。
だがわしはあれが殺されてもあえて食事をとり
なお生きて日の光も見てきた。
われら人間はすべていずれ冥府への道を
たどるものだとわかっているからな。どんな者にも
嘆きに満ちた死といういまわしい最後の時が来るのだ。
死すべき身であるからには、神の与えるものは
良いものであれ苦しみであれすべて負うてゆくのがふさわしいのだ」。
　こう言うと、ポダレイリオスは悲しみつつ返事をした。
苦しげな涙はなおも流れ落ち、あごはぬれて光った。
「長老よ、わたしの心は知恵豊かな兄を思って
耐えがたい苦しみにさいなまれています。父が天に帰った後も(1)
兄はわたしをいつくしみ、息子のように腕に抱え
病の薬について惜しみなく教えてくれました。われわれは
食事も寝床もともにし、二人で財産を分ちあい享受してきました。

(1) ポダレイリオスとマカオンの父は名医アスクレピオス。「天に帰った」とは彼が死後神々の列に叙せられたことをいう。

それゆえ、忘れえぬ悲しみに襲われているのです。兄が死んだ以上
もはやとうとい日の光を見ようとは思いません」。
　このように言うと、嘆く彼に老人はこう言った。
「神はどの人間にも等しく親を失うという不幸を
授けられた。われわれはいずれ皆大地に覆われることになるのだが
同じような人生の道をまっとうする者はなく
それぞれ望むとおりの道を歩める者もない。
天上では良いことも悪いことも神々の膝の上にあるが
運命女神《モイライ》たち(2)によってすべては一つに混ぜられているからだ。
これは神々でさえ見ることのできぬもの、
神秘の闇に包まれて目には見えないものなのだ。
運命女神《モイラ》だけがこれを手にとり見ようともせぬまま
オリュンポスから大地へまき散らす。そして風の息吹に
運ばれるかのようにあちこちに散る。立派な者にしばしば
大きな禍いが襲いかかるかと思えば、みじめな者に理由もなく
富が訪れる。人間にとって生とは盲目なのだ。
それゆえその足取りは無事に進むことはなく

（2）運命の女神は三柱おり、それぞれ人の寿命を定め、紡ぎ、断ち切る役割をもっていたという。ただしクイントスでは単に「死を決定づける運命」の擬人的存在と考えるのが妥当であろう。「モイラ」とあるのはその単数形。

しじゅうつまずく。その姿は移ろいやすく
あるときはうめきに満ちた不幸に向かい、あるときはまた
善へと向かうのだ。人間は初めから終わりまで至福の生を送るようには
できていない。人それぞれにさまざまなことが起こるのだ。
苦しみのうちに短い人生を送る者にとって生きることは
つらいものだ。つねによりよいものを望むことじゃ。
不幸に心を向けてはならぬ。立派な人間の魂は
つねに不朽の天へ昇るが、
卑しい者の魂は闇へ行くというからな。おまえの兄には
二つの資格があった。彼は人間たちにやさしく
神の子でもあった。きっと父上のはからいで
天の神々の列に加わっていることであろう」。
　このように慰めの言葉をかけ、なお気の進まぬポダレイリオスを
地面から立ち上がらせた。幾度も後ろを振り返り
痛ましげにうめく彼をつらい墓から連れ去った。
そして船団にたどり着いた。すさまじい戦闘がわき起こって
他のアカイア勢もトロイエ勢も苛酷な疲労にあえいでいた。

軍神《アレス》さながらに不屈の心をもつエウリュピュロスは
疲れを知らぬ手と荒れ狂う槍で
群がる敵を打ち倒していった。大地は両軍の死者の屍で
いっぱいになった。彼は大地を踏みわけて
果敢に戦い、手足に血を浴びていた。
そして容赦ない戦いをやめようとはしなかった。
勇敢な心のペネレオス(1)が無慈悲な戦闘のただ中に
向かってくるのを槍で殺したのをはじめ、至るところで
多くの者を討ち取った。彼は戦闘から手を引こうとはせず
怒りに燃えてアルゴス勢を追撃した。その姿はかつて
剛勇のヘラクレスがポロエ(2)の広やかな峰で
ケンタウロスたちに飛びかかり猛々しい力で荒れ狂ったときのよう。
敵はいずれも駿足で屈強、
恐ろしい戦闘にもたけていたが皆殺しにされた。
そのようにエウリュピュロスは槍をふるうアルゴス人の大軍を
勢いもすさまじくなぎ倒した。戦死した敵は数知れず
埃の中に折り重なってあちこちに倒れていた。

(1)ボイオティアの将。ホメロス『イリアス』第二歌四九四行にその名が見える。

(2)ギリシア北部の山。

あたかも氾濫する大河に襲われ
砂地の堤があちこちで同時に
切り崩されるよう、川は海に流れこみ
恐ろしい流れはわき立ち波立つ。あたり一面に
断崖が鳴り響き崩れ続ける中で広大な流れは
うなりを上げ、土手全体が崩落する。
そのように戦いにすぐれたアルゴス人の栄えある息子たちは
エウリュピュロスの手にかかり大勢が埃のなかに倒れた。
彼は血なまぐさい戦闘の中で手が届くかぎりの者を打ち倒したのである。
足の速さに救われた者は死を逃れた。
またある者たちはペネレオスの遺体を
不吉な叫びのこだまする戦場から自軍の船のもとへ引いてゆき
足の速さのおかげで、いまわしい命運と容赦ない死をまぬかれた。
　アルゴス勢は全速力で船団の中へと逃げ込んだ。
エウリュピュロスに立ち向かい戦おうという気力のある者はなかった。
ヘラクレスが無敵の孫をすっかりあおり立て
彼らをみじめな敗走へと追いやったからである。

アルゴス人たちは防壁の中に身をすくめていた。
あたかも山羊たちが荒れ狂う風を岩陰で避けるよう、
風は雪や厳しい寒さやあられを運んで
冷たく吹きつのる。山羊たちはその勢いに抗して
山の頂の上に頭をもたげようとはせず
山小屋や峡谷の中に集まって冬が過ぎるのを待ち
蔭をなす茂みのもとにかたまって
草を食む——恐ろしい暴風がやむまで。
そのようにダナオイ人たちは自らの防壁のかげに身を寄せて
テレポスの勇敢な息子の攻撃におびえていた。
　しかしエウリュピュロスは速い船と軍勢を滅ぼしかねなかった。
そして力強い手で防壁を地面に打ち倒したことだろう。
もしトリトゲネイアがおくればせながらアルゴス人たちに
勇気を吹き込まなかったなら。
彼らはけわしい墻壁《しょうへき》から止むことなく
敵に向かって恐ろしい矢を放ち
多数の者を殺した。防壁は無残な血のりにまみれ

殺される戦士たちのうめき声が上がった。
　こうして昼も夜もケテイオイ人、トロイエ人と
退却を知らぬアルゴス人の戦いはなおも続いた。
あるときは船団の前で、またあるときは
高い城壁のもとで、耐えがたい戦闘が巻き起こっていたからである。
しかし殺戮と苛酷な戦闘は
二日で休止した。エウリュピュロス王のもとに
ダナオイ方の使節がやってきて、戦いをやめ
戦死した者たちを火葬したいと言ったのである。
エウリュピュロスはただちにこれに応じた。両軍はむごい戦闘を停止し
埃の中に倒れた屍を埋葬した。
アカイア人たちはとりわけ
ペネレオスのために涙を流した。死者のために墓土を
広く高く盛り上げて、後代の人々にもそれとわかるようにした。
そして離れたところに、殺された大勢の戦士たちを葬り
深い悲しみに心を痛めつつ
死者全員のために一つの火葬壇と

墓を築いた。彼方でもトロイエの息子たちが
殺された者をそのように埋葬した。残忍な不和女神《エリス》は
休むことなく、力強く勇敢なエウリュピュロスを
戦闘へ向かうようなおもあおり立てた。彼は船団から退かず
近くにとどまってダナオイ人たちを苦しめるべく戦線を拡大していた。
　一方、オデュッセウスたちは黒い船を急がせてスキュロス島に着いた。
行ってみるとアキレウスの息子は館の前にいて
矢を射たり槍を投げたり、
またあるときは脚の速い馬を訓練していた。
オデュッセウスたちはネオプトレモスが容赦ない戦いに向けて
技を磨いているのを見て喜んだが、彼の心は
死んだ父を思って深く悲しんでいた。すでにその知らせを受け取っていたのである。
彼らはすぐそこへ行ったが、ネオプトレモスを目の前にして驚きに打たれた。
その美しい姿かたちは大胆なアキレウスそっくりだったからである。
ネオプトレモスは先に口を切って次のように話しかけた。

「客人たちよ、ようこそわが館へおいでくださいました。
どこからおいでになったのか、どなたでいらっしゃるのか、そしてどんなご用で
はるばる波を越えてここに来られたのか、お聞かせください」。
こう言ってたずねると、高貴なオデュッセウスは答えた。
「われわれは戦さにすぐれたアキレウスの友人だ。
君は彼を父として、貞淑なデイダメイア(1)の生んだお子だと聞いている。
われわれが見ても、君の姿は
力あふれる神々にも似たかの勇士とまさに瓜二つ。
わたしはイタケ(2)から来た者、こちらは馬をはぐくむアルゴス(3)の者だ。
ひょっとして勇猛なテュデウスの子［ディオメデス］の名を耳にしたことはおありだろうか、
また思慮深いオデュッセウスの名を。それが君の傍らに
立っているこのわたしだ。神託を受けてここにやって来た。
実は、すぐにも同情の心をもってトロイエに赴き
アルゴス人たちを救ってほしいのだ。そうすれば戦争も終わるだろうし
高貴なアルゴス人たちは君に数限りない贈り物を与えるだろう。

(1)スキュロス王リュコメデスの娘、アキレウスの妻。
(2)ギリシア西岸の島。オデュッセウスの王国はその周辺の島々を含むが、イタケという場合、広い意味で使われることもある。
(3)ペロポネソス半島東部、ミュケナイの南にある王国。ギリシア人一般を指して「アルゴス人」というときより狭い地域を指す。

わたしからは神にもまがう父上の武具を贈ろう。
それを身につければ君には格段の喜びとなろう。
それは人間の武具とは思えず、神アレスの甲冑にも
ひけをとらないほどなのだ。黄金をふんだんに用いた
彫金細工でくまなく飾られている。ヘパイストス神おんみずからも
これを神々しく作り上げたことについて、神々に対しても
大いに誇りに思われたほどだ。
君もこれを目にすれば驚嘆することだろう。
大地、大空、大海が楯の縁に描かれ、広い円の中には内側に沿って
動いているかのような生き物たちの姿が刻みこまれている。
神々がご覧になっても驚くべきものなのだ。人間世界の中ではかつて
誰一人このようなものを見たものはいないし、身につけた者もいない。
――アカイア人たちが皆ゼウスにも等しく敬っていた
君の父上を除けば――とりわけわたしが親しく思いいとしんだ方だ。
戦死した父君の亡骸をわたしは船団まで運んだのだからな、(4)
多くの敵を容赦なく死へ追いやりながら。
それゆえ高貴なテティスは彼の名高い武具を

(4) 第三歌二九六―三二一行参照。

わたしにくださったのだ。大切にしてきたものであるが
イリオンに着いたならばわたしはこれを喜んでさしあげよう。
さらにメネラオスは、われわれがプリアモスの都を
攻め落とし船でヘラス[1]にたどり着いたあかつきには
君をただちに娘婿として迎えると言っている、君が望むなら
勝利の報酬として。それに、髪うるわしい姫とともに
数限りない財宝と黄金を君のもとへ持参するとのことだ。
富裕な王妃が持つにふさわしいかぎりのものを」。
　こう言うと、アキレウスの勇敢な息子は答えて言った。
「アカイア人たちが神託に従ってわたしを呼び寄せるというのならば
明日にでもただちに広い海の淵へ漕ぎ出しましょう。
この身もダナオイ人たちの待ち望む光となれるかもしれません。
まずはともあれ、館へまいり、食卓につきましょう。
習わしに従って、客人のもてなしにふさわしいものを用意しております。
わたしの結婚については、いずれ神々がおはからいくださるでしょう」。
　こう言うと先に立って歩き出した。二人はたいそう喜んでついていった。
そして広い館と美しい中庭を通っていくと

（1）ギリシアのこと。

デイダメイアが悲嘆にくれて
泣きくずれていた。そのさまは山の雪が
高い響きを立てる東風神《エウロス》や不滅の太陽の力で溶けてゆくよう。
そのように彼女は高貴な夫を戦争で失って憔悴していた。
誉れ高い王たちは、なおも泣き悲しむ彼女に
言葉をかけて丁重にあいさつした。息子は母の傍らに寄って
彼らの素性とそれぞれの名前をいつわりなく話したが
二人がやってきた理由については翌朝まで隠すことにした。
ただでさえ悲しみのうちにある母が苦悩のあまり涙を新たにして
行かないでくれと頼み、引き止めることのないように。
やがて人々は皆食事をとり、眠りに心をなごませた。
彼らの住むのは海に囲まれたスキュロスの地、
アイガイオン（2）の海の高い波が
岸に寄せては砕けながら鳴りとどろいている。
しかしデイダメイアはやさしい眠りに身をゆだねることができず
狡猾なオデュッセウスと神にも等しいディオメデスの名を
思い返していた。この二人は

（2）エーゲ海のこと。

戦いを好む夫アキレウスを彼女から奪ってしまったのだ。
二人は彼の勇敢な心を説き伏せて敵との戦闘へ向かうようにしむけた。
苛酷な運命女神《モイラ》がアキレウスの前に現われて
その帰国を打ち砕き、数限りない悲しみを
父ペレウスとデイダメイア自身にもたらしたのだった。
それゆえ彼女の心は、戦いの喧噪の中へ向かおうとする息子を思い
はてしない不安に包まれた。
つらい悲しみの上になお悲しみが重なるのではないかと。
　暁女神《エオス》が大空に昇った。男たちはただちに
寝床から跳ね起きた。デイダメイアは様子に気づいて
やにわに息子の広い胸にすがりつき
天に届かんばかりの大声を上げて痛ましげに泣いた。
あたかも山中の牛がはてしない鳴き声を上げて
谷におのれの子を探し求めるよう。
そびえ立つ山の峰もその声にこだましてとどろくのだ。
そのように彼女の泣き声は高くそびえる館じゅう
すみずみまで響きわたった。彼女は度を失って訴えた。

「わが子よ、おまえのよき分別はどこへ行ってしまったのです。
他国の方たちについて涙の尽きぬイリオンへ行くとは。
あそこでは大勢の人たちが苛酷な戦いで命を落としているのですよ。
戦闘とむごたらしい斬り合いを知りつくした人でさえも。
おまえはまだほんの若造で、人間から悪いさだめの日を
遠ざけてくれる戦いの技など心得てはいないのに。
だからわたしの言うことを聞いて、この家にとどまっておくれ。
おまえが戦いで死んだなどという
いまわしいうわさがわたしの耳に届くようなことがあってはなりません。
おまえが戦場から再び帰ってこられるとは思えないのだから。
おまえの父上さえも暗黒の命運から逃れることはできず
戦いで命を失ったのですよ。おまえよりも他の英雄たちよりも
武勇にすぐれた方だったのに――その母は女神であられたのだから――
それもあの人たちの策略と思わくのせい。その人たちが
おまえ自身までもむごたらしい戦いに行けとそそのかすとは。
それゆえわたしは恐れにかられて心が震えるのです。
わが子よ、おまえまで殺されたなら、わたしは息子のない身として

とり残され、つらい屈辱に会うかもしれぬではないか。
子どもを失い、夫にも死なれて
残酷な死のために家もからっぽになってしまったら
女にはこれ以上悲惨で不幸せなことはないのです。
すぐにも男たちが寄ってたかって土地を切り取り
人の道など顧みず何もかも奪い取ることでしょう。
子を失って家に残された女ほど
みじめで無力なものはないのだから」。
　こう言って彼女がしきりに泣くと、息子は答えて言った。
「母上、元気をお出しなさい。ことを悪い方に考えるのはおやめなさい。
人は命運を越えてまで軍神《アレス》の手にかかることはありません。
もしアカイア軍のために死ぬのがわたしのさだめならば
アイアコスの(1)一族にふさわしい手柄を立てたうえで死にましょう」。
　彼はこう言った。そのすぐ傍らへ威厳あるリュコメデス(2)がやってきて
戦いを待ちこがれている孫にこう話しかけた。
「剛胆な子よ、おまえの武勇は父親ゆずり。
おまえが強く勇敢であることはわしも承知だ。だがそれでも

(1) ネオプトレモスの曾祖父。
(2) スキュロス王、ネオプトレモスの母方の祖父。

わしはつらい戦さのみならず海の残酷な波が恐ろしい。
船乗りというのはいつも死と隣りあわせだからな。
だからいとしい子よ、後でトロイエなり他の土地から
船出するときは用心することだ。多くの
……[3]
太陽がもやにかすむ山羊座と出会い
矢を放つ射手座を後ろから打つとき[4]や
風が恐ろしい嵐を引き起こすとき、
またオリオンの星が闇に沈もうとして
オケアノスの広大な波間に落ちるときには。
昼と夜の長さが同じときは危険だから用心を心に刻むのだ。
そのときはつむじ風が方々の大海原を越えて
どこからともなく押し寄せ、広い海の淵の上に集まってくる。
それからプレイアデスの沈むときもな。
これは波間で荒れ狂うから気をつけるのじゃ。
他にも不幸な人間たちにとって恐ろしい星々があるから
大海原の波に沈んだり昇ったりするときは警戒せよ」。

（3）一行の欠行があるものと想定される。
（4）冬至のことをいう。嵐が起きやすい時期とされた。

　こう言って孫にキスした。恐ろしい叫びに満ちた戦いを
待ちこがれる彼の出発を止めたりはしなかった。
ネオプトレモスは優しくほほえむと船のもとへ行こうと支度を急いだ。
しかし母親はなおもあれこれと涙ながらに言葉をつくして
足を急がせる息子を館の中に引き止めた。
さながら走路に飛び出そうとする馬を
人がまたがったまま押しとどめるよう。馬は自分を押さえつける
くつわを噛んでいななき、口から噴き出した泡で
胸はぬれている。足は駆け出したがってじっとしていられない。
その場でたえず足踏みを繰り返して
敏捷な脚のもとからはしきりにひづめが音を立て
走り出そうとしてたてがみを踊らせる。息づかいも荒く
頭を高く上げれば、主人の心も喜びにわく。
そのように、退却を知らぬアキレウスの栄《は》えある息子を
母親は引き止めた。彼の足はじっとしていられなかったのだが。
母は悲しみながらも、わが子が誇らしかった。
　彼は母に何度もキスしてやると、一人いたましげに泣く母を

いとしい父の館に残して去った。
あたかも家の周囲で悲しみに惑うつばめが
元気のよいひなたちの死を嘆くよう。しきりに悲鳴を上げるひな鳥たちを
残酷な蛇が食いつくして、優しい母鳥を悲しませたのだ。
子を奪われた母鳥は巣のまわりを飛び回ったかと思うと
今度は堅固なつくりの玄関のあたりに飛んできて
ひなたちのために悲しげに嘆く。
そのように心優しいデイダメイアは嘆いた。
あるときは息子のベッドに身を投げて大きな叫び声を上げるかと思えば
今度は柱にすがって泣きくずれるのだった。
息子のために作られた玩具が部屋の中にあれば、それを胸に押し当てた。
彼がまだ小さかった頃幼な心を楽しませたものである。
また彼が残していった槍が目にとまると
何度もそれに接吻をあびせた。そして他にも
勇敢な息子の持ち物を目にするたびに泣きくずれた。
だが限りない母の嘆きの声はもはや彼の耳には入らず
速い船の方へ向かってはるか遠くを歩いていた。

すばやい足が星さながらに輝く彼を運んでいた。ネオプトレモスを囲んで
進んでゆくのは勇敢なオデュッセウスとテュデウスの息子、
他に二十人の肝の座った男たち——
——デイダメイアが館に召し抱える者たちの中で最も忠実な男たちを
従者としてまめまめしく仕えるようわが子に与えたのである。
このように忠誠心にあふれた者たちに囲まれて
アキレウスの勇ましい息子は町を通って船の方へ急いだ。
彼は一団の中にあって喜びに輝いていた。ネレイデスたちは
テティスを囲んで歓喜し、黒髪の神［ポセイダオン］自らも
非の打ちどころのないアキレウスの勇敢な息子を目にして嬉しく思った。
ネオプトレモスはすでに涙の尽きぬ戦いを待ちこがれていた。
まだひげも生えぬ若者であったが
大胆さと武勇に鼓舞されていたのだ。彼は故郷を飛び出した。
あたかも軍神《アレス》が血みどろの戦闘に足を踏み入れるよう。
敵に怒りをたぎらせ、心は荒れ狂う。
眉のさまも恐ろしく
火のように輝く眼をあたりにめぐらせる。

頬は美しさに包まれつつも、突き進むその姿は
身の毛もよだつ恐ろしさ、神々さえも震えおののく。
アキレウスの高貴な子はそのような姿であった。
町じゅうの人たちはこの勇敢な王子が
苛酷な戦争から無事に帰れるようにと不死の神々に祈った。
神々はその祈りを聞き入れた。ネオプトレモスはつき従う者すべてをしのぐ偉容に満ちていた。
　重くとどろく海の浜辺にやってくると
漕ぎ手たちが磨きあげた船の中で
帆の支度をしており、出航を待ちかねているところだった。
一同はただちに船に乗り込んだ。人々はもやい綱を解いた、
そして錨も——船にとっては大いなる支えとしていつもついてくるものである。
アンピトリテの夫君(1)は自らすすんで彼らの航海を
順調に導いた。トロイエ軍と雄々しいエウリュピュロスに
苦しめられているアカイア人たちをたいそう気づかっていたからである。
二人はアキレウスの息子の傍らに座り

(1) 海神ポセイダオンを指す。アンピトリテは海の女王とされた女神。

その心を楽しませようと父親の武勲を語った。
アキレウスが格闘にひいでたテレポスの領土や
広い海を渡りつつもくろんだこと、
それにプリアモスの都を前にトロイエ人らを打ち倒してアトレウスの子ら
［アガメムノンとメネラオス］に名誉をもたらしたことを。
ネオプトレモスは心を踊らせ、自らも
勇敢な父のような武勇と名誉を得たいと願った。
　一方高貴なデイダメイアは部屋の中でわが子を思って心を痛め
うめきとともに涙を流していた。
胸のうちでは心がつらい苦しみのためにくずおれていた。
あたかもやわらかな鉛かろうの塊が
赤く焼けた炭の上で溶けるように。彼女は涙の止まらぬまま
はてしない海を見つめていた。母親というものは
子どもが会食に出かけたときでさえ、その身を心配するものなのだ。
もはや船ははるか彼方へ遠ざかり
もやに紛れて帆も見えなくなっていたが
彼女は一日中嘆いて泣き続けた。

　船は波立つ海面をわずかにかすめ
追い風にのって潮路をひた走った。
竜骨(1)の両脇では波が泡立ちとどろいた。
そしてすみやかに海を渡って広い淵を横切った。
夜のとばりが降りてきた。
船は風と舵取りに従って深い海を渡っていった。
神々しい暁女神《エオス》が大空を訪れると
イデの山々の頂や
クリュサ(2)、スミンテウスの御座《みざ》(3)、シゲオン(4)の岬が姿を現わした。
それに勇猛なアイアコスの孫の墓も。
しかしラエルテスの息子［オデュッセウス］は胸の奥で深く思慮をめぐらせ
それをネオプトレモスには教えなかった。彼が心の中で
新たに悲しい思いをすることがないようにと考えたのだ。一行はまもなく
カリュドナイ諸島(5)に沿って進んだ。そしてテネドス(6)を過ぎた。
今度はエレウスの国(7)が現われた。そこはプロテシラオスの
墓に高いニレの木が影を落としているところ、
その木々はイリオンが見えるほど土から伸びたあたりで

(1)船首から船尾までをつなぐ船底の材。

(2)トロイエの町。

(3)スミンテウスはアポロンの添え名で、スミントスまたはスミンテなる町の名から、あるいはミュシア方言で鼠《ねずみ》をスミントスという〈鼠殺しのアポロン〉ことから来るという。

(4)トロイエの南の海岸にある町。

(5)トロイエの南方、イカリア海にある島々。

(6)トロイエの北方にある島。

(7)トロイエの北方にある小国。

枝先が急にやせ細っている。
　櫂で漕ぎ進められていた船は風の後押しでトロイエに近づいた。
そしてアルゴス勢の他の船が海岸沿いに並んでいるところへ着いた。
味方は折しも防壁の前で苦しい戦いを
強いられているところだった。かつて自らの手で
戦いの中、船とたくましい戦士たちの守りとすべく
築いた防壁である。それももはやエウリュピュロスの手によって
破壊され地に崩れ落ちかねなかった。
もし屈強なテュデウスの子が、巨大な防壁が攻撃にさらされていることに
いち早く気づかなかったなら。彼はただちに
船から飛び出し、勇気をふるってあらんかぎりの声で叫んだ。
「諸君、今日はアルゴス勢に大きな不幸が襲いかかっているぞ。
さあ、一刻も早くきらめく武具に身を固めるのだ。
苦しみは尽きずとも、戦いの喧噪の中へ踏みこもう。
もはや戦さにすぐれたトロイエ人たちは
われわれの防壁に登って戦っている。奴らはじきに大きな防壁をも
打ち砕き、むごくも船団に火をかけてしまうだろう。

われらがいくら望んだところで帰国も叶わぬものになろう。
そうなればわれわれ自身が早すぎる死を迎え
妻子から遠く離れてトロイエに横たわることになるぞ」。
　彼がこう言うと、人々はたちまちいっせいに速い船から飛び出した。
話を聞いたものは皆恐れおののいたが
心の大胆なネオプトレモスだけは違った。大いなる武勇は
父親に劣らなかったからだ。彼は戦意をみなぎらせた。
　ただちに彼らはオデュッセウスの幕舎へ行った
(へさきの黒い船から最も近かったからだ)。
その傍らには予備の武具が数知れず並んでいたのだ。
思慮深いオデュッセウスのも、また神にも等しい
他の戦友たちのもあった――いずれも戦死者から奪ったものである。
そこで勇敢な者は立派な鎧を身にまとい
心根の臆病な者は劣った武具を身につけた。
だがオデュッセウスはイタケから用意してきたものを身につけた。
そしてテュデウスの子ディオメデスに
力強いソコスからかつてはぎ取った[1]美しい鎧を与えた。

(1)ソコスはトロイエの戦士。オデュッセウスが彼を討ち取ったいきさつはホメロス『イリアス』第十一歌四二六—四五七行に描かれている。なお「はぎ取った」という読みには異説もある。

さてアキレウスの息子は父の武具を身につけたが
その姿は父さながらだった。ヘパイストスの手になるこの武具は
他の者にはあまりにも大きかっただろうが
ネオプトレモスにはぴったり合って軽かった。彼にはこれらの武具が
すべて軽く感じられた。かぶとも頭には
重荷にならず……
……[1]
〈ペリオン山[2]の槍も〉なお血に餓えて巨大であったが
彼の手はそれをやすやすと持ち上げることができた。
　彼を目にしたアルゴス人たちは皆傍らに寄りたいと
思いながらも叶わなかった。重くとどろく
戦いの喧噪の中、防壁を守ろうとして苦戦をしいられていたのだ。
あたかも人界を離れた絶海の孤島に
閉じこめられていらだつ人々のよう。
吹き荒れる逆風に長い間足止めされた者たちは
困り果てて船のまわりを歩き回るものの
食糧はすべて尽き果てる。そのとき、力尽きようとしている人々に

（1）複数の欠行がある。
（2）ギリシア北部テッサリアにある山。アキレウスの槍はこの山の木で造られた。

響きのよい順風が吹いてくる。
そのように、それまで苦しんでいたアカイア人の軍勢は
力強いネオプトレモスがやって来たのを見て喜びにわき
うめきに満ちた苦闘から一息つけるのではないかと思った。
ネオプトレモスの眼はむこう見ずな獅子のように輝いていたのだ。
広い山の中で心を痛めつつ
狩人たちに飛びかかろうとする獅子のように。狩人たちはすでに
洞窟に踏み込んで子らを引きずり出し
木陰豊かな谷にいる親のもとから
遠く引き離してしまったのだ。獅子は山頂から
下を見下ろして、恐ろしいあごですさまじく吠え
むごい狩人に向かって飛びかかる。
そのように、恐れを知らぬアキレウスの栄えある息子は
戦いにたけたトロイエ人たちに対して戦意を燃やした。
　ネオプトレモスは平原の中、激戦が起こっているところへ
まっさきに飛び込んだ。アカイア軍の防壁の「あるところは(3)」
押し寄せてくる敵には攻めやすかったのだ。

(3) この部分の正確な読みは不明。

弱い防壁は補強してあったからである。
他の者たちもともに戦意を燃やして戦いの中へ進んでいった。
そこには剛胆なエウリュピュロスがいた。そしてその仲間たちも彼とともに
砦を登り、巨大な防壁を打ち壊して
アルゴス人たちを皆殺しにしてやろうと企んでいた。
しかし神々はその望みを叶えてはやらなかった。
オデュッセウスやたくましいディオメデス、
神にも等しいネオプトレモス、それに高貴なレオンテウス[1]が
雨あられと投げ槍を浴びせて彼らをすぐに防壁から押し返したのだ。
あたかも、犬や打ちひしがれた羊飼いたちが
力と声をふりしぼって、力強い獅子を四方八方から追いつめて
家畜小屋から追い払うよう。獅子はらんらんと眼を光らせ
あちこちを行ったり来たりしながら
なんとしても子牛や牝牛をそのあごで貪ろうとするものの
胆太い犬たちに追われて後ずさりする。
それに羊飼いたちも飛びかかってくる。

(1) アカイア方の将。

……[2]
わずかに、人が手で大きな岩を投げて届くほどの距離だった。
トロイエ人たちが船団から遠くへ逃げるのを
エウリュピュロスは許さず、船を占領しアルゴス人を皆殺しにするまで
敵のすぐ前に踏みとどまれと励ました。
ゼウスが彼に限りない力を注ぎ込んだからである。
彼はただちにとがった固い岩をつかんで突き進み
高い防壁めがけて投げつけた。
そびえ立つ砦は土台からすさまじい音を立てて鳴り響いた。
アカイア人たちは防壁がすでに
砂の中に崩れ落ちたかのような恐怖にかられた。
　けれども彼らは容赦ない戦いから退こうとはせず
羊を奪いに来た不埒な山犬か獅子のように踏みとどまった。
山の中で農民たちが犬とともに
その子らをむごい死に追いやろうと
勢いこんで洞窟から追い出しにかかる。
獣たちは槍の攻撃を受けながらも子を守って踏みとどまる。

（2）一行欠落がある。

そのようにアカイア人たちは船と自らの身を守るため
退かずに戦った。すると恐れを知らぬエウリュピュロスは
速い船の前にいる者たちにこう言って挑発した。
「おい弱虫ども、身の内には臆病な心根しかないのか。
おまえたちの槍などにおびえて船から引き下がるような
おれではないぞ、この防壁がわが攻撃をさえぎらなくとも。
今やおまえたちは獅子を恐れて森の中にちぢこまる犬のよう、
苛酷な破滅から逃れようと、壁の中に隠れて戦っているではないか。
かつておまえたちが戦闘に飛びこんできたときのように
船を出てトロイエの土に足を踏み入れたなら
不吉な叫びに満ちた死から救われる者はなく
一人残らずおれに討ち取られて埃の中に横たわるだろう」。
　そう言ったものの、それはむなしい言葉だった。
遠からぬところにまで、勇敢なネオプトレモスの手による禍いが
迫っていることを知らなかったのだ。彼こそは
エウリュピュロスを荒れ狂う槍でほどなく倒すさだめにあったのである。
　その頃ネオプトレモスも戦いの労苦を免れていたわけではなく

防壁の上からトロイエ人を打ち倒していた。兵たちは
雨あられと浴びせられる攻撃におびえて、よんどころなく
エウリュピュロスの傍らに身を寄せた。誰もがすさまじい恐怖にとりつか
　れていたのだ。
あたかも幼子たちが父親の膝にしがみついて
偉大なるゼウスの雷鳴[1]が雲を引き裂くのを恐れるよう。
そのとき大空も恐ろしい響きを返すのだ。
そのようにトロイエ人の息子たちはケテイオイ人の戦士たちの中にいる
偉大な王[2]の傍らにかたまって、ネオプトレモスの手が放つものをすべて恐
　れた。
それは禍いとしてまっすぐに飛んでくるやいなや
敵の頭に破壊とおびただしい涙をもたらしたのである。
心の中で無力感に打ちのめされたトロイエ人たちは
偉大なアキレウスその人の武装した姿を目にしているようだと言い合った。
しかし言葉も失いそうなほどの恐れは
胸の底に押し隠した。ケテイオイ人やエウリュピュロスが
すさまじい恐怖にとりつかれてはならぬように。

(1) ゼウスは雷を司るとされた。

(2) エウリュピュロスのこと。このあたり本文の読みは不確実。

その場にいた者はてんでにひどく震えおののき
死と、身も凍るような敗北の間にはさまれて立ち往生した。
廉恥心と同時に苦しい恐れが彼らを引き止めていたのだ。
あたかもけわしい山道を下る人々が
山からほとばしる急流を目にしたときのよう。
轟々たる水音は岩にこだまして
人々は道を急ぎはするもののざわめく流れを
渡る気になれない。足元に死があるのを
目のあたりにして震え、行く先のことなどかまわなくなるのだ。
そのようにトロイエ人たちは戦いを避けて
アルゴス軍の防壁の下にすくんでいた。神にも等しいエウリュピュロスは
戦闘に向かうようにと味方をたえず励ましていた。
かの勇士も多くの者を倒すうちに
腕も力も疲れてくるのではないかと思ったのだ。だが相手は戦いをやめな
　かった。
　女神アテネは彼らの激しい戦闘を見てとると
薫香に満ちたオリュンポスにそびえ立つ館をあとにした。

女神は山の頂を越えるにも土の上を踏まず
かすめるようにしてたいそう先を急いだ。風よりも軽い雲に
姿を変えた女神を神聖な天空が運んでいた。
アテネはたちまちトロイエに着くと、風の吹きすさぶ
シゲイオンの山頂に足を踏み入れた。そこから格闘にひいでた男たちの
戦いを見下ろし、アカイア方に惜しみなく名誉をさずけた。
だがやはり勇気でも力でも、他の誰よりもすぐれているのは
アキレウスの息子だった。この二つが揃えば
人には大いなる誉れとなるが、彼はどちらにおいても
万人を超えていた。ゼウスの血を引き、父親によく似ていたからである。
そんなわけで彼は危険をものともせず、防壁の傍らで多くの者を討ち取った。
　さながら、漁師の男が魚を捕ろうと
魚たちには害となるよう、ヘパイストスの起こす炎を
舟の中に運びこむよう。炎が燃え立つと
舟べりには漁火が明るく輝き、魚たちは暗い海から
飛びはねてその光を見ようとする――これが最後の光だというのに。

男はこうして飛び出してくる魚たちを、長い刃のついたやすで
殺していき、豊漁に心をおどらせるのだ。
そのように戦さにすぐれたアキレウスの栄えある息子［ネオプトレモス］は
石造りの防壁の傍らへ向かってくる敵の群れを打ち倒していた。
アカイア人たちは皆それぞれ同様に
胸壁のもとで戦っていた。広大な海岸や船団がとどろくと
槍を浴びせられた巨大な防壁もこだまを返した。両軍ともに
人々は言いつくせぬほどの疲労にさいなまれていたのだ（壮者たちは
膝も力もついえていた）が、退却を知らぬアキレウスの
高貴な息子にはそのようなことはなかった。彼の強靭な心は
まったく疲れることがなかったのだ。戦いの中でも彼は
ひどい〈恐怖に〉襲われることはなかった……
……[1]疲れを知らぬその力は
涸れることのない川のよう。はてしなく燃える大火が迫ってきても
その流れをおびやかすことはない。たとえ荒れ狂う風が
ヘパイストスの神聖な焔の力をあおっても（火が流れの傍らまで
及んだとしても火の恐ろしい勢いもそこで止まる。

（1）本文に欠損がある。

尽きることのない水まで達することはないのだから）。
そのように高貴なアキレウスの勇猛な息子は
苦しい疲労にも恐れにも膝をついえさせることはなく
つねに踏みとどまって仲間を励まし続けた。
多くの槍が投げつけられたが、彼の美しい身体に
届くことはなく、岩に舞い散る粉雪のように
幾度もむなしく跳ね返った。すべて広い楯と
頑丈なかぶとにさえぎられたのだ。それは神の名高い贈り物だった。
その武具を誇りつつ、アキレウスの屈強な息子は
大声で叫びながら、防壁の周囲を歩き回り
戦えとアルゴス人たちを励ましながら勇敢に［攻撃をかけた］
……(2)
……、彼は誰よりも
抜きん出て武勇にすぐれており
心はなお苛酷な戦闘に飽くことを知らず、無惨な最期を遂げた
父の復讐を図っていたのだ。ミュルミドネス人たちは
王子の姿に歓喜した。防壁は恐ろしい叫び声に包まれた。

（2）一行欠落がある。

このとき彼は黄金に富むメゲス(1)の二人の子を殺した。
メゲスはデュマスの子で、誉れ高いその息子たちのうち
一人は槍を投げることにたけており、もう一人は戦場で
馬を駆り長い槍を振りかざす技をよく心得ていた。
それはペリボイア(2)が一度の出産によってサンガリオス(3)の川岸で
生み与えたもの、ケルトスとエウビオスであった。
だが彼らは長い間、限りない富の恩恵にあずかることはできなかった。
運命女神《モイライ》たちが命を短いうちに終わらせてしまったからである。
二人とも同じ日にこの世の光を目にしたが
二人とも心根も大胆なネオプトレモスの手にかかって死んだ。
一人は心臓に槍を突き刺され、もう一人はむごい投石を
頭に受けたのだ。頑丈なかぶとは頭のまわりで打ち砕かれ
脳みそが流れ出した。
　その屍の周囲で他にも敵兵が数えきれぬほど
殺されていった。軍神《アレス》はすさまじいはたらきを始めたが
牛をくびきからはずす頃には神々しい太陽も沈み
大胆なエウリュピュロスの兵たちは

(1)第二歌二九二行のメゲスとは別人であろう。
(2)メゲスの妻。
(3)トロイエを流れる川。

船から少し離れたところに退いた。
塔の傍らにいた者たちはようやく一息つくことができたが
トロイエ人の息子たちも苦しい疲労から身を休めた。
防壁をめぐる戦闘が激しくなり、このときアルゴス人たちは
残らず船団の傍らで死んでしまったかもしれないほどだったのだ、
もしアキレウスの屈強な息子がこの日
敵の大軍とエウリュピュロスを追い払ってくれなかったなら。
まもなくネオプトレモスの傍らへポイニクス老人がやって来て
彼を見るなりペレウスの子にそっくりだと讃嘆した。
老人の心には大きな喜びとはかりしれぬ悲しみが迫った。
悲しみは足の速いアキレウスを思い出したためであり
喜びはその力強い息子を目にしたためであった。
ポイニクスは喜びの涙を流した。人間というものは
たとえ喜びに出会ったときでさえも、泣かずにはいられないものなのだ。
老人はネオプトレモスを抱きしめた、あたかも父が子を抱擁するように。
その子は神の意志により長い間苦しみを耐えた末に
家に帰り着いて、親に大きな喜びをもたらしたところなのである。

そのように老人はネオプトレモスを抱きしめて
頭や胸に接吻し、感嘆してこのように言った。
「よくおいでになった、アキレウスのとういお子よ。
わしは父君をすすんでこの腕に抱き、愛情をこめて
お育てしたものだ。父上は神々の栄えあるご意志により
青々とした若木のようにすくすくと育ち
わしはその身の丈を目にし、声音を耳にするのが嬉しかった。
あの方はわしにとって大きな心の支えであった。わしはあの方を
血を分けた子のようにいつくしみ、あの方もわしを実の父同様に敬ってくれた。
いや、わしはまことにあの方の父でありあの方はわしの息子であったのだ。
わしを見てよくこうおっしゃったのだからな、
『われらの心は一つ、それゆえ同じ血を引くものなのだ』と。
しかし武勇においてはわしよりはるかにすぐれておられた。
姿かたちも力も至福の神々のようなお方だったからな。
その父君にそなたはそっくりだ。わしには父君がなお生きて
アルゴス人たちの中にいるのではないかと思えるほどだ。

わしは毎日激しい悲しみに襲われ、心はいとわしい老いに
さいなまれておる。あの方がまだ生きているうちに
墓の盛り土がわしをおおい隠してくれればよかったのだが。
近親者の手で葬られることは男にとっての名誉だからな。
だがいとしいお子よ、わしの悲しみは消えず
父上を忘れることはあるまいが、そなたは悲しみに心をくじけさせてはならぬ。
さあ、ミュルミドネス人たちや馬を馴らすアカイア人たちは
窮地にあるのだから、救いに行くがよい。高貴な父君のため敵に怒りを
燃やすのだ。戦いに飽くことを知らぬエウリュピュロスを倒せばすばらしい栄光はそなたのもの。
そなたは奴よりも武勇にすぐれているし、これからもそうであろう。
そなたの父上が奴のみじめな父親よりもまさっているのと同じように」。
こう言うと、金髪のアキレウスの息子は答えた。
「ご老体、われらの武勇のほどは戦場で
力強い宿命女神《アイサ》と崇高な軍神《アレス》がご判断くださるでしょう」。
こう言ってその日のうちにも防壁の外へ

父の武具を身につけて飛び出そうとした。
しかし人間たちを疲れから解放する夜女神《ニュクス》が彼を引き止め
闇に身を包んで大洋《オケアノス》を飛び立った。
　アルゴス人の息子たちは力強いアキレウスと同様に
彼を船団の傍らに迎えて歓喜した。ネオプトレモスが
すでに戦闘に向かおうとしているのを見て勇気づけられたのである。
そこで人々は彼を讃え、輝かしい名誉のしるしとして
あらたな財産になるほどの無数の贈り物を与えた。
あるものは黄金や銀を、あるものは捕虜の女を、
あるものは大量の青銅を、あるものは鉄を、
またあるものは壺に入った紅いぶどう酒や
脚の速い馬、戦士のための武具や
女たちが美しく織り上げた見事な布を贈った。
ネオプトレモスの心はこうした贈り物を受けて喜びに踊った。
　さて人々は幕舎の傍らで饗宴にとりかかった。
神ともまがうアキレウスの息子を
天の無敵の神々にも等しく歓待するためである。

アガメムノンはたいそう喜んでネオプトレモスにこう言葉をかけた。
「おまえはまさしく勇敢なアキレウスの子だな、若者よ。
力強さといい、美しさといい、
背の高さ、大胆さ、心ばえ、いずれも父上そっくりだ。
おまえが来てくれてわしはまことに嬉しい。
きっとその腕と槍で
敵軍もプリアモスの名高い都も攻め滅ぼしてくれるだろう。
父親と瓜二つなのだからな。わしはおまえの父上が
目の前にいて、殺されたパトロクロスのために
怒りに燃えて船の傍らでトロイエ軍を威嚇しているのを見る思いがするぞ[1]。
だが父上はすでに不死の神々とともにおいでになる。今日は
滅ぼされてゆくアルゴス勢を助けるため、父上がおまえを遣わしてくれたのだ」。
こういうと、アキレウスの力強い息子は答えて言った。
「アガメムノンよ、わたしは父がまだ生きているうちに会えたら
よかったのですが。そうすれば父は愛するわが子が
父の武勇をはずかしめることなどないと知ってくれたでしょう。

（1）アキレウスはその頃戦闘から手を引いていたが、親友パトロクロスの仇を討つため参戦を決意した。ホメロス『イリアス』第十八歌二一五―二二九行参照。

憂いを知らぬ天の神々がわが命を守ってくださるなら、これからもそうだ
と証《あかし》できましょう」。
　彼は聡明に考え肚をすえてこう言った。
人々はこの高貴な戦士を取り巻いて見とれていた。
　皆が飲食を終え饗宴に満足すると
勇敢なアキレウスの力強い息子「ネオプトレモス」は
食卓から立ち上がり父の幕舎へ行った。
そこには戦死した英雄たちから得た武具が
いくつも置かれていた。彼のまわりでは身寄りのない捕虜の女たちが
主人がまだ生きているかのようにあちこちで
幕舎の中を整えていた。彼はトロイエ人の武具や
女奴隷たちを見て涙をこぼした。父が恋しくなったのである。
あたかも、木の茂りあった林や草におおわれた谷間で
恐ろしい獅子が狩人たちに倒されたあと
その仔が薄暗い洞窟にやってきたときのよう。
たえずあたりを見回せば
そこにはかつて殺された多くの馬や牛の骨が

うず高く積もっているのを見つけて、親を思い悲しみに沈む。
そのように、このとき大胆なアキレウスの子の心は
締めつけられる思いだった。女奴隷たちは彼を取り巻いて見とれていた。
そして、ブリセイス自らもアキレウスの息子を目にすると
心に喜びを覚えたかと思えばまた一方では
アキレウスを思い出してまた悲しみに沈んだ。
胸は驚きに打たれて言葉もなかった。
大胆なアイアコスの孫がまだ生きてそこにいるかのようだったのだ。
　トロイエ人たちの方も喜びにわき、幕舎の中で
勇敢な戦士エウリュピュロスを高貴なヘクトル同様に讃えた。
エウリュピュロスはその日アルゴス人をなぎ倒して
彼らの都とすべての富を守ったのである。
しかし人間たちに甘い眠りが訪れると
そのときトロイエ人の息子たちも退却を知らぬアルゴス人たちも
見張りを除き、眠りで重くなった身体を横たえた。

第八歌

梗　概

一夜明けて、アキレウスの息子ネオプトレモスを加えたアカイア軍は戦意も新たに出撃するが、その前にエウリュピュロスが立ちはだかる。ネオプトレモスは乱戦の中でエウリュピュロスを見つけ、長い一騎打ちの末に彼を倒す。ネオプトレモスのさらなる活躍で、トロイエ軍は総崩れとなる。しかし軍神アレスが地上におり立ってトロイエ軍に加勢したため、トロイエ方が再び優位に立つ。アレスは劣勢の中でも意気さかんなネオプトレモスを討とうとするが、主神ゼウスに止められ戦場を去る。攻勢に転じたアカイア勢は城門のきわまでトロイエ軍を追いつめるが、天上の美少年ガニュメデスがゼウスにトロイエを守るよう嘆願したため、ゼウスはトロイエの都を雲で包む。主神の意図を悟った長老ネストルの進言により、アカイア軍は戦場から引き上げ、ネオプトレモスを讃えて饗宴を開く。

暁女神《エリゲネイア》の洞窟がある地の果てから
太陽が昇り、光が大地に広がると
トロイエ軍とアカイア人の屈強な息子たちは
それぞれ鎧に身を固め、戦いに向け闘志を燃やした。
アキレウスの勇敢な息子「ネオプトレモス」はアカイア勢に
大胆な心をもってトロイエ軍に立ち向かえと励ましの言葉をかけ
テレポスの力強い息子はトロイエ勢を勇気づけていたのである。
エウリュピュロスは防壁を地に打ち倒し、むごい火をかけて
船団を灰となし、敵勢をその手でなぎ倒そうともくろんでいたのだ。
だがその望みはむなしい風のようなものであった。
死神《ケーレス》たちが彼のすぐ傍らに立って
あてもないことを考えるものよと、高笑いしていたのだ。
　折しも、アキレウスの勇敢な息子はミュルミドネス人たちに向かい
大胆な言葉をかけて、士気を鼓舞していた。

「皆の者、おれの言葉を聞け、胸のうちで
戦意を高めるのだ。アルゴス人たちにとっては苦しい戦いからの救いとなり
敵にとっては禍いとなろうではないか。誰も恐れを抱いてはならぬ。
勇気からはこの上なく強い力が湧くのが
人間というものだが、恐れは力も心も弱めてしまうからだ。
さあ、誰も皆戦闘に向けて隊列を固めよ。
トロイエ軍が一息つくことのないように。アキレウスが
まだ生きてアルゴス勢の中にいると思わせてやるのだ」。
　こう言って、一面に輝きわたる父の武具を
肩につけた。テティスは海から
孫のたいそう勇敢な様子を見て嬉しく思った。
ネオプトレモスはそびえ立つ城壁をめざして
父の不死の馬たち(1)に引かせた戦車にすばやく飛び乗った。
あたかも、大洋《オケアノス》の果てから
太陽が現われ、大地に神々しい炎を輝かせるよう。
その炎は、太陽神《エエリオス》の若駒と戦車がセイリオス星(2)に出会うときのもの、

(1) アキレウスの馬は西風の神から生まれ、不死の命をもつ。本歌一五四―一五五行参照。
(2) シリウス（天狼星）のこと。

この星からは人間たちに苦しみを呼ぶ病がもたらされる。
そのようにこの勇敢な英雄 ── アキレウスの息子 ── は
トロイエ軍に向かって進んでいった。船団から敵を
追い払おうとする彼を不死の馬たちが運び
その馬をアウトメドン[3]が走らせていた。かねてより御者をつとめていたからだ。
馬たちはアイアコスの孫に生き写しの主人を
運ぶのを喜んでいた。彼らは不死の心に
この主人がアキレウスに劣らぬものであってほしいと願った。
アルゴス人たちもまた歓喜して
力強い英雄ネオプトレモスの周囲に集まり、さかんに闘志を燃やした。
それはまるで残酷な蜂の群れのよう、興奮すると
……[4]
穴から飛び出して人間の肌を刺そうとする。
一匹残らず「力」[5] みなぎって
通りかかる人々に大きな禍いをもたらすのだ。
そのように彼らは船団を出ると、戦おうと勢い込んで

(3) アキレウスの御者。
(4) 欠行がある。
(5) この部分の本文は不確定。

城壁の外へ飛び出した。あたりは兵士で埋めつくされた。
平原は遠くまで一面戦士たちの武具できらめきわたり
太陽が空の高みに輝いていた。
さながら雲が広大な空を横切り
北風の力強い息吹に乗って駆け抜けるよう。
時は雪の降る冬の厳しい季節、
天空は一面に闇でおおわれる。
そのように、大地を埋めつくした両軍は
船団から少し離れたところでぶつかり合った。
土埃は広い空にもうもうと舞い上がった。戦士の武具とともに
おびただしい戦車の音が鳴り響いた。馬たちはいないて
戦場に突き進んだ。各人はおのが勇気に促されて
苛酷な戦闘に向かっていた。
　あたかも二つの風が大波を巻き起こし
すさまじいとどろきを立てて広い海面を波立たせ
どこからか起こる暴風が互いにぶつかり合うよう。
そのとき恐ろしい嵐は海の広い深淵の上に荒れ狂い

アンピトリテは狂おしく
恐ろしい波の間でうめき声を上げる。波はあちらこちらへ
山と見まごうほどの高さで押し寄せ、
双方からわき起こる風は海上に不吉なうなりを上げる。
そのように両軍は双方からすさまじく勢いこんで
戦場へ集まった。不和女神《エリス》自らも彼らをあおっていた。
軍勢のぶつかり合うさまは雷や稲妻のよう。
その雷が空に大きな音を立てて鳴り響くと
激しい風がせめぎ合い、吹きつのる風に
雲が砕け散る。それは尊い掟女神《テミス》(1)の法を
越えたものを造ろうとする人間たちへのゼウスのすさまじい怒りゆえである。
そのように両軍は互いにぶつかり合った。槍は槍と、
楯は楯と打ち合い、人は人に飛びかかっていった。
　戦いにすぐれたアキレウスの勇敢な息子［ネオプトレモス］はまっ先に
高貴なメラネウスと輝かしいアルキダマスを討ち取った。
これは勇猛なアレクシノモスの息子たちで、父はカウノス(2)の低地に

(1) ゼウスの妻、万物の秩序を司る女神。

(2) カリア（二三〇頁註（4）参照）の町。

住んでいた。澄んだ湖にほど近く
インブロス(1)の雪におおわれたタルベロス山(2)のふもとである。
ついでネオプトレモスはカッサンドロスの足の速い息子ミュネスを殺した。
彼を高貴なクレウサが生んだのは流れの美しいリンドス(3)の水辺で
退却を知らぬカリア人(4)の国の果てを流れ
輝かしいリュキエの国境をなす川である。
さらにプリュギエから来た、槍を持つモリュスを討った。
それと同時にポリュボスとヒッポメドンを殺した、
一方は心臓の下を、もう一方は鎖骨を貫いて。
あちこちで彼は殺戮を重ねた。大地はトロイエ人の屍の下にうめいた。
トロイエ軍の逃げるさまは
乾いた茂みに秋の北風が襲いかかり
勢いすさまじい火にたやすく焼きつくされるよう。
そのように彼が突き進むと隊列は崩れ去った。
　一方アイネイアスは退却を知らぬアリストロコスを
頭に石を投げつけて殺した。石は骨を
かぶともろとも打ち砕いた。ただちに魂は骨を離れた。

(1) トラキア(一五頁註(1)参照)沿岸の島。
(2) インブロス島にある山。
(3) カリア(次註参照)とリュキエの国境を流れる川。
(4) カリアは小アジア西南部の国。

テュデウスの子［ディオメデス］はすばしこいエウマイオスを討ち取った。
これはその頃切り立ったダルダノス[5]に住んでいた――アンキセスが
キュテラの女神［アプロディテ］を腕に抱きわがものとした寝台のあると
　ころである。
さてアガメムノンはエウストラトスを殺した。彼は戦いの後
トレイケに帰ることは叶わず、おのが祖国から遠く離れて死んだ。
メリオネスはペイセノルの息子クレモスを討ち取った。
これは神と見まがうグラウコスの親しく忠実な朋友で
リミュロス[6]の流れの傍らに住んでおり
近隣に住む者たちに王としてあがめられていた。
グラウコスが殺されもはや君臨することがなくなったので
ポイニクス[7]の領土一帯、けわしいマッシキュトス[8]の山頂、
キマイラ[9]の墓のあたりに住む者たちは皆彼を王としていたのだ。
　激戦の中で人々はそれぞれ殺し合っていた。その中にあって
エウリュピュロスは多くの敵勢にまがまがしい運命を送りつけていた。
まず退却を知らぬエウリュトスを、
ついできらめく胴鎧を身につけたメノイティオス[10]を討ち取った。

（5）トロイエの山。

（6）リュキエ南部の沿岸を流れる川。

（7）シドンまたはテュロス（いずれもフェニキアの町）の王とされる。アキレウスの守役とは別人。

（8）リュキエの山。

（9）獅子の頭、山羊の胴、蛇の尾をもつとされたリュキエの怪物。

（10）アカイア方の戦士。アキレウスの親友パトロクロスの父とは別人。

エレペノルの、神にもまがう戦友たちである。さらにその傍らにいた
ハルパロスを殺したが、これは賢いオデュッセウスの朋友だった。
しかしオデュッセウスは離れたところで戦い続けていたため
戦死した部下を救いに来ることはできなかった。
一方仲間の勇敢なアンティポスは彼が殺されたことに怒り
エウリュピュロスめがけて槍を投げた。
だが相手を傷つけることはなかった。力強い槍は少し離れたところにいた
勇猛なメイラニオンに当たったのだ。その母は
彼を流れの美しいカイコスの川のほとりで生んだのだが
クレイテといって頬美しく、エリュラオスの伴侶であった。
エウリュピュロスは朋友が殺されたことに腹を立て
すぐさまアンティポスに飛びかかった。アンティポスはすばやい足で
仲間の群れの中へ逃げこんだ。勇猛なテレポスの子の
力強い槍が彼を殺すことはなかった。アンティポスは
後に残酷にも食人鬼キュクロプスによって殺されるさだめにあったからだ。(1)
それが憎むべき運命女神《モイラ》の心に叶うことだったのだ。
一方エウリュピュロスは攻撃を続けた。

(1)キュクロプスは一つ目の巨人でオデュッセウスの部下たちを食い殺した。なお、アンティポスがトロイエからの帰国の途中で死んだことについてはホメロス『オデュッセイア』第二歌一七―二〇行に言及がある。

たえず進撃を続ける彼の槍にかかって多くの者が倒れた。
ちょうど、鬱蒼とした山の中で鉄の刃の力によって高い木々が
切り倒され、谷を埋めつくし
大地のあちこちに転がるよう。そのようにアカイア人たちは
勇猛なエウリュピュロスの槍によって打ち倒されていった、
誇りに満ちたアキレウスの息子が
彼に向かってくるまで。両人は手に長い槍を振りかざし
互いに戦意を燃やした。
　エウリュピュロスがまず口を開いてたずねた。
「何者だ、どこから来たのだ、おれに向かって戦いを挑むとは。
容赦ない死神《ケーレス》たちがおまえを冥府へ導いているというのに。
苛酷な戦闘の中でおれから逃げおおせた者はいないのだ。
おれに戦いを挑もうとしてここへやって来た奴らには
ことごとく容赦なく苦しい死を
送りつけてやったものだ。クサントスの流れの傍らでは
そいつらの肉や骨を犬どもが残らず分け合っている。
だが答えるがいい、おまえは何者だ、そんなに誇りにしているのは誰の馬

だ」。
彼がこう言うと、アキレウスの力強い息子は言った。
「血みどろの戦いへ急ぐおれに
敵でありながら、なぜ親しい者に対するように
そんなことをたずねたりするのだ。おれの血筋なら多くの人が知っている。
おれは心揺るぎないアキレウスの息子だ。かつて
おまえの父はわが父に巨大な槍を投げつけられて逃げ出したことがある。
邪悪な死の命運がおまえの父をそのとき捕らえたかもしれぬのだ、
ただちにわが父がうめきに満ちた破滅から救ってやらなかったなら。
この身を運ぶ馬たちは神にもまごうわが父のもの。
かつてハルピュイアが西風神《ゼピュロス》と床を共にして生んだもので
その脚で広大な海をも駆けめぐり
ひづめは海面を軽くかすめるのみ、風のように走るからだ。
さあ、この馬たちとおれの素性がわかったからには
この無敵の槍がどんなものか
一騎打ちをして知るがいい。これは切り立ったペリオンの
山の頂に生まれを持ち、その切り株と揺りかごが今もそこにある」。

　こう言って、輝かしい戦士は戦車から地面に飛びおり
長い槍を振りかざした。一方相手は
力強い手に巨大な岩をつかんで
ネオプトレモスの黄金の楯めがけて当たれとばかり投げつけた。
しかし飛びかかろうとする彼は傷一つ負わなかった。
ネオプトレモスはがっしりと立っていた、高い山にそびえる岩のように。
天からほとばしり下る川が束になってかかっても
岩をくつがえすことはできない。根が生えたように立っているからだ。
そのように、アキレウスの力強い息子は踏みとどまって動じなかった。
一方大胆な勇士エウリュピュロスもアキレウスの恐ろしい息子を
恐れなかった。おのが勇気と死神《ケーレス》たちに
あおられていたのだ。両者の胸の奥では
怒りがわき立っていた。二人の身にきらめく武具が鳴り響いた。
彼らが互いに飛びかかるさまは
恐ろしい獣同士のよう、山中でその闘いが繰り広げられるのは
容赦ない飢えにそれぞれ心さいなまれ
殺されたばかりの牛や鹿をめぐって

双方が激しく飛びかかり争うときだ。二頭が闘えば
谷も鳴りとどろく。そのように二人は容赦ない戦いを開始し
互いにぶつかり合った。その周囲では
両軍の長い隊列がたえず戦闘を繰り広げ
二人の傍らで恐ろしい戦いがわき起こっていた。
一方二人もすさまじく吹きつのる風のようにぶつかり合い
槍で互いの血を流そうと狙った。
すぐ傍らにエニュオが立って
二人をあおり立てていた。両人は戦いをやめようとはせず
あるときは楯を突き、あるときはまた
すねあてや大きな羽飾りをつけたかぶとを傷つけた。
身体にも傷を受けていた。大胆な英雄たちは戦闘という苛酷な労苦に
駆り立てられていたのだ。不和女神《エリス》は彼らを眺めて
喜んでいた。おびただしい汗が二人の身体から
流れていたが、二人はしっかりと踏みとどまっていた。
双方とも神の血を引いていたからだ。オリュンポスの神々は
……(1)

(1) 欠行がある。

あるものはアキレウスの力強い息子［ネオプトレモス］を
またあるものは神にもまがうエウリュピュロスを讃えていたのだ。
両者の戦うさまは切り立った山にそびえる峰のようであった。
双方が互いの楯を槍で突くと
そのとき大きな音が鳴り響いた。
ついに長い戦いの末、ペリオン山の長い槍が
エウリュピュロスののどを貫き、紅い血がどっとほとばしった。
魂は傷口を通って身体から飛び去り
死の闇が両目に降りてきた。
彼は鎧かぶとをつけたまま大地に倒れた。
あたかもそびえ立つ松かモミが冷たい北風の力で
根こそぎ倒れるように。それほどの広さにわたって
エウリュピュロスの身体が倒れると、トロイエの地と平原は鳴りとどろいた。
屍はただちに青白い色におおわれ
美しい紅色は消えた。
屈強な英雄はたいそう勝ち誇ってこう言い放った。

「エウリュピュロスよ、おまえはきっとダナオイ軍の船団と戦士たちを
　破滅させ、
われわれ全員にみじめな死をもたらしてやると
言ったのだろう。だがそんな望みは神々が叶えはしなかった。
おまえがいかに無敵であろうとも、この手に持つ
わが父の大いなる槍がおまえを倒したのだ。われわれに向かってくる
人間のうちこの槍を逃れた者はいないのだ、全身青銅造りであろうとも」。
　こう言って死体から長い槍を手早く引き抜いた。
トロイエ人たちはこの心揺るがぬ戦士を目にすると
恐れおののいて逃げ出した。ネオプトレモスは相手の武具をはぎ取ると
すばしこい仲間たちに渡し、アカイア軍の船団へ運ばせた。
彼自らは無敵の馬に引かせた速い戦車に飛び乗り
先へ進んだ。その姿は、広大な空を貫いて
無敵のゼウスが稲妻とともに雷を発するよう。
その雷が落ちてくると、偉大なゼウス以外は(1)
不死の神々さえも恐れおののく。雷はただちに大地に落ちて
木々や切り立った山々を破壊するのである。

(1)「ゼウスは別として」と解する説もあるが、ここはヴィアンの解釈に従った。

西洋古典叢書

月報 135

2018＊第3回配本

ファロス島（アレクサンドレイア）

【本土海岸よりの眺望。写真中央の建造物は中世に造営されたカイト・ベイの要塞】

2018年10月
京都大学学術出版会

ホメーロスからクイントスへ

逸身喜一郎

およそ千年の歳月がクイントスとホメーロスとを隔てている。およそ、とは文字どおりのおよそであって、かりにホメーロスを前八世紀、クイントスを後三世紀、と設定してみたならば、という程度の見積もりである。本当のところ何世紀の隔たりが両者のあいだにあったのか、もはや誰にも分からない。とまれクイントスはホメーロスのおよそ千年の後に『ホメロス後日譚』を書いたけれども、エポス（叙事詩）の伝統はその千年の間もずっとギリシャ語世界のみならずラテン語世界をも巻き込んで脈々と続いており、一度たりとも途絶えることはなかった。

古典ギリシャ語には叙事詩だけを特定することばがない。エポスということばがあるが、エポスには『イーリアス』のような狭い意味での叙事詩の他に、教訓詩というジャンルや、その他の小さなジャンルもまた下位区分として含まれる。エポスを叙事詩と訳せば、教訓詩その他も叙事詩となるが、叙事詩という漢字はあまりにこれらと内容がずれすぎている。といっても狭義の叙事詩と教訓詩には相通ずる要素もあり、そもそもギリシャ人はふたつを区別することばをもたなかったから、私はジャンルの上位区分としてはエポスを、下位区分として狭義の叙事詩とを使い分けている。実は教訓詩という日本語も本当のところあまり適切な訳語ではない。教訓詩はたしかに知識を教えるけれども、その知識は教訓という単語の響きが抜きがたく有している人生の教えに限らないからである。ニーカンドロスの毒蛇のカタログも教訓詩であり、エポスであった。しかしこのコラムでは教訓詩はとりあえず関係ない。

狭義の叙事詩であれ教訓詩であれエポスをエポスたらしめている特徴は、まずは韻律（ヘクサメトロス）であり、さらにその韻律と分かちがたく結びついている方言――すなわち語形、語彙、イディオム、文体、修辞――である。いいかえれば最低限、この韻律と方言に基づいて詩作をすれば、ホメーロスを祖と仰ぐエポスというジャンルの伝統に帰属する。

アリストテレースは「ホメーロスとエンペドクレースのあいだには、韻律以外の共通点は何もない、エンペドクレースを詩人と呼ぶことは正しくない」（『詩学』第一章）と喝破した。とはいえいみじくもアリストテレースがその直前に記しているように、一般人はそうは考えなかった。とともにエポポイオス、すなわちエポスを作る人、なのである。そして先に記したようにエポスを作る伝統は、本来はギリシャ語固有の韻律までもがラテン語に導入されることにより、二言語で新たな作品が作られて千年以上途切れることはなかったし、さらにクイントスのあとにも延びていく。

狭義の叙事詩と教訓詩とを分かつ最大の違いは物語の有無である。教訓詩にも小さな物語が含まれることがあるから有無ということばでは不正確であるけれども、教訓詩は物語だけではできてはいない。しかるに叙事詩（以下、いちいち狭義の、とはいわない）は通常その題材を、遥か昔から伝わる英雄伝説とすることに決まっていた。トロイア戦争に限らない。オイディプースやその子供たちのテーバイ伝説、アルゴー号の遠征、ヘーラクレースの十二の功業、あるいは（英雄伝説というのはおかしいが）神々と巨人族との戦いなど。これらは何度も繰り返し作品にとりあげられたことだろう。それどころか『イーリアス』にしても、おそらくホメーロスの『イーリアス』よりも前にも『イーリアス』と同じような題材を扱う作品はあったはずである。何をもって今日われわれが読むことのできる『イーリアス』、すなわちモニュメンタルな『イーリアス』の誕生とするかはいまだ議論の決着はつかないし将来もつかないだろうがあえて乱暴な言い方をすれば、『イーリアス』の前にはその数かぞえられないあまたの『イーリアス』があった。要はどこまで遡れるか分からない長い伝統はホメーロス以前に遡り、ホメーロス以後に続くのである。

しかしながら人々が、この『イーリアス』とこの『オデュッセイア』はその質が決定的に他の作品と異なると判断したとき、叙事詩の祖はホメーロスと定まった。しかしそれはあくまで『イーリアス』と『オデュッセイア』についてであって、それでもなおホメーロス以後もホメーロスに匹敵せんとする作品は作られ続けた。とりわけ『イーリアス』から漏れたトロイア戦争のエピソードは創作意欲をかきたてた。『オデュッセイア』ですら『イーリアス』の落ち穂ひろいをする。トロイア落城の原因の木馬、オデュッセウスとアイアースとの武具争い、アガメムノーンの殺害、こうしたエピソードに『オデュッセイア』は言及をしているが、それは『イーリアス』がふれていない出来事を、『オデュッセイア』が自ら設定した時間軸の枠を越えていながらも、あえてとりいれる試みであった。

文学史上いわゆる「叙事詩の環」と称される一連の作品群は、『イーリアス』から省かれたエピソードを採取したことで有名である。これらの作品の作者たちは、トロイア戦争をめぐるさまざまなエピソードがあたかも年代記のように並んでいるかのごとく想定する。こうして『イーリアス』以前の一連の出来事や『イーリアス』以後『オデュッセイア』以前の出来事、あるいは『オデュッセイア』の後日談までをも一連に並べ、そこからある年月分の長さだけを切り取って叙事詩とする。これらの作品はもはやどれも散逸して読むことはできないけれども、その作者の名前と梗概だけが伝わっている。『キュプリア』と『小イーリアス』についてのアリストテレースの判断(『詩学』第二十三章)は、これらがホメーロスに比べいかに劣っていたかをわれわれに教えてくれる。要は省くべきものを省かず諸エピソードを羅列しただけで、有機的な構成を欠いていた。

同じことをホラーティウスも指摘した。有名な「泰山鳴動鼠一匹」の例として述べている箇所である(ところでホラーティウスの『詩論』もまたヘクサメトロスでできている。つまりエポスの一である)。曰く、その詩の第一行目が

プリアモスの運命と、誉れ高き戦いを私は歌おう

(『詩論』一三七行)

といった大言壮語から生まれてくるのは鼠だけ。『オデュッセイア』のように題材を絞り込み、「事件の核心へ」ただちに聞き手を引き込むべきだ。

このホラーティウスの批評には、アリストテレースだけでなく、ヘレニズムのカッリマコスもまた影響を与えている。のべつまくなしに列挙されたエピソードで膨れ上がった「大きな叙事詩」批判こそカッリマコスの美意識の根本であり、ウェルギリウスもホラーティウスもプロペルティウスもオウィディウスも、およそラテン詩人たちは皆、カッリマコスの影響を逃れられない。

ホメーロスに匹敵する叙事詩といえば、ギリシャ・ローマを問わずウェルギリウスの『アエネーイス』しかないと、いまさら指摘するまでもなかろう。彼は『イーリアス』と『オデュッセイア』とを徹底的に調べつくし、逐一対比と照応とを心がけながら、しかしウェルギリウスならではの世界を叙事詩の構造に盛り込んだ。内容の点でも『アエネーイス』は、たとえばトロイア陥落の克明な描写のように、ホメーロス後日譚の要素を含んでいる。それを受けてオウィディウスもまたトロイア戦争のエピソードをとりあげて詩作した。『変身物語』の第十二巻から第十四巻は、『アエネーイス』までをも視野に入れた、ひねりにひねったホメーロス後日譚である。

ところがクイントスの叙事詩はこうした洗練された伝統に背を向けている。カッリマコスやホラーティウスなら馬鹿にしただろう年代記的構成であり、ウェルギリウスやオウィディウスの苦心がまるで分かっていないかのようである。いったいクイントスはラテン語を読めたのであろうか。もっと具体的にいえば彼の『ホメロス後日譚』には『アエネーイス』の影響が見いだされるのか。たとえば木馬の偽瞞を指摘してそれがために大蛇に絞め殺されるラーオコオーンのエピソード（第十二歌）は、ウェルギリウスに基づいているのか、それともまったく独立しているのか。

そもそもカッリマコス風の美意識はどうなってしまったのか。おそらくカッリマコスの主張がどうであれ、諸エピソードを概観できる作品は便利であった。それはそれなりに意義があり必要性も感じられたのであろう。悲劇を筆頭にギリシャ・ラテンの詩の伝統には、「叙事詩の環」で扱われたであろう諸事件が幾度となくとりあげられた。絵画もまたしかり。あまたの固有名詞にはレファレンスが必要となってくる。しかし「神話事典」は物語ではない。錯綜した諸エピソードをたどることで読みやすくしてくれる叙事詩には、需要があったことだろう。

叙事詩の環は散逸した。クイントスの『ホメロス後日譚』は、アルカイック期から残っていた叙事詩の環を（厳密にいえばそれらのうち『イーリアス』の直後からトロイアの陥落までを扱った三作品を）駆逐する、と判断されたのかもしれない。ひょっとするとカッリマコスの美意識とは無縁の普通の人たちには事件の推移だけが重要で、昔々の叙事詩の環とクイントスとの差異すら感じられなかったのかもしれない。それこそ文化の衰弱の証と嘆き、嗤うこともできる。しかし本当の衰弱はまだこの先に来るのである。

（西洋古典学・東京大学名誉教授）

連載

西洋古典雑録集 (9)

ソクラテスの二人の妻

ソクラテスの妻と言えば、かの悪妻伝説で名高いクサンティッペがよく知られる。クサンティッペとは黄色い馬の意味であるが、悍馬ならぬガラガラとうなりをあげる滑車やガアガアと鳴き続けるガチョウによく喩えられる。一方、プラトンがソクラテスの最期を描いた『パイドン』に登場するクサンティッペは、ごく普通の女性として描かれている。どちらが真の姿かわからないが、アテナイ随一の哲人とクサンティッペとは好対照であるから、その悪妻ぶりはいくぶん誇張されたものかもしれない。

もっともここで扱うのはクサンティッペの性格についてではない。『パイドン』では小さな子供を抱いたクサンティッペが登場する（六〇A）。子供はここでは一人だが、同作品の末尾（一一六B）や『ソクラテスの弁明』（三四D）によれば、ソクラテスの子供は三人いて、ひとりは青年で、ほかに二人小さな子供がいたとされる。ここで気になるのは、ソクラテスの臨終の場面では、これらの子供たちとともに「女性たち」（『パイドン』同箇所）と記されていることである。名前は出ていないものの、おそらくクサンティッペも含まれていたと考えられるが、ここでは複数形になっている。プラトンから知られるのはこれだけであるが、ディオゲネス・ラエルティオスの『哲学者列伝』（第二巻二六）にはもう少し詳しい記述があって、アリストテレスの説によると前置きしたうえで（出典は失われた対話篇『生まれの良さについて』）、ソクラテスには実は二人の妻がいて、最初がクサンティッペで、彼女から長男のランプロクレスが生まれ、第二の妻はミュルトなる女性で、この妻からソプロニスコスとメネクセノスが生まれたとある。ディオゲネス・ラエルティオスはさらに、ミュルトが最初の妻であったとする別伝も紹介している。

ミュルトという女性は、「正義の人」と渾名されたアリステイデスの娘とある。アリステイデスはペルシア戦争時にマラトンの戦いで活躍した将軍の一人で、私心のない無欲の人と知られ、そのためにこのような渾名がついたのであるが、私腹をこやすようなことが一切なかったために、生活は困窮を極めたと言われる。ソクラテスがミュルトを娶った理由については、プルタルコスの『アリステイデス伝』（二七）に説明があり、「貧困のために一人で暮らしていて、必要な品にもこと欠くありさまだったので」彼女を妻にしたと記されている。傍点を付した言葉の原語は、ギリシア語の khēreuousan で通常は「寡婦となって」と訳されるところであるが、貧窮で寡婦となるはいささか奇妙な話である。むしろ嫁入りに必要な持参金（プロイクス）がなくて、結婚できず一人で暮らしていたということではないかと思われる。それはともかく、ミュルトへの言及はほかにもアテナイオスの『食卓の賢人たち』（第十三巻五五五d）にみられる。

この話にはいくつか疑問点がある。まず、アリストテレスがミュルトをアリステイデスの娘だとしていることである。アリステイデスは前四六七年頃に亡くなっており、ソクラテスが生まれたのは前四七〇年頃であるから、その頃に死んでいた人の娘となると、ずいぶん年上の女性と結婚したことになる。もうひとつはこれが重婚罪にあたるのではないかという疑問である。この問題については、アリストテレスの学派であるペリパトス派のうちで、音楽家のアリストクセノス（『ハルモニア原論』の著者）、パレロンのデメトリオス、ロドスのヒエロニュモス、ポントスのサテュロスが論じている。いずれも前四―二世紀の哲学者であるが、なかでもアリストクセノスは『ソクラテスの生涯』（散佚）という著作で、ソクラテスを不道徳だと非難したようである。後五世紀前半のアンティオキア派の神学者テオドレトスが残した文書の中にその断片資料（五四a Wehrli）があって、それによるとアリストクセノスは、ソクラテスは同時に二人の妻をもっていたが、これは重婚罪にあたるとして攻撃したとある。

プルタルコス、アテナイオス、ディオゲネス・ラエルティオスは、いずれもアリストクセノスらより時代が後のローマ帝政期の著作家たちであるが、ソクラテスの二人の妻をめぐるこうした疑問になんとか答えようとしている。まず、アリストテレスがミュルトをアリステイデスの娘としたことに関しては、アテナイオスはこれでは年代が合わないから、娘ではなく孫娘ではないかという推測をおこなっている。また、重婚罪への疑いに関しては、アテナイの伝説的な王ケクロプス以来一夫一妻制がおこなわれているが、ソクラテスの時代には戦争で人口が不足していたためにこうした重婚も許されたのだろうという説を紹介して、つじつまをあわせようとしている。プルタルコスはアリストテレスのこの作品の真偽性をいくらか疑っているが、いずれにせよ詮索好きのアリストテレスが以後の哲学者たちに思わぬ論議を引き起こしたようである。

（文／國方栄二）

西洋古典叢書

［2018］全6冊

★印既刊　☆印次回配本

●ギリシア古典篇

アポロニオス・ロディオス　アルゴナウティカ　堀川　宏 訳

クイントス・スミュルナイオス　ホメロス後日譚★　北見紀子 訳

クテシアス　ペルシア史／インド誌　阿部拓児 訳

プラトン　パイドロス★　脇條靖弘 訳

プルタルコス　モラリア 4★　伊藤照夫 訳

リバニオス　書簡集 2☆　田中　創 訳

●月報表紙写真――アレクサンドレイアはナイル・デルタの西端に位置している。エジプトを制圧したアレクサンドロスが新都市建設に当たり、東行する沿岸流によって、港湾がナイルからの堆積土に阻害されにくい地を選んだ結果である。沖合のファロス（パロス）島が天然の巨大防波堤の役割を果たしていたことも好条件だった。大王の死後この地を支配したプトレマイオス・ソーテール（在位、前三〇四―二八二年）の時代に、島と本土は強固な堤防で繋がれ、さらに理想的な港として整備された。また島の東端には古代の七大驚異（七不思議）の一つとして知られる灯台が建設された。工事を担当したのはクニドスのソストラトスで、石積み三層構造の塔の高さは約一二〇メートルと伝えられている。（一九九二年三月撮影　高野義郎氏提供）

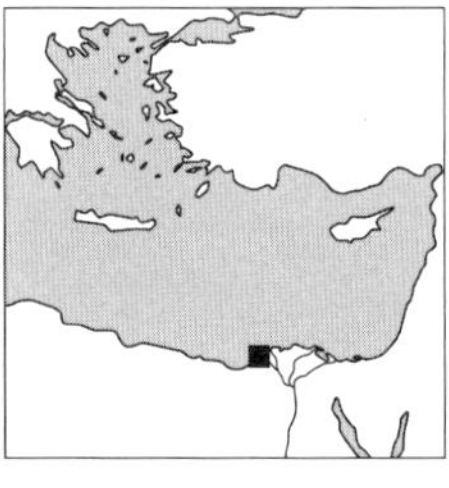

そのようにネオプトレモスはすばやくトロイエ勢を追い、禍いを与えて
いった。
彼は不死の馬が出会うかぎりの相手を次々と打ち倒した。
大地は足の踏み場もなく、血のりで真っ赤に染まった。
さながら無数の木の葉が山あいの谷にしきりに降り注ぎ
大地をおおいつくすよう。
そのように、このときトロイエの数知れぬ軍勢は
ネオプトレモスと雄々しいアカイア人たちの手にかかって大地に倒れた。
彼らの手は、人間と馬の黒ずんだ血をおびただしく浴びていた。
戦車の車輪が動くと
回転につれて血にぬれた。
　このときトロイエ人の息子たちは城門の中へ逃げ込んだかもしれなかっ
た。
子牛たちが獅子を、あるいは豚が嵐を恐れて逃げるように。
もし恐ろしい軍神《アレス》が、戦いを好むトロイエ人たちを
救ってやろうと考え、他の神々が気づかぬうちに
オリュンポスから降りてこなかったなら。神を戦場へ運んでいた馬は

烈火《アイトン》、火炎《プロギオス》、轟音《コナボス》、そして恐慌《ポボス》といい
恐ろしい顔の復讐女神《エリンニュス》がうなりを上げる北風神《ボレエス》によって生んだもので
不吉な炎を吐いていた。光に満ちた天空は
これらの馬が戦場へ疾駆するとうめき声を上げた。
アレスはたちまちトロイエに着いた。神々しい馬たちのひづめに打たれて
大地は鳴り響いた。神は戦闘の起きている傍らへやってくると
力強い槍を振りかざし
敵に立ち向かって戦えとトロイエ軍を大声で叱咤した。
人々は神の声を聞いて皆仰天した。不死なる神の
神聖な姿も馬も目には見えなかったからだ。
その姿はもやに包まれていたのである。
だが知恵で知られたヘレノス(1)が、どこからかトロイエ人たちの耳に
力強く飛び込んできた神の声を理解した。
彼は心に喜びを覚え、総崩れになった軍勢に大声で呼びかけた。
「情けないではないか、戦いを好むアキレウスの
大胆な息子をなぜ恐れて逃げるのだ。奴とて生身の人間、
軍神《アレス》に力が及ぶわけでもあるまい。神は救いを待ち望むわれらに

(1) プリアモスの息子で予言者。

応えて来られたのだぞ。乱戦に飛び込んでアルゴス勢と戦えと
大声で叫んでおられるではないか。
さあ踏みとどまるのだ。諸君、勇気を胸に吹き込むがよい。
戦いの守護神としてこれ以上のお方が
あろうとは思われぬ。戦闘に際してアレスを上回る者があろうか。
武装した者たちに加護を与えてくださるというのに。
今やこうして救いに来られたではないか。
さあ、諸君も戦いを忘れず、恐れを遠くへ投げ捨てるのだ」。
　こう言うと、トロイエ軍は踏みとどまってアルゴス軍に立ち向かった。
あたかも、茂みの中で犬たちが狼に立ち向かうよう、
先ほどまでは逃げかくれしていたが
たえずけしかける羊飼いの言葉に応え、力強く戦おうと戻ってくる。
そのようにトロイエ人の息子たちは苛酷な戦いに飛び込んで
恐れを忘れ、戦士は戦士に立ち向かい、勇敢に戦った。
剣や槍や矢が当たると
戦士たちの武具が鳴り響いた。
槍は肉体を突き通した。恐ろしいアレスは

おびただしい血にぬれていた。両軍が戦いを繰り広げると
兵士は一人また一人と倒されていった。戦いの天秤は平衡を保っていた。
ちょうど、丘の上の広いぶどう畑で男たちが
豊かに繁るぶどうの収穫を鉄の刃をもって急ぐよう。
競い合えば仕事は互いに等しい速さで進む。
年齢も力も同じだからだ。
そのように、両軍の戦いの苦しい天秤はつり合ったままだった。
トロイエ軍は尋常ならざる勇気をもって踏みとどまり
危険をものともせぬ軍神《アレス》の加護を信じ、
アルゴス軍は退却を知らぬアキレウスの子を信じていたのだ。
両軍は互いに殺し合った。その中央を行き来する
まがまがしいエニュオは肩にも手にも残酷な血のりを浴びており
手足からはすさまじい汗が流れていた。
女神はどちらかを守ろうとはせず、拮抗した戦況を喜んでいた。
胸のうちでテティスとといアレスを敬っていたからである。
　このときネオプトレモスは名声とどろくペリメデスを討ち取った。
スミンテウスの杜の近くに住んでいた者である。

それに続いてケストロス、退却を知らぬパレロス、
屈強なペリラオス、トネリコの槍も見事なメナルケスを殺した。
メナルケスは神聖なキラ[1]の山のふもとでイピアナッサが生んだもの、
父は匠の技にすぐれ知恵豊かなメドンであったが
おのが祖国の家にとどまっていた。
メドンは子からは何も得ることはなかった。後に彼が死ぬと
家とその技による財産は、遠縁の者たちが分け合った。
デイポボスは退却を知らぬリュコンの
鼠蹊部の少し上に傷を負わせて殺した。
長い槍の先から内臓がみなこぼれ出し、腹の中身が飛び出した。
アイネイアスはデュマスを殺したが、これはかつて
アウリス[2]に住んでおり、アルケシラオス[3]に従って
トロイエへやってきた者である。しかし祖国を再び目にすることはなかった。
エウリュアロスはむごい槍を投げて
アストライオスを討ち取った。残酷な槍は
たちまち胸を貫いて、食道を断ち切り

（1）トロイエの山。
（2）ギリシア中部ボイオティアの港町。
（3）ボイオティアの王。

相手に死をもたらした。食物が血と混じり合った。
そこから少し離れたところで雄々しいアゲノル[1]は
勇猛なテウクロスの高貴な戦友、ヒッポメネスの鎖骨を
すばやく突いて殺した。血とともに魂が
身体から飛び去り、まがまがしい闇が彼を包んだ。
テウクロスは朋友が討たれたのを悲しみ
アゲノルめがけて速い矢を放った。
しかし相手がわずかのところで身をかわしたので矢は当たらず
近くにいた勇猛なデイオポンテスの
左目に刺さり、右の耳から突き出て
目玉を断ち切った。運命女神《モイライ》たちが
望んだところに残酷な矢を導いたのだ。彼はなおもまっすぐに
立ったままよろめいた。テウクロスは第二の矢を放ち
矢音とともにのどに射あてた。矢はすばやく飛んで
首筋の腱を切り裂いた。恐ろしい運命女神《モイラ》が彼を捕らえた。
　次々と殺戮が繰り広げられた。死神《ケーレス》たちと
運命神《モロス》は喜び、残酷な不和女神《エリス》は意気さかんに

（1）トロイエの長老アンテノルの息子。

大きな叫び声を上げた。軍神《アレス》は恐ろしい叫びを返し
トロイエ軍には大きな勇気を
アルゴス軍には恐れを吹き込み、たちまち隊列を揺さぶった。
しかしアキレウスの息子は恐れなかった。彼は踏みとどまって
勇敢に戦い、一人また一人と敵を殺していった。
あたかもミルクに群がってくるハエを
幼い少年が手で振り払うよう。わずかな一打ちで
ハエは打ち落とされ、壺のまわりに
死んで散らばっている。少年はその結果に喜ぶのだ。
そのように、容赦ないアキレウスの名高い息子は
屍の傍らで歓喜した。そしてトロイエ軍を守る軍神《アレス》のことは
気にかけず、次々と敵勢に飛びかかり
［罰を与えていった］(2)。あたかも大きな山の頂が
吹きつのる嵐にもびくともしないように。
そのように彼はひるまずに踏みとどまった。軍神《アレス》は彼が勢いづいているこ
とに
腹を立て、神聖な雲を投げ捨てて

(2) この部分の本文は不正確とされる。

自ら彼と戦いかねなかった、もしもアテネが
オリュンポスのどこからか飛び出して影深いイデへ向かわなかったなら。
とうとい大地は揺らぎ、クサントスの流れはざわめいた。
それほどにも女神は大地を揺すぶったのだ。ニンフたちは
恐れに打ちのめされ、プリアモスの都を案じておびえた。
神々しい武具からは稲妻が走り
無敵の楯からは恐ろしい蛇たちが
すさまじい炎を吐いていた。神々しいかぶとは
天高く雲をかすめた。勢いこんだ女神はすばやいアレスと
戦いかねなかった、もしも神聖な英知をもったゼウスが
高空から不吉な雷をとどろかせて
両者を退かせなかったなら。軍神《アレス》は戦場から退却した。
偉大なゼウスの怒りが明らかに見てとれたからである。
アレスは厳寒の地トレイケへ行き、その尊大な心は
もはやトロイエ軍のことを気にかけてはいなかった。
また高貴なパラス(1)もはやトロイエの野にとどまることなく
こちらもアテナイ(2)の神聖な平原へ行った。けれど人間たちは

(1)女神アテネの別名。
(2)ギリシア南東部の町。現在のギリシアの首都アテネ。

なおも破滅をもたらす戦いに心を奪われていた。トロイエ人の息子たちは
勇気を失いつつあった。アルゴス勢は戦闘意欲にかられて
引き退く敵にじりじりと迫った。
あたかも帆を張った船が海の力強い波をけって進むのを
風が押すよう、それはまた茂みにせまる火のよう、
はたまた狩りを望んで鹿を追う機敏な犬たちのよう。
そのようにダナオイ軍は敵を攻撃した。
アキレウスの息子「アガメムノン」が大きな槍を振るって彼らを鼓舞し
乱戦の中で出会う者をなぎ倒していたからである。
トロイエ軍は恐れをなして退却し、高い門をもつ都の中へ逃げこんだ。
　アルゴス勢はトロイエの大軍をプリアモスの城市に閉じこめ
戦いからやっと一息つくことができた。
あたかも羊飼いが子羊たちを人里離れた家畜小屋に閉じ込めるように、
はたまた、疲れ切った牛たちが一息つくように。
けわしい山の高みへ重荷を引き上げて
くびきの下でしきりにあえいでいるところなのだ。
そのように、アカイア人たちは鎧をつけたまま疲れきっていた。

しかし彼らは城壁を囲み戦意に燃えて都を包囲した。
一方トロイエ軍は城門にかんぬきをさし
城門の中で、攻め寄せる敵の攻撃を待ち構えた。
あたかも羊飼いたちが家畜小屋の中で
黒い嵐がしずまるのを待つよう、荒々しい冬が来て
稲妻や雨や雲にあたりが閉ざされると
牧草地に出たい気持ちはあっても
大きな嵐や流れの広い川のとどろきが静まるまで
外に出ようとしない。
そのようにトロイエ勢は城壁の内側にいて敵の攻勢に
恐れおののいていた。アカイア方の軍勢はただちに城市へなだれこんだ。
あたかも翼を広げたムクドリかコクマルガラスが数知れず
オリーブの果実に群がり襲いかかるよう。
美味な食物を求めるのを、男たちが大声を上げて
追い払おうとしても、食いつくすまではむだである。
飢えが鳥たちの厚かましさをつのらせているからだ。
そのように、このとき屈強なダナオイ人たちはプリアモスの都を取り囲ん

だ。
彼らは城門に襲いかかり、大地を揺する勇敢な神[1]が建てた
巨大な城壁を勢いすさまじく引き倒そうとした。
トロイエ勢はたいそう恐怖にかられながらも戦いを忘れず
塔の上に踏みとどまってたえまなく闘った。
苦痛に耐えてきた手からは
石やすばやい投げ槍とともに矢が
敵軍の中へ放たれた。ポイボス神が彼らに
耐える力を授けたからである。神の心はヘクトルが亡くなった後も
戦いにすぐれたトロイエ人たちを守ってやろうとしたのだった。
　このときメリオネスはいまわしい矢を放ち
屈強なポリテス[2]の朋友ピュロダマスの
あごの少し下を射た。矢はのどの下に突き刺さった。
彼が倒れるさまは、ハゲワシが若者の放った
鋭い矢で射殺され、岩から落ちるよう。
そのように彼はたちまち高い塔から落ち、
魂は手足を離れた。屍の上で武具が鳴り響いた。

(1) 海神ポセイダオン。かつてアポロン神とともにこの城壁を建てた。
(2) プリアモスの息子。

屈強なモロスの息子［メリオネス］はこれに勝ち誇って
次の矢を放ち、多くの苦しみを受けたプリアモスの
息子ポリテスを射ようと狙った。
だがポリテスは身体をすぐに反対の方へ傾けてよけたので
矢はその美しい肌を傷つけることはなかった。
ちょうど船が順風を受けて大海原を渡るとき
水夫が波間に切り立った岩を見つけ
避けようとして航路をそらし
手で舵を動かして船を思いどおりの方向に向けるよう。
小さな力が大きな禍いを避けるのだ。
そのように彼は命を奪う矢を見てとり、死を逃れた。
　両軍はあいかわらず戦っていた。血のりで防壁も
高い塔も胸壁も赤く染まり、そこではトロイエ人たちが
たくましいアカイア人たちの矢によって殺されていった。
しかしアカイア方も苦難を逃れえず、多くの者が
大地を赤く染めた。両軍共に傷を受けた者たちには
断崖のごとき死が待っていた。呪わしいエニュオは

戦闘神《ポレモス》の妹、乱戦女神《デリス》を解き放って歓喜していた。
　このときアルゴス軍はトロイエの城門も城壁も破壊しかねなかった。
——それほどに彼らの勢いはすさまじいものだったのだ——
ここでただちにその名も高いガニュメデス(1)が天から下界を見下ろして
叫ばなかったならば。彼は祖国をそれほどまでも案じたのだ。
「父なるゼウスよ、もしわたしが本当にあなたの血を引く者であり、
あなたの意志で輝かしいトロイエを捨て
神々に立ちまじって不死の命を授かったのなら
今こんなにも悲しんでいるわたしの願いを聞き入れてください。
この都が焼きつくされ
子孫たちがむごたらしい戦いで殺されるのを目の前で見るのは
耐えがたいことです。これ以上の苦しみはありません。
もしあなたがこれをどうしても成就させるお心づもりなら
わたしから遠く離れたところでなさってください。
わたしがこの目で見ないですめば、苦しみも耐えやすいものとなりましょう。
祖国が敵の手で打ち倒されるのを目のあたりにするとなれば

(1)ゼウスに愛され天上へさらわれた美少年。

それこそ最もみじめでつらいことなのですから」。
　輝かしいガニュメデスはしきりに嘆いてこう言った。
するとゼウスは自ら巨大な雲で
プリアモスの名高い都をすっぽりとおおい隠した。
人を滅ぼす戦場は暗くなり
城壁がどこにあるのか誰もわからなくなった。
分厚い雲ですべてがおおいつくされたからだ。
そこへ天空から雷鳴と稲妻が鳴りとどろいた。
ダナオイ人たちはゼウスの轟音を耳にして茫然となった。
その中にあってネレウスの息子〔ネストル〕がこう叫んだ。
「聞くがよい、アカイア軍の将たちよ、ゼウスがかくも
大胆なトロイエ勢を守っておられるのだから、われわれの身体は
もはや持ちこたえられまい。わが軍には大きな禍いが
やって来たのだ。さあ、一刻も早く船団へ戻り
苦しみに満ちた残酷な戦闘をやめようではないか。
さもなくばゼウスはわれわれを焼きつくそうとお思いになるであろう。
主神の前兆には従うことだ。誰にとってもゼウスには

つねに従うのがふさわしい。力強い神々や
弱い人間たちよりもずっとすぐれた方なのだから。
かつてゼウスは傲慢なティタンたちに腹を立て
天空からすさまじい火を注がれたことがある。
下界では大地が焼きつくされ、大洋《オケアノス》の広大な流れは
その果てに至るまで海底から沸き返った。
豊かに流れていた川の流れも干上がった。
万物を養う大地が養い育てる種も
限りない海が養うものも、尽きることのない川がはぐくむものも
すべて滅びた。その上では広大な天空も
灰と黒煙におおわれた。大地は苦しんだ。
それゆえ今日わしはゼウスの怒りを恐れるのだ。
さあ船団へ戻ろう。今日は神がトロイエ方を
助けておられるのだから。しかし次はわれわれに栄光を授けてくださろう。
良い日もあれば悪い日もあるものだからな。
それに、まだわれらはこの名高い都を攻め落とすさだめではないのだろう、
もしカルカスの話が真実だとすれば。

彼は以前、集結したアカイア軍を前に明言したではないか、
十年目にプリアモスの都を滅ぼすことができようと」。
　彼がこう言うと、人々は名高い都をあとにして
ゼウスの脅しを恐れ、戦場から退いた。
昔の話をよく知る者の意見に従ったのである。
だが彼らは戦いで殺された者たちのことを忘れてはおらず
遺体を戦場から運び出して埋葬した。
戦死者たちは雲に包まれておらず、隠されていたのはそびえ立つ都と
近づきがたい城壁だったのだ。その周囲で
多くのトロイエ人の息子たちとアルゴス人らが軍神《アレス》に打ち倒されたので
あった。
アカイア人たちは船団までやって来ると武具を脱ぎ
流れも美しいヘレスポントスの波間に入って
埃や汗や血のりを洗い流した。
　太陽神《エエリオス》が疲れを知らぬ馬たちを闇へ向かわせると（1）
夜が大地に広がり、人々の労働を終えさせた。
アルゴス人たちは、戦いにすぐれたアキレウスの勇敢な息子を

（1）太陽神は炎の戦車を駆り、西の果てに着くと日が沈むとされた。

父親同様にほめ讃えた。ネオプトレモスは王たちの幕舎で饗宴を楽しんだ。
彼は疲労の重さを感じなかった。
テティスがその手足からつらい疲れを取り除き
打ち負かされることのない人のように見せたからである。
強靭な心が夕食で満ち足りると
彼は父の幕舎へ戻り、そこで眠りに包まれた。
ダナオイ人たちは船団の前で野営し
たえず交替で見張りについた。トロイエの大軍や
格闘にすぐれた同盟軍が船団に火を放ち
全員が帰国できぬようにするのではないかと、ひどく恐れたのだ。
同様にプリアモスの城市ではトロイエの人々も
城門や城壁の前で交替で眠りについた。
アルゴス勢のすさまじい攻勢におびえていたのである。

第九歌

梗　概

戦況に絶望したトロイエの長老アンテノルは、ネオプトレモスをトロイエから遠ざけるかトロイエを早く滅ぼすかのどちらかを叶えてほしいとゼウスに祈る。ゼウスはこれを受け、トロイエの滅亡を定める。アカイア方とトロイエ方は戦死者を火葬するために休戦し、ネオプトレモスも父アキレウスの墓に詣でる。翌日アカイア軍が出撃すると、意気消沈していたトロイエ軍も王子デイポボスに鼓舞され、総力を上げて戦闘に向かう。ネオプトレモスは戦場で活躍を続け、敵勢の先頭に立つデイポボスに戦いを挑むが、アポロン神がデイポボスを城市の中へ運び去る。アポロンはさらにネオプトレモスを射殺そうとするが、ポセイダオン神に止められる。アカイア軍は、かつてレムノス島に置き去りにした弓の名手ピロクテテスが戻って来なければトロイエは落ちないというカルカスの予言に従って戦いをやめ、オデュッセウスとディオメデスを遣わしてピロクテテスを迎えに行かせる。ピロクテテスは毒蛇に咬まれた傷が癒えず衰弱し、アカイア人たちに激しい怒りを抱いていたが、女神アテネの力で怒りを鎮め、オデュッセウスらの説得に従ってアカイア軍に合流する。軍医ポダレイリオスの手当てを受けすっかり健康を回復したピロクテテスは、莫大な贈り物を受け取って総大将アガメムノンとも和解し、先頭に立って戦場に向かう。

夜の闇が消えると、地の果てから
暁女神《エオス》が目を覚まし、広大な天空ははてしなく輝いた。
そのとき屈強なアルゴス人の勇猛な息子たちは
平原に目をこらしたが、イリオンの頂には
雲一つなく、彼らは昨日起こった奇跡(1)にしきりに驚嘆していた。
一方トロイエ方はまだそびえ立つ城壁の前に出て
戦おうとはしなかった。誰もが恐れにとりつかれ
誉れ高いペレウスの息子がまだ生きているものと思っていたのだ。
その中にあってアンテノル(2)は神々の王に祈った。
「イデの山と輝く大空をしろしめすゼウスよ、
わたしの祈りをお聞きになり、破滅を胸にたくらむ
あの勇敢な男［ネオプトレモス］をわれわれの都から遠ざけてください。
それがアキレウスであってまだ冥府の館へ下っていないにせよ、
あの男に似た誰かほかのアカイア人であるにせよ。

(1) 昨日戦場が急に雲におおわれ雷がとどろいたこと。第八歌四四四―四五〇行に描かれたことを指す。

(2) トロイエ方の長老。

神の血を引くプリアモスの都では
多くの人民が滅び、禍いを逃れるすべもなく
殺戮と不幸はさらに増すばかりです。
父なるゼウスよ、あなたはアカイア人に殺される人々のことには
かまいもせず、神にもひとしいご自身の息子
ダルダノス(1)のことも忘れて、おんみずからアルゴス軍に肩入れなさってい
　ます。
しかしトロイエ人たちをアルゴス軍の手によってみじめに滅ぼすことを
胸のうちでお考えになっているのなら
今すぐにもそうなさってください。どうか長い間われわれを苦しめないで
　ください」。
　こう言ってしきりに祈った。ゼウスは天上からこれを聞いた。
そしてその一つはただちに叶えたが、もう一つは叶えようとはしなかった。
多くのトロイエ人が子どもらとともに滅びることには
許しを与えたが、アキレウスの勇猛な息子［ネオプトレモス］を
広大な都から遠ざけることは許さず
彼をさらにあおり立てた。ネレウスの慎み深い娘［テティス］を讃え

(1) ゼウスの息子。トロイエの祖となった。

名誉を授けようとしていたからである。
　他の神々よりはるかに強大な神はこのようなことを考えていた。
一方、城市と広いヘレスポントス海峡の間では
アルゴス軍とトロイエ軍が、戦死した者たちを
馬とともに火葬していた。戦闘と殺戮は止んだ。
プリアモス王が伝令メノイテスを
アガメムノンと他のすべてのアカイア人のもとに遣わして
遺体を火で焼かせてくれるよう懇願したので、アカイア人たちは
戦死者をとうとんでこれに従ったのだ。死者に対しては怒りはないからだ。
人々が死者のために多くの木で火葬壇を築くと
アルゴス人たちは幕舎へ去り
トロイエ人たちは黄金に富むプリアモスの王宮へ帰った。
戦死したエウリュピュロスのために深く心を痛めながら。
人々は彼をプリアモスの子らと同様に尊敬していたのだ。
それゆえ彼を他の戦死者から離して
ダルダニア門の前に埋葬した。そこには長大な川が
……(2)

(2) 欠行あり。この川はクサントス川（八八頁註（1）参照）か。

ゼウスの雨(1)で増水し、渦巻きながら流れていた。
　さて、勇敢なアキレウスの息子は父の広大な墓を
訪れた。彼は涙を流しながら
亡くなった父のつくりのよい墓石にくちづけし
しきりにうめきながら次のように語りかけた。
「父上、地下におられてもごあいさつを申し上げます。
冥府へ行かれてもわたしは父上のことを忘れはいたしません。
あなたが生きてアルゴス人たちの中にいるうちにお会いしたかったものを。
そうすればすぐにも互いの心に喜びを分ち合い
神聖なイリオンから数え切れぬ財宝を持ち帰ったことでしょう。
しかしあなたはわが子に会うこともなく、わたしはどんなに
お会いしたいと望んでも父上を目にすることは叶いませんでした。
ですが、父上が遥か死者たちの中におられても
戦闘で敵はあなたの槍と息子に恐れおののき
ダナオイ人たちはあなたそのままの姿、風貌、
武勲を目のあたりにして喜んでおります」。
　こう言って、頬から熱い涙をぬぐった。

(1) ゼウスは雨を降らせる神と考えられていた。

そして雄々しい父の船団へ足早に立ち去ったが
一人ではなかった。十二人のミュルミドネス人たちが
彼につき従い、その中にはポイニクス老人もいて
誉れ高いアキレウスのためにあわれなうめき声を立てながらついていった。
　大地に夜が訪れ、星が大空に昇った。
人々は夕食をとり、眠りについた。暁女神が目を覚ました。
アルゴス人たちは武具を身につけた。その光はきらめきわたり
遥かかなたの天空に達した。
彼らはただちに城門の外へ
いっせいにあふれ出た。そのさまは雪のよう、
寒い冬の季節に雲からたえまなく降ってくる。
そのようにアルゴス軍は城壁の前に押し寄せた。恐ろしいときの声が起こり
彼らが進むにつれて大地は大きくうめいた。
　トロイエ方はこの叫び声を聞き大軍を目にして驚愕し、
運命が迫ってきたのかと皆が胆をつぶした。
四方から雲霞のごとく敵の大軍が現われ

進軍する兵士たちの武具は鳴りとどろき
その足元からはおびただしい砂煙が舞い上がっていたのだ。
だがそのとき、ある神がデイポボスの胸に
勇気を授けたのか、それとも彼の心が
自らを戦闘へと奮い立たせて
祖国から槍の力で残酷な敵を追い払おうとしたのか——
——彼はトロイエ軍に向かい、大胆な言葉をかけた。
「さあ諸君、胸の中に勇気を奮い起こすのだ。
うめきに満ちた戦いが終われば捕虜となった人々が
どれほどの苦しみに襲われるか忘れてはならないぞ。
この戦いはアレクサンドロスやヘレネだけのためのものではない。
この都やわれわれ自身のため、
さらには妻たち、いとしい子ら、敬うべき親たち、
すべての輝かしいものや富、そして
愛すべきこの大地のためだ。わたしは敵の槍に屈しながらいとしい祖国を
目にするよりは、戦いで死んでここに葬られたい。
みじめな人々にとってこれ以上の

禍いがあるとは思えないからだ。
それゆえわたしの周囲の者たちよ、皆憎むべき恐れを追い払い、
容赦ない戦いに向けて隊列を固めるのだ。
もはやアキレウスが生きてわれわれに向かってくることはないのだ。
破壊をもたらす火が彼をむさぼりつくしてしまったのだから。
今は誰か他のアカイア人が軍を率いているのだ。祖国のために戦うのなら
アキレウスにせよ他のアカイア人にせよ
恐れてはならぬ。だからこれまでたくさんの苦しみに
耐えてきたのなら、軍神《アレス》の戦場から逃げるのはやめようではないか。
諸君は知らないのか、つらい苦難の後
人には豊穣と富がもたらされることを。
暴風と苛酷な冬の嵐の後には
ゼウスが大空から人間たちに晴れた日をもたらし
つらい病の後には力がよみがえり、戦いの後には
平和が来るものだ。すべては時がたつにつれ変わるのだ」。
　彼がこう言うと、人々はただちに勢いこんで戦いの準備に
取りかかった。都じゅうが

苛酷な戦闘へ向けて武装する男たちのざわめきに包まれた。
戦いに不安を抱き涙を流しつつも
鎧を運んで夫の傍らへ行く妻もいた。
幼い息子たちはすべての武具を急いで
父のもとへ運んでいった。父は泣く子らのために
悲しみながらも、子どもたちを誇りに思って
微笑むのだった。心のうちではこの子たちと自らのために
戦場で戦おうと決意を新たにしていた。
またある老人は慣れた手つきで
いまわしい戦いの守りとなるものを身につけさせ
戦場では誰にも屈してはならぬと、いとしい息子を
さかんに励ました。そして胸をはだけ、いくつもの
昔の戦いの傷跡を子に見せてやるのだった。
　さてすべての者がすっかり武具に身を固めると
彼らは残酷な戦闘を待ちこがれて城市の外へ飛び出した。
騎兵は騎兵に飛びかかり
歩兵の鎧は歩兵にぶつかり

戦車は戦車に向かって進んだ。
兵士らが突進すると大地は鳴りとどろき、将たちはそれぞれ
部下を励まして大声を上げていた。両軍はたちまちぶつかり合った。
戦士たちの武具が鳴り響いた。双方の恐ろしい叫び声が混じり合った。
両軍からおびただしい矢が放たれ
すさまじい早さで飛び交った。男たちの楯は投げ槍に当たって
大きな響きを立て、さらに短槍や剣に当たった。
多くの者がすばやい戦斧によって負傷した。
戦士たちの武具は血で汚れていた。
トロイエの女たちは城壁から
うめきに満ちた男たちの戦闘を見つめ
子や夫や兄弟のために祈りながら
皆身体を震わせていた。女たちとともに白髪の老人たちも
座って目をこらし、いとしい子どもたちを思って
息も絶えんばかりであった。だがヘレネだけは侍女たちとともに
館にとどまっていた。言いつくせぬほどの恥に引き止められていたのだ。
　両軍は城壁の前で激しく戦っていた。周囲で死神《ケーレス》たちが

喜び、いまわしい不和女神《エリス》はあらんかぎりの叫び声を
両軍に放っていた。土埃は殺された者たちの血のりで
赤く染まっていた。戦闘の中人々は次々と倒れていった。
　折しもデイポボスは〈……の[1]〉屈強な御者
ヒッパシデスを殺し、彼は速い戦車から
屍の間に転がり落ちた。王は悲しみに襲われた。
自ら手綱をとらなければならなくなったところに乗じて
プリアモスの息子が自分も殺してしまうだろうと恐れたのだ。
だがメランティオス[2]が王を放ってはおかなかった。彼はすばやく
戦車に飛び乗ると、手綱を大きく揺さぶって馬に号令をかけた。
彼は鞭をもっていなかったので、槍で打ちながら馬を走らせた。
プリアモスの子は彼らをあとに残して別の戦闘の集団へと向かった。
そして勢いすさまじく多くの者を死へ追いやった。
つねに恐ろしい嵐のように
勇敢に敵を攻撃したのである。彼の手にかかって
無数の者が殺され、大地は屍でいっぱいになった。
　あたかも高い山の中で木こりが谷の深みに飛びこんで

（1）欠落あり。王の名が入るか。
（2）アカイア方の戦士。

森の若木をせっせと切り倒すよう。
木炭を作るために地面の下へ
数知れぬ木片を火とともに埋めるのだが
木は次々と切り倒されて山肌を埋めつくし、男はそのできばえに満足する。
そのようにデイポボスのすばやい手にかかって
数多くのアカイア人が討ち取られ、折り重なって倒れた。
ある者たちはトロイエ勢と戦ったが、他の者たちは
クサントスの広い流れへ逃げた。デイポボスは
彼らを水の中へ追いつめ、殺戮をやめようとはしなかった。
さながら魚の多いヘレスポントスの海岸で
働き者の漁師たちが丸くふくらんだ網を陸地へ
引き上げるときのよう。網がまだ水中にあるところへ
一人の男が飛びこみ、先の曲がった銛《もり》を手につかんで
メカジキに残酷な死をもたらす。当たるものを
次々と殺していくと水は血で赤く染まる。
そのようにデイポボスの手にかかってクサントスの流れは
血で真っ赤に染まり、死体が流れの中にうずたかく積もった。

だがトロイエ人たちも血を流さずに戦っていたわけではなく
アキレウスの勇敢な息子は別の隊列で
敵を討ち取っていた。テティスは孫を見て喜んだが
同時にペレウスの子のために悲しんでいた。
多くの将兵がネオプトレモスの槍にかかり、馬とともに
埃の中に倒れていった。彼は敵を追いながら打ち倒した。
そこで彼は名声とどろくアミデスを討ち取った。アミデスは
馬に乗っているときに彼に出くわしたのだが
そのすばらしい馬術も役に立たなかった。ネオプトレモスが
きらめく槍でその腹を突いたのである。槍は脊椎を突き抜いた。
内臓がこぼれ出し、いまわしい死神に捕われて
アミデスは駿馬の足元へどっと崩れ落ちた。
ネオプトレモスはさらにアスカニオスとオイノプスを討ち取った。
一方は槍で口の近くの食道を、もう一方はのどを突いた。
——人間にとって最も死をもたらしやすいところである。
彼は他にも出会った者をすべて殺した。乱戦の中ネオプトレモスの手で
討ち取られた者の名をすべて上げることなど誰ができるだろう。

しかもなお彼の手足は疲れを知らなかった。
ちょうど、ある男が実り豊かな果樹園で
一日中働いてたくましい手で
オリーブの木から果実を数限りなく大地へ
竿で手早くたたき落とすよう、地面はふりつもる実でおおわれる。
そのように彼の手にかかって幾多の兵士が倒れた。
　一方、テュデウスの子［ディオメデス］や槍も見事なアガメムノン、
それに他のダナオイ勢の将たちも
容赦ない戦闘の中にあって奮戦した。
トロイエ方の勇敢な指揮官たちも恐れを抱くことなく
彼らも進んで戦い、逃げようとする者たちを
つねに引き止めた。だが多くの者は王たちのことをかえりみず
アカイア軍の勢いを恐れて戦闘から逃げ出した。
　ようやく屈強なアキレウスの子は
スカマンドロスの流れのほとりで多くのダナオイ人が
倒れ続けてゆくのに気づいた。
彼は城市へ逃げようとするところを殺した者たちをあとに残し

アウトメドンにアカイア軍の兵士たちが多数殺されたところへ
戦車を向けよと命じた。アウトメドンはただちにこれに従い
不死の馬たちに鞭を当て、戦闘の行なわれている方へ走らせた。
馬たちは死者の間をぬって力強い主人をすみやかに運んだ。
さながら軍神《アレス》が人を滅ぼす戦場に向かって
馬を駆るよう、突き進めば大地は震えおののき
神の胸のあたりで神々しい武具が鳴り響き
火のようにきらめく。
そのようにアキレウスの力強い息子は勇敢なデイポボスに向かって
進んでいった。馬たちの足元から埃がもうもうと舞い上がった。
相手を見ると勇士アウトメドンは
それが誰なのか気づいた。彼はすぐにこのような
言葉をかけ、輝かしい戦士が何者なのかを知らせた。
「王子よ、あれはデイポボスの手勢です。あの男は
(1)……
かつてお父上を恐れて逃げたものですが
今は神か神霊が胸に恐れを知らぬ勇気を吹き込んだのでしょう」。

(1) 欠行あり。

　このように言ったが、ネオプトレモスは答えず、
なおも馬を叱咤して走らせた。一刻も早く
打ち倒されてゆくダナオイ人らを恥ずべき死から守るために。
さて両者が互いにすぐそばまで近づくと
デイポボスは激しく戦いを望んで
立ち止まった、水のそばまで迫った火のように。
だが彼は心ゆるぎないアイアコスの孫の
馬と立派な息子を目にして茫然となった。
相手はその父親にまったく劣らなかったのだ。デイポボスは胸のうちで
逃げ出そうか、それともこの男と戦おうかと思案した。
あたかも山の中で猪が生まれたばかりの子たちから
山犬を追い払ったときのよう。今度はどこからともなく
獅子がいきなり現われる。猪のすさまじい勢いは影をひそめ
前に進もうとも引き下がろうともせず
あごの下で泡を吹きながら牙を研ぐ。
そのようにプリアモスの息子は戦車や馬とともに立ち止まり
あれこれと思い迷って、手はいたずらに槍をもてあそんだ。

彼に向かって容赦ないアキレウスの息子は声をかけた。
「プリアモスの子よ、弱いアルゴス人たちに対して
なぜそんなに荒れ狂うのか。彼らはおまえの雄叫びを恐れ
攻撃を逃れようとしたが、おまえははるかに格の違う
戦士のつもりだったのか。だがその胸に勇気があるなら
一騎打ちをしてこの容赦ない槍を試してみるがいい」。
　こう言うと、父の馬が引く戦車に乗ったまま
鹿を襲う獅子のよう飛びかかった。
そしてたちまちのうちに槍で相手を御者もろとも殺したであろう、
もしもただちにオリュンポスのどこからかアポロンが
黒い雲を注ぎかけ、恐ろしい戦闘の中から
デイポボスを連れ出して城市の中へ運んでやらなかったなら。
そこには他のトロイエ人も逃げこんでいた。アキレウスの子は
虚空を槍で突き、こう言った。
「犬め、おれの力を逃れたな。おまえはそのつもりでも
おのれの武勇で身を守ったのではない。どこかの神が
闇を投げかけておまえを隠し、死から救い出したのだ」。

彼はこのように言った。クロノスの子［ゼウス］が天から暗い雲を
霧のように吹き散らし、雲は大空に溶けていった。
すぐに平原とその周囲の光景が姿を現わした。
トロイエ人たちがはるか彼方のスカイア門の周囲に
群がっているのが見えた。ネオプトレモスはその父さながらに
追撃を逃れようとする敵に向かって進んでいった。
ちょうど、水夫たちが押し寄せるすさまじい波を恐れるよう、
波は風の力で途方もなく広く高くうねって
進んでくれば、海は嵐に荒れ狂う。
そのように彼が突き進むとトロイエ人たちはいまわしい恐れにとらわれた。
一方ネオプトレモスは次のような言葉をかけて仲間たちを励ました。
「聞くがよい、諸君、恐れを知らぬ勇気を胸の中に
吹き込むのだ。勇敢な人間が
おぞましい叫びに満ちた戦いから
輝かしい勝利と栄光を手に入れようとするならそれがふさわしい。
さあ、力を振り絞り命をかけて戦おうではないか。
トロイエの名高い都を攻略し望みが叶うまで。

女のように長いこと何もできず臆病なまま
ここにぐずぐずしているのは恥ずべきことだ。
おれは卑怯者と呼ばれるくらいなら死んだ方がましだ」。
　彼はこう言った。アカイア軍はさらに勇敢に戦いへ突き進み
トロイエ軍に向かっていった。
トロイエ方もあるときは城市の周囲で、またあるときは防壁から
城門の中にこもって全力で戦った。残忍な軍神《アレス》は
とどまるところを知らず、トロイエ人たちは敵の恐ろしい軍勢を
退けようとし、たくましいアルゴス人たちは都を攻め落とそうと
必死になっていたのだ。だれもが苛酷な不幸にとりつかれていた。
　折しもこのときトロイエ軍を救おうと思い立ち
雲に姿を隠してレトの息子［アポロン］がオリュンポスから
飛び出した。黄金の武具に飾られた神をすばやい風が
ただちに運んでいった。神が下ってゆくと長い道筋は
稲妻のように輝き
身に帯びた矢筒が鳴り響いた。
神が疲れを知らぬ足をクサントスの流れのほとりに下ろしたとき

天空ははてもなく鳴りとどろき、大地が大きくこだまを返した。
アポロンがすさまじい叫び声を上げると、トロイエ人たちは勇気を吹き込まれ
アカイア人たちは恐れおののいて血みどろの戦闘の中に立ちつくした。
だが大地を揺する勇敢な神［ポセイダオン］がこれに気づかずにはおらず
現在苦しんでいるアカイア軍に力を吹き込んでやった。
神々の意志により激しい戦闘がわき起こった。両軍ともに
幾多の者たちが倒れた。アポロンはアカイア人たちに怒りを燃やし
かつてアキレウスを射たその場所で
アキレウスの勇敢な息子に矢を放とうとした。鳥たちは叫び声を上げて
悪い前兆を告げ、他にも多くの兆しがあったので
アポロンの心はひるんだ。それでも怒りのあまり
彼はもはや前兆には従おうとはしなかった。すると不思議なもやに
身を包んだ黒髪の神はこれを見逃さなかった。
歩みを運ぶ神の足元で黒い大地が揺れた。
ポセイダオンは相手を制止しようとして次のような言葉をかけた。
「やめるがよい、子よ[1]、アキレウスの力強い息子を

（1）ギリシア語では実際に親子でなくても「息子よ」と呼びかけることがある。ただし、この部分は「怒りを（おさえよ）」とするテクストもある。

殺してはならぬ。彼が死んでもオリュンポスの主［ゼウス］みずからは
喜ばれまい。わしにとっても他のすべての海の神々にとっても
大きな悲しみとなろう、かつてのアキレウスのときのように。
さあ、神々しい天空へ帰れ、わしを怒らせるな。
さもなくば奈落の底まで大地を裂き
ただちに城壁もろともイリオン全体を
深い闇の底へ落としてやろう。そうすれば悲しむのはおまえの方であろう」。
ポセイダオンはこう言った。アポロンは父の弟[1]を深く敬っていたので
都と力強い人民のために恐れて
広い天空へ退き、ポセイダオンは海へ帰った。人々は戦い続けて
互いに殺し合い、不和女神《エリス》はこの戦闘を喜んでいた。
だが結局カルカスの忠告により、アカイア人たちは
船団へ引き上げ、戦いのことを考えるのをやめた。
涙の尽きぬ戦いに慣れた力強いピロクテテス[2]が
アカイア軍に加わるまでは
イリオンの都は陥落しないさだめにあったからである。

（1）アポロンはゼウスの子、ポセイダオンはゼウスの弟にあたる。

（2）アカイア軍の将、弓の名手。トロイエ遠征の途上で足を毒蛇に咬まれ、その傷が癒えず悪臭を発したためレムノス島（一七六頁註（2）参照）に置き去りにされた。

カルカスはこのことを神に遣わされた鳥によって知ったのか
あるいはいけにえの内臓の中にこれを読み取ったのである。
彼は予言については知らぬところなく、神のようにすべてを熟知していた。
彼を信頼して、うめきに満ちた戦いをやめたアトレウスの子ら［アガメムノンとメネラオス］は
美しい町をもつレムノス島へ速い船で
テュデウスの勇敢な息子［ディオメデス］と退却を知らぬオデュッセウスを遣わした。
二人はアイガイオンの海の広い波を渡って
まもなくヘパイストス(3)の町に着いた。
そこはぶどうの生い茂るレムノス島で、かつて女たちが
激しい怒りのあまり、正式に結ばれた夫に対し
残酷な死を企てた地である。夫たちが彼女らをとうとぶことなく
トレイケの女奴隷と床をともにしたためだった。
彼らが軍神《アレス》のいとしむトレイケの地を略奪したとき
槍と勇気で手に入れた女たちである。
妻たちはすさまじい嫉妬に襲われると

(3) 火と鍛冶の神。ゼウスにオリュンポスから投げ落とされてレムノス島に落ちたとされる。

怒りに胸をふくらませ、無慈悲にもおのが夫を
家の中で自らの手で殺し、かつて正式に結ばれた相手に
情けをかけようとはしなかった。嫉妬という病にとりつかれると
男と女の心は協調を拒むもの、
激しい苦しみに押し流されてしまうのである。
この女たちは胸に大胆な思いとすさまじい力を吹き込むと
おのれの夫に禍いをなし
一晩のうちに町中の男をなきものにしてしまったのだ。
　さて二人がレムノスの地に足を踏み入れ
高貴なポイアスの子［ピロクテテス］が横たわる岩の洞窟に着くと
両者とも驚きに打たれた。彼らが目にしたのは
苛酷な苦痛にうめき
固い地面に横たわる男の姿だった。
その寝床のまわりにはおびただしい鳥の羽根が散らばっていた。
他の羽根は縫い合わせて身体をおおい、苛酷な冬の
備えとしていた。不快な飢えに襲われたときは
抗しがたい矢を放ち心のおもむくままに

……(1)
その肉を食べ、その羽根はいまわしい傷にあてがって
黒々とした苦痛を和らげていた。
髪の毛はひからびて頭のまわりに垂れ下がり
さながら恐ろしい獣のよう。早足で夜の中を行くところを
残酷な狩りのわなに捕われれば、獣はやむなく
苦しみながらも足先を大胆な歯で食いちぎり
穴ぐらへ駆け去るが
心は飢えと苛酷な痛みの両方に苦しめられている。
そのように、広い洞穴の中でピロクテテスはひどい苦痛に
さいなまれていた。全身は衰弱し骨と皮ばかり、
垢にまみれた彼の頬には死のように不気味な臭気が漂っていた。
つらい苦しみに彼は打ちのめされていた。
ひどく苦しむこの男の目は眉の下で落ちくぼんでいた。
彼はたえずうめいていた。
黒い傷が骨まで達し
……(2)

(1) 欠行あり。
(2) 欠行あり。

奥まで腐り、ひどい苦痛が内側をむしばんでいたのだ。
ちょうど、波の打ち寄せる海の岬の上で
切り立った岩がはてしない海の水に洗われ
とても固いのに下からけずられて朽ちるよう。
風や激しい波に打たれ
海水に底をむしばまれて穴があくのだ。
そのように彼の足裏の傷は腐敗した毒によって広がった。
その毒は恐ろしい水蛇の固い牙によって
注ぎこまれたもの、地面の上を這うこの蛇が
太陽の力で乾いたときに咬まれたら
治ることはないという、いまわしいものである。
そんなわけでこの比類ない英雄も
不治の苦痛にさいなまれ苦しんでいた。
その傷からはたえず地面に血がしたたり落ち
広い洞窟の床にしみついていた。
後の世に生まれてくるであろう人々にとっても驚くべき光景だった。
寝床の傍らには矢でいっぱいの大きな矢筒が置いてあった。

矢は狩りのために使うことも
敵に対して用いることもあり、禍いを呼ぶ水蛇の
死に至る毒が塗ってあった。そのすぐ前には
大きな弓が置かれていた。ヘラクレスが無敵の手で
曲がった角を組み合わせて作ったものである。(1)
　ピロクテテスは二人が広い洞窟の方へやってくるのに気づくと
すさまじい怒りをよみがえらせ、両人に向かって
ただちに恐ろしい矢を放とうとした。
二人はかつてしきりにうめく彼をただ一人
人のいない海の砂浜に置き去りにしたからである。
彼はすぐ勇猛な心のおもむくままに従ったであろう、
もしアテネがその苦しい怒りを一掃してしまわなかったなら。
彼が目にした二人は同志だったのだ。
二人は沈痛な面持ちでやってくると
うつろな洞窟に入って彼の両脇に座り
恐ろしい傷とつらい苦痛についてたずねた。
ピロクテテスは二人に自分の苦しみを詳しく語った。

（1）ヘラクレスは大力無双の英雄。女神ヘレに迫害され、自ら火葬壇に登り自害したが、彼の要請に応えて火をつけたのがピロクテテスだった。ヘラクレスはその礼として自分の弓矢をピロクテテスに授けた。

二人は彼を勇気づけ、その厄介な傷を癒し
苛酷な痛みと苦しみを終わらせてやろう、
もしアカイア軍に加わってくれたなら、と言った。
そしてすべての者が船団の傍らで深く後悔している、
アトレウスの子らも皆と同様だ、と話した。
彼の不幸についてはアカイア軍の誰にも罪があるのではなく
残酷な運命女神《モイライ》たちのせいだと言った。運命女神を避けて
大地を歩くことはできない。姿は見えぬものの、毎日不幸な人間たちの
傍らをつねに行き交い、無慈悲な心で
人を傷つけることもあり、またあるときは
なぜかしら栄光を授けもする。この女神たちは
望みのままに万事人間の不幸も幸福も作り出すからだ。
ピロクテテスはオデュッセウスと
神にもひとしいディオメデスの言葉を聞いてただちに
激しい怒りをたやすく鎮めることができた。
かつてはひどく腹を立てていたのだが——それほど彼はひどい目に遭った
　のだ。

　二人は大喜びで彼をただちにその矢とともに
船と重くとどろく海の傍らへ連れていった。
そして彼の身体とひどい傷を柔らかな海綿で
くまなく拭き、たっぷりの水で沐浴させた。
彼はわずかに元気を取り戻した。すぐに二人は急いで美味な夕食を作り
待ち切れないでいる彼に供し、自分たちも
いっしょに船の中で食事をした。神々しい夜女神《ニュクス》がやってきて
彼らに眠りが訪れた。皆は日が昇るまで
海に囲まれたレムノスの海岸にとどまっていたが、朝の光とともに
もやい綱と先の曲がった錨を上げ
ただちに沖へ向かって船出した。
アテネがへさきの長い船の後ろから順風を送った。
彼らはすぐさま両側からはらみ綱を引いて帆を張り
立派な漕ぎ座をもつ船の行く先を定めた。船は風を受けて
広い海面をひた走った。黒い波は砕けながら
船の周囲でうめき、あたり一面に白い泡がわき立った。
まわりではイルカの群れが飛びはね

白い海の航路に沿ってすばしこく泳ぎ回った。
　彼らはやがて魚の多いヘレスポントスに着いた。
他の船団もそこに停泊していた。アカイア人たちは軍をあげて
待ち望んだ者たちの姿を目にして歓喜した。
三人は喜びに包まれて船から降りてきた。
ポイアスの勇敢な息子はかぼそい手を仲間たちにあずけていた。
二人はあわれに足を引きずる彼を神聖な大地へと導き
傾く彼の身体を力強い手で支えていた。
あたかも雑木林の中で楢か樹脂の多い松が
力強い木こりが幹の半ばまで斧を入れたあと
まだかろうじて立っているよう。木こりの男は
樹脂の多い部分を幹から切り離し山中で
火で焼いて松やにを採るのだ。(1)
木はむごくも風の力を受け力を失って
生い茂る若木に倒れかかると、若木はその重みを受け止める。
そのように、耐えがたい痛みに苦しむ戦士の身体を
大胆な英雄たちは支えながら

（1）松の木片に火をつけて地中に埋めておくと松やにが抽出できるという。ただしこのあたりは本文に乱れがあり、解釈は一定しない。

アルゴス軍の中へ導いていった。人々は皆この弓の名手が
無残な傷に苦しむのを見てあわれに思った。
そんな彼を、人のすばやく飛ぶ思考よりもすみやかに
強く健康にしたのは
天の神々にもひとしいポダレイリオスで
傷の上に巧みにさまざまな薬を塗り
父の名を呼んで加護を祈った。アカイア人たちはただちに皆
叫び声を上げ、口をそろえてアスクレピオスの息子を讃えた。
人々は熱心にピロクテテスの身体を洗い清め
身体中に油を塗った。無残な衰弱と不幸は
神々の意志により消え去った。
人々はこれを見て歓喜した。彼は病から回復したのだ。
青白い顔色は紅色に、痛ましい弱々しさは
力強さに変わった。身体全体が大きくなった。
さながら、麦畑に穂が新しく伸びるよう、
かつてはひどい暴風雨に襲われ水浸しになって弱っていたが
そよ風に癒されて畑は微笑み

丹精こめた農場の中で豊かな実りをもたらす。
そのようにかつて苦しんでいたピロクテテスの全身は
すみやかに健康を取り戻した。彼は［丸い洞窟の中に(1)］
胸を苦しめていた憂悶をすべて捨ててきたのだった。
　アルゴス人たちは死からよみがえったような
この男を見て驚嘆していた。これは神のわざであろうと
人々は思った。その考えは本当だった。
彼に力強さと美しさを注ぎかけたのは
高貴なトリトゲネイアで、かつて彼が禍いに打ちのめされる前に
アルゴス軍の中にいたときと同じような姿にしたのである。
そして将たちは皆ポイアスの息子を
富裕なアガメムノンの幕舎へ連れてゆき
ピロクテテスに敬意を表して歓迎の饗宴を催した。
さて人々が飲み物や上等な食べ物に満足すると
槍も見事なアガメムノンはピロクテテスに向かって声をかけた。
「友よ、かつて神々の意志によりわれわれは正気を失っておまえを
海に囲まれたレムノス島に置き去りにしたが

(1) この部分の本文は不明。

どうかわれわれに激しい怒りを抱かないでほしい。
神々の意志なくしてはわれわれはこのようなあやまちを犯さなかったのだし
不死の神々自ら、おまえが遠くにいる間にわれわれに
多くの禍いをもたらそうと望まれたのだろう。おまえは
向かってくる敵を矢で射殺すことにかけては名手なのだから。
……(2)
すべての陸と広い海の上には運命女神《モイライ》たちの意志により
幾筋にも分かれた、目に見えぬ道がはりめぐらされ
曲がりくねってさまざまな方向へ通じている。
その道を通って人間たちは天なる宿命女神《アイサ》の手により
風の息吹に追われる木の葉のように
運ばれてゆくのだ。善人が悪い道に、
善良でない者が良い道に会うこともしばしばある。大地に棲む人間ならば
誰もこれを避けたり、自分の意志で選んだりすることはできないのだ。
賢い者は、たとえ嵐によって苦しみの道へさらわれようとも
固い意志をもって不幸に耐えねばならぬ。

(2) 欠行あり。

だがわれわれは心を惑わされこのあやまちを犯したのだから
トロイエの美しい都を攻め落としたあかつきには
償いとして数知れぬ贈り物をおまえに与えよう。
さしあたっては七人の女、競技で優勝した二十頭の駿馬、
十二の鼎を受け取ってくれ。
毎日これらのもので心を楽しませるがよい。またわしの幕舎では
おまえはつねに王としての名誉にあずかるであろう」。
　こう言って英雄にすばらしい贈り物を与えた。
すると堅固な心をもつ、ポイアスの息子［ピロクテテス］はこう言った。
「親愛なる王よ、わたしはもはやあなたに腹を立ててはいません。
他のアルゴス人にも――たとえ他に誰かがわたしに対して罪を犯したとし
　ても。
すぐれた人の心は譲歩することができると、知っているからです。
いつまでも恨みや怒りを抱いてはならず
ときには厳しく、ときには穏やかにならなければなりません。
さて、床につくとしましょう。戦いを待ち望む者にとっては
いつまでも饗宴にふけるより、眠る方がよいのですから」。

彼はこう言って退席すると、仲間たちの幕舎へ
帰っていった。彼らは戦いを好む王のためにすぐさま
大喜びで寝床の用意をした。
そして彼は明け方まで心地よく眠りについた。
　神聖な夜が去り、太陽の光が山の頂を赤く染めた。
人々はそれぞれ熱心に仕事を始めた。
アルゴス人たちは恐ろしい戦いを待ちこがれて
ある者はよく磨かれた長槍を、ある者は矢を、
またある者は投げ槍を研いだ。夜明けとともに人々は
自分たちと馬の食事を作り、皆腹を満たした。
彼らに向かい、非の打ちどころのないポイアスの勇敢な息子は
次のような言葉をかけて戦意を鼓舞した。
「さあ、戦いのことを考えるのだ。名高い城壁を打ち砕き
固い砦をもつトロイエの都に火をかけるまでは
誰も船の中に残ってはならないぞ」。
　こう言うと、人々は皆喜びに胸をふくらませた。
そして鎧をつけ楯を身につけた。

彼らは船団から一団となって飛び出し
槍や牛皮の楯、二本の羽根飾りをつけたかぶとで武装していた。
整列した者たちは互いにぴったりと肩を並べ
進撃しても互いに離れることはないだろうと思われた。
そのように彼らは互いにすきまなく一団をなして進んだ。

第十歌

梗　概

意気消沈していたトロイエ方では、プリュダマスが籠城策を主張するが、アイネイアスの反対で出撃することになる。両軍入り乱れての激戦が始まり、勇将たちがそれぞれ活躍を見せる。とくにピロクテテスは弓矢で多くの敵を倒し、トロイエの王子パリスにも重傷を負わせる。自分の傷を癒せるのは前妻オイノネだけだという予言を受けてパリスは彼女のもとをたずね、傷を治してくれるよう懇願する。しかしオイノネはかつて捨てられた恨みとパリスの現在の妻ヘレネに対する嫉妬から彼を追い返してしまう。癒されるすべを失ったパリスは帰宅する途中で息絶える。彼の死をめぐって女たちが嘆く中、オイノネは後悔にさいなまれ、夜中に家を抜け出してパリスの火葬場へ向かう。ニンフや羊飼いたちの悲嘆の声に包まれつつ、オイノネはパリスの火葬壇に身を投げて自害する。

　トロイエ人たちも皆武具に身を固め
戦車や足の速い馬とともにプリアモスの都の外へ出撃した。
トロイエ方では戦死者たちを火葬しており
アカイア軍が攻め寄せてくるのではないかと恐れていた。
敵が都に向かってくるのを見ると
彼らはただちに急いで遺体の周囲に墓土を盛り上げた。
敵を目のあたりにしてひどく恐れおののいたのだ。
意気消沈する彼らに対し次のように語ったのは
プリュダマスで、とりわけ思慮深く賢い者だった。
「諸君、軍神《アレス》はわれわれに対してもはや耐えきれぬほどに荒れ狂っている。
さあ、この戦いの打開策を見いだせるように知恵をめぐらすのだ。
さもなくばダナオイ軍はここに居座って勝利を得てしまう。
さあ、堅固な砦の上に登り

夜も昼もそこにとどまって戦おうではないか。
ダナオイ勢が肥沃なスパルテ(1)に帰るか
この城壁の前に残っても疲れ果てて何もなしえず
座りこんでしまうまで。どんなに労力を費やしたところで
奴らにこの長大な城壁を打ち砕く力はあるまい。
この防壁はもろいものではない、神々の手になる不滅の建造物なのだから。
食べ物や飲み物が不足することもあるまい。
黄金に富むプリアモスの王宮には
いつもふんだんに食糧がたくわえられ
よそから多くの者が集まってきても長年の間
飽き足りるだけの量があるだろう。たとえわれわれの要請に応え
わが軍の三倍もの者たちが援軍に来たとしても」。
　こう言うと、アンキセスの勇敢な子［アイネイアス］が彼を非難した。
「プリュダマスよ、どうして人はおまえを賢いなどと言うのだろう。
長い間都の中にいて苦しみを受け続けよとおまえは言うのか。
アカイア勢はここに長い間いても精魂尽きることなどあるまい。
それどころかこちらが守勢に入ったと見れば攻撃をかけてくるだろう。

(1) ペロポンネソス半島南部の都市。戦争の原因となったメネラオスが支配するところから、この都市を出す。

ここで長期間なお包囲されれば
われらには祖国の中で死ぬという苦しみがあるばかり。
われわれが城市に閉じこめられればテーベから蜜の甘さの
小麦を持ってきてくれるものなどいないし
マイオニエ(2)からぶどう酒を運んでくれるものもない。
城壁がわれらの守りになったところで
むごい飢えにさいなまれて死ぬばかりだ。
もしみじめな死と死神《ケーレス》たちを逃れ
運命の重荷に打ちひしがれて哀れに死ぬことなどないというのが
われわれのさだめなら、武具を身につけ
子どもらや敬うべき父とともに戦うのだ。ゼウスも力を貸して
くださろう。われわれはゼウスの高貴な血を受け継いでいるのだから。
もしかの神にさえ憎まれて死ぬのなら
祖国のために戦ってただちに名誉ある死を遂げる方が
ここにとどまってみじめに死ぬよりよいではないか」。
　こう言うと、人々はこれを聞いて皆拍手喝采した。
ただちに人々はかぶとや楯や槍を身につけ

(2)トロイエの南方にある国。

すきまなく隊列を組んだ。無敵のゼウスはその目で
オリュンポスからトロイエ軍がアルゴス軍との戦いに向けて
武装するのを見つめた。ゼウスは各人の闘志をかき立て
両軍の間にたえまない戦闘が繰り広げられるようにした。
それというのもアレクサンドロスが妻のために戦って
ピロクテテスの手にかかって死ぬことになっていたからである。
　戦いを司る不和女神《エリス》は両軍を一つの場所へ導いたが
その姿は誰の目にも見えなかった。両肩を血みどろの雲に
包んでいたからである。女神は歩き回って激しい戦闘をあおり立て
あるときはトロイエ軍の中に、あるときはアカイア軍の中にいた。
恐慌神《ポボス》と恐怖神《デイモス》がその近くで
心揺るがぬ父の妹[1]を敬って大胆に立ち働いていた。
女神は小さかったがやがて大きくなってそびえ立ち、荒れ狂った。
その鋼鉄の鎧は血のりを浴びていた。
女神は空中に恐ろしい槍を振りかざした。その足元で
黒い大地が震えた。口からは恐ろしい炎を吐いていた。
たえず大声で叫び続けて男たちを鼓舞していた。

（1）不和女神を指す。

両軍はただちにぶつかり合って戦いに突入した。
恐ろしい女神が彼らを導いて大いに武勇を競わせたのだ。
そのさまは春の初めに高い木々や森が葉を繁らせる頃
風が激しい音を立てて吹きつのるよう。
あるいは乾いた茂みの中で
火がうなりを上げて燃えさかるよう。はたまたはてしない海が
不気味な響きを立てる風に荒れ狂うよう、
どこまでもとどろき渡れば水夫たちの膝もわななく。
両軍がぶつかり合うとそのように広大な大地はとどろいた。
戦闘がわき起こり、戦士たちは互いに飛びかかった。
　まずアイネイアスがダナオイ軍の中でアリゼロスの子
ハルパリオンを討ち取った。これはボイオティア[2]の地で
アンピノメが母として生んだもので、高貴なプロトエノルとともに
アルゴス人を救おうとトロイエへやって来たのだった。
このときアイネイアスが彼の柔らかい下腹を突き
命と甘美な人生を奪った。
ついでアイネイアスは勇猛なテルサンドロスの子ヒュロスののどに

（2）ギリシア東部の国。

鋭い槍を投げつけて倒した。
これは高貴なアレトゥサが海に囲まれたクレテ島の
レタイオス[1]の流れのほとりで生んだもので、イドメネウスは深く悲しんだ。
　一方アキレウスの子はトロイエの十二人の戦士を
父の槍でたちどころに殺した。
まずケブロス、そしてハルモン、パシテオス、
イスメノス、インブラシオス、スケディオス、プレギュス、
ムネサイオス、それにエンノモス、アンピノモス、
パリス[2]、そしてガレノス——彼はそびえ立つガルガロス[3]にある
家に住み、力強いトロイエ人たちの間でも抜きん出て戦いにすぐれ
数えきれぬ軍勢とともに
トロイエへやって来たのだった。ダルダノスの末裔プリアモスが
高価な贈り物を数知れず与えると約束したからだった。
だが彼は愚かにもおのれの運命を予見することはできなかった。
プリアモスの館から見事な贈り物を運び出す前に
苛酷な戦闘でただちに命を落とすさだめにあったのだ。
　さてこのとき人を滅ぼす運命女神《モイラ》がアルゴス勢に

（1）クレテ島の川。
（2）トロイエ王子 Paris とは別人で Phalis.
（3）トロイエの町。

エウリュメネスを差し向けた。心揺るがぬアイネイアスの朋友である。
女神は彼に大胆な勇気を吹き込み、多くの敵を倒してから
死のさだめを迎えるようしむけた。
次々と敵を倒すさまは容赦ない死神《ケール》のよう。
最期の日に命運をかえりみず激しく荒れ狂う彼を前にして
敵はただちに逃げ出した。
そしてエウリュメネスは戦闘で大きな手柄を立てたことであろう、
もし手が疲れ槍先が
曲がってしまわなかったなら。剣の柄ももはや
持ちこたえられなかった。そこを宿命女神《アイサ》が打ちのめした。
メゲスが彼の食道を槍で突いた。口から血がどっと噴き出した。
エウリュメネスを苦痛が襲うとともにただちに運命女神《モイラ》が傍らに立った。[4]
　エペイオス[5]の二人の従者デイレオンとアンピオンが
殺された彼の武具をはぎ取ろうとした。
しかし今度は勇敢なアイネイアスが猛り立つ二人を
哀れにも屍の傍らに打ち伏せた。
あたかも収穫期にぶどう畑で

(4) エウリュメネスが息絶えたことを指す。
(5) アカイア方の将。後に木馬を製作した。

人が乾いたぶどうの房に群がるスズメバチを打ちのめすよう、
蜂は果実を味わう前に息を引き取る。
そのように二人が鎧を運び出す前にただちに打ち倒したのだった。
　テュデウスの子［ディオメデス］はメノンとアンピノオスを殺したが
両人とも非の打ちどころのない戦士だった。パリスはヒッパソスの子
デモレオンを討ち取った。彼はかつてラコニア[1]の地、
深く流れるエウロタス[2]の川のほとりに住んでいたが
戦いにはやるメネラオスの命によってトロイエへやって来たのだった。
それをパリスが右の乳の下を矢で射て殺し
魂は身体を離れた。
　テウクロスは、メドンの息子で名高いゼリュスを討ち取った。
ゼリュスは家畜に富むプリュギエの
結い髪うるわしいニンフたちの神聖な洞窟のふもとに住んでいた。
そこはかつて高貴なセレネ女神[3]が
牛たちの傍らに眠るエンデュミオン[4]を見つけて空の高みから
降りてきたところである。不死なる処女神でありながら
この若者へのうずくような恋情に導かれたのだ。今もなお

（1）ギリシア南部、スパルテを中心とする地方。
（2）ラコニア地方の川。
（3）月の女神。
（4）セレネに愛され永久に眠ったままにされた美少年。

その床《とこ》のなごりがオークの木の下にある。その周囲には
牛の乳があふれ出しており、人は今なおこれを目にして驚嘆する。
これは遠くから見ると
白いミルクのように見えるが、洞窟からは
透き通った水が流れているのであって、これがもう少し先へ行くと
川床に沈澱して底が石のようになる。(5)
　ピュレウスの子メゲスはアルカイオスに飛びかかり
動悸を打っている心臓の下を槍で突き通した。
さかりの時季にあった人生はただちに奪われた。
彼は涙の尽きぬ戦いから戻ることはなく
不幸な両親――美しい帯をしたピュリスとマルガソス――は
望みもむなしくわが子を迎えることは叶わなかった。
二人が住んでいたのは澄んだハルパソス(6)の流れのほとりで
この川は恐ろしいマイアンドロス(7)と日々混じり合い
激しく荒れ狂いつつ流れは響きわたり、はてしない波をかきたてている。
　グラウコスの勇敢な朋友でトネリコの槍も見事なスキュラケウスが
向かってくるところを、オイレウスの息子［小アイアス］は楯の少し上を

(5) 石化作用のある水のことであると思われるが、本文の解釈に異説もあり、詳細は不明。
(6) トロイエ南方のカリア地方の川。
(7) カリアの川。

突いて
間近から傷を負わせた。広い肩をむごい槍が貫き
牛革の楯の上に血がほとばしった。
しかし相手を殺すことはできなかった。運命の日は
彼が愛する祖国の城壁のもとにたどり着くのを待っていたのだ。
敏捷なアカイア人たちがそびえ立つイリオンを略奪したとき
彼は戦いを逃れ仲間も伴わず一人リュキエに帰って来たのだ。
女たちは都の傍らまで集まってくると
子どもたちや夫の消息をたずねた。
彼は全員の運命を詳しく語った。
女たちはこの男を取り囲み石を投げつけて殺してしまったので
彼は祖国に帰り着きながら何も得るところはなかった。
大声でうめく彼を石がすっかりおおい隠した。
投石による不気味な塚が築かれたのは
力強いベレロポンテス(1)の聖域と墓の傍らで
名高いトロスの町、巨人族《ティテニス》(2)の娘に捧げられた岩の近くである。
しかしスキュラケウスは死によって運命を全うしたので

(1) リュキエの天馬ペガソスにまたがり怪物キマイラを退治した英雄。
(2) 女神レトを指すと考えられるが、他にも諸説がある。

後にレトの高貴な息子［アポロン］の意志により
神のようにあがめられ、その崇拝は絶えることがない。
　ポイアスの子［ピロクテテス］はこれらの敵に加えデイオネウスと
アンテノルの息子で槍も見事なアカマスを殺した。
他にも多くの男たちを討ち取った。
彼が敵に襲いかかるさまは無敵の軍神《アレス》のよう、
はたまたとどろく大河のよう。長い堤防を破って氾濫し
岩の傍らで荒れ狂い
山からすさまじく流れ下り嵐と混じり合えば
尽きることのない膨大な流れは
果てもなくわき立って堰でも止めることはできない。
そのように誰も名高いポイアスの大胆な息子を
遠くから目にしても近寄ることはできなかった。
彼の胸の中にある力ははかり知れず
彫金細工に輝く勇猛なヘラクレスの武具を
身にまとっていたのだ。きらめく帯には
獰猛でむこう見ずな熊が描かれ、その傍らには

恐ろしい山犬や眉の下で不気味な笑みを浮かべる豹もいた。
その傍らには心根も大胆な狼や
牙の白い猪、力強い獅子もあったが
驚くほど実物にそっくりであった。そして至るところに
恐ろしい殺戮神《ポノス》を伴った戦闘が描かれていた。
帯にはこのような飾りがほどこされていた。
また矢のつきない矢筒を他の装飾が彩っていた。
図柄の中ではまず、ゼウスの息子で疾風のように足の速いヘルメスが
イナコス(1)の流れのほとりでアルゴス(2)を殺している。
アルゴスは一つの目ごとに眠っていた。
また力強いパエトンがエリダノスの流れの中へ
戦車から投げ出されている。大地は焼きつくされ
本物のように黒煙が空に漂っていた(3)。
また神ともまがうペルセウス(4)が恐ろしいメドゥーサ(5)を殺していた。
そこは星が沈むところで大地の果て、
深い流れのオケアノスが波打つところ。
そこでは疲れを知らぬ太陽が沈むとき、黄昏に現われる夜と出会う。

(1)ギリシア南東部の国アルゴリスの川。
(2)多数の目をもつ怪物。女神ヘレはアルゴスに夫ゼウスの愛人イオの見張りをさせたが、ゼウスはヘルメスに命じてアルゴスを殺させた。
(3)第五歌六二七—六三〇行参照。
(4)ゼウスとアルゴスの王女ダナエとの間に生まれた英雄。母の求婚者にメドゥーサ殺しを命じられた。
(5)女の怪物。その姿を目にした者は石に化したという。

さらにまた、無敵のイアペトスの偉大な子［プロメテウス］が
そびえ立つカウカソスの山頂から不壊の鎖で
吊るされていた。たえず再生を続ける彼の肝臓を
鷲が切りさいなんでいた。彼はうめいているようであった。
これらはヘパイストスの名高い手によって
勇敢なヘラクレスのために作られたものである。ヘラクレスはこれを
ポイアスの子に身につけるようにと贈ったのだ。同じ屋根の下に住む朋友
　だったからだ。
　ピロクテテスはこれらの武具を誇りつつ敵を倒していった。
ついにパリスが、うめきに満ちた矢と
曲がった弓を手に取り勇敢に彼に向かってきた。
パリスにとってはこれが最期の日となったのだ。
パリスは弓弦から速い矢を放った。矢が飛び出すと
弦はうなりを立てた。矢はいたずらに手を離れることはなかった。
しかしピロクテテスがわずかのところで身をかわしたので当たらず
さしも名高い戦士ではあったがクレオドロスの
乳の少し上に当たり、肩まで突きとおった。

彼はまがまがしい死を防ぐ広い楯を持っていなかったのだ。
楯を持たずに退却しているところだった。その肩からは
プリュダマスが下げ帯を重い戦斧で断ち切って楯を奪ったので
クレオドロスはむごい槍で戦いながら後ずさりしていた。
うめきに満ちた矢があらぬ方向から飛んで来て
彼に突き立ったのだ。ある神霊が
賢明なレルノスの息子［クレオドロス］に不幸な死をもたらそうと望んだ
　のであろう。
これは肥沃なロドス[1]の地でアンピアレが生んだ子であった。
　こうしてパリスはうめきに満ちた矢でクレオドロスを倒したが
そのとき非の打ちどころのないポイアスの勇敢な息子［ピロクテテス］は
怒りに燃えて速い弓を張り、大声でこう呼びかけた。
「犬め、おれがおまえに贈るのは流血と死の運命だ。
おれに向かって力を競おうなどとするのだからな。
これでおまえのために危険な戦いで苦しんでいた者たちも
一息つけよう。おまえがここで死ねばこちらはすぐにも
死から解放されるというものだ。おまえは彼らにとっての禍いだったのだ

（1）エーゲ海の島。小アジア南西沖にある。

から」。
　こう言ってより合わせた弦を胸の近くで引き絞った。
弓が丸くなると容赦ない矢の狙いを定めた。
恐ろしい矢尻は戦士の力で
わずかに弓の先から突き出した。弓弦は高いうなりを上げ
矢は不気味な響きを立てて飛び出した。高貴な戦士の矢は
的をはずさなかった。しかし心臓を裂くには至らず
相手の力はまだしっかりしていた。このとき矢は急所には達せず
手の美しい皮膚を引っかいてかすめたのみだったのだ。
今度はパリスが弓を引き絞った。しかしその先を越して
ポイアスのいとしむ息子は相手の鼠蹊部の上を
とぎすました矢で射た。パリスはもはや踏みとどまって戦うことはできず
ただちに後退した。そのさまは、いったん飛びかかってはみたものの
獅子を恐れて後ずさりする犬のようだった。
そのように彼はむごい苦痛に心を刺しつらぬかれ
戦闘から退いた。人々は互いに殺し合い
入り乱れて戦っていた。両軍は双方の戦死者の血にまみれながら

戦闘を繰り広げた。屍が屍の上に
山をなして積み重なるさまは雨のしずくかあられか、
それとも雪の小片のよう、ゼウスの意志で冬に
西風神《ゼピュロス》が高い山や森に注ぎかけるもの。
そのように両軍の人々は容赦ない死神《ケール》に打ち倒され
数知れず折り重なって戦死した。
　パリスはひどくうめいていた。傷のために気力は衰えていた。
錯乱する彼を囲んで医者たちがただちに手当をした。
トロイエ人たちは都へ引き上げた。ダナオイ人たちはすぐに
黒い船のもとへ帰った。黒い夜が彼らの戦闘をやめさせたのである。
手足の疲れを取り除き
疲労を防いでくれる眠りをまぶたに注ぎかけたのだ。
しかし動揺したパリスは明け方まで眠れなかった。
人々はあらゆる手立てをつくして彼を救おうとしたが
癒すことはできなかった。彼はオイノネ(1)の手によって
運命と死神たち《ケーレス》から逃れるさだめにあったからであるが、
それも彼女が望めばのことであった。パリスはこの予言に従って

(1) パリスの前妻。川のニンフ。

気が進まぬまま出かけた。恐ろしい必然に導かれて
正式の妻に会いに行こうとするのだった。
悪い予兆を示す鳥が彼を迎えて頭上で鳴くものもあり
左手の方へ飛び去るものもあった。彼はそれを見て恐れるかと思えば
鳥の飛び方などあてにはならぬと思い返しもするのだった。
しかし鳥たちは苦痛の中でのむごい死を予言していたのである。
パリスはオイノネのもとにたどり着いた。
彼を目にして侍女たちは一人残らず――そしてまたオイノネ自身も
唖然とした。彼はただちに妻の足元にくずおれ
……(2)
〈傷の〉表面は黒ずみ
中は骨の髄まで達していた。
彼の腹は恐ろしい毒のために傷を受けた肉が腐っていたのだ。
いとわしい苦痛によって彼は心傷つき衰弱していた。
あたかも苦しい病によって渇きにさいなまれ
がっしりした心臓もやつれて衰える人のよう。
激しくわき立つ胆汁が病人を焼き焦し、活力のない魂が

(2) 欠行あり。

乾いた唇の上に漂って
生命と水を求めるのだ。
そのように彼の胸の中では苦痛が心をさいなんでいた。
そして彼は弱々しく次のように言った。
「とうとい妻よ、かつてわたしが心ならずもおまえを
一人ぼっちのまま家に置き去りにしたからといって
苦しむわたしを憎まないでおくれ。逃れえぬ運命神《ケーレス》たちが
わたしをヘレネのもとへさらっていったのだ。彼女と床を共にする前に
死んでおまえの腕の中で息を引き取りたかったものを。
さあ、天上に住みたもう神々の名において
そしておまえの臥所と青春の日の愛にかけて
心を広く持っておくれ、わたしを苦しめる痛みを癒してくれ。
この恐ろしい傷の上に救いとなる薬をあてがうのだ。
それがわたしの心から苦痛を追い払ってくれるさだめなのだから
——おまえさえ同意してくれるなら。不気味な響きに満ちた死から
救い出してくれるか否かは、おまえの心にかかっているのだ。
さあ、一刻も早くわたしに情けをかけてくれ。すみやかに死をもたらす

矢の力を癒しておくれ、わたしにまだ力があって手足が動くうちに。
頼むからむごい嫉妬など起こさないでくれ。
こうしておまえの足元に倒れたまま、容赦ないさだめによって
死ぬにまかせたりしないでくれ。それでは嘆願の女神《リタイ》たちに[1]も憎まれよう。
かの女神たちは雷をとどろかせるゼウスの娘、
思い上がった人間たちに怒れば
後にうめきをもたらす復讐女神《エリンニュス》と憤怒を差し向けるのだ。
さあ高貴な妻よ、すぐにもいとわしい死神《ケーレス》たちを追い払ってくれ、
わたしがかつて愚かなあやまちを犯したとしても」。
　こう言ったが、オイノネの暗い心を説きつけることはできず
彼女はひどく苦しむパリスをからかうように言った。
「どうしてまたわたしのところへおいでになったのですか。
多くの悲しみを招いたテュンダレオスの娘［ヘレネ］のために
はてもなく泣き悲しむわたしを家に置き去りにしたというのに。
あなたは大喜びであの方と床を共にして楽しまれた。
正式の妻よりもずっとすばらしい人ですものね。老いることのない方だと
　いうではありませんか。

（1）嘆願を擬人化した女神たち。その願いを退けた者には報復を行なったという。同様の趣旨がホメロス『イリアス』第九歌五〇二―五一二行にある。

今すぐにもヘレネの膝におすがりなさるがいいわ。

泣いて哀れっぽいことや苦しそうなことを言ってわたしを説きつけるのはおやめなさい。

わたしの心に獣のような力があったなら
あなたの肉をむさぼり、血をすすりつくしてやりたいほどなのですから。

あなたは思い上がりにまかせてわたしにそれほどひどいことをしてくれたのですよ。

みじめな方、冠を頂くキュテラのあなたの女神さまはどこにおいでなのです。

無敵のゼウスは娘婿[1]のことを忘れてどこにおいでになるのです。

この神々におすがりなさい。わたしの家からは出て行ってください。

神々にも人間にもあなたは不吉な禍いなのですから。

罪深い方よ、あなたのせいで神々さえも
ある方は孫を、ある方は息子をなくして悲しんでいらっしゃるのです。

さあ、わたしの家を出てヘレネのもとへお行きなさい。

彼女のベッドの傍らでつらい痛みに刺しつらぬかれて
夜も昼ものたうちまわって泣き言を言うがいいわ、

（1）パリスのこと。ヘレネは実際にはゼウスの娘とされていたのでこう言ったもの。

彼女があなたの恐ろしい苦痛をいやしてくれるまで」。
　こう言って、すすり泣く彼を自分の家から追い返した。
愚かなことに、おのれの運命を予見できなかったのだ。
彼が死ぬとすぐ死神《ケーレス》たちが彼女についてくるさだめにあったのだ。
それがゼウスの宿命女神《アイサ》の定めたことであった。
　パリスは鬱蒼としたイデの山頂を越え
最後の道を急いでいた。哀れに足を引きずり
心中深く悲しむ彼を恐ろしい宿命が導いていた。
ヘレはそれを見て不死の心に喜んでいた。
ヘレの座すオリュンポスにはゼウスの果樹園があった。
そして傍らには四人の侍女たちが座っていた。
これは瞳きらめくセレネが太陽神《エエリオス》の情愛を受けて広い大空で
生んだもので、滅びることはなく
互いに似ていなかった。姿かたちはそれぞれ異なっていた。
……
……
……(2)

(2) 三行の欠行あり。

いまひとりは冬と山羊座を支配している。
人間の生涯は彼女たちが順番に司る
四つの季節を通じて変化するからだ。
だが天上のこうしたできごとはゼウス自身にまかせることにしよう。女神たちは
不吉な宿命女神《アイサ》がまがまがしい胸のうちで思案していることを
語り合っていた。すなわちテュンダレオスの娘［ヘレネ］とデイポボスとの
憎むべき婚儀が図られていること。
この女をめぐるヘレノスの怒りと恨み。
アカイア人の息子たちが高い山の中でトロイエ人たちに怒りを抱く彼を捕らえ
速い船の方へ連れてゆく次第。
彼の助言にしたがって力強いテュデウスの息子［ディオメデス］が
オデュッセウスとともに巨大な城壁を乗り越え
アルカトオス(1)にうめきに満ちた死をもたらし
城市とトロイエ人自身の守護神であった

(1) パラディオン（アテネの像）の番人。

賢明なトリトゲネイアの像をその同意を得て持ち去ること。
誰にせよ、——たとえ神であっても——どんなに怒ろうとも
この女神が傷つけられることなく町を守って立っているかぎり
プリアモスの富裕な都を攻め落とすことはできないからだった。
またこの神聖な像は人間が鉄の道具で作ったのではなく
オリュンポスからクロノスの子自らが
黄金に富むプリアモスの都へ投げ落としたものである。
　このようなことを、そしてまた他のことをゼウスの妻は
侍女たちと語り合っていた。一方パリスはイデ山中で息を引き取った。
ヘレネは帰宅する夫を迎えることはできなかった。
ニンフたちはパリスを囲んで声を上げて嘆いた。
彼のことをまだ憶えていたからであろう。
彼はまだ幼い頃から彼女たちの傍らにいてさまざまなことを語り合ってきたのだ。
ニンフたちとともにすばしこい羊飼いたちも
悲しんで涙を流した。峡谷がうめきを返した。
　そのとき多くの苦難を重ねたプリアモスの妻［ヘカベ］に

牛飼いの男がアレクサンドロスの恐ろしい運命を知らせた。
それを聞くと彼女の心はわななき震え
手足はくずおれた。彼女は嘆いてこう言った。
「いとしい子よ、おまえは死んでしまった。わたしに
次から次へといつまでも消えぬ悲しみを残して。おまえはわたしの子の中では
ヘクトルに次いではるかにすぐれた子だったのに。
だから不幸なこのわたしの涙はこの胸に心の臓が動くかぎり乾くことはないでしょう。
神々の意志なくしてはこんな目に会うはずはない。誰か宿命女神《アイサ》が
いまわしいことを図ったのでしょう。こんなことを知る前に
平和と繁栄のうちに死んでいればよかったものを。
他にもなお悪いことが起こるのを見ていなければならぬとは。
子どもたちは殺され、心揺るがぬダナオイ人の手で
都は荒らされて火をかけられ
嫁たちも娘たちも、他のトロイエの女とともに
子どもたちともども捕虜にふさわしい運命に引き立てられてゆくのでしょ

う」。
こう言って嘆いた。だが夫はこのことを知らなかった。
ヘクトルの墓の傍らに座って涙を流していたのである。
子どもたちの中でも彼をとりわけいつくしんでいたのだ。
ヘクトルは最も武勇にすぐれ槍で祖国を守ったからである。
プリアモスの賢明な心はヘクトルゆえの悲しみに閉ざされ、何も知らなかった。
一方ヘレネはたえず激しく泣き続けていたが
トロイエ人たちの間で叫んでいることとは別の思いを
胸に抱いていた。彼女はおのが心の中でつぶやいた。
「わが夫よ、わたしにもトロイエ人たちにもご自身にも大きな禍いだったお方、
あなたはみじめにも亡くなってしまいました。残されたわたしは
いとわしい不幸の中にあってさらに不吉な禍いを目にしなければなりません。
天の恐ろしい宿命女神《アイサ》の力によってあなたについていく前に
ハルピュイアイがわたしを遠くさらっていたらよかったのに。

今や神々はあなたにもこの不幸なわたしにも禍いを
くだされたのです。誰もがわたしを見てひどく身震いし
誰もがわたしを憎んでいます。逃げ出す場所もありません。
もしダナオイ軍の中へ逃げこめば
ただちに打ちすえられてしまうでしょう。もしここに残れば
トロイエの女たちも男たちも寄ってたかって
わたしを八つ裂きにするでしょう。死んでもこの身をおおい隠す土もなく
犬やすばしこい鳥の群れにむさぼりつくされることでしょう。
わたしは打ち倒されていればよかったのに……
[1]……こんな不幸を目にする前に」。
　こう言ったが、夫を悼んで泣くのではなく自らの恐ろしいあやまちを
思い出して泣くのだった。まわりではトロイエの女たちが
パリスのために嘆いているようだったが、心の中では別のことを思ってい
た。
すなわちある者は親を、ある者は夫を、
ある者は子を、またある者はいとしい兄弟を思うのだった。
ただ一人心から苦しむのは誉れ高いオイノネだった。

（1）本文に欠落がある。

彼女はトロイエの女たちに混じって泣くことはなく
遠く離れた自分の家にいて
かつて床をともにした夫のために深くうめいていた。
あたかも、高い山の茂みに凍りついた雪のよう、
西風の息吹にのって雪は谷をおおいつくすのだが
周囲の高い山の頂をぬらし、溶けてしたたり落ちる。
谷を厚くおおう氷も
湧き出る泉の冷たい水に溶けてゆく。
そのようにオイノネはまがまがしい苦しみに打ちのめされ
正式に結ばれた夫を悼んで涙にくれた。
恐ろしいうめき声を上げながら彼女はこうひとりごちた。
「ああ、わたしは何という愚かなことをしたのだろう。人生などもういとわしい。
夫を愛してきた不幸なわたし。老いにさいなまれても
あの人とともに、人の言う人生の最後の敷居まで同じ思いで
生きてゆくのだと思っていた。でも神々がそうさせてはくださらなかった。
黒い死神《ケーレス》たちがわたしをさらってくれればよかったのに。

わたしはアレクサンドロスと別れるさだめにあったのだから。
けれどあの人が生きているうちにわたしを捨てたのだとしても
わたしはこの大きな試練に耐えて彼の傍らで死のう。日の光などもう見たくないのだから」。
　こう言ってまぶたから哀れに涙をこぼした。
死んでしまった夫を思うそのさまは
ろうが火にあたって溶けるよう。
父親や美しい衣をまとう侍女たちの目をはばかって
人知れず涙を流していた。ついに広い大洋《オケアノス》から
神聖な大地に夜が広がり、人々を労働から解放した。
そして父親も召使いたちも家の中で眠りにつくと
彼女は家の扉を打ち破り
疾風のように飛び出した。すばやい足が彼女を運んでいた。
あたかも山の中で雄牛に恋をした若い牝牛が
夢中になって速い足でいっさんに駆けてゆくよう。
恋で一途になった牝牛は牛飼いの男も恐れず
やみがたい思いにかられて駆けてゆく、

茂みの中にいとしい雄牛を見つけたなら。
そのようにオイノネはすばやく走って長い道のりを尽くし
一刻も早く恐ろしい火葬壇に上ろうとはやった。
膝が疲れることもなかった。急ぐ彼女をたえず機敏な足が
運んでいた。不吉な死神《ケール》とキュプリスが
後押ししていたのだ。夜の道を行く彼女は毛むくじゃらの獣さえ
恐れはしなかった。以前はひどくこわがっていたのだが。
オイノネは鬱蒼とした山の岩や断崖をすべて越え
すべての峡谷を渡った。
天上からこれを目にした女神セレネは
非の打ちどころのないエンデュミオンを思い出して
先を急ぐ彼女に心を痛め、空の高みで
明るく輝いて長い道を照らし出してやった。
　一心に山を駆け抜けたオイノネは他のニンフたちが
アレクサンドロスの亡骸を囲んで泣いているところに着いた。
遺体はまだ燃えさかる炎に包まれていた。
山のあちこちから羊飼いたちが集まって

数知れぬ薪を運び込み、仲間でもあり王でもあったパリス(1)のために
最後の賛辞となる哀悼を捧げていたのだ。
彼らは屍を囲んでおびただしく涙を流していた。オイノネは
パリスを目のあたりにすると、悲嘆にくれていたものの涙も見せずに
美しい顔を布で包むと
たちまち火葬壇に身を投げた。すすり泣きの声はさらに高まり
オイノネは夫の傍らで焼かれた。ニンフたちは彼女が
夫の傍らで息絶えたのを見て皆茫然とした。
そして人はみな心の中で次のようにつぶやいた。
「本当にパリスは悪い男だった。優しい妻を捨てて
連れて来た花嫁は恥知らず、
自分自身にもトロイエ人たちにも都のためにも死の苦しみをもたらしたのだから。
愚かにも、賢い妻の悲しみをかえりみようともしなかった。
その妻は夫を日の光よりもとうとんでいたのに。
厭うばかりで愛してもくれなかった夫ではあったが」。
　そのようにニンフは心のうちでつぶやいた。

(1) パリスは父プリアモスに認知される前に、イデ山で羊飼いとして暮らしていた。

二人は火葬壇の真ん中で夜の明けたのも知らずに焼かれた。
まわりでは羊飼いの男たちが茫然としていた。
そのさまは、かつてカパネウスの妻エウアドネが夫の傍らに身を横たえ
恐ろしいゼウスの雷に打たれて死んだ夫に殉じた[2]のを
アルゴス人たちが皆目にしたときのようだった。
しかしオイノネとパリスをすさまじく燃えさかる火が焼きつくし
同じ灰がおおいつくすと
人々は火葬壇の炎をぶどう酒で消し
二人の遺骨を黄金の壺に納めた。
そしてただちに塚を築き二つの墓標を立てたが
それらはどちらも背を向け合って
今なお互いにうめきに満ちた嫉妬を示しているのである。

(2) カパネウスはテーバイ攻めの七将の一人。エウアドネは夫の火葬壇に身を投げて自害した。この場面の表現にはエウリピデス『救いを求める女たち』一〇一一行の影響がある。

第十一歌

梗概

パリスの死後もトロイエの城壁をめぐる攻防が続く。各将たちの活躍でアカイア方が優位に立つが、アポロン神に力を与えられたアイネイアスとエウリュマコスが敵を押し返し、形勢は逆転する。対するアカイア勢はネオプトレモスの力でわずかに持ちこたえる。やがてアテネ女神の介入で再び優勢になるが、日没により両軍はそれぞれ引き上げて傷や疲れを癒す。翌朝アカイア軍は再びトロイエの城壁をめざし、楯を組み合わせたものを頭上にかざして進軍する。城市に侵入しようとするが再びアイネイアスに阻まれる。勝敗のつかぬまま戦闘は続く。

トロイエの女たちは城市の中で悲嘆にくれ
［パリスの］墓まで行くことはできなかった。そびえ立つ都からは
とても遠く離れていたからだ。若者たちはたえまなく
都の外で戦い、流血の戦闘はとどまるところを知らなかった。
アレクサンドロスは戦死したものの、アカイア軍は
トロイエの城市に向かって攻めかかり、トロイエ軍も
城壁の外へ出たのだ。必然が両軍を導いていた。
そのただ中でうめきをもたらす不和女神《エリス》とエニュオが
歩き回る姿はさながら残酷な復讐女神《エリンニュエス》たちのよう、
二神とも口からいまわしい死の息を吐いていた。
その周囲で恥知らずな心を持った死神《ケーレス》たちが
すさまじく荒れ狂っていた。一方では恐慌神《ポボス》とアレスが
両軍を駆り立てていた。恐怖神《デイモス》が赤い血のりを身に浴びて
後に従っていた。戦士たちのうちある者が

それを見て隊列を固め、また別の者は逃げ出すように。
至るところで戦士たちの投槍や長槍や矢が
あちこちから降り注ぎ、いまわしい流血を求めていた。
両軍がぶつかり合うとその周囲に鈍いとどろきが起こり、
双方は人を滅ぼす戦場の中で死闘を繰り広げた。
　このときネオプトレモスはラオダマスを殺した。
これはリュキエでクサントスの美しい流れのほとりに育った者、
その川は雷をとどろかすゼウスの妻、高貴なレトが
人間たちのためにその手で輝かしいリュキエの
石くれだらけの地を耕して出現させたものだった。
神の子を産もうとして、ありとあらゆる産みの苦しみに満ちた
出産に苦しんでいた折りのことである。
ネオプトレモスはこれに続いてニロスを討ち取った。戦闘のさなか
あごを槍で突き通すと、口の中ではまだものを言っている舌を
青銅の槍先が貫いた。ニロスは槍の残酷な切っ先を
飲みこんで声を上げ、叫ぶその頬に血が流れた。
そしてうめきをもたらす槍が、力強い手の力で

生命を失った彼を地面に
突き倒した。高貴なエウエノルに対しては
脇腹の少し上を突き、肝臓のまん中を
槍で貫いた。いまわしい破滅がすぐに訪れた。
さらにイピティオンを殺しヒッポメドンを討ち取ったが
これはマイナロスの勇敢な息子で、ニンフのオキュロエが
サンガリオスの流れのほとりで産んだものだった。しかし母は
帰ってくる息子を迎えることはなかったのだ。まがまがしい死神たち《ケーレス》に
彼女は残酷にも子を奪われ、息子ゆえの大きな悲しみに襲われた。
　アイネイアスはブレモンとアンドロマコスを殺したが
一人はクノッソス(1)で、もう一人は神聖なリュクトス(2)で育ったのだった。
二人とも足の速い馬が引く戦車から一つところへ落ち、
一方はのどを長い槍で刺し貫かれけいれんしていた。
もう一方は急所となるこめかみの下部に
とても力強い手から放たれた投石を受けて
息を引き取った。黒い死が彼を包んだ。
馬たちは恐怖にとりつかれ御者もいないまま

(1) クレテ島の都。
(2) クレテの町。クノッソスの東にある。

逃げ出して多くの屍の間をさまよっていた。
非の打ちどころのないアイネイアスの従者たちは
その馬を捕らえ、心の中で戦利品に喜んだ。
　さてピロクテテスはピュラソスが戦いから逃げ出すところへ
いまわしい矢を射かけた。矢は膝の後ろの
ひかがみの腱を断ち切り、戦士の勢いは打ちくだかれた。
するとダナオイ軍の一人が、ピュラソスが動けなくなったのを見て
急所である首の腱にただちに剣を突き刺して
頭を切り落とした。首を斬られた屍を
大地が受け止めた。落ちた頭は声を出そうとしながら
遠くまで転がっていった。魂はそれと同時にすみやかに飛び去った。
　プリュダマスはクレオンとエウリュマコスを槍で突いたが
この二人は主人ニレウスに従ってシュメ(1)からやってきた者、
両者とも釣り針を使って魚たちに残酷なわなを
しかけたり、神聖な海に網を投げ入れたり
手で巧みに魚へ向かってじかにすばやくやすを船上から
振り下ろしたりすることにたけていた。

(1)トロイエの南にある島。

だがこのときは海の仕事も二人を禍いから守ってはくれなかった。
　退却を知らぬエウリュピュロス[2]は輝かしいヘロスを倒したが
これはギュガイエ[3]の湖のほとりで頬の美しいクレイトが
産んだ者だった。彼は埃の中にうつぶせに横たわり
離れたところで長い槍も同様に倒れた。
……[4]
いまわしい剣で力強い肩から切り離された手は
まだ戦おうとして槍を振りかざそうと
むなしくあがいていた。男は戦うべく槍を振り回そうとしたのだが
いたずらにけいれんするばかりだった。それは恐ろしい蛇の尾が
切り離されてなおぴくぴくと動くよう、自らを傷つけた者を
殺そうとしても苛酷な辛苦に耐える力はもうないのだ。
そのように、力強い心を持つ男の右手は
戦おうとしていたが、もはや生命の息吹はとだえていた。
　さてオデュッセウスはアイノスとポリュイドスを討ち取ったが
これは二人ともケテイオイ人で、一人は槍、もう一人は
恐るべき剣を使って殺したのだった。ステネロスは高貴なアバスに

(2) アカイアの将。トロイエの援軍として来たヘラクレスの孫とは別人。
(3) リュディア（トロイエの南にある王国）の町サルデイスの付近にある湖。
(4) 数行の欠行あり。

槍を投げつけて殺した。槍はのどを貫き
すさまじい勢いで腱を裂き、いたましい後頭部に達した
男の心臓はついえ、すべての関節がくずおれた。
テュデウスの子は「ディオメデス」ラオドコスを、アガメムノンはメリオ
スを、
デイポボスはドリュアスとアルキモスをそれぞれ討ち取った。
またアゲノルはヒッパソスを殺した。これは身分の高い者だったが
ペネイオス川(1)からやってきたのだった。彼は両親にけなげに
孝養をつくすことはできなかった。神霊《ダイモーン》が彼を打ち砕いてしまったからだ。
　さてトアスはラモスと勇敢なリュンコスを
メリオネス(2)はリュコンを倒し、メネラオスはアルケロコスを討ち取ったが
これはコリュコス(3)の丘と知恵あふれるヘパイストスの岩の
ふもとに住んでいた。この岩は人間にとっては
驚くべきものである。ここでは疲れを知らぬ火が
夜も昼も消えることなく燃えているのだ。その周囲には
ナツメヤシの木が生い茂り、数限りない実をつけているが
根は石とともに焼けているのだ。これは後の世の人にも

(1)ギリシア北部テッサリアの川。
(2)アカイアの将。
(3)トロイエの南にある国キリキアの山。

見て驚くようにと、神々が作り上げたものである。
　テウクロスは非の打ちどころのないヒッポメドンの息子メノイテスに
すばやく矢を射かけようとした。
そして心と手と目で、反り返った弓から
矢の狙いを定めた。矢は恐ろしい勢いですばやい手を離れ
相手めがけて飛んでいった。その後もなお弓弦が
鳴り響いていた。敵はまともに矢を受けて
けいれんしていた。死神たち《ケーレス》が矢とともに
急所である心臓へ入りこんだためだ。そこは人の精神と生命力の座だが
死に至る早い道でもあるのだ。
　エウリュアロスはたくましい手で遠くから
大きな石を投げつけ、血気にはやるトロイエ軍の隊列を撹乱した。
あたかも、長い叫びを上げる鶴に対して
平原にいる番人の男が腹を立てたときのよう。耕地を思って不安にさいな
　まれ
頭のまわりで牛皮製のみごとな革ひもをすばやくぐるぐる回し
［投石器で］石を投げつければ、鋭い音を立てて

空に広がる鳥の長い列を散らす。鶴たちは逃げ出し
てんでに円を描いて叫び声を上げながら飛び去る。
さっきは一糸乱れず飛んでいたのに。
そのように、敵は力強いエウリュアロスの恐ろしい投石を
恐れて逃げた。神霊《ダイモーン》はその石をむだにはせず
その勢いで力強いメレスの頭をかぶともろとも
打ち砕いた。いまわしい死が彼を襲った。
　人々はそれぞれ殺し合い、大地はその周囲でうめいていた。
あたかもすさまじい風が低いうなりを上げて
激しい勢いで襲いかかるときのよう、あちこちで
大きな森の木々は根こそぎ倒れ
まわりじゅうで地面がとどろく。
そのように人々は埃の中に倒れ、武具がはてしなく
響きわたった。まわりで大地がとどろいた。人々は
苛酷な戦いに没頭し、互いに禍いを招いていた。
　このときアイネイアスとアンテノルの勇猛な息子
エウリュマコス（1）の傍らに高貴なアポロンがやってきた。

（1）本歌六〇行に出るアカイアの戦士とは別人。

二人は戦闘のまっただ中に、隣同士に並んで立ち、
力強いアカイア人たちと戦っていたのだ。その様子は
同じ年頃の力強い二頭の牛が車を引くようだったが
戦いを終わらせることはできずにいたのだ。神はただちに二人に言葉をかけたが
易者ポリュメストルの姿を借りていた。これは母親がかつて
クサントスの流れの傍らで遠矢を射る神［アポロン］のしもべとして産んだ者である。
「エウリュマコスにアイネイアスよ、神を祖先に持ちながらアルゴス軍の前から
後ずさりするとはふさわしくない。勇敢なアレスでさえ
自らおまえたちと対決するとなれば喜びはすまい。
おまえたちが戦場で戦おうと望むのならば。運命女神《モイライ》たちは
二人には人生が長く続くよう運命を紡いでいるのだから」。
　こう言うとその姿は風にまぎれて見えなくなった。
二人はこれは神だと心に気づいた。彼らはたちまち
限りない勇気を注がれ、胸のうちで心は

闘志に燃えた。そしてアルゴス勢に飛びかかったが
その様子は凶暴なスズメバチのよう、
怒りにまかせて勢いすさまじくミツバチに襲いかかる。
秋になり乾いたぶどうの房めがけて
ミツバチがやってきたり、巣箱から飛び出してきたりするのを見つけたのだ。
そのように、トロイエ人の息子たちは戦いにたけたアカイア勢に
すばやく飛びかかった。不吉な死神《ケーレス》たちは
戦士たちを見て歓喜し、アレスは哄笑し、
エニュオは恐ろしい叫び声を上げた。きらきら光る武具は大きく鳴り響いた。
彼らは数知れぬ敵の大軍を猛々しい手で
切り裂いた。軍勢も同じように襲いかかる。
そのさまはつらい暑さの夏の時季に熟した麦を
すばやい刈り取り人たちが手ですみやかに刈り取るよう、
何ペレトロンもあるはてしない畑を手分けして。
そのように、幾千の隊列は彼らの手による襲撃を受けた。

大地は一面に屍でおおわれ
血であふれた。不和女神《エリス》は死者たちを見て
心に喜んだ。人々はいまわしい戦いをやめず
あたかも残酷な獅子が羊を……
……[1]アカイア軍は悲惨なことに
敗走するよりほかはなく、傷を受けずまだ足に力のある者たちは皆
恐ろしい戦闘から逃げ出した。
勇猛なアンキセスの息子は追撃を続け
敵の背中を後ろから槍で突き刺した。
エウリュマコスも同様だった。救いの神アポロンは
高みからこれを見て不死の心に喜びを覚えた。
　ちょうど豚が乾いた麦を目当てにやってきたときのよう、
熟した麦が刈り取り人たちに切り取られる前に
人が力強い犬を放つと、豚たちは駆けてくる犬を
目にして震え、もはや餌のことは眼中になく
狼狽して逃げ出そうといっせいに
背を向ける。そこへたちまち犬たちが走ってきて追いつき

(1) 本文に欠損あり。

後ろから容赦なく噛みつく。豚たちは叫び声を上げて
逃げ出せば、主人は畑のために喜ぶ。
そのように、アルゴス方の大軍が戦いから
逃げ出すのを見てポイボスは喜んだ。アルゴス人たちは
もはや武勲などにかまっていられなかったのだ。
彼らは足が速く動いてくれるよう神々に祈っていた。帰国の望みを託せるのは
足だけだったからだ。エウリュマコスとアイネイアス、それにその朋友たちが
槍を手に荒れ狂いながら全軍に襲いかかっていた。
　そのとき一人のアルゴス人がおのれの力を過信したのか
あるいは運命女神《モイラ》が彼を滅ぼそうとしたためか、
不吉な叫びに満ちた戦場から逃げ出した馬を止め
大急ぎで戦闘へ連れ戻し、敵に向かって
戦おうとした。だが勇敢な心を持つアゲノルが
機先を制して両刃の斧で胸の筋肉に
痛烈な一撃を浴びせた。傷ついた腕の骨が

刃の力に屈した。周囲の腱は
たやすく断ち切られた。血管から血があふれた。
彼は馬の首の上に倒れ、そのまますぐ
屍の間にくずおれた。力強い手だけが
曲がったくつわにしっかりとしがみついていたが
それはあたかも生きているかのようだった。驚くべき光景だった。
その腕は血にまみれて手綱にぶら下がり
アレスの意志により敵に恐怖をもたらしたのだ。
まるで今なお馬に乗ろうともがいているかのようだった。
戦死した主人のしるしとして馬はそれを運び去った。
　アイネイアスはアイタリデスの腰の上を槍で突いて倒した。
切っ先はへそのあたりを貫いて
内臓がこぼれ出た。アイタリデスは埃の中に倒れ
両手で槍先もろとも腸をつかんで
すさまじいうめき声を上げ、叫びながら大地に
歯をめりこませた。魂と苦痛は男を離れていった。
　アルゴス人たちが恐怖におののくさまは牡牛のよう、

くびきをつけてせっせと鋤を引いているところを
血を求めるアブが長い口吻で脇腹を刺すと
言いようもなく動転して
仕事を放り出して逃げ出すのだ。主人は牛たちのために嘆き
せっかくの畑仕事がと思うと同時に牛を思って身を震わせる。
鋤が後ろに飛んで
容赦ない刃で脚の腱を切ってしまうのではないかと。
そのようにダナオイ軍は逃げ出したが、アキレウスの息子は
これに心を痛めた。彼は大きな叫び声を上げて軍勢を引き止めた。
「ああなんと臆病なことを、なぜ逃げる。
気弱なムクドリがハヤブサの来るのを恐れて逃げるようではないか。
さあ、心を一つに合わせるのだ。卑怯な逃走を選ぶより
戦いで死ぬ方がはるかによいことなのだから」。
　こう言うと、人々はこれに従いすぐ大胆な気持ちを
胸に呼びさました。ネオプトレモスは驕りに胸をふくらませ
手に血気にはやる槍を振りかざしてトロイエ軍に突撃した。
彼にミュルミドネス人の軍が従い、胸のうちに嵐のような力を

みなぎらせていた。アルゴス軍は戦いの喧噪から
一息ついた。ネオプトレモスはたちどころに父にたがわぬ勇気で
乱戦の中一人また一人と敵を殺していた。敵軍が後退し
潰走するさまは、海上にわき起こる波のよう、
北風神《ボレエス》の嵐によってさかんに泡立ち
海岸に打ち寄せるが、どこからともなく別の風が起こって
大きな嵐の中で荒れ狂い逆向きに吹きつけると
北風はまだ少し吹くものの波を浜辺へ押し返す。
そのように先ほどまでダナオイ方を攻撃していたトロイエ勢を
神と見まごうアキレウスの息子は押し返したが
それもわずかのことだった。勇敢な心を持つアイネイアスが
逃げることを許さず、苛酷な戦いの中に
果敢に踏みとどまらせたからだ。エニュオは両軍が拮抗する戦いを
繰り広げていた。しかしアイネイアスに向かって
アキレウスの息子が父の槍を振りかざすことはなかった。
心を別の方へ向けていたのだ。きらびやかな衣のテティスが
キュテラの女神「アプロディテ」を畏れて

孫の心と大いなる力をそらし、別の兵たちの群れへ向けさせたのである。
そこでネオプトレモスは大勢のトロイエ兵を殺し、アイネイアスは
アカイア方の数知れぬ者たちを討ち取った。戦いに倒れた戦士たちの
内臓や肉をむさぼろうとして、鳥たちは歓喜していた。
流れの美しいシモエイスとクサントスの娘である
ニンフたちは嘆きの声を上げた。
　そして人々は戦い続けた。疲れを知らぬ風が
限りなく埃を巻き上げた。広大な天空がすべて
はるかな高みまで曇るさまは視界をさえぎる霧のよう、
大地の姿は隠れ、人間たちの目には何も見えなくなった。
それでもなお戦いは続いた。人々は手にかけられる相手は
たとえ無二の親友であろうと容赦なく殺した。
戦闘のさなかでは向かってくるのが敵なのか
味方なのか判別できなかったからである。両軍とも途方にくれていた。
すべてが混乱し全員が同じように
破滅を呼ぶ互いの剣に倒れ
痛ましい死を遂げたであろう、オリュンポスからクロノスの子［ゼウス］

が
苦しむ者たちを守り、戦場から埃を吹き払って
呪わしい突風をしずめなかったら。
両軍は依然として戦っていた。彼らにとっては戦闘は
はるかにたやすいものになっていた。戦場で出会う相手が
敵として殺す必要があるのか、また避けるべきなのかわかったからである。
またあるときはダナオイ軍がトロイエの大軍を食い止めるかと思えば
またあるときはトロイエ方がダナオイ方の戦列を阻んだ。
戦闘は激しくなった。矢は双方から雪のように
降り注いだ。イデの山から戦闘を目にした
羊飼いたちは恐怖にとらわれた。
そしてある者は空に手をさしのべて
敵が軍神《アレス》の力で一人残らず滅ぶように、
またトロイエ軍がうめきに満ちた戦いから一息つけるように
いつか自由の日を迎えることができるようにと、天上の神々に祈った。
しかし神々は祈りを聞き入れなかった。多くのうめきをもたらす宿命女神《アイサ》
は

違うことを考えていたのだ。この女神は力強いゼウスも他のいかなる神を
も
はばかることはなかった。宿命女神《アイサ》の残酷な心は変えることの
できぬものであり、生まれた人間に——人間あるいは都市に——
どんな運命であろうと、逃れえぬ宿命の糸を紡ぐのだ。
すべて滅びるものも育つものもこの女神の手の中にある。
この女神の意志によって、馬で戦うトロイエ人と
格闘にひいでたアカイア人の戦争は勃発したのだ。
両軍は互いにたえまなく殺戮と容赦のない運命を
繰り出し続けた。恐れにとらわれた者はなく
進んで戦っていたからである。大胆さにかられて人々は乱戦に飛びこんで
いた。
　しかし多くの者が土埃の中に倒れると
そのとき勇猛なパラスの意志によりアルゴス軍の勇気が
立ちまさった。女神は戦闘のすぐ傍らに来てアルゴス人たちを守り
プリアモスの名高い都を滅ぼしつくそうとはやっていた。
そして神々しいアプロディテは死んだアレクサンドロスを思って

しきりに嘆いていたが、輝かしいアイネイアスを
戦いと残虐な喧噪の場から
自らただちに連れ出し、まわりにおびただしい霧を注ぎかけた。
もはやこの男は高い城壁の前で乱戦の中
アルゴス軍と戦う運命にはなかったのである。
そこでアプロディテは、ダナオイ軍を救おうと心底はやり立つ
賢いトリトゲネイアを注意深く避けた。
この女神がさだめを超えて息子を殺してしまわぬように。
アテネはかつてもっと勇敢なアレスでさえ、容赦したことがなかったのだ
から(1)。
　トロイエ軍はもはや戦いの前線に踏みとどまることはできず
あわてふためいて後退した。
アルゴス勢が肉を食らう野獣のように
戦闘意欲に燃えて飛びかかってきたからである。
人々が殺されると川と平原は屍でいっぱいになった。
それほどまでにたくさんの人や馬が
土埃の中に倒れたのだ。主人を打ち倒されて

(1) アテネは以前ディオメデスを助けてアレスを負傷させた。ホメロス『イリアス』第五歌八三五―八六三行に語られている挿話を指す。

戦車があちこちに散らばっていた。いたるところで雨のように
血が流れていた。おぞましい宿命女神《アイサ》が戦場に襲いかかってきたのだ。
　トロイエ人たちは剣やトネリコの槍で刺し貫かれて
倒れていた。そのありさまは海岸に散らばる丸太のよう、
重くとどろく海の岸辺に
人々が丈夫な釘から太い綱をほどいて
高くそびえる船の梁や床板を一面に散らすと
広い海岸も見渡すかぎり埋まり
そこへ黒い波が押し寄せてくるのだ。
そのようにトロイエ人たちは涙の尽きぬ戦いを忘れ
埃と血の中に横たわっていた。
　わずかな者たちは容赦ない戦闘を逃れ
耐えがたい禍いを避けようと城市へ逃げこんだ。
彼らの妻や子どもたちは血まみれの身体から
いまわしい血のりに汚れた武具を脱がせ
皆に熱い風呂を用意した。都じゅうの医者たちは
負傷した男たちの家に駆けつけ、傷を治すべく立ち働いた。

妻や子どもたちは戦場から帰ってきた彼らの傍らで
嘆きの声を上げていた。
そして帰って来ぬ者たちを呼ぶのだった。
男たちはつらい苦しみに心を打ちひしがれて
横たわったまま苦痛に重くうめき、疲れのあまり
夕食に向かおうともしなかった。足の速い馬たちは
飼葉を求めてしきりにいないた。一方アカイア人たちは
幕舎や船の傍らでトロイエ方と同じことをしていた。
　暁女神《エオス》がオケアノスの流れを越えて
輝く馬を駆り、人間たちも眠りから覚めた。
そのとき力強いアルゴス人の勇猛な息子たちのうち
ある者はそびえ立つプリアモスの都へ向かい
ある者は負傷者たちとともに幕舎にとどまった。
恐ろしい軍勢が襲いかかって
船を奪い取りトロイエ方に恩恵をもたらすことのないように。
トロイエ軍は城壁を出てアルゴス勢と戦った。すさまじい戦闘がわき起
　こった。

スカイア門の前でカパネウスの息子［ステネロス］は
神と見まごうディオメデスとともに戦った。二人の頭上から
退却を知らぬディイポボスと力強いポリテスが
他の朋友たちとともに矢や投石を浴びせて
行く手を阻んだ。戦士たちのかぶとや楯は
武器に当たって大きな音を立てたが
男たちを苛酷な運命や容赦ないさだめから守っていた。
　ダルダニア門の近くではアキレウスの息子［ネオプトレモス］が
戦っていた。その周囲では激しい戦闘にもひるまぬ
ミュルミドネス人たちが皆戦っていた。
数限りない矢で彼らを果敢に押し返したのは
ヘレノスと勇気あるアゲノルで
トロイエ軍を励まして戦闘に向かわせていた。
トロイエ兵たちも自らの祖国の防壁を守ろうと進んで戦っていた。
　平原や速い船に面した門のところでは
オデュッセウスやエウリュピュロスがたえず戦っていた。
だが誇りに満ちた高貴なアイネイアスが投石で

彼らを高い城壁から押し戻した。
　シモエイスの流れのほとりではトネリコの槍もみごとなテウクロスが
苛酷な戦いに耐えていた。誰もがいたるところで苦難を背負っていた。
　するとそのとき、勇猛なオデュッセウスの周囲にいた名だたる勇士たちが
彼の抜け目のない知恵に従って、アレスの司る戦闘へ向けて
楯を並べた。彼らは楯を頭の上にかざし
端と端を合わせた。楯は一気に一つにまとまった。
それはあたかも館をすきまなく覆う屋根のようで
雨をはらんではてしない勢いで吹きつのる風も
ゼウスの降らす無数の雨も通さぬものである。
そのようにアルゴス軍の隊列は一面牛皮の楯に
がっちりと覆われた。彼らは一体となって
心を一つに合わせて戦闘に向かった。上からはトロイエ人の息子たちが
石を投げつけた。しかし石は硬い岩に当たって跳ね返るように
ゆるぎない大地に落ちた。おびただしい槍や
うめきに満ちた矢や残酷な投槍が

楯に打ち込まれ、またあるものは地面に突き立ったが
多くはいたるところから投げつけられる武器にはばまれ
遠く離れたところにいたずらにそれて落ちた。アカイア勢は
大きな音にひるむこともなく退くこともなかった。雨だれの音を
聞いているかのようだった。彼らは足並みそろえて城壁のもとへ進み
誰も離れている者はなかった。一つにまとまって進撃するさまは
もやにかすむ雲のよう、冬のさなかに
クロノスの子［ゼウス］が空の頂から大きく広げる雲である。
進軍する者たちの足元からはおびただしいとどろきと轟音が
わき起こった。地面のすぐ上から舞い上がった埃を
男たちのはるか後ろへ
風が吹き飛ばした。さまざまなざわめきの入り乱れる様子は
巣箱の中でうなるミツバチさながらだった。
荒い息遣いがしきりに聞こえ、息を切らせた兵士たちの
まわりをもやとなって包んだ。アトレウスの子たち［アガメムノンとメネラ
オス］は
はてしない喜びを覚えて誇りに胸をふくらませ

不吉なうなりを上げる戦いの中そびえ立つ城壁を見た。
彼らは準備を整えて、神の血をひくプリアモスの城門に
一丸となってぶつかり、両刃の斧で
巨大な防壁を打ち砕き、枢《とぼそ》から門扉を引きはがして
地面に叩きつけようとはやった。この勇敢な計略には
希望が託されていた。しかし牛皮の楯も
すばやい戦斧も彼らの守りとはならなかった。
力強いアイネイアスが両手に握った石を
勢いもすさまじく投げつけ、楯のかげで
驚きに打たれた者たちに不幸な死をもたらしたのである。
ちょうど山のがけのふもとで草を食んでいた山羊が
断崖の砕ける勢いにおびえるよう、
近くで草を食う山羊もすべておののくのだ。
そのようにダナオイ軍は驚愕した。アイネイアスはなおも上から
無数の石を投げつけ、敵の隊列を混乱に陥れた。
あたかも山並みの中でオリュンポスのゼウスが空の高みから
一つの峰のまわりにあちこち固まった岩を

燃え上がる稲妻と雷で打ち砕くよう、
あたりの羊飼いたちも他のすべての……
……[1]皆逃げ出す。
そのようにアカイア人の息子たちは逃げ出した。
打ち破られることのない楯で作った
彼らの戦いの防壁をまたたく間にアイネイアスが打ち落としたからである。
神がアイネイアスにはてしない勇気を吹き込んだのだった。
アカイア勢は誰一人として戦闘の中で彼をまともに見ることもできなかった。
彼の力強い手足にまとわれた武具は
神の稲妻のように輝いていたからである。
その傍らには闇に身を包んで
恐ろしいアレスが立ち、すべての投槍を導き
アルゴス軍に死と残酷な恐怖をもたらしていた。
アイネイアスの戦うさまはさながらオリュンポスのゼウスが
怒りに燃えて空から恐ろしい巨人《ギガンテス》のすぐれた一族を
切り裂くよう、はてしない大地も

(1) 本文に欠損あり。

テテュスも大洋《オケアノス》も天空も揺すぶられ、いたるところで
打ち負かされることのないゼウスの攻撃にアトラス(2)の手足も震えた。
そのように、戦闘の中でアルゴス軍の戦列は
アイネイアスによって崩された。彼は敵に怒りを燃やして
城壁に沿って走り回り、手当たり次第に
息つくひまもなくあらゆるものを投げつけて戦った。
ダルダノスの末裔の城壁の上には
危険な戦闘から身を守るものがたくさんあったからである。
こうしたものを用いてアイネイアスはすさまじい力で荒れ狂い
敵の大軍を押し返した。そのまわりでは
トロイエ軍が守りを固めていた。すべての者が
城市の周囲で苛酷な苦難に耐えていた。
アカイア方もトロイエ方も多くの者が殺された。両軍から大きな叫びが起こり
アイネイアスは戦いを好むトロイエ勢に向かって
都や妻たちや彼ら自らを守るため
進んで戦えと命じていた。一方退却を知らぬアキレウスの息子［ネオプト

(2) 世界の西の果てで天空を支える巨人。

　レモス」は
都に火をかけて占領するまで
トロイエの名高い城壁のもとを去らぬよう命じていた。
うめきに満ちたはてしない叫びに包まれて
両軍は丸一日戦闘を続けた。誰一人として
戦いから一息つこうとは思わず
一方は城市を攻め落とそうとし、一方は守ろうとしていた。
　さてアイアスは勇敢な心をもつアイネイアスから
離れたところで戦い、遠矢を射かけてトロイエ方に
いまわしい死をもたらしていた。あるときは
矢が空を貫いて飛び、またあるときは
恐ろしい投槍が飛んでいた。彼は一人また一人と敵を倒していた。
敵方は非の打ちどころのないこの男の勇気をひどく恐れ
もはや戦闘に踏みとどまれず、兵たちは城壁から逃げ出した。
　このときロクリス勢(1)の中でも戦闘にかけては随一の勇士である
雄々しいアルキメドンが、自らの王と
おのれの力を頼みに若さゆえの大胆さで

(1)エウボイエ対岸に住む、小アイアス配下の部族。

戦闘に突き進み、はしごに速い足をかけた。
仲間たちのために城市まで危険な道を切り開こうと
したのである。頭の守りとするために
楯をかかげ、恐れを知らぬ考えを心に抱いて
あやうい道を登っていた。
彼は手に容赦のない槍を振りかざしたかと思えば
また上へ登っていった。彼はたちまちのうちに空を横切る道を進んだ。
このときトロイエ方には悲しみがもたらされたことだろう。
しかし今や彼が頭をもたげ高い城壁から
最初で最後に都を目にしたとき
アイネイアスがおどりかかった。遠くにはいなかったので
アルキメドンの突撃を見逃さなかったのだ。アイネイアスが大きな岩を
相手の頭に投げつけると、すさまじい力が肝太い勇士の
はしごを打ち砕いた。アルキメドンは弓弦から放たれた矢のように
ころがり落ちた。ひっくり返った彼を呪わしい死が捉えた。
彼の魂は固い大地に落ちる前に
うめきながら中空にまぎれていった。

彼は胸鎧だけをつけた姿で地に落ちた。
力強い槍も、大きな楯も、頑丈なかぶとも
遠く離れたところに飛んでいたからである。ロクリス勢は
この男がいまわしい禍いに倒れたのを見て、彼の周囲でうめき声を上げた。
髪の豊かな頭の脳みそがあちこちに
散らばっていたのだ。骨もすばしこい手足も
すっかり打ち砕かれ、無残な血のりにまみれていた。
　このとき神と見まごうポイアスの高貴な息子は
アイネイアスが城壁の傍らで野獣のような勢いで
荒れ狂っているのを目にして、すぐに矢を放とうと
この名高い戦士に狙いを定めた。的をはずしたわけではなかったが
矢は不壊の楯を貫いて美しい肌に届くことはなかった
（キュテラの女神と楯が
矢をそらしたのだ）[1]。わずかに楯の皮をかすめただけだった。
しかし矢はむだに地に落ちることはなく
ミマスの楯と馬の飾り毛のついたかぶとの間に当たった。
ミマスは防壁から落ちた。野生の山羊に

（1）女神（アプロディテ）はアイネイアスの母であるため、息子を守ったのである。

人が残酷な矢を放って射落とすかのようだった。
そのように彼は倒れて横たわり、とうとい命は彼を離れた。
アイネイアスは友のために立腹し、岩を投げつけて
ピロクテテスの勇敢な友トクサイクメスを殺した。
頭は粉砕され、骨はすべて
かぶともろとも打ち砕かれた。輝かしい心臓はついえた。
高貴なポイアスの子はアイネイアスに向かって大声で叫んだ。
「アイネイアスよ、おまえは胸のうちで
誰よりも勇敢だと思って城壁の上から戦っているのか。
そこは臆病な女たちが敵と戦うところではないのか。
もしおまえがひとかどの者なら、鎧を身につけて城壁の外に出てくるがいい。
勇敢なポイアスの息子の槍と矢の力がわかるように」。
　彼はこのように言った。アンキセスの勇敢な息子は
言葉を返したかったがそうはしなかった。巨大な城壁と
都の周囲ですさまじい戦闘がたえまなく
起きていたからである。いまわしい戦いはとどまるところを知らず

皆長時間にわたる戦いで疲れ切っていたが
労苦から息をつくひまもなかった。戦果のない苦労が続いていた。

五〇〇

第十二歌

梗概

予言者カルカスの提言に従ってアカイア軍はいったん戦闘を中止する。オデュッセウスの計略により巨大な木馬を建造し、その中にネオプトレモスをはじめとしてとりわけ勇敢な戦士たちをひそませる。策略を知った神々もトロイエをめぐって争うが、ゼウスの意向によりトロイエの滅亡が決まる。アカイア軍のその他の兵士たちはアガメムノンとネストルの指揮のもと、幕舎を焼き払い対岸のテネドス島に向かう。無人の海岸に残された木馬を発見したトロイエ人たちはその傍らにただ一人残ったシノンを見つけ、拷問にかけて木馬の正体を問い詰める。シノンは苦痛に耐え、オデュッセウスの策に従って木馬はアテネ女神への捧げ物だと答える。トロイエの神官ラオコオンは木馬を破壊すべきだと主張するが、アテネの怒りを受けて盲目にされ、その子たちは大蛇に殺されてしまう。これを見たトロイエ人たちは木馬をトロイエの城門の中へ引き入れて飾り、戦争の終結を祝って饗宴を始める。いくつもの不吉な前兆が起きるのを見た王女カッサンドレも木馬を焼き払うよう警告するが、誰も聞き入れずトロイエの破滅が近づく。

槍をたずさえたダナオイ人たちはトロイエの城壁の傍らで
疲労困憊していたが、戦いは終わりを見なかった。
そんな折りカルカスは将たちを集め会議を開いた。
遠矢を射る神の意志によって鳥の飛び方、星々、
その他神々の意図により人間界に起こるすべての前兆を
心によくわきまえていたのだ。
そして将たちが集まると彼は次のように言った。
「もはやこれ以上城壁の傍らに居座って戦うのはやめるがよい。
それより何か胸のうちで計略を考えるなり
船団やわれら自身のためになる策を練ることだ。
わたしは昨日ここで前兆を目にしたからだ。
鷹が鳩を追っていた。鳩は急いで
岩の穴に入り込んだ。ひどく腹を立てた鷹は
穴の近くで長い間じっと待っていた。

鳩は逃れようとした。鷹は恐ろしい策を思いついて
茂みのかげに隠れた。鳩は鷹が遠ざかったものと思い
無分別にも外に飛び出した。鷹は突然姿を現わすと
おびえた鳩をむごたらしく殺した。
それゆえもうトロイエの都を力ずくで攻略しようとするのは
やめようではないか。策や計略でなんとかできぬかやってみるのだ」。
　こう言ったが、誰もつらい戦いの救いとなるような
策を見つけ出すことはできなかった。
打開策を見出そうとしていると、ただ一人賢明な考えをめぐらせた
ラエルテスの息子がカルカスに向かってこう言った。
「天上の神々にこよなく愛される友よ、
もし本当にプリアモスの都が策略によって
戦いにたけたアカイア軍の手に落ちるさだめならば
木馬を造るのだ。われわれ将たちは
喜んでその装置の中へ入ろう。兵士たちは船で
遠く離れたテネドスへ行き、全員幕舎に
火をかけよ。トロイエ人たちが都から見つけて

何の恐れもなく平原へ出てくるようにするためだ。
だが誰か勇敢な男が――トロイエ方に知られていない者で――
軍神《アレス》のごとく腹を据えて木馬の外に残らねばならぬ。
［わけを聞かれたら］帰国のために自分をいけにえにしようとする
アカイア軍のあまりの暴力に堪えかねて
巧みに造られた木馬のかげに身を隠したと答えるのだ。
これは槍をたずさえたトロイエ人たちに怒るパラスのために造られたもの
　だと言って。
長い時間尋問されてもこう答えることだ、
いくら執拗に問われてもその答えを信じさせ
彼を哀れむべき者としてすみやかに城市の中へ導き入れるまで。
そうしたらわれわれに苛酷な戦いの合図をするのだ。
兵たちにはただちに燃えるたいまつをかかげ
将たちには巨大な木馬から出てくるように命じよ、
トロイエ人の息子たちが恐れを忘れて眠っている間に」。
　こう言うと、全員が賛同した。誰にもまして
カルカスは讃嘆した。オデュッセウスがアカイア勢に

計略と見事な策を示し、アルゴス方には勝利の救いを、
トロイエ方には大きな禍いをもたらそうとしていたからだ。
そこで戦いにすぐれた将たちの間に立ちカルカスは言った。
「もはや胸に他の策をめぐらす必要はあるまい。
将たちよ、戦いにすぐれたオデュッセウスを信じるがよい。
この聡明な人にはむだなもくろみなどないであろうから。
すでに神々はダナオイ人の望みを成就させ
疑いようのない前兆があちこちに現われている。
天空の高みではゼウスの雷鳴が稲妻とともに
音高く鳴り響き、軍団の方へは
吉兆となる鳥が長い叫びをあげて飛んでいる。
さあ、城市のまわりにいつまでも
残るのはもうやめよう。トロイエ軍は必要にせまられて
大きな勇気をふきこまれている。これは臆病者さえ戦いに駆り立てるものだ。
こんなときほど戦いに強い者はない。
命がけで勇気をふるい、うめきに満ちた死をものともしないからだ。

そのようにトロイエ人の息子たちはおのれの都を守るために
危険を恐れず戦っている。心は大いに荒れ狂っているではないか」。
　こう言うと、アキレウスの勇敢な息子「ネオプトレモス」が言った。
「カルカスよ、勇気ある戦士は敵に面と向かって
戦うものです。城壁を逃れ中に引っ込んで戦っているのは
臆病者で、恐れに心をむしばまれているのです。
ですから策略や他の手立てなど考えるのは
やめましょう。戦場や槍こそすぐれた戦士であることを示すに
ふさわしいもの、勇気ある者こそ戦いでより成果を挙げるのですから」。
　彼がこう言うと、ラエルテスの息子「オデュッセウス」は言った。
「恐れを知らぬアキレウスの勇敢な息子よ、
その意見はまこと非の打ちどころのない高貴な者にふさわしい、
どこをとっても自らの腕を信じた上での勇気ある話しぶりだ。
だがおまえの無敵の父上の大胆な力をもってしても
この富裕な都を陥れることはできなかったし、
われわれがさんざん戦い続けてもむだだった。さあ一刻も早く
カルカスの意見に従って速い船のもとへ行き

エペイオスの手で木馬を造らせるのだ。
彼こそはアルゴス勢の中でもとりわけ匠の技にすぐれた者、
アテネがその技を授けたのだから」。
　こう言うと、すべての将たちがオデュッセウスに賛同したが
勇猛なネオプトレモスは別だった。高貴なピロクテテスも
断固として考えを曲げようとしなかった。
この二人はまだ苦しい戦いに飽きてはいなかったのだ。
そして戦闘に向けて準備を整えた。
二人は兵士たちに命じて、巨大な城壁のもとへ
戦場で戦いを有利にするものをすべて運びこませようとした。
堅固な都を破壊しようと思っていたのだ。
二人は神々の意志に従って戦闘へ向かった。
そしてただちに心に望んだことをなしとげたことであろう、
もしゼウスが天空から不賛成の意を表さなかったなら。
ゼウスはアルゴス軍の足元の大地を揺さぶり、はるか高くで
天空全体を震わせ、勇士たちの列に
無敵の雷を投げつけた。ダルダニエ(1)全体が

(1)トロイエのこと。

とどろきを返した。二人の勇敢な意志はたちまち
恐れに変わり、力と雄々しい武勇を忘れた。
そして望まぬながらも名高いカルカスに従った。
二人は他のアルゴス人たちとともに船団へ戻り
予言者を讃えた。カルカスはゼウスの――ゼウスまたはポイボスの――
血を引くと言われ、彼らは何事においてもその言葉に従った。
　きらめく星がいたるところで輝く天空を飾り
人が疲れを忘れると
女神アテネはそびえ立つ神々の館をあとにして
無邪気な少女の姿を借りて
船と軍勢のもとへやってきた。軍神《アレス》のいとしむエペイオスの
夢の中で枕元に立ち
木馬を造るよう命じた。女神は彼が仕事に励むならば
自ら協力し、ただちに中へ入ろうと言って
建造を促した。アテネの言葉を聞いたエペイオスの
胸は喜びに満ち、憂いのない眠りから跳ね起きた。
不死の神々しい女神だとわかったのだ。彼の心は

それ以外のことを考えず、驚くべき偉業ばかりがつねに
頭を占めた。巧みな技が胸にふきこまれた。
　暁女神《エオス》がやってきて神聖な暗がりを
闇の世界《エレボス》（1）へ追いやり、輝く光が天空に現われると
エペイオスはアルゴス人たちに神々しい夢のことを語り
彼らの望みに応えて見聞きしたことを話した。
皆は彼の話を聞いて限りない喜びを覚えた。
そしてそのときアトレウスの息子たち［アガメムノンとメネラオス］は、高
　い頂をもつイデの山の
青々とした谷間に行くよう敏捷な男たちを遣わした。
男たちは森のモミの木に飛びかかり
長い木材を切り出した。谷は切り倒される木々の音に
こだました。大きな山の長い峰からは
林がそぎ取られた。谷全体はもはや
野獣たちにとって以前のように住みよい場所ではなくなった。
切り株は乾ききって風の力をなつかしんだ。
そしてアカイア人たちは斧で切り取ったものを

（1）現世と冥界の間にあるとされた闇の世界。

木の生い茂る山からヘレスポントスの海岸へ
急いで運んだ。男たちはラバとともに一心不乱に働いた。
人々はあちこちで
……[2]エペイオスの命令のもと忙しく働いた。
ある者は鉄の刃で木材を
切り分けたり板を測ったりしていた。またある者は
のこぎりでひいていない幹から斧で枝を切り落としていた。
それぞれの者が汗を流して働いていた。さてエペイオスは
木馬の脚を造り、さらに腹を造って
その上に背を、後ろに腰を、
前には首を、高くそびえるうなじには
たてがみをつけた。それは本当に
動いているかのようだった。そして毛の密生した頭、ふさふさした尾、
耳と透き通った目、その他馬を動かすものを
すべて取りつけた。神聖な作品が大きくなっていくにつれ
本当に生きているようになった。女神が男に
すばらしい技を授けたのである。パラスの意志により

（2）本文に欠落あり。

すべては三日で完成した。アルゴス人の大軍は
喜びにわき返り、木でできていながら生きているような
いかにも速そうな脚、いなないているような姿に感嘆した。
このとき高貴なエペイオスは巨大な木馬のために
無敵のトリトニスに手をさしのべて祈った。
「お聞きください、大いなる女神よ、この身とあなたの木馬をお守りください」。
こう言うと知恵豊かな女神アテネはこれを聞き入れ
彼の作品がこれを目にしたり後に伝え聞いたりした
すべての人間たちにとって驚異となるようにした。
　ダナオイ軍がエペイオスの労作を目にして歓喜している間
トロイエ人たちは城壁の中へ逃げ込み
死と容赦ない命運を避けてじっとしていた。
そのとき誇り高いゼウスが神々から離れて
オケアノスの流れとテテュスの洞窟へやってくると
神々の間に争いが起こった。興奮した神々の心は
真二つに分かれた。神々は風の息吹に乗り

天空から大地へ降りてきた。それとともに
空がとどろいた。神々はクサントスの流れのほとりに来ると
互いに向かい合って立ち、片方はアカイア軍に、
もう片方はトロイエ軍に味方していた。戦闘意欲が心にわき起こった。
彼らとともに広い海を分け合う神々も集まってきた。
一方は怒りに満ちて、策略を秘めた木馬を
船団もろとも破壊しようともくろみ、もう一方は愛すべきイリオンを
壊そうとした。だが抜け目のない宿命女神《アイサ》がそれを止め
至福の神々の心を争いに向けさせた。アレスが戦闘の火ぶたを切り
アテネに向かって飛びかかった。同様に他の神々も
互いにぶつかり合った。神々しい黄金の甲冑が
動きにつれて高く鳴り響いた。まわりでは広い海が
とどろきを返し、黒い大地は不死の神々の足元で震えた。
全員がいっせいに大きな叫び声を上げた。
恐ろしい雄叫びが広い天空に届き
誇り高い冥王《アイドネウス》の深淵にまで達した。
ティタンたちははるか地下でおののいた。

イデの高峰全体も、涸れることのない川の
ざわめく流れも、同時に長い峡谷も
アルゴス軍の船団も、プリアモスの名高い都もうめいた。
しかし人間たちに恐れはなかった。神々自らの意志により
この争いに気づかなかったのである。神々は手で
イデの山から山頂をむしり取って
互いに投げつけた。山頂は砂のように
神々の抗しがたい身体に当たってたやすく打ち砕かれ
粉々になった。だがゼウスは地の果てにいたものの
神聖な知性によって気づかずにはいなかった。ゼウスはすぐに
オケアノスの波をあとにして広い空に上った。
彼を東風神《エウロス》、北風神《ボレエス》、西風神《ゼピュロス》、それに南風神《ノトス》が運んだ。
風たちを神々しいくびきにつなぎ導くのは光り輝くイリス(1)、
朽ちることのないその戦車は不死の時神《アイオン》(2)が
ゆるぎない鋼鉄を用い無敵の手で造ったものである。
ゼウスはオリュンポスの大きな尖峰に着いた。怒りに燃えて
高みから天空全体を震わせた。あちこちで

(1) 虹の女神。
(2) 悠久の時を擬人化した神。

雷が稲妻とともに激しく鳴りとどろいた。
雷鳴がたえず大地に降り注いだ。
巨大な天空が燃えた。不死なる者たちの心は恐れにとらわれた。
いずれも不死の身ではありながら、手足が震えた。
彼らが恐れたのは名高い掟女神《テミス》で、人の思いのように
すばやく雲の間から飛び降り、たちまち彼らのもとに着いた。
掟女神はうめきに満ちた戦闘から唯一離れていたのだ。
そしてこのような言葉で戦いをやめさせた。
「不吉な叫びに満ちた戦いをやめよ。ゼウスが
怒っておられるのに、命短い人間どものために
永遠に生きるおまえたちが争うのはふさわしくない。さもなくば
おまえたちはすぐ亡きものとなるであろう。ゼウスは空高くから
すべての山をひとつかみにしておまえたちに投げつけ、ご自身の息子や娘とて
容赦はされぬであろう。すべての者をはてしない大地の下に
おおい隠してしまわれるであろう。おまえたちに光のもとへ
逃れるすべはない。恐ろしい闇に永久に飲み込まれることになろう」。

　こう言うと、神々はゼウスの脅しにおののいてその言葉に従った。
戦いをやめ、むごい怒りを投げ捨てると
心を合わせ、友情をかわした。
そしてある者は天空へ向かい、ある者は海へ入り、
ある者は大地にとどまった。戦いにたけたアカイア人たちに向かい
ラエルテスの息子は賢明な考えをめぐらせてこう言った。
「さてアルゴス軍の勇敢な将たちよ、
わたしの願いに応えて、誰がとりわけ勇敢で
欠けるところがないか見せてもらいたい。
ついに大仕事をせねばならぬときが来たのだ。よいか、戦いに心を向け
磨きぬかれた木馬の中へ入って、いまわしい戦いに
決着をつけようではないか。策略や非情な計略によってでも
この広い都を攻め落とすことができればそれがよい。
そのためにわれわれは愛する土地を離れここに来て
多くの苦しみを受け続けたのだから。
さあ心に勇ましく恐れを知らぬ力を吹き込んでくれ。
戦場で厳しい必然に迫られれば生まれつき弱い者でも

勇気をふるい起こしてより強い者を倒すものだ。
心を高ぶらせるものは勇気にほかならない。
人間にとってこれにまさるものはない。
他の者はテネドスの神聖な町へ行き
そこで待っているように。敵がわれわれを
トリトニスへの捧げ物と思って導きいれ城市へ引いてゆくまで。
若者たちの中に誰か勇敢な者で、トロイエ方にはっきり顔を知られていない者があれば
木馬の傍らに残って鉄のように腹を据えていてほしい。
そして先ほどわたしが言ったことすべてを実行するのだ。
他には心によけいなことを考えぬようにせよ。
トロイエ方にアカイア軍の行動が明らかにならぬように」。
　こう言うと、他の者たちがしりごみする中で
シノンという誉れ高い男が答えた。この大仕事をやりとげようと
思ったのである。そこで大軍の兵士たちは彼が覚悟を決めているさまに
感嘆した。シノンはその中でこう言った。
「オデュッセウスならびにアカイアのすべての勇敢な息子たちよ、

この仕事はお望みならばわたしが引き受けます。
たとえ拷問にかけられようと、生きながら火の中に
投げ込まれることになろうとも。これこそわたしの望むところ、
敵の手にかかって死ぬにしても死を逃れるにしても
アルゴス軍の思いに応えて大きな名誉をもたらせるのであれば」。
　彼は勇敢にこう言った。アルゴス人たちは歓喜の声を上げ
ある者がこう言った。「神は今日この男になんと大きな勇気を
与えたのだろう。かつてはこんなに勇敢ではなかったぞ。
神霊《ダイモーン》がこの男をかり立てて、トロイエの全軍なりわれわれなりに
禍いをもたらそうとしているのだ。この苛酷な戦いも
まもなく明らかに終わりを告げるに違いない」。
　このように軍神《アレス》のいとしむアカイア軍の一人が言った。
すると今度はネストルがこう言って皆を励ました。
「いとしい子らよ、今こそ力と雄々しい勇気を示さねばならぬ。
今や神々が労苦の終わりとかけがえのない勝利を
待ち望むわれわれの手に渡そうとしているのだから。
さあ、勇気を出して巨大な木馬の中へ入るのだ。

勇気こそが人間に大きな名誉を与えてくれるものだからな。
わしの手足にもまだ大いなる力があればなあ。
あの頃はアイソンの息子(1)が速く走る船へ
アルゴ号(2)にふさわしい勇士たちを呼び寄せたものだが
わしは勇士たちの中でも一番に船に乗りこもうとしていた、
神のごときペリエスがいやがるわしを無理に引き止めなかったなら。
今わしはうめきに満ちた老いに打ちひしがれている。
だがわしは新たな若さを得て勇気を出して
木馬の中へ入ろう。神が力と栄光を授けてくださるであろう」。
　こう言うと、金髪のアキレウスの息子［ネオプトレモス］が言った。
「ネストルよ、あなたは知恵においては誰よりも抜きん出ておられます。
しかしあなたは容赦ない老いに捕らわれ
戦いを望んでもしっかりとした力がおありになるわけではありません。
テネドスの海岸へおいでになるがよいでしょう。
木馬の中へはまだ戦いに飽くことのないわれわれ若者たちが入りましょう。
長老よ、あなたがお命じになれば皆それを望むでしょう」。
　このように言った。ネレウスの息子はネオプトレモスに近づいて

(1)イエソン。ギリシア中部の王国イオルコスの王子。
(2)イエソンを長とする勇士たちは黒海東岸の国コルキスへ黄金の羊毛を取りに行くために遠征した。その折りに建造された船。

両手と頭にくちづけをした。
最初に彼が自ら木馬の中へ入ると宣言したが
ネオプトレモスは老人に他のダナオイ人たちとともに
外にいるよう言ったからである。戦いたかったのだ。
そして戦闘意欲に燃えるネオプトレモスにネストルは話しかけた。
「おまえはまさしくあの父の子だな、力といい賢い話しぶりといい
神のごときアキレウスそのものだ。おまえの手によって
アルゴス軍にプリアモスの名高い都を攻め落としてもらいたいものだ。
戦場でさまざまのすさまじい苦難を耐え抜いたわれわれに
苦労の末ようやく大きな名誉が訪れようとしている。
神々は人間の足元に苦難を置き
良いものを遠くに置いて労苦を間に入れたのだ。
それゆえ人間たちにとって苦しい不幸に至る道はたやすく
栄誉に至る道はけわしい。
その足でうめきに満ちた労苦をかきわけていかねば届かぬのだ」。
　こう言うと、アキレウスの栄えある息子は答えた。
「長老よ、あなたが心に望まれることをわれわれの祈りによって

実現させたいものです。そうなるのがはるかによいことですから。
もしも神々がそのように望んでおられなければそうなるがよいでしょう。
それならばわたしはアレスの手で名誉ある死を遂げたいもの、
トロイエから逃げて多くの恥をもたらすよりも」。
　こう言って肩に父の神々しい武具をつけた。
勇気ある心を持ったより抜きの勇士たちも
すぐに武具を身につけた。
　さて詩神《ムーサイ》たちよ、わたしの(1)問いに答えて
誰が巨大な木馬の中へ入ったか語りたまえ。
あなたがたはわたしの心に歌のすべてを授けてくださった。
まだわたしの頬に薄ひげが影を落とす前、
わたしは当時スミュルナ(2)の地で名高い羊を飼っていた。
人の叫びが聞こえる距離の三倍ほどヘルモス川(3)から離れたところ、
アルテミスの神殿の傍ら、自由の神《エレウテリオス》［ゼウス］の庭で
低すぎもせずあまり高くもない丘の上だった。
　まず巨大な木馬の中へ入っていったのは
アキレウスの息子で、それとともに力強いメネラオスと

(1) 作者クイントス自身を指す。この部分の叙述はヘシオドス『神統記』一―三四行の影響を受けているものと考えられ、事実かどうかは疑わしいが作者の出自を考える上で注目される。
(2) 小アジア西岸の都市。
(3) 小アジア西岸の川。

オデュッセウス、ステネロスと神のごときディオメデスだった。
ピロクテテス、アンティクロス、それにメネステウスも入った。
さらには意気高いトアスと金髪のポリュポイテス、
アイアス、エウリュピュロス、神にも等しいトラシュメデス。
メリオネスとイドメネウスはいずれも高貴の生まれ、
それとともにトネリコの槍も見事なポダレイリオスとエウリュマコス、
神のごときテウクロスと勇敢な心のイアルメノス、
タルピオスとアンピマコス、退却を知らぬレオンテウス、
さらにエウメロスと神のごときエウリュアロス、
デモポオンとアンピロコス、力強いアガペノル、
さらにアカマス、力強いピュレウスの息子であるメゲス、
他にもとりわけ勇敢な者たちが
——磨かれた木馬の中へ入れるかぎりの者が——入っていった。
彼らの中で最後に中へ入ったのは木馬を造った
高貴なエペイオスだった。彼は心に
木馬の扉を開けたり閉めたりするすべを心得ていた。
そのため全員の中で最後に入ったのである。彼は

皆が登ってきたはしごを中へ引き上げた。そして扉をすっかり閉めると
かんぬきの傍らに座った。全員は無言で
勝利と死のはざまにいた。
　他の者たちは船で広い海へ漕ぎ出し
それまで野営していた幕舎に火を放った。
二人の心ゆるがぬ指揮官が彼らを
統率していた。ネストルと槍を持つアガメムノンである。
この二人も木馬の中へ入りたいと願ったのであるが
アルゴス人たちが引き止めたのだ。船団に残り
他の者を統率するためである。王が監視している方が
人ははるかによく働くものだからだ。
それゆえこの二人もすぐれた勇士であったが外に残ったのだった。
彼らはすみやかにテネドスの海岸に着いた。
海の深みに錨を下ろし
ただちに船から下りた。もやい綱を海岸に結びつけた。
彼らはすぐ近くにとどまって
たいまつの合図が輝くのを待ちこがれながら静かに待機した。

木馬の中の者たちは敵の近くにいて、あるときは破滅が来るのではないかと思い
あるときは神聖な都を攻め落とすことに思いをはせた。
そしてこのようなことを考えている間に暁が訪れた。
　トロイエ人たちはヘレスポントスの海岸にて
上空に煙が上がるのに気づいた。ヘラスから
むごい死をもたらした船はどこにもなかった。
皆大喜びで海岸に駆け出したが武具は身につけていた。心はまだ恐れにとらわれていたのだ。
彼らはよく磨かれた木馬を見つけ、そのまわりに立ったまま驚嘆した。
実に巨大な建造物だったからだ。
するとその近くに不運なシノンがいるのを見つけ
まわりを取り囲んで口々に
ダナオイ軍の行方を尋ねた。最初は周囲から
優しい言葉で尋ねたが、次には恐ろしい脅しを用い、
この油断のならぬ男を
いつまでもさんざんに打ち据えた。シノンは岩のようにしっかりと耐え

身体は鎧のようだった。しまいにはトロイエ人たちは
耳も鼻も身体から切り落とし
さんざん拷問にかけ、正直なことを言わせようとした。
ダナオイ勢はどこへ行ったのか、船に乗っていったのか、
木馬の中には何か入っているのかと。シノンは腹を据え
恐ろしい拷問を気にかけることもなく、
打たれても苛酷な火責めにあっても心の中で耐えていた。
ヘレが大きな力を彼に吹き込んだからである。
トロイエ人に囲まれながらも奸計を胸に秘めて彼は次のように言った。
「アルゴス軍は長い戦争と労苦に疲れ果て
船で海のかなたへ逃げ帰りました。
カルカスの命により、勇猛なトリトゲネイアのために
木馬を建造しました。トロイエ人たちのためにひどく立腹している
女神の怒りを逃れるためです。帰国に際して
オデュッセウスの命令でわたしは処刑されるところでした。
彼らは不気味なうなりを上げる海のほとりでわたしを殺し
海の神々に捧げようとしたのです。しかしわたしは気づかずにはいません

　でした。
不吉な献酒や大麦の粒[1]から大急ぎで逃れ
神々の意志により木馬の足元に倒れこんだのです。
彼らは心ならずもやむなくわたしを置き去りにしました。
大いなるゼウスの心ゆるがぬ娘御をとうとんで[2]」。
　彼は不実な言葉でこのように言い、心は苦痛にも屈していなかった。
強い人間は苛酷な必然にも耐えうるものだからである。
そこでトロイエ軍のうち彼の言うことを信じる者もいたが、ある者は
腹に一物ある狡猾な男だと言い、ラオコオン[3]の
意見に賛同した。ラオコオンは賢明な意見を述べ
これはアカイア軍の意図による恐ろしい罠だと言い、
皆をせきたてて早く木馬に火をつけようと言ったのだ。
この木馬が中に何か隠していないか確かめようと。
　トロイエ人らはラオコオンに従えば破滅をまぬかれたことだろう、
しかしトリトゲネイアが彼とトロイエの民と都に怒りを抱き
果てしない大地の下から
ラオコオンの足元で揺さぶった。

(1) 儀式の際の供え物。
(2)「ゼウスの娘御」とはアテネを指す。女神への捧げ物である木馬の足元にいるシノンを殺すことは、アテネへの冒瀆になると考えて手を下さなかったという意味である。
(3) トロイエの神官。

すると彼はたちまち恐怖に襲われ、剛毅な男の
手足はわなないてくずおれた。頭には黒い闇が
注がれた。まぶたの下にいとわしい苦痛が襲いかかり
濃い眉のもとに男の両目を包んだ。
眼球は恐ろしい痛みにつらぬかれ
根底から揺さぶられた。奥から来る苦痛に
目玉はぐるぐると回った。すさまじい痛みは
髄膜や脳の底まで達した。
彼の目はおびただしい血と混じり合うのが
見えたかと思うと、今度は不治の緑内障《そこひ》に冒されたようになった。
あたかもごつごつした岩から山を下り
雪の混ざった水がしたたり落ちるように、目はしばしばぬれた。
彼は正気を失ったようになり、ものが皆二重に見え
恐ろしいうめき声を上げた。それでもなおトロイエ人たちに
自分の苦痛のことは気にかけるなと命じていた。高貴な女神は
彼からとうとい光を奪ってしまった。彼の両目はまぶたの下で
いまわしい出血を起こしたあと白くなり動かなくなった。人々は周囲で嘆

き
親しい仲間をあわれむとともに、その狂気ゆえ、獲物を集める不死の女神《アゲレイエ》
［アテネ］の怒りに
ふれたのではないかとおののいた。
そこで彼らは考えを変え、恐ろしい破滅に向かうことになった。
不幸なシノンに何もかも本当のことを言わせようと
心に望んで彼の身体を拷問にかけたためである。
それゆえ人々はようやく彼をあわれみ
進んでトロイエの都へ連れていった。すべての者が集まってきて
巨大な木馬にすばやく上から鎖をかけて
結びつけた。実際高貴なエペイオスは
木馬の頑丈な足の下によく転がる丸太(1)を置き
トロイエ人の手に引かれて男たちの後について城市へ
入っていくようにしてあったのだった。人々は皆一丸となって
全力で引っ張った。あたかも男たちが
船をざわめく海へ苦労しながら
引き入れるよう。重い丸太がこすれてまわりでうめき

(1)「木製の車輪」ととる説もある。

竜骨がひどくきしむ中
船は海の中へすべり下りてゆく。
そのように、人々は自らの禍いとなるエペイオスの木馬を
一団となって苦労しながら城市へ引いていった。
そして木馬に華やかな花綱を数多くかけて飾った。
彼ら自身も頭に花冠をかぶった。
民衆は大きな叫びを上げて互いに呼びかわした。エニュオは哄笑し
戦いの悲惨な結末を見ていた。空の高みではヘレが喜び
アテネが歓喜していた。人々は城市にやってくると
広い都の城壁を開き不吉な木馬を導き入れた。
トロイエの女たちは叫び声を上げ
皆まわりじゅうで木馬を見て
感嘆したが、そこには禍いが隠されていたのだった。
　ラオコオンはなおもそこにとどまり朋友たちに
木馬を燃える火で焼きこわせと促していた。しかし朋友たちは
彼に従わなかった。神々の脅しをひどく恐れていたのだ。
誇り高い女神アテネはラオコオンの不運な子どもたちに対し

さらなる罰を考えていた。
固い岩のかげにもやに満ちた洞窟があった。
人間には近づけぬところで、中には
今なお身の毛もよだつテュポンの血を引く恐ろしい獣たちが棲んでいた。
それは山ひだの陰にあり、その島を人々は
カリュドネ[1]と呼んでいて、トロイエに面した海に浮かんでいる。
女神はそこから力強い大蛇を呼び起こし
トロイエへ向かわせた。蛇たちは女神の命を受けるとすぐに動き出し
島全体をゆすぶった。進むにつれて海は鳴りとどろき
波は道を開いた。蛇たちが恐ろしげに舌を震わせて突き進むと
海の怪物たちも震えあがった。
周囲ではクサントスとシモエイスの娘であるニンフたちが
しきりに嘆き、オリュンポスではキュプリスが悲しんだ。
蛇たちはすぐに女神に命じられたところに着き
恐ろしいあごの中で牙をとぎすまし
不運な子どもたちに禍いを図った。トロイエ人たちは
残忍な怪物が町にやってきたのを見ると恐怖にかられて逃げ出した。

（1）テネドス島付近にある群島の一つ。

どれほど大胆な力を備えていた者でさえ、男たちは誰も
踏みとどまろうとしなかった。誰もが怪物を逃れようとして
容赦ない恐怖にとらわれ苦痛に襲われた。
そして女たちは嘆きの声を上げ、いとわしい死を逃れようとして
自らの子どもたちを忘れた者もいた。
大蛇に襲われたトロイエ全体がうめいた。多くの者たちが
一つところに押し寄せるあまり手足に傷を負った。
街路は恐怖にちぢこまる人々であふれた。ラオコオンはただ一人離れて
子どもたちとともにとり残された。呪わしい死神《ケール》と女神が
そこに釘付けにしたのだ。大蛇は息子たちが
死におびえていとしい父の方へ手をさしのべるのを
二人ともいまわしいあごにくわえて持ち上げた。(2) しかし父には子らを
守る力はなかった。トロイエ人たちは遠巻きにこれを見て
心の底から恐怖に凍りついたまま涙を流した。
蛇たちはトロイエ人を憎むアテネの命令を進んで果たすと
二匹とも大地の下へ姿を消した。そのなごりは
まだ残っていた。そこから神聖なペルガモス(3)にある

(2) バチカン美術館蔵、ラオコオン群像で知られる情景。
(3) トロイエの城塞。

アポロンの神殿に入りこんだのだ。その前にトロイエ人の息子たちは集まると
無慈悲にも殺されたラオコオンの子どもたちのために
空《から》の墓を造り、父はそこに盲目の目から涙を注いだ。
傍らでは母親がしきりに嘆き
空の墓に向かって悲嘆の声を上げながら
まだ何か悪いことが起きるのではないかと恐れていた。
彼女は夫の狂気による不幸にうめき、至福の神々の怒りにおののいた。
あたかも蔭深い谷で小夜鳴鳥が
からっぽの巣をめぐってしきりに嘆き悲しむよう、
まだ幼いひなが歌声を響かせる前に
恐ろしい蛇のあごによって殺されてしまい
母鳥は苦しみに打ちのめされ、限りもなく取り乱して
しきりに鋭い叫びを上げながら空の巣を嘆く。
そのように母は子どもたちの死をひどく悲しみ
空の墓に涙を流していた。それに加え彼女の
もう一つのむごい不幸は夫が盲目になったことであった。

こうしてラオコオンの妻は子どもたちと夫のために慟哭していた。
子どもたちは殺され、夫は光を奪われたのだ。
一方トロイエ人たちは不死の神々に捧げるいけにえを準備し
甘い生《き》の酒を注ごうとしていた。
苛酷な戦いの重荷を逃れたと心に思ったのである。
だがいけにえは燃えず、炎の息吹は消えてしまった。
まるで不吉な音を立てる雨が天から降ってきたかのようだった。
血の煙が立ちのぼった。もも肉[1]はすべて
震えながら地面に落ちた。祭壇は倒れ
注がれた酒は血に変わった。神々の像は涙を流し
神殿は血のりにまみれた。どこからか見えぬ場所から
うめき声が上がった。巨大な城壁は激しく揺れ
高い塔は鳴りとどろいた〈本当に崩れるかのように[2]〉。
扉のかんぬきはひとりでに動いて開き
ひどくきしんだ。夜の鳥は哀れげに嘆きを返し
虚空に叫び声を上げた。
神の手になる都の上空ではすべての星が

（1）神々に捧げられた犠牲獣の肉。

（2）この部分は前後とのつながりが悪く、本文に誤りがあるものと考えられる。

闇に包まれたが、天空は雲もなく明るく輝いていた。
ポイボスの神殿の傍らでは
先ほどまで青々と繁っていた月桂樹が枯れた。
狼やむこう見ずな獣たちが
城門の内側でうなりを上げた。他にも幾多の前兆が現われて
ダルダノスの子孫と都に禍いを示していた。
しかしトロイエ人たちは町じゅうで不吉な前兆を
目にしたにもかかわらず不穏な恐れを心に感じなかった。
死神《ケーレス》たちが全員の理性を奪ってしまい、饗宴の後で
アルゴス軍の虐殺により運命を成就させようとしていたのだ。
　ただ一人確固たる心と聡明な知恵を失わなかったのは
カッサンドレ(1)で、彼女の予言は決して実現しないことはなかった。
しかしその言葉は真実であっても、あるさだめによって人々は
つねに風のように聞き流した、トロイエ人たちが苦しむことになるために。
カッサンドレは町じゅうの不吉な前兆が
ただ一つのことを意味するのを見てとると、大きな叫び声を上げた。
そのさまは雌獅子のよう、茂みの中で狩りをしようとした男が

(1)トロイエの王女、プリアモスの娘。アポロンから予言の力を授かったがその愛を拒んだために、自らの予言を信じてもらえなくなったという。

傷を負わせたり槍を投げたりしたところ、雌獅子は胸のうちで怒りに燃え
……(2)
広い山の中一帯にすさまじい力で荒れ狂う。
そのように予言を秘めた心は胸の中で荒れ狂った。
彼女は王宮から出てきた。その髪は
まばゆい白さの肩から背中まで乱れかかり
両目はつつしみを知らぬように光っていた。
その下ではうなじが風に揺さぶられる木の幹のようにたえずぶるぶると震
えていた。
そして大声を上げて嘆くと高貴な乙女は叫んだ。
「ああ不幸な人たちよ、わたしたちは闇の中へ入ってしまったのです。
わたしたちの都は火と血と恐ろしい禍いに満ちているではありませんか。
いたるところで不死の神々が涙を呼ぶ前兆を
示されており、わたしたちは破滅神《オレトロス》の足元に横たわっているのです。
なんと哀れな、あなたがたは呪わしいさだめを知らず
皆正気を失って浮かれているのですか。ここには大きな禍いがひそんでい
るというのに。

(2) 欠行あり。

わたしがいくら語りかけてもあなたがたは耳を傾けないことでしょう。
復讐女神《エリンニュエス》たちがヘレネの呪わしい結婚ゆえに
わたしたちに怒りを向け、容赦ない死神《ケーレス》たちが都じゅう
いたるところを駆けめぐっているからです。不吉な饗宴の席で
あなたがたが口にしているのはおぞましい血にまみれた最後の食事、
もはやそのような道を亡霊とともに歩き出しているのです」。
……(1)

するとある者があざけって悪意に満ちた言葉を返した。
「プリアモスの姫よ、なぜまた恥知らずな狂気ゆえに
風のようなことをおっしゃらねばならないのか。
あなたには処女らしい清らかな恥じらいもない。
まがまがしい狂気にとらわれておいでなのだ。だからいつも
誰もがあなたをおしゃべりだと馬鹿にするのだ。
立ち去るがよい、アルゴス軍とあなた自身に悪い予言を
なさることだ。不敬なラオコオンよりももっと
ひどい罰がすぐにもあなたを待ち構えていることだろう。
正気を失って不死の神々への大切な贈り物(2)を壊すのはよくないことだ」。

(1) 欠行あり。
(2) 木馬を指す。

　城市の中であるトロイエ人はそのように言った。同様に他の者たちも
乙女をあざけり、常軌を逸していると言った。
禍いと宿命女神《アイサ》の恐ろしい力が
近くに迫っていたのだ。人々は破滅に気づかず
カッサンドレを冷笑し、巨大な木馬から引き離した。
彼女は木馬を粉々に打ち砕き
燃える火で焼きつくそうと考えていたからだ。
そこでまだ燃えている松の木の燃えさしを炉から取り出し
狂ったように走り出した。もう片方の手には
両刃の戦斧を持っていた。不吉な木馬に切りつけ
うめきをもたらす罠をトロイエ人たちが目のあたりにするように
したかったのだ。人々はただちにその手から火と呪わしい刃物を取り上げ
安心しきって不吉な饗宴の準備にとりかかった。
まもなく最後の夜が訪れようとしていたのだ。
　アルゴス人たちは木馬の中でイリオンじゅうで民衆が
饗宴を始め、カッサンドレのことを気にかけていないのを聞くと
木馬の中で喜ぶ一方、彼女がアカイア軍の計画ともくろみを

正確に知っていたことに驚嘆した。
　カッサンドレは、悔しさを抑えきれず山を駆ける豹のようだった。
牧羊場から犬や働き者の羊飼いが
急いで追い立てると、豹は獰猛な心を持ちながらも
胸に悲しみを抱え、幾度もふり返りながら後ずさりしてゆく。
そのようにカッサンドレは巨大な木馬から離れたがトロイエ人たちに
ふりかかる虐殺を思って打ちひしがれていた。大きな禍いが待ち構えてい
　たのだ。

第十三歌

梗概

トロイエ人たちはアカイア軍が去ったものと思い込み、喜びの酒に酔いしれる。彼らが眠りに落ちると、アカイア軍の戦士たちはシノンの合図を受け木馬の外へ出る。テネドス島で待機していた兵士たちも合流し、アカイア勢はトロイエ人の抵抗に会いながらも殺戮と略奪を繰り広げる。プリアモス王はネオプトレモスの手にかかって最期を遂げる。ヘクトルの子アステュアナクスも殺され、その母アンドロマケは悲嘆のうちに奴隷として引き立てられていく。アイネイアスだけは、のちにローマの建国者となる運命を背負い父と子を連れて、母神アプロディテの守護のもと逃げのびる。ヘレネの夫となっていたデイポボスを殺したメネラオスは、妻をも殺そうとするが思いとどまる。テセウスの子デモポオンとアカマスは、ヘレネの召使いとなっていた祖母アイトレに再会し、うれし涙にむせぶ。そうこうするうちにトロイエは炎上し、神々も悲しむ。

トロイエ人たちは都じゅうで饗宴に興じていた。人々の間で
笛や葦笛が音高く鳴り響いていた。いたるところで
踊りに合わせて歌が響き、飲み食いする人々の歓声が
混じり合っていた。宴や酒にはつきものの騒ぎである。
そんなわけで酒を満たした杯を手で持ち上げ
見さかいもなく飲む者もいた。身体の中は重くなり
目はぐるぐる回った。口からは次々と言葉が出たが
とりとめのないことを言うばかりであった。
彼らの目には広間の家具や館そのものが
動いているように見えた。町じゅうのすべてが
ぐるぐると回っているかのように思われた。人々の目には
もやがかかった。生《き》の酒のために男たちの目と理性は
はたらきを失っていた。たらふく飲んで酒は身体じゅうに回っていたのだ。
そして頭が重くなった者がこんなことを言い出した。

「ダナオイ人たちがここに大軍を集めたのはまったくむだなことだった。
愚か者どもめ、胸にたくらんだことなど実現できず
われわれの都から手ぶらで逃げ帰ったではないか。
まるで頑是ない子どもか女のようだ」。
　あるトロイエ人は酒で頭が鈍るままに愚かにもこう言った。
破滅神《オレトロス》が戸口まで来ていることに気づかなかったのだ。
　町じゅうのあちこちで人々が限りない飲み食いに
満腹し眠りに落ちると
そのときシノンは燃えるたいまつをかかげ
アルゴス人たちに炎のあかりを示した。
彼の心は言葉につくせぬほど心配でいっぱいだった。力強いトロイエ人たちが
自分を見つけて、すべてがただちに露見するのではないかと。
しかしトロイエ人たちはベッドで最後の眠りにつき
大量の酒に身体も鈍ったままだった。一方アカイア人たちは
光を見て、船でテネドスから出航する準備をした。
　シノン自身は木馬に近づいた。静かに、ごく静かに呼んだので

トロイエ人には誰にも聞こえず
聞こえたのはダナオイ人の将たちだけだった。
彼らは戦意に燃えていたので眠りは遠くへ飛び去っていた。
将たちは木馬の中にいて合図を聞き、全員がオデュッセウスの言葉に
耳を傾けた。彼は皆に静かに落ち着いて外に出るよう
命じていた。将たちは戦闘に向かえという命令を聞こうとして
戦うために木馬から飛び降りんばかりだった。
オデュッセウスははやり立つ皆を巧みにおしとどめた。
彼は自らすばやい手で
トネリコの槍もみごとなエペイオスの指示どおりに
落ち着き払ってあちこちから木馬の横腹を開いた。
板のへりからわずかに身をのり出し、あたりをぐるりと見回して
起きているトロイエ人がいないか確かめた。
あたかも苦しい飢えに心をさいなまれ
山から狼がしきりにえさを求めて
羊でいっぱいの広い家畜小屋に近づくときのよう。
人や犬を避けながら——彼らは羊を守ろうと身構えているのだ——

音もなく歩み寄って羊の囲いを飛び越える。
そのようにオデュッセウスは木馬から降りた。
彼に続いてアカイアじゅうの勇敢な王たちが
列をなしてはしごを下りた。エペイオスが
力強い勇士たちのために、木馬の中へ入るときと
木馬の外へ出るときの道として造ったものである。
戦士たちはこのとき次々とはしごをつたって下りてきた。
その様子は大胆なスズメバチのよう、木こりに邪魔をされ
物音をきくやいなや皆いっせいに
心を高ぶらせて枝の外に飛び出してくる。
そのように勇士たちは勢いこんで
トロイエ人の立派な都へ飛び出してきた。
彼らの胸のうちでは心臓が動悸を打っていた。
勇士たちはすばやく敵を殺し……

……

……(1)兵士たちは海へ漕ぎ出した。
船は広い海を越えて運ばれていった。テティスは順風を送り

(1)複数の欠行あり。

船を導いた。アカイア人たちの心は喜びにわいていた。
まもなくヘレスポントスの海岸に着くと
再びそこに船団を停め、つねに航海に欠かせない
すべての索具を手際よくまとめた。
彼らはただちに上陸すると物音もすさまじくイリオンに突進した。
あたかも羊の群れが森におおわれた牧草地から
秋の夜に家畜小屋へ向かって駆け出すようだった。
そのように音すさまじく兵士たちはトロイエ人の城市へ向かい
将たちを助けようと皆はやりたっていた。
兵士たちは、あたかも苦しい飢えに……
……(2)まわりじゅうから激しく突き進み
広い山や谷の中で家畜小屋に襲いかかる。
働き者の羊飼いが眠っているすきに次々と
闇に乗じて囲いの中の羊を殺し、いたるところで
……
……(3)
血と屍があふれていた。残酷な死があたりを覆っていたが

(2) 欠損あり。

(3) 複数の欠付あり。

まだもっと多くのダナオイ人が外にいたのだった。
　全員がトロイエの城壁のもとに到着すると
ただちに皆戦意に燃えてプリアモスの都に
容赦なくなだれこみ、胸には軍神《アレス》の息吹がみなぎっていた。
行ってみると町中が戦闘と屍に満ちており
いたるところで家々はうめきを上げ
むごくも炎に焼かれていた。兵士たちの心はわき立った。
そして自らもまがまがしい意図を抱いてトロイエ人たちに襲いかかった。
その中でアレスと、うめきをもたらすエニュオが荒れ狂っていた。
いたるところで黒ずんだ血がとめどなく流れ、大地がぬれる中
トロイエ人も他国から来た援軍も殺されていった。
あるものは身も凍るような死に苦しみ血にまみれて
町中に横たわり、またあるものは
両手に内臓をつかんで哀れげに家のまわりをさまよい、
また他のものは両足を切られ
大声でうめきながら死体の間を這っていた。
多くのものが埃にまみれつつ戦おうとしながらも

手も頭も切り落とされた。
またあるものは逃げようとしてトネリコの槍で
背中から胸まで刺し貫かれたり
腰を陰部の上まで突き通されたりした。
そこは無敵のアレスの槍先が最も苦痛を与えるところである。
都じゅういたるところで犬の恐ろしい遠吠えが聞こえ
深手を負った男たちが悲痛なうめき声を上げていた。
言葉につくせぬ叫びがありとあらゆる家々に響きわたった。
女たちがすすり泣きうめく様子は
鶴のよう、鷲が空の高みから襲いかかってくるのを目にしても
胸のうちに大胆な力はなく
ただ声高く恐怖の叫びを上げて
神聖な鳥[1]から逃れようとするのだ。
そのようにトロイエの女たちはあちこちでしきりに嘆きの声を上げた。
あるものはベッドで目をさまし、またあるものは
地面に飛び降りていた。彼女たちは哀れにも帯を締める余裕もなく
ただ下着だけを身につけて

(1) 鷲はゼウスの鳥とされていたため、神聖視された。

むなしくさまよっていた。ヴェールも長い衣も
身にまとうひまもなく
襲ってくる敵におびえて身動きもできず
胸は動悸を打っていた。哀れにもただすばやい手で
陰部を隠すばかりだった。女たちは苦しげに
頭から髪を引きむしり手で胸を打ちながら
しきりに泣き叫んだ。またあるものは
敵に刃向かおうとしていた。恐怖を忘れ
殺されようとしている夫や子どもを
助けようとしたのである。必要に迫られて
大きな勇気がわいたのだ。まだ憂いを知らぬ頑是ない幼子たちも
うめき声で眠りを破られた。
　人々は折り重なって息を引き取った。夢とともに
死をまのあたりにして倒れたものも多かった。
周囲でいまわしい死神《ケーレス》たちが死者たちに不気味な歓声を
浴びせていた。そのさまは富裕な王が館で
民衆のために盛大な宴会を開いて豚を何千頭と屠るよう、

まだかめに残っている酒は
無残な血のりと混ざり合った。
よほどの臆病者であっても、うめきに満ちた剣を血に染めないアカイア人は
いなかった。トロイエ人たちが皆殺しにされる様子は
さながら羊たちが山犬か狼に八つ裂きにされるよう。
真昼にひどい暑さが襲ってくる頃
羊飼いはそこにおらず、木陰におおわれたところで
羊たちは皆かたまって互いに身を寄せ合い
じっとしている。主人はミルクを家に運んでいるところ、
……(1)
〈獣は〉大きな胃袋を満たそうとすべての羊に襲いかかって
黒い血をすする。そこに残って羊の群れを
皆殺しにすると、哀れな羊飼いに呪わしい食事(2)を残すのだ。
そのようにダナオイ人たちはプリアモスの城市のいたるところで
最後の戦いを繰り広げ、次々と敵を殺していった。
トロイエ人のうち無傷の者はなく

(1) 欠行あり。
(2) 羊の死骸を指す。

誰も彼も、まだ動かせる手足はおびただしい血に黒くまみれていた。
　しかしアルゴス人たちも戦いでは無傷でいることはできなかった。
あるものは盃で、またあるものはテーブルで打たれ
別のものは炉でまだ燃えている薪で打たれ
あるものは焼き串で刺し貫かれて息を引き取ったが
その串には燃えさかる火の熱を受けて
まだ熱い豚の臓物のかけらが残っていた。
また別のものは斧やすばやい手斧で殺され
血にまみれてけいれんしていた。いとわしい死から
身を守るべく剣に手をかけようとしたときに
手から指を切り落とされたものもいた。
乱戦の中で朋友に石を投げつけ頭蓋骨と脳みそを
まき散らしたものもいた。
さながら野に住む羊飼いの家畜小屋の中で
手傷を負った獣たちのように、人々は不気味な夜の闇の中で
怒りを燃やして勢いもすさまじく戦った。彼らは戦いに飢えたように
プリアモスの王宮の周囲で乱戦を繰り広げ

四方から押し寄せる敵を追い散らした。アルゴス軍でも
多くのものが槍に倒れた。トロイエ人のうちいち早く館の中で
剣や長い槍を手に取ることができた者が
酒で身体が重くなっていながらも敵を打ち倒したのだ。
　都じゅうに無数の光がひらめいた。アカイア勢の多くの者が
燃えるたいまつを手にしていたのだ。
戦いの中で敵と味方が明らかに見分けられるようにするためである。
　このときテュデウスの息子［ディオメデス］は戦闘の中で
高貴なミュグドンの息子、槍つかいのコロイボス[1]が向かってきたところを
うつろな食道に槍を突き通した。
そこは飲食物のすみやかな通り道である。
コロイボスは槍によって黒い死に襲われた。
黒ずんだ血にまみれ他の屍の山の中に倒れた。
結婚のためプリアモスの〈都に〉
昨日やってきたばかりだったが愚かにもそこから得るところはなかった。
　……
……[2]アカイア軍をイリオンから撃退すると約束したのであったが

(1)トロイエの隣国プリュギエの王子。カッサンドレの婚約者。

(2)欠損あり。

その望みを神は叶えなかった。
死神《ケーレス》たちが破滅をもたらしたのだ。
これに加えディオメデスはエウリュダマスが向かってくるところを殺した。
これはトロイエの中でも心の賢明さにかけては
並ぶもののないアンテノルの、トネリコの槍もみごとな娘婿だった。
そこでさらにテュデウスの子は民の長老イリオネウスに出会い
相手に向かって残酷な剣を抜いた。
イリオネウスはもう老人であったから手足は萎え身体はすっかりくずおれた。
そして震えながら両の手をさしのべ
片手ですばやい剣をつかみ、もう片方の手で
人を殺す戦士の膝をとらえた。テュデウスの子は戦いに心はやっていたが
怒りが鎮まったのかまたは神に命じられたたか
老人から少し剣を遠のけた。そこでイリオネウスは
血気と勇気に満ちた戦士に嘆願しようとした。
老人はすぐに苦しげな叫び声を上げた。いとわしい恐怖にとらわれていたのだ。

「あなたの膝にかけてお願いする。あなたが力強いアルゴス人のどなた
　にもせよ
年寄りを哀れんでくだされ。……
……[1]手を〈離して〉むごい怒りを
鎮めていただきたい。
戦士は若く力強い戦士を殺してこそ大きな名誉になるもの。
年寄りを殺したところで武勇の誉れは得られまい。
それゆえわしではなく、若くたくましい男にその腕を向けてくだされ。
いつかあなたもわしと同様の老いを迎えたいとお思いなら」。
　こう言うと、力強いテュデウスの息子は答えた。
「老人よ、わたしも良き老いを迎えたいと願ってはいる。
だがこの身の力がまだ衰えぬかぎりは
一人とてわが敵を容赦するわけにはいかない、皆冥府に送りこんでやる。
立派な戦士は敵の戦士を許さぬものだからだ」。
　こう言うと恐ろしい戦士は相手ののどに
まがまがしい剣を突き通した。刃が貫いたのは人間にとり
血の苛酷な通り道に沿ってすみやかに生命の死が訪れるところである。

（1）欠損あり。

そしてイリオネウスはテュデウスの子の手にかかって
むごい死に打ち砕かれた。ディオメデスはなおもトロイエ人たちを殺し
すさまじい力で荒れ狂って町じゅうを駆け回った。
さらに高貴なアバスを討ち取った。また長い槍を投げて
ペリムネストスの名高い息子エウリュコオンを倒した。
アイアスはアンピメドンを、アガメムノンはダマストルの息子を、
イドメネウスはミマスを、メゲスはデイオピテスをそれぞれ殺した。
　さてアキレウスの息子は無敵の槍で
高貴なパンモンを倒し、向かってきたポリテスを突き、
それに加えてティシポノスを殺した。これらは皆プリアモスの息子である。
さらに乱戦のなか立ち向かってきた
高貴なアゲノルを倒した。そして次々と勇士を殺していった。
いたるところで倒れた者たちに黒い破滅神《オレトロス》が姿を現わした。
ネオプトレモスは父の武勇を身にまとって荒れ狂い
出会うかぎりの者を殺した。
彼が恐ろしい考えにとりつかれていたそのとき、ヘルケイオス神［ゼウス］
　　の祭壇の傍らで

敵の王その人にばったり会った。プリアモスはアキレウスの息子を見ると
すぐに誰かわかったので、逃げようとはしなかった。
心は息子たちの傍らで死のうと望んでいたからである。
「戦いにすぐれたアキレウスの心根も勇敢な子よ、
わしを殺すがよい、この不幸な男に哀れみは無用だ。
わしはこれほどたくさんのひどい苦しみを受けたからには
すべてを見そなわす太陽の光を見たいとは思わぬ。
もう子どもたちとともに死に
苛酷な苦しみもおぞましい響きに満ちた戦争も忘れたいのだ。
おまえの父がわしを殺してくれたらよかったものを――イリオンが
燃え上がるのを目にする前に、殺されたヘクトルの身代金を
携えていったあのときに(1)。あれもおまえの父に討たれたのだ。
だがこれが死神《ケーレス》たちの紡いだ運命だったのだ。おまえはわしを殺して
勇敢な剣を飽かせるがいい、そうすればわしも苦しみを忘れ去ることがで
きよう」。
こう言うと、アキレウスの勇敢な息子は答えた。
「老王よ、心猛って待ちきれずにいるわたしに殺せとお命じか。

(1)プリアモスはアキレウスの幕舎に赴き、身代金と引き換えに息子ヘクトルの遺体を返してもらった。このいきさつはホメロス『イリアス』第二十四歌二二―六七六行に詳述されている。

あなたが敵であるからには生かしておくわけにはいかない。
人間にとって生命ほど大切なものはないのだから」。
　こう言うと老人の白髪頭をたやすく切り落とした。
あたかも乾いた畑の麦の穂を
暑い夏の日に刈り取るようであった。
頭は大きくうめき声を上げると大地の上に転がり
身体から離れていった、その手足こそ人を動かしてくれるものであるが。
プリアモスは黒ずんだ血にまみれ、殺された他の者たちに混じって
……[1]
富や血筋や数え切れぬ子どもたちによって〈有名であったものを〉。
人間の名誉はいつまでも増していくものではなく
前もって知ることのできぬ不名誉に襲われるものなのだ。
こうして死がプリアモスをさらっていった。彼は多くの苦難を忘れ去った。
　さらに駿馬を駆るダナオイ人たちはアステュアナクス[2]を
高い塔から投げ落とし、母親の腕の中にいたところを
奪い取っていとしい心の臓を潰えさせた。
彼らはヘクトルに怒りを抱いていたのだ。生きていたとき

（1）欠行あり。
（2）ヘクトルの息子。

アカイア方に禍いをもたらしたからだ。そこで人々はその血を引くものをも憎み
彼の子をそびえ立つ城壁から投げ落としたのだ。
幼く、まだ戦闘のことなど何も知らぬものを。
あたかも狼たちがえさを求めて山あいの子牛を
こだまを返す断崖に残酷にも突き落とすよう。
子が母牛の豊かな乳房から引き離されると
母牛はいとしい子のために悲しんであちこち走り回り
大きな悲嘆の声を上げる。その後ろから新たな禍いが近づいて
獅子たちが母牛をもさらっていくのだ。
そのように、子のために気も狂わんばかりの母を
敵の男たちは他の捕虜の女とともに引き立てていった、
非の打ちどころのないエエティオンの娘「アンドロマケ」が哀れに泣き叫ぶところを。
エエティオンのくるぶし美しい娘は、息子や夫や父が
むごたらしく殺されたことを思い
死のうとした。王の一族にとっては

卑しいものの奴隷となるより戦いで死ぬほうがよいからだ。
そして心のうちで悲しみに沈みつつ、嘆きの叫びを上げた。
「さあただちに、わたしの身体を残酷な城壁から
投げ落とすがよい、岩からでも火の中でもよい。
アルゴス人たちよ、わたしは数知れぬ不幸に見舞われているのですから。
ペレウスの息子［アキレウス］がわたしの立派な父を
神聖なテーベで、誉れ高い夫をトロイエで殺してしまったのです。
夫はわたしの心が望んだものすべてでした。
館の中のわたしにはまだ幼い息子が残されました。
限りない自慢の種であったのに、希望の光であったのに。
いまわしく邪悪な宿命《アイサ》女神に裏切られました。
わたしは悲嘆にくれるばかり、
だからすぐにも苦難の絶えぬこの人生を終わらせてください。
どうか捕虜の一人としてあなたがたの館へ連れていくようなことはしないでください。
もはやわたしはこの世の人々の間に混じって生きたいとは思いません。
神霊《ダイモーン》がわたしの両親を奪ってしまったのですから。トロイエの人たちか

ら離れて
一人残されたら、このいとわしい苦しみに加えさらにむごい苦難が待っていることでしょう」。

こう言ってアンドロマケは大地の下に沈んでしまいたいと願った。

大きな栄光を不名誉に飲み込まれた者にとって生きるのは願わしくないことなのだ。

他の者にさげすまれるのは耐えがたいことなのである。

しかしその願いも叶わず、彼女は力ずくで隷属の日へ引き立てられていった。

あちこちの館で人々は命を落とした。

どの館でも涙に満ちた叫び声が聞こえた。

しかしアンテノルの屋敷は違った。

アルゴス人たちは彼が親切にもてなしてくれたことを覚えていたのだ。

アンテノルはかつて神のごときメネラオスがオデュッセウスとともにやってきたとき（1）

城市へ受け入れて身を守ってくれたのだ。

アカイア人の最強の息子たちは彼を尊敬し

（1）メネラオスとオデュッセウスは戦争が始まる前に交渉のためトロイエを訪れた。

その身を生かしておいて財宝にもまったく手をつけなかった。
すべてを見そなわす掟女神《テミス》および親しくしてくれた男を敬っていたのだ。
　このとき非の打ちどころのないアンキセスの高貴な息子は
槍と武勇によって、神の血を引くプリアモスの都を守ろうと奮闘し
多くの命を奪った。
しかし敵の残忍な手によって
城市に火がかけられ、人々も殺され、
限りない財宝も打ち砕かれ
館から妻も子も引きずり出されていくのを見ると
もはや堅固な城壁に囲まれた祖国を目にする望みはないと観念し
心のうちで大きな禍いから逃れようと決意した。
さながら人が深い海の上で
船の舵を巧みに操るときのよう、四方から押し寄せてくる
いとわしい嵐の季節の風や波を避けようとして
腕も心も疲れれば、壊れて沈みゆく船の舵を残して
ただ一人小さな舟に移る。
もはや荷を積んだ船のことなど問題ではないのだ。

そのように賢明なアンキセスの高貴な息子は
都を敵の手に残し、燃えさかる火に崩れるにまかせ
息子と父を引っぱり出して連れていった。
苦しみのつきぬ老いにさいなまれる父は
力強い手で広い肩の上に座らせた。
息子はやわらかな手でアイネイアスにすがりつく。
足は大地をかすめて急ぎ、むごたらしい戦闘を怖がる子を
すさまじい戦いの喧噪の中から連れ出した。幼子はやむなく
父にしがみついて腕にぶら下がり、やわらかな頬を涙でぬらした。
アイネイアスは死者たちの多くの屍を
速い足で飛び越え、闇の中で
心ならずもそれらを踏みつけていった。キュプリスは道を示し
恐ろしい禍いから孫と息子と夫を自らすすんで守った[1]。
アイネイアスが道を急ぐと
四方の火はその足元に鳴りをひそめ、燃えさかる炎は道を開け
涙を呼ぶ戦いの中で彼に向かって
アカイア勢が放った槍や矢は

(1)アプロディテはアンキセスに恋して夫とし、アイネイアスを生んだ。

すべてむなしく地面に落ちた。
するとそのときカルカスが大声で叫んで軍勢をおしとどめた。
「やめるがよい、勇敢なアイネイアスに
うめきを呼ぶ矢やまがまがしい槍を向けてはならぬ。
彼は神々の崇高な意図により
クサントスを離れて流れも広いテュンブリス川(1)のほとりに
神聖な都(2)を建設し、後代の人々を
瞠目させるさだめなのだ。彼自らは数知れぬ民の王となるであろう。
その子孫はのちに東方と西の端にいたる
ゆるぎない国境を統治するであろう。
そしてアイネイアスは神々の列に叙せられることになっている。
結い髪美しいアプロディテの息子だからだ。
とにかくこの男からは手を引くことだ。
なぜなら黄金やその他の財宝が
……(3)
他国へ救いを求めて逃れた者を受け入れられるほどあっても
それらすべてよりおのれの父と子を選んだのだ。

(1) ローマのティベル川。
(2) 後のローマを指す。
(3) 欠行あり。

一晩のうちにわれわれは、老いた父に息子としてこの上なく孝養をつくし
父親としても子に対し非の打ちどころのない男の姿を見せられた」。
　こう言うと、人々はその言葉に従い、皆神を見上げるように
アイネイアスを見つめた。アイネイアスは足早に都を出て
足の続くかぎり歩いていった。
アルゴス人たちはなおもトロイエの立派な城市の略奪を続けた。
　またこのときメネラオスはうめきに満ちた剣で
デイポボス(4)を殺した。酒で頭が重くなり不幸にも
ヘレネの寝台にいたところを襲ったのだ。ヘレネは逃げ出して
館の中に隠れていた。メネラオスは流れる血を見ると
相手を倒したことに歓喜してこう言った。
「犬め、今日おれはきさまにうめきに満ちた死を
もたらしてやった。きさまはもうトロイエ人の間で高貴な暁女神《エリゲネイア》には
生きて会うことはできない。たとえ雷鳴とどろくゼウスの
娘婿だとほざこうともだ(5)。きさまは黒い破滅神《オレトロス》に迎えられて
おれの妻の寝床で無残な最期を遂げた。
かつていまいましいアレクサンドロスの奴が

(4) プリアモスの息子。このときヘレネと結婚していた。

(5) ヘレネはゼウスの娘なので、その夫デイポボスはゼウスの娘婿になる。

戦場でおれに向かってきたときに息の根を止めてやればよかったのに。(1)
おれの苦しみも軽くなっていたであろうに。
だが奴はほどなく身も凍るような闇の世界へ行ってしまった。
しでかしたことすべての罰を受けたのだ。
きさまもおれの妻によって幸福になるはずなどなかった。
罪ある者はけがれない掟女神《テミス》を逃れることはできぬ。
女神は夜も昼も彼らを見そなわし
人間世界の上の空をくまなく飛び回り
悪い行ないに手を染めた者をゼウスとともに罰したもうのだ」。
　こう言って容赦なく敵を殺し続けた。
胸の奥では怒りがふくれ上がり嫉妬に燃えていたのである。
大胆な心はトロイエ人たちに次々といまわしいことを企み
神聖な正義の女神《ディケ》がそれを実現させたのであった。
トロイエ人たちは最初にヘレネにまつわる罪を犯し(2)
最初に誓い(3)を破ったからだ。
みじめにも黒い血といけにえを無視し
理性に反して神々を忘れたのだ。

(1) メネラオスはかつて戦場でパリスを打ち負かしたが殺すには至らなかった。ホメロス『イリアス』第三歌三一〇—三八二行参照。

(2) パリスが人妻ヘレネを誘拐したことを指す。

(3) トロイエ軍とアカイア軍の間の休戦の誓い。ホメロス『イリアス』第四歌一五八—一六八行参照。

それゆえ後になって復讐女神《エリンニュエス》たちが苦しみをもたらしたのである。
そのためにトロイエ人のあるものは城壁の前に倒れ、あるものは髪美しい妻たちと
饗宴を楽しんでいたときに町の中で命を落としたのだ。
　ついにメネラオスは館の奥で妻を見つけた。
彼女は正式の結婚による勇敢な夫の脅しにおびえていた。
夫はその姿を見ると
心の嫉妬にまかせて妻を殺そうとした。
だがやさしいアプロディテがその力をおしとどめ
手から剣を捨てさせて、飛びかかろうとするのを制止した。
メネラオスのいまわしい嫉妬を追い払い
その心と目に甘美な恋心をかきたてたのである。
彼は突然恍惚となり
輝くばかりの美しさを目にすると、妻の首筋に刃をあてることはできなかった。
あたかも森におおわれた山の中で
枯れ木がじっと立っているよう、北風神《ボレエス》のすばやい息吹にも

空を駆けめぐる南風神《ノトス》の息吹にも揺らがない。
そのようにメネラオスは長いこと茫然と立ちつくしていた。
妻を見ていると力はすっかり打ち砕かれた。たちまち彼は
正式な婚姻の床で犯されたあやまちをすべて忘れてしまった。
女神キュプリスがすべてを消し去ったのだ。
この女神はすべての神々の心も、死すべき人間の心も支配するのである。
しかしメネラオスはもう一度血気にはやる剣を拾い上げ
正式に結ばれた妻に飛びかかった。だが彼女に迫りながらも心の中では
別のことを考えていた。策略でアカイア人たちをあざむこうとしたのである。
すると兄がはやる彼をおしとどめ
やさしい言葉でしきりに説得した。
アカイア勢のしてきたことが水泡に帰するのではないかと恐れたのだ。
「さあ、メネラオス、怒りを鎮めろ。
正式に結ばれた妻を殺してはいけない。彼女のために
われわれはプリアモスの滅亡を企て多くの苦難を耐えたのだから。
おまえが思っているのとは違い、ヘレネに罪があるわけではない。

パリスが主客を守護するゼウスとおまえのもてなしを忘れたのだ(1)。
だから神霊《ダイモーン》がパリスに苦痛に満ちた罰を与えたのだ」。
　こう言うと、メネラオスはすぐその言葉に従った。
神々は誉れ輝くトロイエを黒い雲に包んで慟哭したが
結い髪美しいトリトニスとヘレは
神の血を引くプリアモスの名高い都が攻め落とされるのを見て
心のうちでさかんに勝ち誇っていた。
しかし賢明なトリトゲネイア自身も
まったく涙を流さぬわけではなかった。
女神の神殿の中でオイレウスの屈強な息子が身も心も狂って
カッサンドレに暴行をはたらいたのである。
女神はのちに恐ろしい禍いをもたらしてこの男の罪を罰することとなった(2)。
アテネは彼の恥ずべき所行を見ていられなかった。
女神は恥と怒りに包まれ、恐ろしい眼を神殿の高い屋根の方へそむけた。
神々しい神像は鳴りとどろき
神殿の床は大きく打ち震えた。それでも小アイアスは
いまわしい悪行をやめようとはしなかった。キュプリスが心を惑わせたの

(1) 古代ギリシアでは主人は客人を歓待し友好関係を結ぶのがならわしであった。ゼウスはその守護神である。パリスはこの友好関係を裏切ったことになる。

(2) 小アイアスはカッサンドレを暴行し神殿を汚した罰として、帰国の途中で溺死させられた。第十四歌四二、二—五八九行参照。

だ。
いたるところで次々とそびえ立つ館が崩れ落ちた。
乾いた砂が煙に混じった。
すさまじい轟音がとどろき、街路は震えた。
アイネイアスの屋敷は燃え
アンティマコス(1)の住居もすべて焼けた。巨大な城市は焼け落ち
愛らしいペルガモスも、アポロンの聖域も、
トリトニスの神々しい神殿も、ヘルケイオス神［ゼウス］の祭壇も
火に包まれた。プリアモスの孫たちの
心地よい寝室も燃やしつくされた。都全体が灰と化した。
　トロイエ人のうちあるものはアルゴス人の子らの手にかかって倒れ
あるものは残酷な火とおのれの家の中で倒れた。
そこが彼らのいまわしい死でありまた墓となったのである。
またあるものは戸口に火と敵の姿を目にすると
剣で自らののどを貫いた。
またあるものは妻や子を殺し
必要に迫られてそんな恐ろしい行ないをなした後自らも死んだ。

(1)トロイエの将。アカイア方との和平に強硬に反対した。

またある男は敵が遠くにいるものと思いこみ
とっさに火の中にあるかめを持ち上げて
水をくみに行こうとした。だがアルゴス軍の中の一人が
先を越して槍で突き、深酒で身体が重くなっていた彼の
命を奪った。男は家の中に倒れ
空の水がめが傍らに転がった。
また別の男は広間を出て逃げようとしたときに
大きな梁《はり》が燃え落ちてきて、破滅へ突き落とされた。
さらに多くの女たちが命からがら逃げ出したが
家のベッドに残してきたいとしい子を思い出した。すぐにきびすを返して
家に向かったものの、家が崩れ落ちてきて子どもたちとともに死んだ。
また馬や犬は恐怖におびえ
町じゅうをいとわしい火から逃げ回っていた。
その足で死者たちを踏みにじった。生きた者たちにも
しじゅうぶつかって禍いをもたらした。都には叫び声が響きわたり
一人の男がわめき声を上げながら炎の中を走っていた。
家にいた者たちは容赦ない宿命女神《アイサ》に打ち倒された。

うめきに満ちた死にいたる道は人それぞれに違っていた。
　炎は神々しい空に噴き上がり
巨大な光が広がった。近くに住む者たちは
イデの山の高峰から
サモトラケ(1)や海に囲まれたテネドスにいたるまでこれを見た。
そして海の深みに漕ぎ出した者がこう言った。
「心ゆるがぬアルゴス人たちはきらめくまなこのヘレネゆえに
多くの苦労を重ねた後に大きなことをなしとげたものだ。
かつて豊かだったトロイエは全土が火に包まれ
救いを求めても神は一人として手をさしのべようとしなかった。
抗しがたい宿命《アイサ》女神は人間の所行をすべて見ておられるのだ。
卑しく人目につかなかったものが有名になり
高みにあったものが低いところに落とされる。
善いことから悪いことが生まれ、悪いことから善いことが生まれることも
よくあるものだ、つらい人生の転変の中では」。
　遠くからこの驚くべき光を見たある者はこのように言った。
うめきに満ちた不幸がなおもトロイエ人たちを包んでいた。

(1)エーゲ海北部の島。

アルゴス人たちは町を戦いの渦に巻きこんでいた。
あたかも激しい風がわき起こり、はてしない海をかき乱すよう。
そのとき不吉な風を呼ぶアルクトゥロス[2]の向かい側には
霧を帯びた南風神《ノトス》の方角へ、星をちりばめた天空に
祭壇座が上る。その星のもとでは
風が巻き起こり多くの船が海に飲みこまれて
壊れていくのだ。そのようにアカイア人の息子たちは
そびえ立つイリオンを略奪した。都がおびただしい火の中で燃えるさまは
豊かに生い茂る森におおわれた山に
風の力で炎があおられ、すみやかに燃え広がるよう。
長く連なる峰はとどろき
獣たちは皆森に広がるヘパイストスの炎に包まれ
逃げ出せなくなってみじめな最期を遂げるのだ。
そのようにトロイエ人たちは町じゅうで殺された。天上の神々は
誰も彼らを守ろうとしなかった。運命女神《モイライ》たちが大きな網を
あたり一面に広げていたのだ。これは人間が逃れられぬものである。
　このとき偉大なテセウス[3]の母アイトレは町の中で

（2）牛飼座の主星。

（3）アテナイの王。

デモポオンと退却を知らぬアカマス[1]にばったり会った。
アイトレは彼らに会いたがっていたのだが、ある神に導かれて
二人に会うことができたのである。
彼女は気も動転して戦いと炎の中を逃げまどっていた。
二人は炎の光の中で女の姿かたちを見ると
これは神の血を引くプリアモスの
女神にもまがう妻だと思った。すぐに手をかけて
ダナオイ勢の方へ引き立てていこうとしたが
アイトレは大きなうめき声を上げて言った。
「戦いを好むアルゴス人の誉れ高い子どもたちよ、
わたしを敵のように船団へ連れて行かないでください。
わたしはトロイエ人の一族ではありません。
わたしはダナオイ人の高貴にして高名な血を受け継ぐ者。
ピッテウス[2]がトロイゼン[3]でわたしという子をもうけ
高貴なアイゲウス[4]がわたしを娶り、わたしから輝かしい息子テセウスが生
　まれたのですから。
お願いです、偉大なるゼウスと最愛のご両親の名にかけて

（1）両者ともにテセウスの息子。
（2）トロイゼンの王。
（3）ギリシア南部アルゴリス地方の東方の町。
（4）アテナイの先代の王、テセウスの父。

もし非の打ちどころのないテセウスの息子たちが
本当にアトレウスの子ら［アガメムノンとメネラオス］とともにここへ来て
　いるのなら、テセウスのいとしい子らの
願いにこたえて軍の中でわたしを引き合わせてください。
あなたがたと同じ年頃だと思います。もしあの子たちが生きていて
二人とも立派な戦士になっているのを見ればわたしの心も安らぐことで
　しょう」。
　こう言うと、二人はそれを聞いて父を思い出した。
父がヘレネを奪うためになしとげたこと、雷をとどろかすゼウスの息子た
　ち[5]が
かつてアピドナイ[6]を攻め落としたことも——そのとき二人は
まだ幼くて戦いの及ばぬところに
乳母たちによって隠されていたのだ。彼らは高貴なアイトレのことを
再び思い出した。彼女が奴隷の身ゆえさまざまな苦労を強いられたことも
——女神と見まがうヘレネの義母であると同時に召使いとなったのだ[7]。
彼らは喜びのあまり言葉も出なかった。
そして気高いデモポオンが彼女の願いにこたえて言った。

（5）ヘレネの兄弟カストルとポリュデウケスを指す。

（6）ギリシア南東部アッティカ地方の町。テセウスは幼いヘレネを誘拐しここに隠したが、カストルとポリュデウケスがアッティカに侵攻しヘレネを連れ戻した。

（7）テセウスはヘレネを誘拐し妻としたので、彼の母アイトレはヘレネの義母となった。ヘレネが兄たちに連れ戻されたときアイトレも奴隷として連れ去られ、ヘレネのトロイエ行きにもついてきていた。

「神々はあなたのやさしい願いをすぐにも叶えてくださいましょう。
あなたの目の前にいるわれわれは、非の打ちどころのないご子息の
息子なのです。この手でお抱えして
船へお連れし、聖なるヘラスの地へ
喜んでまいりましょう。かつてあなたが王妃であられたその土地へ」。
　こう言うと偉大な父の母は手をさしのべて
彼を抱きしめ、その広い肩や頭や胸や
ひげの生えたあごにくちづけをした。
アカマスにも同様にくちづけをした。彼らが泣くと
まぶたからは甘い涙があふれた。
そのありさまは、ある男が外国に行き
人々はもう死んだものとうわさしているが
どこからか家に帰ってきたのを息子たちが目にして
うれし涙を流すよう。
家に帰った男も子どもたちの目の前で泣けば
館はうれし涙にむせぶ者たちのすすり泣きに包まれる。
そのように彼らが涙を流すと甘いすすり泣きの声が燃え上がった。

またこのとき、多くの苦しみに耐えたプリアモスの娘ラオディケは
天に手をさしのべて無敵の神々に祈り
奴隷の仕事に就かされる前に大地に飲みこんでくれと願ったという。
神々の一人がその祈りを聞きただちにはてしない大地を引き裂いた。
大地は神の意志を受け
イリオンが滅びようとしていたとき、うつろな深淵に
高貴な乙女を受け入れた。さらに滅びゆくイリオンゆえに
長い衣をまとったエレクトレ(1)自身も
身を闇と雲に隠し、その姉妹たちである他のプレイアデスの
合唱隊を去ったとのことである。
他のプレイアデスが星座として空に上る姿は
不幸な人間たちも見ることができるが、エレクトレだけは
いつも隠れていて見えない。
それは彼女の高貴な息子ダルダノスの神聖な都が滅んだためである。
至高のゼウス自身も天上から救いに来ることはなかったが
偉大なゼウスの力も運命女神《モイライ》たちには及ばないのだ。
これはおそらく神々の崇高な理知のなしたことだったかもしれないが違う

(1) 巨人アトラスの娘で七人のプレイアデス（すばる星）の一人。ゼウスによりダルダノスを生む。ダルダノスはトロイエ王家の祖となった。

のかもしれない。
アルゴス勢はなおもトロイエ人に怒りを燃やして
城市のいたるところで戦っていた。不和女神《エリス》が戦いの終結を一手に握って
いた。

第十四歌

梗概

夜が明けるとアカイア勢は戦利品と捕虜の女たちを伴って船のもとに集まる。女たちが悲嘆にくれる中、ヘレネはアカイア人たちに讃嘆のまなざしで迎えられ、メネラオスと和解する。アカイア軍は戦勝を祝って饗宴を開き、勝利の美酒に酔いしれる。

その夜アキレウスの亡霊がネオプトレモスの夢に現われ、プリアモスの娘ポリュクセイネを自分の墓にいけにえとして捧げよ、さもなくば皆が帰国できぬように海に嵐を起こすと告げる。アカイア人たちがその言葉に従って犠牲を執り行なうと海は鎮まるが、ポリュクセイネの母ヘカベは悲しみのあまり犬の形をした岩に化身する。

アカイア軍は出航するが、小アイアスに神殿をけがされたことを怒る女神アテネはゼウスの雷を身につけて風神を呼び、海上にすさまじい嵐を起こす。船隊は打ち砕かれ、アイアスはポセイダオンに山の頂を投げつけられてその下敷きになって死ぬ。ナウプリオスの策略にもあざむかれ、人々は嵐に翻弄された末に命を落とす。さらにポセイダオンとアポロンはアカイア軍の防壁を打ち壊して水没させる。少数の者たちは嵐を逃れたが散り散りになった。

　黄金の玉座の暁女神《エオス》がオケアノスから
大空に昇ると、深淵《カオス》が夜女神《ニュクス》を迎え入れた。
アルゴス軍は力によって、堅固な城壁に囲まれたトロイエを攻め落とし
限りない財宝を持ち帰った。
そのさまは雨で増水した川のよう、
土砂降りの雨の中、山からとどろきとともに流れ下り、
高い木々も山に生えているすべてのものも
岩そのものとともに海へ流しこむのだ。
そのように、ダナオイ勢は火によってトロイエの都を略奪し
すべての財宝を速い船へ運びこんだ。
　それとともにあちこちからトロイエの女たちが連れてこられた。
あるものはまだ乙女の身で婚礼に至らず
あるものは夫の愛に服従するようになったばかり、
またあるものは白髪で、また別のものは

それより若く、唇で最後の乳を求める子らを
乳房から奪い取られた女たちだった。
　その中でメネラオスは燃えさかる城市から
自ら妻を引き立ててきた。
こうして彼は大いなる任務をなしとげたのだ。彼は歓喜と羞恥心に包まれていた。
トネリコの槍もみごとなアガメムノンは女神のようなカッサンドレを、
アキレウスの高貴な息子はアンドロマケを連れてきていた。またオデュッセウスは
力ずくでヘカベを引き立ててきた。彼女の目からは泉のように
大粒の涙があふれていた。手足はわななき
恐怖のために心臓は動悸を打っていた。白い頭から
髪をかきむしった。おびただしい灰にまみれていたが
おそらくプリアモスが殺され、都に火がかけられたときに
暖炉から手ですくってわれとわが身にふりかけたのであろう。
そして大きなうめき声を上げた。いやがる彼女に
隷属の日が迫っていたのだ。だが男たちはそれぞれに

涙にむせぶトロイエの女たちを力ずくで船へ引き立てていった。
女たちはしきりに涙を流しながら叫び声を上げ、あちこちで
頑是ない子どもたちとともに哀れげに嘆いていた。
あたかも牙の白い豚が幼い子豚とともに
以前の家畜小屋から別の小屋へ
冬に男たちが連れて行くときのよう、押し合いへし合いしながら
豚たちは痛々しげにたえずあちこちで嘆きの声を上げる。
そのようにダナオイ人に征服された女たちは悲嘆にくれていた。
王妃も女奴隷も同じ宿命を耐えていた。
　しかしヘレネは泣いていなかった。恥じらいが
黒い瞳に宿り、さらに美しい両頰を
赤く染めていた。胸のうちではさまざまに思い悩んでいた。
黒い船に着いたらアカイア人たちが自分を虐待するのではないかと。
そのため心は千々に乱れ、彼女はおびえていた。
ヘレネは頭をヴェールでおおい隠し
夫の歩みに合わせて後についていった。
恥じらいに頰を赤く染めているさまはキュプリス[1]のよう、

（1）アプロディテ。軍神アレスとの仲を夫ヘパイストスに知られ、密通の場を押さえられた話はホメロス『オデュッセイア』第八歌二六六―三六九行に詳しい。

アレスの腕に抱かれているところを
天上の神々にまざまざと見られ、夫婦の床をはずかしめてしまった。
賢明なヘパイストスの鎖にからめとられて
横たわったまま心は深く傷つき恥に包まれている。
神々の一族が大挙して集まりヘパイストス自身も
やってきたのだ。女にとって恥ずべき場を
夫の目にさらされるのは恐ろしいことなのだ。
ヘレネはその姿かたちも清らかな恥じらいも
キュプリスさながらに、トロイエの捕虜の女たちとともに
造りのよいアルゴス勢の船の方へ歩いていった。
まわりで人々は非の打ちどころのないこの女の優雅さと愛らしい美しさを
目にして驚嘆した。誰一人として
陰ででも面と向かってでも彼女にののしりの言葉を
浴びせようとはせず、女神を見るように喜んで
ヘレネを見つめた。誰もがその姿を見たいと思っているところへ現われた
　からだ。
あたかも、休みなく波立つ海をさまよう人々の前に

見たいと長いこと祈っていた祖国が姿を現わしたときのよう、
人々は海と死から逃れ出て
心も喜びに満たされて祖国へ手をさしのべる。
そのようにダナオイ人たちは皆歓喜した。
彼らはもはやつらい苦労も戦いも忘れていたのだ。
キュテラの女神がそのように皆の心を変え
美しい瞳のヘレネと父なるゼウスを讃えたのだ。
　このとき、愛する都が破壊されたのを見ると
クサントスは血なまぐさい戦いのあとになおもあえぎ
ニンフたちとともに泣いた。どこからか禍いが
トロイエにふりかかり、プリアモスの城市を全滅させてしまったからだ。
あたかも乾いた麦に雹が襲いかかって
粉々に砕いてしまうよう、
すさまじい力で穂をもぎ取り
茎ばかりがむなしく大地に倒れ、地には傷んだ穀粒が
みじめに散らばっている。畑の持ち主の悲嘆は深く痛ましい。
そのように、イリオンがぽつんと取り残されるとクサントスの胸は

悲しみに襲われた。不死の身ではあったが
いつも悲嘆につきまとわれていたのだ。イデの高峰もシモエイスも
まわりでうめいた。はるか彼方ではイデの急流がすべて
プリアモスの都のために嘆き慟哭した。
　アルゴス人たちは歓喜に酔いしれて船団へ向かい
輝かしい勝利女神《ニケ》の強大な力を、
また至福の神々の神々しい一族を、
さらに自らの勇敢な心やエペイオスの不滅の木馬を歌った。
歌は空の高みにまで届いた。
それは数知れぬコクマルガラスの叫びのよう、そのときは厳しい冬の後に
晴れた日が訪れて天空は風に乱れることもない。
そのように人々は船の傍らで心の奥深くわきあがる喜びとともに
……(1)
神々のうち、戦いを好むアルゴス人たちを
心から守ってきたものたちは天上で歓喜した。
一方トロイエを守っていた他の神々は
プリアモスの都が焼きつくされたのを見て立腹した。

(1) 欠行あり。

しかし彼らが望んでも宿命女神《アイサ》の意に反してトロイエを守ることは
できなかった。クロノスの子自身ですら、さだめを越えて
たやすく宿命女神《アイサ》を押しのけることはできないのだ。
ゼウスはすべての神々にぬきんでた強大な力を持ち、万物はゼウスから生
　じるのだが。
　アルゴス人たちはたくさんの牛のもも肉を並べて
薪とともに焼き、祭壇のまわりを回って
燃えるいけにえの上に甘い生《き》の酒を注ぎ神々を讃えた。
大きな企てをなしとげたからだ。
楽しい饗宴の間、人々は
武装して木馬の中に身をひそめたものたちすべてをさかんにほめ讃えた。
またシノンにも感嘆した。敵による
苦痛に満ちた拷問を耐え抜いたからだ。誰もがいつまでも
彼を歌と数限りない贈り物とで讃えるのだった。
シノンは辛抱強い心の奥で
アルゴス軍の勝利を喜び、自分の受けた拷問を嘆かなかった。
賢く分別のある人にとっては、黄金や美や

その他人間のもつ、今でも未来でも良いものより
栄光のほうがはるかに嬉しいものだからだ。
　人々は船団の傍らで夕食をとり
心も恐れから解放されて、たえず互いにこのように言い合った。
「とうとう長い戦いを終えることができた。
われわれは大きな名誉を勝ち取り、敵もろとも広い都を攻め落とした。
どうかゼウスよ、われわれの願いにこたえて帰国をもお許しください」。
　こう言ったが、父なる神［ゼウス］は全員には帰国を認めなかった。
皆の中で心得のあるものが……
……[1]彼らにはもはや
恐ろしい叫びに満ちた戦いへの恐れはなく
平和な仕事と楽しい饗宴に心を向けていたからだ。
人々の願いにこたえて歌びとがまず歌ったのは
どのように軍勢がアウリスの神聖な地に集まったかということ、
そして無敵の力強いペレウスの子が
海を渡って十二の町を滅ぼしたこと、
またはてしない陸地を渡って十一の町を滅ぼしたこと、

(1) 欠損あり。

テレポス王や勇敢なエエティオンと戦って立てた功績のすべて、
並外れた力をもつキュクノス(2)を殺したこと、
アキレウスの怒りの後アカイア人たちが続けた苦闘のすべて(3)、
祖国の城壁のまわりでヘクトルをアキレウスが引き回したこと(4)、
ペンテシレイアを戦いで討ち果たしたこと、
ティトノスの息子〔メムノン〕を倒したこと、
力強いアイアスが槍もみごとなグラウコスを殺したこと、
血気さかんなアイアコスのひ孫〔ネオプトレモス〕が誉れ高い戦士エウリュ
　ピュロスを討ち取ったこと、
ピロクテテスの矢にパリスが倒れたこと、
戦士たちが危険な木馬の中に身をひそめ
神の血を引くプリアモスの都を攻め落とし
いまわしい戦いから解き放たれて饗宴の席についたこと。
めいめいがあちこちで、思い思いのことを歌っていた。
　饗宴は続いたが、真夜中になると
ダナオイ人たちは晩餐も生《き》の酒を飲むこともやめ
憂いを忘れさせる眠りについた。

(2) トロイエの将。ポセイダオンの子。
(3) アキレウスは愛する女ブリセイスをアガメムノンに奪われて怒り、戦闘から手を引いた。最強の戦士を欠いたアカイア軍は劣勢に苦しんだ。この事情はホメロス『イリアス』第二―十七歌に詳しく語られている。
(4) トロイエの総大将ヘクトルに親友パトロクロスを殺されたアキレウスはその仇を討ち、ヘクトルの遺体を戦車に結びつけて引き回した。ホメロス『イリアス』第二十二歌三九五―四〇四行参照。

昨日の疲れには誰もがうちひしがれていたのだ。
そこで人々は一晩中宴会を続けたかったが終わりにした。
気は進まなかったが眠気には勝てなかったのだ。
それぞれのものがあちこちで眠っていた。だがアトレウスの子は
幕舎の中で髪美しい妻と語り合っていた。
二人の目に眠りが訪れることはなく
キュプリスがその心を飛び回って
かつての結婚の床を思い起こさせ、心痛を捨て去らせたのだ。
まずヘレネがこのような言葉で話しかけた。
「メネラオスよ、どうかお心の怒りをいつまでもわたしに向けないでください。
わたしは自ら望んであなたの館と床を捨てたのではなく
力強いアレクサンドロスとトロイエ人の息子たちが
あなたの留守の間にやってきてわたしをさらっていったのですから。
わたしが残酷な縄やうめきをもたらす剣で
みじめに死のうとどんなに望んでも
あなたやいとしい娘のために苦しむわたしを

館の中で押しとどめ、言葉をつくしてなだめたのです。
娘の名にかけて、喜び多い結婚の名にかけて、またあなたご自身の名にか
　けて
お願いします、わたしゆえのいとわしい苦しみをお忘れくださいませ」。
　こう言うと、分別のあるメネラオスは答えた。
「今はもうわれわれが心に受けた痛手のことは考えるな。
何もかも忘却《レテ》[1]の黒い館に閉じこめてしまうがいい。
悪い行ないをいつまでも忘れずにいるのはよくないぞ」。
　こう言うと、ヘレネは喜びに包まれ、恐れは心から一掃された。
夫がもはやむごい怒りを抱いてはいないと思ったからである。
彼女が夫に両腕を投げかけると
うれし涙にむせぶ二人のまぶたから涙がしたたり落ちた。
二人は喜びに満ちて互いの傍らに身を横たえ
心に自分たちの結婚を思い起こした。
あたかも木蔦とぶどうが木の切り株に
巻きつき互いに絡み合うよう、
風の力も二つを引き離すことはできない。

(1)「忘却」を擬人化した女神。

そのように二人は愛を求めて互いに抱き合っていた。
　だが彼らにも安らかな眠りが訪れると
心根も勇敢な、神にも等しいアキレウスが
息子の枕上に立った。その姿は生きているときさながらで、
トロイエ勢には苦しみ、アカイア勢には喜びだったものである。
彼はいとしさをこめて息子の首筋と輝く目にくちづけると
このような言葉をかけて元気づけた。
「よいか、息子よ。おれが死んだからといって
悲しみに沈んでいてはならぬ。
今おれは至福の神々と食卓を囲む仲間なのだから。
おまえはおれのために心を痛めるのをやめ、わが勇気で心を満たすがよい。
いつもアルゴス勢の中では第一人者として
武勇では誰にもひけをとらぬようにせよ。だが会議の席では
年長の人に従うのだ。そうすれば皆がおまえを賢いと言うであろう。
意志のしっかりとした立派な人を尊敬せよ。
善良な者は善良な人には親しく、邪悪な者には厳しくするものだからだ。
良いことを考えれば良いことをなしとげられるだろう。

心が正直でない者は徳の頂に
たどりつくことはできないものだ。その幹を登ることは難しく
長い枝は青空まで伸びている。
だが力と勤勉さを備えた者は
美しい冠を戴く徳の女神《アレテ》の名高い若木に登り
労苦のあとに喜び多い果実を手にするのだ。
だから栄光にふさわしい人間であれ。そして心を賢く保ち
不幸にあっても心を苦しみに打ちひしがれるままにせず
幸運にあっても喜びすぎてはならぬ。
親しい友人や子や妻にはやさしく接し、
人間のすぐ傍らにはまがまがしい運命神《モロス》の門と
死者の館があることを心に留めておくのだ。
人間の種族とは草の花、春の花のようなもの、
枯れるものも育つものもある。
したがって、やさしくあれ。そしてアルゴス人たちに、
とくにアトレウスの子アガメムノンにこう告げよ。
もしプリアモスの都をめぐっておれがどれだけ苦労したか

トロイエの地に着く前におれがどれほどの戦利品を勝ち取ったか
心に覚えがあるなら、おれの望みにこたえて
プリアモスの戦利品の中から美しい衣のポリュクセイネ[1]を墓に連れて来い。
すぐにいけにえとして捧げるのだ。おれは彼らに対して
いまだにこの上なく腹を立てている。かつてのブリセイスゆえの怒りより
　もだ。
さもなくば海一面に波を起こし、嵐につぐ嵐を投げつけてやる。
奴らは恩知らずのゆえにやつれはて
長い間ここに足止めされるがいい、
帰国を切に願っておれに献酒を注ぐまで。
だが奴らが望むとあれば、乙女については命を奪った後
離れたところに埋葬してもかまわぬ」。
　こう言うとすばやいそよ風のように立ち去った。
そしてすぐにエリュシオンの野へ〈戻った[2]〉。そこは
至福の神々にとって大空の頂から下りたり上ったりできる場所である。
眠りが去るとネオプトレモスは父を思い出し
勇敢な心に元気を吹き込まれた。

（1）プリアモスの娘。

（2）第三歌七七一―七七九行によれば、アキレウスは死後に神となり、白島（レウケ）に住んでいるはずであるが（一四九頁註（3）参照）、彼はエリュシオンの地で暮らしたとする説もあり、二つの伝承が混在していると思われる。アポロニオス・ロディオス『アルゴナウティカ』第四歌八一一―八一五行参照。

広い天空に暁女神《エリゲネイア》が昇り
夜を追い散らして、大地や青空が現われると
アカイア人の息子たちは帰国しようと
寝床から身を起こした。そして喜びに胸をふくらませて
船を海の深みへ引いていったことだろう。
もし急ぐ彼らをアキレウスの勇敢な息子が引き止め
議場に集まるよう呼びかけ、父の命令を伝えなかったなら。
「わたしの話を聞いてください、退却を知らぬアルゴス人のいとしい子
らよ。
誉れ高いわが父の命令です。
昨日の夜寝床で眠っているわたしに告げたことです。
父は永久《とわ》にいます神々とともにいると言いました。
そしてあなたがたと王であるアトレウスの子「アガメムノン」に
戦いで得た立派な褒賞の中から
美しい衣のポリュクセイネを広い[3]墓に連れてくるよう命じたのです。
そして彼女をいけにえとして捧げ、離れたところに埋葬するように言いま
した。

（3）この語は「湿っぽい」「苔むした」ととる説もある。

もしも自分のことを気にかけず海へこぎ出したなら
海一面に波を立て
軍勢も船団も長い間ここに足止めさせてやると言ったのです」。
　こう言うと皆ネオプトレモスの言葉に従い、神に対するように
アキレウスに祈りを捧げた。現に海には嵐のために
さきほどよりも大きな波がわき起こりその数も増え
風が荒れ狂っていたのだ。大きな海はポセイダオンの手によって
打ち震えた。神は力強いアキレウスに
賞賛を送ったのである。あらゆる風がすさまじい速さで
海に押し寄せた。ダナオイ人たちはしきりにアキレウスに祈り
皆同じように互いに次のようなことを言い合った。
「まちがいなくアキレウスは偉大なゼウスの血を引いている。
だから今は神なのだ、かつてわれわれとともに生きていたとしても。
神々しい時神《アイオン》は神々の子孫を絶やさせたりはしないものだ」。
　このように言いながら、人々はアキレウスの墓へ向かった。
彼らは乙女を連れていった。そのさまはあたかも神へのいけにえとして
牛飼いが茂みの中で子牛を母牛から引き離すよう。

子牛は悲しんで大きな嘆きの声を上げる。
そのように、このときプリアモスの娘は敵の手の中で
悲嘆の叫びを上げていた。おびただしい涙が流れていた。
あたかも冬の雨でまだ黒くなっていないオリーブの実が
どっしりした臼の下で
たくさんの油を搾り出すよう、男たちが全力で綱を引くと
軸はきしんで大きな音を立てる。
そのように、多くの不幸に耐えたプリアモスの娘は
容赦ないアキレウスの墓へ引かれてゆくとき
うめき声とともにまぶたから痛ましい涙を流した。
涙は衣のひだの奥に満ち
まさに高価な象牙のような肌はぬれていた。
　そのとき暗い悲嘆に加えてさらにひどい苦しみが
不幸なヘカベを襲った。
彼女は昨夜眠っている間に見た
つらく苦しみに満ちた夢を心に思い出したのである。
神にも等しいアキレウスの墓の傍らに

自分が泣きながら立っているように思われた。
髪は頭から地面まで流れ、両の乳房からは
真紅の血が大地へあふれ出して墓をぬらした。
彼女はこの夢におびえ、大きな不幸を予感して
痛ましげに嘆き、うめいてすさまじい叫びを上げた。
さながら犬が家の前で悲しんで長く吠えるよう。
近頃乳が張っているのに
幼い子どもたちが光を目にする前に
飼い主によって鳥に投げ与えられてしまったのである。
母犬は悲しんで吠えたりうなり声を上げたりすると
恐ろしい叫びは空を貫くのだ。
そのようにヘカベは泣きながら娘のために大きな叫び声を上げた。
「ああ、わたしの心の苦しみはどこから始まりどこで終わるのだろう。
多くの不幸に打ちのめされて嘆くしかないのか。
息子たちや夫は予測もつかぬ恐ろしい目に遭い
都も娘たちも悲しい運命のえじきになり
わたし自身も運命の日か隷属の日を迎えようとしている。

恐ろしい死神《ケーレス》たちがわたしを多くの不幸で包んでしまった。
わが娘よ、おまえにも無慈悲で予測のつかぬ
悲しい運命の糸が紡がれていたのだ。
死神《ケーレス》たちは近くにいた婚姻《ヒュメナイオス》の神を婚礼から追いのけ
耐えがたくつらく言葉につくしがたい死をもたらした。
アキレウスが死んでもなおわたしたちの血に喜びを覚えているからなのだ。
いとしい娘よ、この日おまえの命運が尽きるのを目にする前に
大地が裂けておまえとともにわたしをおおい隠してくれればよかったもの
を」。
　こう言ってまぶたからとめどなく涙を流した。
悲しみにつぐ悲しみに襲われることはむごいものだ。
　人々は神々しいアキレウスの墓に着くと
彼の息子はすばやい剣を引き抜き
左手で乙女を押さえ
右手で墓に触れてこう言った。
「お聞きください、父上、あなたの息子と他のアルゴス人たちの祈りを。
もうわれわれに対するむごい怒りを鎮めてください。

父上が心に望んだことはいまやすべてわれわれが
なしとげたのですから。われわれに好意を寄せ
祈りにこたえて心楽しい帰国を早く叶えてください」。
　こう言うと乙女ののどに死をもたらす剣を突き通した。
花のさかりの命はただちに
生命の終わりを痛ましげに嘆く彼女から離れた。
そしてポリュクセイネはうつぶせに地面に倒れた。
その下では首筋が真っ赤に染まった。それはちょうど
雌の猪か熊が槍によって傷を受け
山の雪の表面がわき立つ血でたちまち赤く染まるようだった。
アルゴス人たちはただちに彼女を引き渡して
神にも等しいアンテノルの家へと都まで運ばせた。
トロイエ人の中で彼はポリュクセイネを
高貴な息子エウリュマコスの妻とするべく館の中で育てたからである。
アンテノルはプリアモスの名高い娘を自分の家の近くに埋葬した。
ガニュメデスに捧げられた館の傍らで
アトリュトネ女神の神殿の真向かいである。

するとそのとき波が静まり恐ろしい嵐もやんだ。
そして凪が訪れ海はおだやかになった。
　人々は大いに喜び、急いで船のもとへ行き
至福の神々の聖なる一族とアキレウスを讃えて歌った。
すぐに神々のために牛のもも肉を切り取り食事をした。
至るところにすばらしいいけにえがあった。
人々は甘い生《き》の酒を酌み
銀や金の杯で飲んだ。
故郷に着くことを夢見て、心は喜びに満ちていた。
さて飲み食いにも饗宴にも飽き足りると
ネレウスの息子「ネストル」が皆の願いに応えて言った。
「聞くがよい、諸君、戦いの長い脅威からは開放された。
これから諸君の願いにこたえてうれしい話をしよう。
いまや待ちに待った帰国の時だ。
さあ出発しよう。力強いアキレウスの魂は
恐ろしい怒りを鎮め、大地を揺るがす神「ポセイダオン」も
強い波を静めた。快い風が吹き

もはやそびえ立つ波もない。
さあ、船を海の波の中へ引き出して帰国に心を向けるのだ」。
　待ちかねた人々にこう言うと、皆航海の準備をした。
そのとき地上に棲む人間たちに驚くべき驚異が現われた。
不幸せなプリアモスの妻が
人間から苦しみ多い犬に姿を変えたのだ。
人々はまわりに集まってきて驚愕した。
神が彼女の身体をすべて石に変え、後代の人々にも大きな奇観としたのである。
アカイア人たちはカルカスの忠告に従って
ヘカベを速い船に乗せ、ヘレスポントスの対岸へ運んだ。
人々はただちに船を海へ引き入れ
かつてイリオンへ向かう途中周辺の民族を征服して勝ち取ったものや
イリオン自体から運んできた財宝を
すべて積みこんだ。アカイア人たちはたいそう喜んでいた。
その数は数え切れぬほどあったからだ。
多くの捕虜の女たちが心に深く悲しみを抱きながら彼らの後に続いた。

人々は船に乗りこんだ。
しかしカルカスは海へ急ぐ彼らについていこうとはせず
他のアルゴス人たちを引き止めようとした。
カペレウス岬の岩礁で恐ろしい破滅がダナオイ人たちを待ち受けているの
　を恐れたのだ。
だが人々は彼に耳を貸さなかった。邪悪な宿命女神《アイサ》が
男たちの心を惑わしたのだ。ただ一人非の打ちどころのない
アンピアラオス[1]の血気さかんな息子アンピロコス[2]は神託をよく知っていて
知恵豊かなカルカスの傍らにとどまった。
二人は祖国から遠く離れてパンピュリア[3]人とキリキア[4]人の
都へ行くさだめだったからである。
　ただしこれは神々が後にさだめたことである。
アカイア人たちは陸から船のもやい綱を解き
急いで錨を上げた。
ヘレスポントスは急ぐ彼らにこだまを返し、船は海にぬれた。
へさきには戦死者たちの武具が積まれていた。
甲板には幾多の勝利のしるしの品がつり下げられていた。

（1）ギリシア南部の王国アルゴスの予言者。
（2）アカイアの将、木馬に入った勇士の一人。
（3）トロイエの南方、リュキエの東にある国。
（4）パンピュリアの東にある国。

船や彼らの頭や槍や
敵と戦うのに用いた楯を
花輪が取り巻いて飾っていた。
へさきから王たちは黒ずんだ海に生《き》の酒を注ぎ
至福の神々に安全な帰国を叶えてくれるようしきりに祈った。
しかし祈りは風に混ざり船から遠くへ
むなしく雲と空にまぎれていった。
　捕虜の女たちは心を痛めながらイリオンをじっと見つめ
アルゴス人たちに見つからぬように
しきりに嘆きながらすすり泣いていた。胸に大きな悲しみを抱えていたのだ。

あるものは手で膝を抱え
あるものは哀れにも額を手に押し当てていた。
また別のものたちは腕に子どもを抱いていた。
子どもたちは隷属の日にも祖国の不幸にも嘆かず
母の胸に気をとられていた。幼い心は憂いを知らぬものだからだ。
どの女も髪をほどいたままで

哀れにも胸は一面に爪を立てた痕があった。
頬にはまだ涙の乾いた痕があり
しきりにまぶたから涙をこぼすものもいた。彼女たちが見つめる不幸な祖国は
まだ一面に燃えわたり、おびただしい煙を上げていた。
女たちは名高いカッサンドレに目を向け
その不吉な予言[1]を思い出して、皆驚嘆していた。
だがカッサンドレは祖国のいとわしい不幸を悲しみながらも
涙を流す女たちを冷笑していた。
　トロイエ人のうち容赦ない戦いから逃れた者は
都に集まり遺体を埋葬しようと忙しく働いた。
アンテノルがこの悲しい仕事の指揮をとった。
人々は多くの者たちのために火葬壇をしつらえた。
　アルゴス人たちはたえず胸を喜びにふくらませながら
あるときは黒ずんだ海水の上を櫂で進み
あるときは待ちかねたように急いで船に帆を張った。
ダルダニエ全土とアキレウスの墓は

（1）カッサンドレはトロイエの滅亡を予言していた。第十二歌五二五—五五一行参照。

みるみる後ろへ遠ざかった。
人々の心は喜びにわいていたが
殺された仲間たちを思い出すと深い悲しみに沈み
異国の大地にじっと目を向けた。陸地は遠ざかる船の彼方に見えていた。
やがて海に囲まれたテネドスの岩礁を通り過ぎ
スミンテの神ポイボスの領土、
クリュサとキラに沿って進んだ。
すると風の吹きすさぶレスボス[1]が見えてきた。
すぐにレクトン[2]の岬を回ったが、そこにはイデの最後の尖峰がある。
帆はふくらんで音を立てていた。
へさきのまわりでは黒ずんだ波がとどろいていた。
大きな波は影でおおわれ、船は海の上に白い筋を引いていった。
　アルゴス人たちは海の深みを渡って
皆無事にヘラスの神聖な地に到着したことだろう、
もし雷をとどろかすゼウスの娘アテネが
彼らの行く手をはばまなかったなら。
船団が風の吹きすさぶエウボイエの近くまで来ると

（1）トロイエの南西にある島。
（2）トロイエの岬。

女神はロクリスの王に重く容赦ない運命を定め、怒りもあらわに
神々の王者ゼウスの傍らに立って
不死の神々から離れたところでこう話しかけた。心は怒りを抑えきれなかった。
「父なるゼウスよ、人間たちが神々に対してたくらんでいることには
もう我慢がなりません。彼らはあなたご自身のことも
他の神々のことも気にかけていないのです。
罪深い人間たちは罰せられることもなく
善人が悪人よりもひどい目に遭い、たえず不幸にさいなまれるのですから。
それゆえ誰も正義を尊ばず
人間たちの間には廉恥心もありません。このわたしも
アカイア人たちの不敬を罰することができなければ
もはやオリュンポスにもおりますまいし、あなたの娘だと名乗ることもできますまい。
わたしの神殿の中でオイレウスの息子が大罪を犯したのです。
彼はカッサンドレが幾度もわたしにけがれない手をさしのべるのも
あわれまず、わたしの力も恐れず、女神を敬う心ももたず、

耐えがたい所業をなしたのです(1)。
それゆえわたしが心に望むとおりにすることを
とうといお心に拒んだりなさらないでください。
他の人間たちも神の明らかな脅しを恐れるように」。
　こう言うと父は愛情深い言葉で答えた。
「わが子よ、わしはアカイア人たちのためにおまえと対立するつもりは
ない。
望みとあれば、かつてわしを讃えて無敵の手で
キュクロプスたち(2)が作ってくれた雷を
すべて渡してやろう。おまえは折れることのない心で
自らアルゴス人たちに恐ろしい嵐を起こしてやるがよい」。
　こう言ってすばやい稲妻と、死をもたらす雷と、うめきを呼ぶ雷鳴を
恐れを知らぬ娘の傍らに置いた。
女神の心は胸のうちでたいそう喜んだ。
すぐにアテネは光り輝くすばやい神楯《アイギス》(3)を身につけた。
不壊の頑丈な楯で、神々にとっても驚嘆の的である。
神楯には恐ろしいメドゥーサの身の毛もよだつような頭が

(1) 小アイアスがカッサンドレを暴行したことを指す。第十三歌四二一—四二九行参照。

(2) シチリア島に住むとされた単眼の巨人。

(3) ゼウス、アテネの持つ不壊の楯。

彫られていたのである。その上にはさらに
力強い蛇たちがいて、消えることのない炎を激しく吐き出していた。
神楯《アイギス》全体が女王の胸のあたりで鳴りひびいた。
はてしない天空が稲妻のためにとどろくときのように。
アテネは父の武器をつかんだ。偉大なゼウス以外は
どんな神も振るうことのないものである。女神は広大なオリュンポスを揺
　さぶり
雲とその上の空全体をかき乱した。
夜が大地の上に注がれ、海は暗くなった。
ゼウスはこれを見て非常に喜んだ。
広い空は女神の足元で揺れた。天空は鳴りとどろいた、
戦いに突き進む無敵のゼウスのように。
　アテネはすぐに神々しいイリスを遣わして
大空からもやにかすむ海を渡ってアイオロスのもとへ行かせた。
すべての風たちを岩でおおわれたカペレウスの岬の近くへ行かせ
いっせいに襲いかかるように、
そしてたえまなく押し寄せて海をふくらませ

勢いもすさまじく荒れ狂えと。
イリスはこれを聞くとただちに弧を描いて飛び出した。
そのさまは火と大気と黒ずんだ水を束ねたようだった。[1]
イリスはアイオリエ[2]に着いた。そこには吹きつのる風たちの洞窟があり
けわしい岩の間にあって
うつろな中にこだまが響いていた。
すぐ傍らにはヒッポテス[3]の子アイオロスの館があった。
そこに彼が妻や十二人の子どもたちといるのを見つけた。
そしてアテネがダナオイ人たちの帰国に対して企てていることを告げた。
するとアイオロスは命にそむかず、館から出てきて
無敵の手に持った三つ又の矛で山を突いた。
そこは恐ろしい響きを立てる風たちが
うつろな隠れ家にじっとしているところで、あたりにはつねに
すさまじい叫びを上げる風のうなりが響いている。
矛の力で山頂を崩すと風たちはたちまち外に流れ出した。
アイオロスは皆に黒い嵐を巻き起こし吹きつのるよう命じた。
海が荒れ恐ろしい波でカペレウスの岬をおおいつくすように。

(1) 当時虹は赤・白・濃紺の三色から成ると考えられていた。火・大気・海水はそれぞれの色を表わすので、このような比喩が成立した。
(2) 風神アイオロスの王国。
(3) アイオロスの父とされるが、アイオロスの出自については諸説あり、詳細不明。

風たちは王の言葉をすべて聞き終わらぬうちに
すばやく飛び出した。
吹き寄せると海ははてしなくうめきを返した。
高い山のような波があちこちを駆けめぐった。
アカイア人たちは胸のうちで肝をつぶした。
船は高い波に空中まで持ち上げられたかと思えば
今度は断崖から落とされるように
暗い海底まで運ばれたのである。波が割れるたびに
抗しがたい力が砂を巻き上げ続けた。
人々は恐怖に襲われて身も凍りつき
櫂に手を伸ばすこともできず
帆を帆桁に巻こうとしても
風で裂かれてしまい、逆に帆を張って
船を進めることもできなかった。残酷な嵐が荒れ狂っていたのである。
もはや舵取りも熟練の手で
すばやく船の舵をあやつることはできなかった。
いまわしい嵐が何もかも打ち砕いて散り散りにしてしまったのだ。

命が助かる見込みもなかった。
暗い夜と大きな嵐と神々の恐ろしい怒りが一度にやってきたからだ。
ポセイダオンは無慈悲な海をかき回し
兄の誉れ高い娘［アテネ］に称賛を送った。
女神自らも容赦なく荒れ狂って
稲妻とともに空から襲いかかった。
ゼウスは大空から雷をとどろかせ心のうちでわが子を讃えた。
あたり一帯の島も大陸もエウボイエから遠くないところでは
氾濫する海で水浸しになった。
とりわけそこでは神霊がアルゴス人たちに容赦なく
苦しみにつぐ苦しみを引き起こしていた。
船のいたるところで死んでゆく者たちのうめきや悲鳴が聞こえた。
船板の割れる音が響いた。 船が互いにいつまでもぶつかり続けたのである。
何をしてもむだであった。
あるものはぶつかってくる船を
櫂で押し戻そうとして哀れにも櫂もろとも大海に落ち
容赦のない運命によって死んだ。

あちこちで大きな船板が彼らに当たり
全員の身体はみじめなことにすっかり打ち砕かれたのである。
別のものたちは船の中に倒れ死んだように横たわっていた。
またあるものはやむなく
よく磨かれた櫂にしがみついて泳いでいた。
さらに別のものは板に乗って漂流していた。
海は水底から鳴りとどろき、海と空と大地が
皆一つに混ざりあったかのようであった。
　オリュンポスから雷鳴をとどろかせるアトリュトネは
父の力をはずかしめることはなかった。天空はその周囲で鳴り響いた。
女神はアイアスに死と禍いをもたらそうと
船に雷を投げこんだ。たちまち船は砕けて
あたり一面に飛び散った。大地と天空はこだまを返し
周囲の海はことごとく波立った。
人々はいちどきに船の外に投げ出された。
彼らの周囲へ高い波が押し寄せた。
女王の稲妻から闇を切り裂いて光がひらめいた。

人々はとどろきわたる海から飲めない水を大量に飲んで死に
海の上を運ばれていった。
　捕虜の女たちは命を落としながらも歓喜した。
あるものたちは哀れにも子どもを手で抱きしめたまま
海の底へ飲まれていった。また別のものたちは不幸にも
敵の頭に手でしがみつき、悲しみながらも死に急ぎ
自らが受けた凌辱と同じ罰を
ダナオイ人たちに与えたのだった。
女神トリトゲネイアは高みからこれを見て心のうちで喜んでいた。
　一方アイアスは船板にしがみついて泳ぐかと思えば
今度は塩辛い海を手でかいて進んだ。
そのすさまじい力は無敵のティタンさながらであった。
塩辛い波は大胆な男の力強い手で
かきわけられた。神々は彼を見て
その豪胆さに驚嘆した。巨大な波は
高い山の頂上へ運ぶように
彼を空中へ持ち上げたり、高みから谷底へ突き落とすように

おおい隠したりした。
しかし多くの苦難を耐えたアイアスの腕は疲れなかった。
あちこちで何度も雷が海の中へ消えてパチパチ音を立てた。
雷をとどろかすゼウスの娘はたいそう腹を立てていたが
彼を死に至らしめる前に
多くの禍いを耐えさせ、苦痛を味わわせようと心のうちでもくろんでいた
　からである。
それゆえアイアスはいたるところで苦しみにさいなまれ
長い間海の上で禍いにもてあそばれた。
死神《ケーレス》たちがこの男を数知れぬ苦しみで取り囲んだのだ。
しかし必然が彼に力を吹き込んだ。たとえすべてのオリュンポスの神々が
　立腹し
一つになって向かってきて海全体をあおり立てたとしても
逃げおおせてみせるとアイアスは言ったのである。しかし神々の脅しから
　は逃れられなかった。
アイアスがギュライエ(1)の岩礁に手をかけたのに気づくと
大地を揺さぶる強大な神「ポセイダオン」がそれはならぬと

(1) カペレウス岬の傍らの岩礁。

たいそう腹を立てたのだ。
神は海もはてしない大地もいっしょに揺さぶった。
いたるところでカペレウスの断崖はぐらついた。
岩礁は怒れる王の起こした激しい波に打たれ
すさまじく鳴りとどろいた。
ポセイダオンはアイアスが手でつかもうとしていた広い岩を割り、海へ投
　げこんだ。
長い間岩にしがみついていたアイアスの手は裂け
爪の下から血が流れ出した。
とどろく波のへりからはたえず
おびただしい泡がわき起こり、彼の頭とあごひげを白く染めた。
そしていまわしい死を逃れたことであろう、
もし神が大地の内部を打ち砕き、彼に山の頂を投げつけなかったなら。
あたかもその昔巨大なエンケラドス[1]に対し
勇猛なパラスがシケレ島[2]を持ち上げて投げつけたときのよう。
島は今なお燃え続けているが、それは無敵の巨人が
地面の中で炎を吐いているためである。

（1）大地から生まれた巨人。神々に対し反乱を起こしエトナ山の下に埋められた。
（2）現在のシチリア島。

そのようにロクリス人たちの不幸な王の上に
山の頂が落ちてきて彼を埋めつくし、力強い戦士にのしかかった。
死をもたらす破滅神《オレトロス》が彼に襲いかかり
大地と不毛の海がその息の根を止めた。
　他のアカイア人たちもそのように広い海の深みの上を運ばれていった。
あるものは恐怖のあまり船の中で身動きもできず
またあるものは船の外に投げ出された。まがまがしい不幸が皆を包んでいた。
船の中には傾いたまま海を漂うものもあり
竜骨ごとさかさになっているものもあった。
その帆柱は吹きつのる風に根元から折れ
梁はすべてすばやい嵐に吹き散らされた。
またいくつかの船は深みの底に沈み
限りない雨が襲ってくると
風と海水とゼウスの雨が混ざりあったすさまじさに
ひとたまりもなかった。天空はたえず川のように流れ
その下では神聖な海が荒れ狂った。

するとあるものが言った。「デウカリオン(1)の驚異的な雨が降ったときも
このような嵐が人々を襲ったのだろう。
大地は海に変わり、あたり一面水浸しだ」。
　そのようにあるダナオイ人は言ったが、心の中では恐ろしい嵐に
すくんだままだった。多くのものが命を落とした。
広く波立つ海は一面屍に満ち、どの海岸も遺体でいっぱいになった。
波が多くの屍を大地に打ち上げていたからである。
あたり一帯では船板の破片が重くとどろくアンピトリテ(2)を
すっかりおおい隠してしまった。その隙間に波は見えなかった。
　運命によって皆それぞれが悲惨な最期を遂げた。
あるものはすさまじく波立つ広い海の上で、
またあるものは船を岩に打ち砕かれて、ナウプリオス(3)の意志により
哀れにも命を落とした。ナウプリオスは息子のために深い恨みを抱いてい
　たので
嵐が起こってアルゴス人たちが死ぬと
悲しみは癒えていなかったがたいそう喜んだ。
神がすぐに彼のために復讐を遂げ

(1)プロメテウスの息子。ゼウスが人間の罪深い所業に怒り大洪水を起こしたとき、デウカリオンだけは妻とともに難を逃れた。

(2)海の女王である女神。ここでは転じて海を指す。

(3)ギリシア人。息子パラメデスがトロイエ出征をめぐってオデュッセウスと対立し殺されたため、アカイア軍を恨んでいた。

憎むべき者たちが海の上で苦しむのを見たからである。
彼は父[4]にすべての者を船もろとも海に沈めて滅ぼすようにとしきりに祈った。
ポセイダオンはその祈りを聞いた。海が［他の］……[5]
黒い波が打ち上げた。ナウプリオスは無敵の手で
燃えるたいまつを振りかざし、この策略にあざむかれたアカイア人たちは
錨を下ろすことのできる港に着いたものと思いこんだ[6]。
彼らは固い岩に船もろともぶつかって
哀れな最期を遂げた。禍いの上にさらにひどい苦難が重なり
すみやかな夜の中、彼らは恐ろしい岩に当たって打ち砕かれた。
わずかな者だけが死を逃れ
神かなんらかの神霊《ダイモーン》が守護者となったために助かった。
だがアテネは心にたいそう喜ぶ一方で
思慮深いオデュッセウスのために心を痛めた。
彼はポセイダオンの怒りをかい多くの苦難をこうむることになっていたからである[7]。
しかしそのときポセイダオンが無敵の心ですべての怒りの矛先を向けてい

(4) ポセイダオンを指す。ナウプリオスにはポセイダオンを父にもつ同名の祖先がおり、前註のナウプリオスと混同されることが多いが、クイントスは両者にまつわる伝承を一つにまとめたものと思われる。
(5) 欠行あり。
(6) ナウプリオスは松明の火を港の灯だと思わせ、アカイア勢の船団を岩礁に衝突させた。
(7) オデュッセウスはポセイダオンの息子ポリュペモスを盲目にしたことから、ポセイダオンの怒りをかった。そのため帰国するまで何年も放浪を余儀なくされ、帰国後も妻の求婚者たちに悩まされた。この間の事情はホメロス『オデュッセイア』第五歌五行―第二十二歌五〇一行に詳しく語られている。

　たのは
力強いアルゴス人の防壁と塔で
トロイエ軍の恐ろしい攻撃の守りとして築いたものである。
神はただちにエウクセイノスからヘレスポントスに流れこむ海全体を氾濫
　させ
建造物をトロイエの海岸に打ち上げさせた。
ゼウスは上空から雨を降らせて
大地を揺さぶる誉れ高い神に称賛を送った。
遠矢を射る神［アポロン］もじっとしてはいなかった。
イデの山々からすべての流れを一つところに導いて
アカイア人たちの建造物を水浸しにした。
［それほどの大きさの］海はなおも……
[1]……とどろきわたる急流は
ゼウスの雨にすさまじく増水し
うめきをもたらすアンピトリテの黒い波は
ダナオイ人たちの防壁を無残に破壊しつくすまで
川が海に流れこむのを妨げた。

（1）欠損あり。

ポセイダオン自身は大地を中から打ち砕き
おびただしい水と泥と砂を
わき出させた。強大な力で
シゲオンを揺さぶり、海岸はとどろいた。あたり一面
……(2)
ダルダニエも。巨大な防壁はあとかたもなく
水没して姿を消し、大きく口を開けた大地の中に
埋もれた。潮が引くと
とどろく岬のもとに見えるものは砂ばかり、
遠く海岸まで広がっていた。
これらは神々の苛酷な意志がなしとげたことである。
嵐で散り散りになったアルゴス人たちは船を進めた。
海の恐ろしい嵐を逃れた者たちは
それぞれ神の導く場所に到達した。

(2) 欠行あり。

セストス
ヘレスポントス
アビュドス
エレウス
トロイエ
スカマンドロス川
テネドス島
アイセポス川
ミュシア
テーベ
キリキア
ガルガロス
エウエノス川
リュルネッソス
レスボス島
プリュギエ
サンガリオス川
カイコス川
リュディア
（マイオニエ）
ギュガイエ湖
ヘルモス川
シピュロス山
スミュルナ
サルディス
マイアンドロス川
サモス島
イカリア
ミュカレ山
ミレトス
カ　リ　ア
ラトモス山
パノルモス
ハルパソス川
ディエ
（ナクソス）島
リュキエ
ロドス

全土と小アジア

トレイケ
オリュンポス山
オッサ山
ペネイオス川
テッサリア
ペリオン山
ピュラケ
レムノス島
アイガイオンの海
エウボイア
スキュロス島
オイテ山
東ロクリス
西ロクリス
イタケ
ボイオティア
アウリス
カペレウス岬
ペロポンネソス半島
エリス
サラミス
ミュケナイ
アルゴス
アルペイオス川
トロイゼン
スパルテ
ピュロス
エウロタス川
キュテラ島

1図．ギリシア

2図．トロイエとその周辺

解説

著者の生涯と時代背景

クイントス・スミュルナイオスとは「スミュルナの人クイントス」という意味である。クイントスというのはラテン語の人名であって、より正確に言えばクイントゥスとなる。ギリシア語で表記すればコイントスないしはキュイントスとなる。ローマ時代のギリシア人であろうと推測されるので、日本語では両者の中間をとってクイントスと表記することが多く、本書もそれに従った。

クイントスについては詳しいことはほとんどわかっておらず、実際にスミュルナ出身であったかどうかも不明である。スミュルナイオスという呼称は『ホメロス後日譚』の中で、彼自身が若い頃スミュルナで羊飼いをしていたと書いていること（第十二歌三〇八―三一二行）によるものであるが、この記述は一般的には文学的創作と見られている。表現がヘシオドスの『神統記』二二―三四行およびカリマコス『縁起譚』断片二・一―二の模倣と考えられることと、スミュルナが伝統的にホメロスの生誕地の一つとされてきたためである。しかし、スミュルナをはじめとする小アジアの名所旧跡についての具体的な記述が『ホメロス後日譚』にいくつも見られることから、クイントスが実際スミュルナかその近辺に住んでいた可能性は否定できない。

クイントスの生きていた時代も不明である。言語や文体がホメロスに似ていることから、その同時代人と考えられたことさえあった。しかし、『ホメロス後日譚』の中の二つの記述から、ローマ帝政期の人であったことが明らかになった。一つは奴隷が競技場の猛獣の餌食にされるという比喩（第六歌五三一―五三七行）であって、このような処刑はアウグストゥス帝より後に行なわれたものである。ちなみに剣闘士同士の競技は東ローマ帝国では後三二五年以降コンスタンティヌス帝によって禁止されたことがわかっている。もう一つは、アイネイアスが広大な都を打ち建て後々まで繁栄が続くであろうというカルカスの予言（第十三歌三三六―三四一行）である。この都はローマを指しているのであってコンスタンティノポリスのことではないと思われるので、三二四年のコンスタンティノポリス遷都より前に書かれたのではないかと推測される。ただし、ローマの建国についてはロムルスとレムスによるものとする伝説も広く知られている。クイントスはこの説も知っていた上であえてアイネイアス建国説を採った可能性もあり、詳細な年代を決定する決め手とはならない。

他の文学作品との関係からクイントスの年代を推測する試みもなされている。『ホメロス後日譚』はホメロス『イリアス』等の叙事詩と同じくヘクサメトロスという韻律で書かれている。これは語の母音の長短の配列によって詩行を構成するものであるが、後五世紀の叙事詩人ノンノスになると強弱アクセントの影響が見られる。しかしクイントスにはこの傾向がないので、ノンノスよりは早いと考えられる。またトリピオドロスなど、クイントスの影響を受けたと考えられる作品がいくつかあり、それらは四―五世紀の作と推定されるので、それらよりは前ということになる。

逆にクイントスに影響を与えた作家としてオッピアノスがいる。クイントスには彼の『ハリエウティカ』の表現を利用していると思われる箇所がある（『ホメロス後日譚』第七歌五六九―五七五行、第九歌一七二―一七七行、第十一歌六二―六五行）。『ハリエウティカ』の執筆年代は後一七六年から一八〇年の間と推定できるので、『ホメロス後日譚』はそれより後ということになる。

このように見てくると、クイントスの活躍した時代は後三世紀頃ではないかと考えられるが、これを裏付けるものとして近年発見されたパピルス断片が議論を呼んでいる。これは『ドロテオスの夢』と題したヘクサメトロスの小品である（ボドマー・パピルス二九）。内容はあるキリスト教徒の自伝的な物語であって、作者は自らを「キュイントスの息子ドロテオス」と称している。末尾には「詩人キュイントスの子」という表現もあるので、このキュイントスとはクイントス・スミュルナイオスのことではないかという説が浮上したのである。作者ドロテオスはエウセビオスの『教会史』に現われる同名の殉教者である可能性もあり、そうだとすれば三世紀から四世紀初めにかけて生きていたことになる。もっともこれもあくまで推測の域を出ず、確実なのはこのパピルスの年代の上限が四〇〇年頃ということだけである。しかし上記の理由から、最近の研究者の間では、クイントスが生きていたのは三世紀、とくにその後半とすることでほぼ意見が一致している。

この時代は「第二次ソフィスト思潮」（英語ではセカンド・ソフィスティック）と呼ばれる文化的傾向が強かった時期に近い。第二次ソフィスト思潮期とは、現代の研究では後六〇―二三〇年の期間を指すが、ごく大まかに言えばローマ帝政期を通じて第二次ソフィスト思潮の存在は認められる。ここで言うソフィストとは弁論家とほぼ同義である。後一―三世紀にはすぐれた弁論がもてはやされ、皇帝は特権や俸給を与えて弁論家を庇護した。それに伴いギリシア語教育もさかんになり、文学活動も活発になった。弁論家として出発し、風刺文学の作家として知られるようになったルキアノスはその例である。三世紀には叙事詩も数多く作られたようである。これらの叙事詩は少数のものが断片的に伝わるのみであるが、トロイア戦争関連の伝説を編年体で語ろうとするものが複数見受けられる。その動機付けとして考えられるのは、当時のギリシアや小アジアがローマ帝国の統治下にあり、現実の世界でギリシア人たちが権力を失っていたことである。彼らは英雄時代や古典期の価値観を復活させることで誇りを取り戻し、輝かしい過去と一体化しようとしたのであった。

スミュルナも第二次ソフィスト思潮の中心地のひとつであった。したがってクイントスの作品もこうした文化的背景のもとで生まれたのではないかと考えられる。また、第二次ソフィスト思潮期の初め頃にはエピクテトスやマルクス・アウレリウス等の哲学者が輩出し、ストア派思想が知識人に影響を与えた。このような時代を背景としてクイントスはどのような作品を書いたのか、詳しく見てみることにしよう。

作品の分析

『ホメロス後日譚』の原題はギリシア語で『タ・メタ・トン・ホメーロン』または『タ・メトメーロン』

といい、いずれも「ホメロスの後の事柄」という意味である。ホメロスの後とは、『イリアス』『オデュッセイア』に語られていない物語ということであり、より具体的には『イリアス』の後のトロイア戦争の顚末からアカイア（ギリシア）軍の帰国までを指す。トロイア戦争とは、トロイアの王子パリスがスパルタ王の妻ヘレネに恋して彼女を誘拐したため、これを奪還しようと全アカイアのかつての求婚者たちが大軍を集結して攻め寄せたことを始まりとする戦いである。戦争は十年目に入り、トロイア方の総大将ヘクトル（パリスの兄）がアカイア軍随一の勇士アキレウスに討たれてその葬儀が営まれたところで『イリアス』は終わり、『ホメロス後日譚』の物語が始まる。

第一歌では、ヘクトルを失って意気消沈しているトロイアに、アマゾン族の女王ペンテシレイアが援軍を率いてやってくる。アマゾン族とはトロイアの北方に住む勇猛な女たちの種族で、ペンテシレイアはアカイア軍を追いつめる活躍を見せるが、アキレウスに討たれる。

続いて暁女神の息子メムノンが部下たちを率いてアイティオペイア（エチオピア）からトロイアを助けにやってくる。メムノンもアカイア軍を追って長老ネストルの息子アンティロコスを殺すが、親友の死に憤ったアキレウスに討たれる（第二歌）。

アキレウスはアカイア軍の先頭に立ってトロイアの城門に攻め寄せるが、トロイアを守護するアポロン神の放った矢を受けて死ぬ。アカイア人たちは彼の死を嘆いて荘厳な葬儀を執り行なう（第三歌）。古代ギリシアでは重要な人物の葬礼が行なわれた際にこれを記念して競技会を催すのが慣例であったが、アキレウスの場合も戦士たちが徒競走、拳闘、レスリングなどの腕を競い合う（第四歌）。

亡くなったアキレウスの武具を誰が受け取るかという問題をめぐって、アイアスとオデュッセウスの間に争いが起きる。論争に勝ったオデュッセウスは武具を手に入れるが、アイアスは憤りのあまり狂気に陥り自害する（第五歌）。

アキレウスとアイアスという主要な戦士二人を失ったアカイア人たちは、アキレウスの息子ネオプトレモスをスキュロス島から呼び寄せる。一方トロイアにも新たな援軍として英雄ヘラクレスの孫であるエウリュピュロスがやってくる。両人はそれぞれの陣営で盛大な歓迎を受け、戦意を新たにする（第六―七歌）。エウリュピュロスはアカイア軍を窮地に陥れるが、ネオプトレモスとの一騎打ちに敗れて死ぬ（第八歌）。

アカイア人たちはさらに新たな味方として弓の名手ピロクテテスを呼び寄せる。彼はもともとアカイア軍の一員であったが、毒蛇に咬まれて病んだためにレムノス島に置き去りにされたのである。彼は説得に応じかつての恨みを捨ててアカイア軍に合流し、歓待を受ける（第九歌）。

トロイア戦争の原因をなしたパリスは戦場でピロクテテスの矢に射られて深手を負う。その傷を癒せるのはかつての妻オイノネだけであるという予言から、パリスは彼女のもとを訪れて許しを乞うが、オイノネは治療を拒んで追い返す。力尽きたパリスは絶命し、後悔したオイノネも彼の後を追って自殺する（第十歌）。

アカイア軍は再びトロイアの城門に攻め寄せるが、トロイア方の英雄アイネイアスの奮戦により突破することはできず、膠着状態が続く（第十一歌）。この状況を打開しようとしたアカイア軍は、オデュッセウスの計略に従って巨大な木馬を建造し、その中に戦士たちをひそませる。これを神々への捧げものと考えたトロイア人たちは、神官ラオコオンや王女カッサンドレの反対を退け、城門の中へ引きいれる（第十二歌）。

何も知らぬトロイア人たちはアカイア勢が逃げたものと思い勝利の美酒に酔いしれる。木馬から出てきた戦士たちは、いったん引き上げたように見せかけたアカイアの軍勢と合流して彼らを襲う。プリアモス王も殺されトロイアは火の海に包まれる。アイネイアスだけはローマの建国者となるべく都を脱出する（第十三歌）。

メネラオスは妻ヘレネを取り戻し和解する。莫大な戦利品を得たアカイア軍は、アキレウスの亡霊の要求にしたがってプリアモスの娘ポリュクセイネをいけにえとして彼の墓に捧げた後、帰国の途に着く。しかし女神アテネの怒りにより海上に嵐が沸き起こり、小アイアスは難破して死ぬ（第十四歌）。他の者たちは「神々の導くところへ到着した」（六五八行。ただし、この句に対応する原文は六五七行）という記述で『ホメロス後日譚』は終わり、生き残った英雄たちの帰国譚の一つとして『オデュッセイア』が続くのである。

ホメロスおよび先行文学との関係

クイントスが『イリアス』『オデュッセイア』（ホメロスがこの二つの叙事詩を創作したかどうかは疑問もあるが、以下慣例にしたがってこの二つを「ホメロス」と呼ぶ）を模倣していることは明らかである。この点がルネッサンス期には「第二のホメロス」として高く評価されたが、十九―二十世紀には逆に独創性がないと酷評された。しかしクイントスはどのような点を模倣したのだろうか。

古代ギリシア語にはさまざまな方言があり、文学作品のジャンルや作家によって使われる方言が違う。ホメロス叙事詩は主にイオニア方言とアイオリス方言の混成した形が用いられている。クイントスもこの形を使って『ホメロス後日譚』をつづっている。これはギリシア悲劇や古典期の哲学書等のギリシア語とは響きを異にするものである。本書でトロイア、アテナ、ポリュダマス等の固有名詞をトロイエ、アテネ、プリュダマスのように表記しているのはこの方言の形によるものである（なお、原文では韻律の関係でオリュンポスをウーリュンポス、ヘラクレスをヘラクレエス等のように記してある箇所があるが、これらはオリュンポス、ヘラクレスに統一した）。さらに、長い比喩はホメロス叙事詩によく見られるものであり、詳細な戦闘描写や軍議の様子などは類型的なシーンとして『イリアス』に繰り返し現われる。これらの特徴はクイントスの作品にも表われている。

また、『ホメロス後日譚』では、「血気さかんなヘクトル」「見事な槍をもつアガメムノン」のように名詞（とくに固有名詞）の前に枕詞がつくが、これはホメロス叙事詩の特徴でもある。

しかし、ホメロスでは韻律によって枕詞と名詞の組み合わせが決まっているが、クイントスはこの組み合わせ方を必ずしも模倣しないで変えている。たとえば今挙げた「血気さかんなヘクトル」という言いまわしはクイントス独自のものであって、ホメロスにはない。さらに、ホメロス叙事詩では口承叙事詩の特徴として同一の表現を行単位や段落単位で繰り返し使うことがあるが、クイントスにこのような繰り返しはない。

加えて、『イリアス』はトロイア戦争を短い日数の間の出来事に凝縮して語り、『オデュッセイア』も十年間にわたるオデュッセウスの漂流の旅と帰国を同様に圧縮した形で語っている。これが叙事詩全体の構成を引き締め、劇的な効果を生んでいるのに対し、クイントスの作品は第六歌から第八歌にかけてネオプトレモスの到着とエウリュピュロスの活躍を同時進行で物語っているほかは、出来事を時系列に沿って並列しているだけであり、平板だという評価を招いた。

さらに、人物の造形にもホメロスとの違いが認められる。『イリアス』のアガメムノンは、アカイア軍に捕らえられた娘を返してほしいという神官の嘆願を拒絶してアポロン神の怒りを招いたり（『イリアス』第一歌一二―五二行）、戦況が不利になると帰国しようと言い出して他の将たちの反対にあったりする（同第九歌一七―四九行、第十四歌六四―一〇二行）ような人物として描かれている。これに対し『ホメロス後日譚』のアガメムノンはアカイア軍の意思決定にはあまり関与しない。自殺した大アイアスの埋葬に反対することもなく、残されたその妻テクメッサに対しても紳士的な態度を示す（第五歌五五九―五六七行）。

アイアスの埋葬に異論が出ないという点は、ソポクレスの『アイアス』とも異なるものである。他にも、『ホメロス後日譚』のピロクテテスには、ソポクレスの『ピロクテテス』と違って、かつて自分を見捨てた仲間たちに対する激しい怒りは一時的には見られるものの、説得によって簡単に和解に至る（第九歌三九八―四二五行）。このときオデュッセウスに伴ってきた使者はソポクレスではネオプトレモスであって、彼と意見の対立も見せる（『ピロクテテス』一二二二―一二六〇行）。一方クイントスではこの使者はディオメデスであって、使者同士の対立もない。

しかしこれはクイントスが悲劇作品を参照しなかったという意味ではない。クイントスはソポクレスの作品を踏まえたうえで、独自の物語を組み立てようとした可能性もある。他の例をあげれば、第十歌でオイノネがパリスの後を追って自殺するくだり（四六四―四六八、四八一―四八二行）は、エウリピデスの『救いを求める女たち』（一〇一一、一〇二〇、一〇七〇―一〇七一行）でエウアドネが夫の火葬壇に身を投げる場面と共通点が多く、この場面を模倣したと考えられる。オイノネのエピソード自体はヘレニズム期の作家パルテニオスによるもの（四）が知られているが、その原作では彼女は火葬壇に投身したのではなく縊死したことになっているのだ。またオイノネが家を抜け出して森を駆け抜けていく描写（『ホメロス後日譚』第十歌四四〇―四五七行）は、アポロニオス・ロディオスの『アルゴナウティカ』のメデイアの脱走（第四歌四〇―六五行）に影響を受けたものであると思われる。

トロイア伝説を扱った文学作品は数多くあるが、このような異同は他の作品との間にも見られ、クイントスはどんな典拠を参照して『ホメロス後日譚』を書いたのかという問題は研究者の間で議論を呼んでいる。とくにラテン文学、中でもウェルギリウスの影響があるかどうかは意見が分かれるところである。ラテン文学はギリシア文学の影響を強く受けているが、その逆の例を明確に示すものはないとして、否定的な見解を示す向きも多かった。この問題を念頭に置いて、さらに『ホメロス後日譚』をギリシアおよびローマの先行文学と比較してみよう。ここでは紙面の都合上、作品のすべてを論ずることはできないので、ウェルギリウスやオウィディウスも語っている題材として、木馬の導入からアカイア軍の帰国までを主に扱うことにする。

ラテン文学・先行文学との関係

アカイア軍は戦士たちを中にひそませた巨大な木馬を造り、いったん退却する。この木馬をトロイアの城門の中へ入れるかどうかをめぐって議論が起きる。この場面で重要になるのは、シノン、ラオコオン、カッサンドレの三人の人物である。

シノンは木馬を引き入れさせるためにその傍らに残ったアカイア人である。彼はウェルギリウスの『アエネイス』にも登場するが、ウェルギリウスはシノンの作り話を長いせりふで展開し、彼の狡猾さを強調する。トロイア人たちはこの話を信じ込んでたやすくだまされてしまう（『アエネイス』第二歌五七―一九八行）。一方クイントス（第十二歌三六〇―三八八行）は、シノンの言葉を一二行で終わらせ、トロイア人たちもシノンを疑って拷問にかけたとしている。『ホメロス後日譚』のシノンはどんな責め苦にも毅然として耐える忍耐強い英雄として描かれている。ウェルギリウスの視点は一貫してトロイア人アイネイアス（ラテン語ではアエネアス）に置かれているが、クイントスはアカイア方に共感をもってこの物語を描いているものと考えられる。

結局木馬は城内に入れられることになるが、ここで導入に反対するのがトロイアの神官ラオコオンである。だが彼は神罰を受け、恐れおののいたトロイア人たちはやはり木馬を中に入れなければならないと考える。『ホメロス後日譚』第十二歌四四四―四九七行と『アエネイス』第二歌四〇―五六、二〇一―二三一行においてこの話の展開は大筋で一致しているが、細部は違うところが多い。

ウェルギリウスはラオコオンの警告をシノンの登場の前に置き、シノンの作り話の後、ラオコオンとその息子たちを、木馬の導入の前にテネドス島から来た大蛇二匹に殺させている。他方クイントスではラオコオンはアテネ女神によって盲目にされるが、殺されることはない。大蛇に食い殺されるのは彼の息子たちだけであり、蛇はカリュドナイから来ている。蛇が接近する様子の描写は類似しているが、クイントスでは大蛇はアテネではなくアポロンの神殿へ帰っている。ラオコオンの妻が点描されているのも『ホメロス後日譚』だけの特徴である。

ラオコオンの反対が退けられた後、なおも木馬の導入に反対しようとするのがトロイアの王女カッサンドレである。彼女はアポロンに予言の力を授けられたが、その求愛を拒んだために自らの予言を信じてもらえないという宿命を負っている。ここでも木馬に戦士がひそんでいることを告げるが、誰もその言葉を信じない。ウェルギリウスはこの話には短く触れているだけであるが（『アエネイス』第二歌二四六—二四七行）、クイントスは彼女を嘲笑したトロイア人とのやり取りを含めて詳しく語っている（第十二歌五二五—五八五行）。

こうしてトロイアは滅亡に近づくのであるが、クイントスはそれを示す不吉な予兆を描写している（第十二歌四九八—五二四行）。ウェルギリウスもこうした予兆を描いているが、それは木馬の場面の後ではなく、パラディオン（トロイアの安泰を保証するアテネ女神の像）が盗まれた後である（『アエネイス』第二歌一七一—一七五行）。また、トロイア戦争の伝説を散文体で描いたディクテュスの『トロイア戦争の日記』（原作はギリシア語だったと思われるが、現在はラテン語訳が伝わるのみである）では、木馬の建造の前にトロイアのいけにえが燃えず地面に落ちたと記している（第五歌七行）。犠牲獣が燃えないというモチーフはクイントスのみならずすでにソポクレス『アンティゴネ』一〇〇六—一〇一一行にある。この場面でクイントスを特徴づけるのは多くの予兆を列挙していることである。これに類似したものとしてウェルギリウス『農耕詩』第一歌四六六—四八八行のカエサルの死の一六の予兆がある。前兆そのものはクイントスと違うものが多いが、神像が涙を流し狼が都の中で遠吠えするという点は共通する。

木馬の計略は成功し、トロイアはついに落城する。トロイアの将のうちアイネイアスだけが脱出する。彼は年老いた父を肩にかつぎ、幼い息子がその手につかまってついていく。この描写は『ホメロス後日譚』第十三歌三一七―三二四行にあるが、内容は『アエネイス』第二歌七二一―七二四行に近い。ただ、後者はやはりアエネアスの視点から語られている。

『ホメロス後日譚』第十三―十四歌を先行文学と比較するとクイントスの独自性が明らかになるのはネオプトレモスの扱いである。ネオプトレモスはソポクレスの『ピロクテテス』を除けば、古代の伝承では野蛮で暴力的な人物として語られることが多く、ヘクトルの遺児アステュアナクス、老いた王プリアモス、王女ポリュクセイネを殺すなど残酷なエピソードで知られている。しかし彼は『ホメロス後日譚』では、木馬の中へ入ろうとする老ネストルを優しく引き止める（第十二歌二七四―三〇二行）など、礼節ある若者として描かれている。トロイア陥落の際敵方の弱者を殺す場面でも、クイントスは叙述を工夫して、読者がネオプトレモスに極力残虐なイメージを持たないようにしている。散逸した叙事詩『小イリアス』では、ネオプトレモスが幼いアステュアナクスを城壁の上から投げ落として殺したことになっている（ウェストによる断片一八）が、クイントスは「アカイア人たちが殺した」として（第十三歌二五一―二五七行）ネオプトレモスの関与をあいまいに（もしくは否定）している。

プリアモス王の殺害について見ると、『小イリアス』はネオプトレモスが彼をゼウスの祭壇から引きずり出して殺したと述べている（同右断片二五）。また『アエネイス』第二歌五二六―五五四行では、プリアモス王は息子ポリテスを目の前で殺され、「おまえはアキレウスの息子だと言っているが、あの男はこんなことはしなかった」と憤りネオプトレモスに抵抗しようとする。ネオプトレモスは祭壇に王を引きずりこんだあげく殺したことになっている。これに対して『ホメロス後日譚』では、『アエネイス』のような憎悪をこめたやりとりも祭壇を穢したという文言もなく（祭壇は穢してはならぬものである）、ポリテスの殺害の記述（第十三歌二一四行）をプリアモスのそれと切り離した上で、ネオプトレモスは自ら死を望む王の首をたやすく切り落としたとクイントスは語っている（第十三歌二二〇―二五〇行）。ここでも意識的にネオプトレモスの残虐性や瀆神的行為が排除されているのである。

プリアモス王の娘ポリュクセイネの人身御供の記述（第十四歌一八〇―三二五行）についても同様の意図があったと思われる。アキレウスの霊がネオプトレモスの夢に現われ、彼女をいけにえとして自分の墓に捧げよと命じる。ネオプトレモスは父の言葉に従って王女を殺す。エウリピデスの『ヘカベ』一七七―六二八行やオウィディウスの『変身物語』第十三歌四四一―四八〇行もこの話を扱っているが、彼らの作品では、この場面の主役はむしろポリュクセイネであって、彼女は毅然として自らヒロイックな死を選ぶ。これに対して、『ホメロス後日譚』のポリュクセイネは自分の意志を語ることはなく、高潔な犠牲者という印象は薄い。彼女の亡骸は舅となるはずだったアンテノルの家に運ばれて葬られるが、これも弔いとしてはエウリピデスやオウィディウスの記述よりも丁重な扱いである。これにより、残忍な屠り手というネオプトレモスのイメージは間接的に弱められているのだ。

なお、クイントスにおけるこのエピソードは叙事詩の構成を考えるうえで別の二つの問題も提示している。第一にネオプトレモスの夢であるが、この話には次のようなつながりの悪さが見られる。まず、アキレウスはネオプトレモスの夢に現われてまず慰めの言葉をかける。これはむしろネオプトレモスがトロイアに到着したばかりで父の死を悲しんでいるときに設定したほうがふさわしいであろう。また、アキレウスは息子に対し戦場で武勇を示すように説くが、これもトロイア陥落後よりは戦いの前に置いたほうがしっくりする内容である。さらに、アキレウスの教えは、最初は戦士としての名誉を追求せよというもので英雄時代の道徳律を思わせるが、次に来るのは運命の変転に際して中庸の心を保てという内容であり、後代のストア思想の影響を感じさせる。しかもアキレウスは寛容と優しさを説いた後で突然ポリュクセイネをいけにえとして要求する。

アキレウスの亡霊の出現は、『小イリアス』ではネオプトレモスがアカイア陣営に到着した直後の彼の夢の中となっている（ウェストによる梗概三）。しかしエウリピデスの『ヘカベ』三七—四一、九二—九九行では日中アカイア人たちの前に姿を現わしており、古典期の悲劇作品以降はこのヴァージョンが主流となった。オウィディウス『変身物語』第十三歌四四一—四四七行、セネカ『トロイアの女たち』一六七—二〇二行、ヒュギヌス『神話伝説集』一一〇もそうである。クイントスはまず『小イリアス』にしたがってネオプトレモスの夢を語ったが後に構想を変えてこの場面を第十四歌に移した可能性が考えられる。そこへポリュクセイネの犠牲の要求をじかにつなげたのであろう。性格の異なる思想を並置したのは、クイントスの時代にも通用する価値観を持った英雄として、アキレウスを理想化する試みではないかと思われる。

第二にポリュクセイネの物語であるが、この王女に関しては別系統の伝承がある。ヒュギヌスの『神話伝説集』一一〇は、アキレウスが彼女に恋して結婚の交渉に赴いた際に暗殺されたという話を伝えている。先に挙げたディクテュス（第三歌二行）や、同様にトロイア戦争の伝説を散文体で書いたダレスの『トロイア滅亡の物語』二七もアキレウスとポリュクセイネの恋愛を記している。

アキレウスが死後ポリュクセイネの血を要求したのも、この暗殺に対する復讐ないしは彼女を所有したいという欲求が動機だったのではないかと考えられる。しかしクイントスはこの恋については何も語らず、アキレウスもアポロン神にかかとを射られて死んだことになっている（第三歌六一—六六行）。クイントスがどこまでこれらの伝説を知っていたかという問題は推測の域を出ないけれども、『ホメロス後日譚』に広範な文学作品の影響がうかがえることを考えると、意識的にポリュクセイネの人身御供だけを加えて、二つの異なる伝承を結びつけたのではないかと思われる。

人物像の改変という点で言えば、奪還されたヘレネについても描き方に違いが認められる。エウリピデスの『トロイアの女たち』九一四—九六五行では、メネラオスの前に引き出されたヘレネは自分の非を認めず恬然としておのれを正当化する。『ホメロス後日譚』のヘレネもエウリピデスの場合と同様、すべての責はパリスとトロイア人たちにあって、自分は犠牲者にすぎず、その証拠に幾度も自害を試みたと自分の立場を弁護する（第十四歌一五六—一六二行）。しかし、クイントスの描くヘレネは『トロイアの女たち』に比べるとか弱くしおらしい印象を与える。これはヘレネの自己弁護が夫婦和合の場でなされていること、彼女の恐れと自らを恥じる思いが記されていること（第十四歌三九—五七行）、彼女を非難するトロイア女性たちの存在はなく、アカイア人たちの讃嘆が描かれていること（第十四歌五七—七〇行）による。

この後アカイア軍は出航するが、暴風雨に巻き込まれる。アカイア方の将、ロクリスのアイアス（小アイアス）がアテネ女神の神殿でカッサンドレを凌辱した（第十三歌四二一—四二三行）ために、アテネが神殿をけがされたとして怒り、嵐を起こしたのである。この場面の描写は『アエネイス』第一歌で女神ユノがアエネアスの艦隊を滅ぼそうと嵐を送る場面と共通点が多い。小アイアスに送った嵐自体をユノが回想しており、これを先例として風神アイオロスに暴風を解き放つよう協力を求める（『アエネイス』第一歌三九―四五行）。このときの理由づけは『ホメロス後日譚』第十四歌四六六―四九六行におけるアテネのそれと同様である。さらに共通しているのは、風たちが閉じ込められているアイオリアの様子（『ホメロス後日譚』第十四歌四七四―四七六行／『アエネイス』第一歌五一―五六行）、解放された風たちが海に巻き起こす波（『ホメロス後日譚』第十四歌四八〇―四九〇行／『アエネイス』第一歌八一―八六行）、船が大波に翻弄され、砂が巻き上げられる様子の描写（『ホメロス後日譚』第十四歌四九〇―四九六行／『アエネイス』第一歌一〇五―一〇七行）である。これらのディテールは『アエネイス』と『ホメロス後日譚』だけに見られるものである。一方クイントスのみに見られる特徴として、風を遣わす際に女神イリスを仲介させていること（第十四歌四六六―四七二行）と、アイオロスが妻や十二人の子たちとともに暮らしていること（第十四歌四七七―四七八行）があげられる。これはそれぞれ『イリアス』第二十三歌一九八―二一二行、『オデュッセイア』第十歌五―七行と同じ内容であり、ホメロスを模倣したものと考えられる。

なお、セネカも悲劇『アガメムノン』四二一―五七八行でアカイア軍の帰国を描いており、アイアスの溺死やパラメデスの父による偽りの燈火についても語っている。ただし、難船者たちの祈りが挿入されたり、アテネが初めからアイアスを狙って雷を投げつけたりする（『ホメロス後日譚』第十四歌五五七―五六一行では、アイアスの苦痛を長引かせるためわざと直接の攻撃を避けたとしている）等の点でクイントスと異なっている。しかし、作者が異なる以上違いがあるのは当然なことで、問題はなぜ違うのかということと、類似点が多数あるということである。

クイントスがウェルギリウスを知らなかったとする研究者は、上に挙げた類似点はウェルギリウスとクイントスが同一の手本を模倣したことによるものとしている。その背景には、一般にローマ時代のギリシア語作家はラテン語を知らず、ラテン文学の影響はないとする主張がある。しかし、近年の研究は、ラテン語の影響を認める方向にある。たとえば、アウルス・ゲリウスの記述(『アッティカの夜』第十九巻九・七―一〇)からは、当時のギリシア人たちがラテン語の詩人たちを高くは評価していなかったにせよ、よく知っていたことがうかがえる。またセネカは、『アエネイス』がギリシア語の散文に訳されたことを伝えている(『対話集』一一・一一・五―六)。これはギリシア人たちが『アエネイス』を原文で読めなかったという意味ではなく、それだけウェルギリウスがギリシア語圏でも関心を持たれる存在であったことを示すものであろう。ラテン語からギリシア文学への影響を否定する必要はないと考えられる。だとすれば、クイントスがラテン語を知っていた可能性も否定できない。

アカイア人たちの難破の物語において、クイントスと『アエネイス』だけに共通するディテールが数多くあることは、この見解を裏付けるものである。さらに、『ホメロス後日譚』においては、クイントスがホメロスよりもウェルギリウスに近いエピソードを採用している点がある。たとえば、『イリアス』第十三歌三六三―三七六行ではカッサンドレとの結婚を条件にトロイアの救援に来て間もない婚約者オトリュオネウスが登場する。彼はアカイア軍が劣勢になった頃戦場でアカイア方の将イドメネウスに討ち取られる。しかし、『アエネイス』第二歌三四一―三四六行ではカッサンドレの婚約者はコロイボスであり、彼はトロイア陥落の夜に戦死する（第二歌四二四—四二六行）。クイントスにおいてもプリアモスの娘の婚約者（娘の名前は記されていないが）として落城の折りに戦死するのはコロイボスであり、その父がミュグドンであるという点もウェルギリウスと一致する（『ホメロス後日譚』第十三歌一六八—一七七行）。また、『オデュッセイア』第八歌五一七—五二〇行においては、オデュッセウスが激しい戦いの末にメネラオスと二人がかりでアテネ女神の神助を得てようやくパリスの兄弟デイポボスを討ち取ったことになっている。しかし、『アエネイス』第六歌五〇九—五三〇行は、デイポボスは深い眠りに落ちている間に妻ヘレネ（パリスの死後、デイポボスと再婚した）に武器を取り上げられ、彼女と共謀したメネラオスに寝室に踏み込まれて惨殺されたとしている。『ホメロス後日譚』第十三歌三五四—三六四行では、ヘレネはその場から逃げ出したとして彼女の関与については触れられておらず、メネラオスと通じていた可能性もないと思われるが、デイポボスは酒に酔って寝室にいたと記されている。ヘレネの役割に大きな違いはあるが、彼が抵抗できない状態でヘレネのベッドにいたこと、オデュッセウスでなくメネラオスを殺害者として前面に出していること、ヘレネを登場させているという点で、このエピソードの描き方にはホメロスよりもウェルギリウスに近いものがある。これらの例には『アエネイス』の影響を見るべきであろう。

クイントスとウェルギリウスに共通の手本があったとすれば、それはギリシア語の長篇叙事詩と考えられるが、両者に対応するモチーフや表現をすべて含んでいたことになり、それを想定すると問題が複雑になる。これまで見てきたように、『ホメロス後日譚』にはさまざまな作家の影響が考えられる。クイントスは多くの断片的な情報を集めて一つの叙事詩の形にしようとしたと考える方が自然である。ラテン文学もその情報源の一つと考えるべきであろう。

さらに、クイントスは広範囲の伝承を取り入れたように見えるが、その一方で一定の意図をもってモチーフやディテールを選択したのではないかと思われる。ネオプトレモスやアガメムノンが肯定的な人物として描かれていること、トロイア陥落をアカイア方の視点から描いていることがその例である。クイントスはどのような意図をもってこのような選択をしたのか、時代背景も合わせて考えてみよう。

作者の意図

『ホメロス後日譚』との比較材料として、先ほど散逸した叙事詩『小イリアス』を取り上げた。このほかにもトロイア伝説を扱った古代初期の叙事詩があり、『キュプリア』『イリウ・ペルシス』などが知られているが、いずれもわずかな断片が残るのみである。これらは「叙事詩の環」と呼ばれるが、クイントスは必ずしもその影響を受けていないように思われる。『小イリアス』では、ピロクテテスの帰還とパリスの死が、ネオプトレモスとエウリュピュロスの到着前に置かれていたことが分かっているが、クイントスはこの順序に従っていないのである。後三世紀には長篇叙事詩が複数作られているが、それは「叙事詩の環」が当時すでに失われており、そこに語られた伝説を再編しようとする試みではなかったかと考えられる。『ホメロス後日譚』もそうした試みの一つととらえられるが、『イリアス』と『オデュッセイア』の間をつなぐ形にしたところにその特色がある。古代ギリシアの叙事詩は通常「詩神よ語れ」という神への呼びかけから始まるが、『ホメロス後日譚』の冒頭にはそれがない。クイントスは明らかに『イリアス』の続きとしてこの作品を書くことを意図したのであり、それゆえにホメロス叙事詩の文体を模倣したのだと考えられる。

クイントスがこのような作品を書いたことは、第二次ソフィスト思潮の高まりとも無縁ではないであろう。第二次ソフィスト思潮はギリシア人たちの誇りを取り戻す試みであった。クイントスは、トロイア陥落をギリシア人の立場から描き直し、ラテン文学においてネガティブな敵役として描かれたネオプトレモスやシノンを高潔な英雄として提示し直すことによって、ギリシア人としての矜持を取り戻そうとしたのではないかと思われる。その意味でもクイントスはウェルギリウスの存在を意識していたのである。

『ホメロス後日譚』のアガメムノンが『イリアス』のそれよりポジティブな人物として造型されているのも同じ理由であろうが、ここでもう一つ注意したいのはクイントスがあえてホメロスと趣の異なるアガメムノン像を描いたことである。ここにはおそらく時代の好みやクイントス自身の道徳的傾向が反映しているのであろう。トロイア戦争の伝説はパラメデスやピロクテテスに始まって、アイアスとオデュッセウスの論争にいたるまで、アカイア軍の内紛の連続である。だがクイントスはアイアスとオデュッセウスの論争を除けば、こうした内紛や対立を引きのばして語ろうとはしないし、登場人物たちもなるべく私怨を引きずらないような道徳的な性格に描いている。先にピロクテテスの和解やアイアスの埋葬の例を挙げたが、この傾向は先行文学作品と比較してみれば明らかである。現代的趣向からすれば、人間的な臭みが消毒されすぎて、こうした操作が登場人物の生動感をそいでいるように見える。しかし、何かと内輪もめを引き起こす『イリアス』のアガメムノン像はクイントスの好むところではなかったのであろう。

こうした傾向には感情を悪とするストア思想の影響も考えられる。戦死者の魂が肉体を離れ、風に乗って飛び去る、という叙述（第三歌三一九行、第四歌五八六行）はストア派の思想によるものであり、人々がアレテ（徳）の山に登るという描写（第五歌四九―五六行）はルキアノスの「ストア学者たちがアレテの山に登りに行った」（『本当の話　二』一八・一一―一二）という文言を想起させる。ネストルが運命に従って悲しみを耐えるべきであると説いたり（第五歌五九九―六一一、第七歌三七―九二行）、アキレウスの亡霊がネオプトレモスに人生訓を語ったりするなど、格言や教訓が数多く挿入されているのも『ホメロス後日譚』の特徴である。クイントスと同時代の文学ではエロティックな趣向が好まれたが、クイントスはそうしたものは排除している。アキレウスのペンテシレイアへの思いは控えめに語られ（第一歌六七一―六七四行）、ヘレネもつつましさが強調されるのみである。アキレウスとポリュクセイネの恋愛譚を採用していないのも、この傾向によるものと思われる。

このように見てくると、『ホメロス後日譚』は数多くの伝承を並置しながらも、その背後には自らの意思を持った詩人の姿が浮かび上がってくる。かつてホメロスの稚拙な模倣として酷評されたその作品も、昨今は模倣より創造の方が注目され、再評価の方向に向かいつつある。読者にはあまり学問的な評価を気にせず、まずは筋の運びを楽しんでいただけたらと思う所存である。

本書の執筆にあたって参照した主な文献は、次のとおりである。

Baumbach, M., Bär, S. (edd.), *Quintus Smyrnaeus: Transforming Homer in Second Sophistic Epic* (Millennium Studien 17).

Berlin, New York, 2007.
Campbell, M., *A Commentary on Quintus Smyrnaeus Posthomerica XII* (Mnemosyne Supplement 71). Leiden, 1981.
Combellack, F. M. (tr.), *The War at Troy: What Homer Didn't Tell. By Quintus of Smyrna*. Oklahoma Univ. Press, Norman, 1968.
Gärtner, U., *Quintus Smyrnaeus und die Aeneis. Zur Nachwirkung Vergils in der griechischen Literatur der Kaiserzeit*. München, 2005.
Hopkinson, N. (ed. et tr.), *Quintus Smyrnaeus: Posthomerica*. (Loeb Classical Library 19). Cambridge, Massachusetts, London, 2018.
James, A. W., Lee. K., *A Commentary on Quintus of Smyrna, Posthomerica V* (Mnemosyne Supplement 208). Leiden, Boston, Köln, 2000.
Keidell, R., 'Quintus von Smyrna (Κόϊντος)' in *Realencyklopädie der Klassischen Altertumswissenschaft XXIV. 1*, Stuttgart, 1963, pp. 1271-1296.
Vian, F., *Recherches sur les Posthomerica de Quintus de Smyrne*. Paris, 1959.
———, Battegay, É., *Lexique de Quintus de Smyrne*. Paris, 1984.
West, M. L., *Greek Epic Fragments* (Loeb Classical Library 497). Cambridge, Massachusetts, London, 2003.
クイントゥス、松田治訳『トロイア戦記』講談社学術文庫、二〇〇〇年。
森岡紀子「Quintus Smyrnaeus」、逸身喜一郎編『古典後期エポスの伝統受容ならびに特殊性の研究』(平成十〜十三年度科学研究費補助金(基盤研究)(C)(2)研究成果報告書)八七—一〇四頁、二〇〇二年。

松田氏の散文訳からは多くを学ばせていただいた。中には、「やはりここはこう訳すしかない」と考えて表現をお借りした箇所があることをお断わりしておく。

本稿を閉じるにあたって、東京大学名誉教授逸身喜一郎先生にまず感謝を申し上げたい。先生は、訳者にこの詩人へ関心を向けさせ、翻訳を勧めてくださった。解説でクイントスへのラテン文学の影響について論じることに紙面を多く割いたのも先生のご示唆によるところが大きい。訳出にあたっては、京都大学名誉教授中務哲郎先生から貴重なご助言をいただいた。成城大学非常勤講師の山田哲子氏からは、翻訳作業に対して温かい励ましの言葉をいただいた。京都大学学術出版会の故・小野利家、故・安井睦子、國方栄二、和田利博の各氏には索引の作成をはじめとしてさまざまな形でお世話になった。とくに、綿密な校閲を受けさせていただいたことに感謝の意を表したい。翻訳を開始してから訳者の出産、両親の介護といった個人的な事情が重なり、脱稿までに長い年月を要したために関係者の皆様には多大なご迷惑をおかけした。深くお詫び申し上げる次第である。最後に、つねに訳者の心の支えとなり、ＯＡ機器の操作や資料のコピーを進んで手伝ってくれた夫、啓に心からの感謝の思いを伝えておきたい。

本訳は読みやすさを考慮したつもりではあるが、同時に原文の形をなるべくそのまま伝えようとしたために読みづらくなってしまった部分もあるかと思う。読者の寛恕を願うばかりであるが、本書が西洋古典文学への関心を深める一助となれば幸いである。

平成三十年九月

固有名詞索引

本作に登場する神々や人物のうち、主立ったものに関しては、彼らが重要な役割を演じている箇所のみを挙げる。ローマ数字は歌数、アラビア数字は行数を示す。ただし、日本語訳に際しては若干のずれが生じる場合があるので、その前後も参照されたい。また *sq.* は「以下」、*passim* は「随所に」、*A. P.* (allusions *passim*) は「間接的な形で随所に」、→は「併せ参照」を意味する。

ア　行

アイアコスの子／孫／ひ孫　Αἰακίδης　*I 4-XIV 137, A. P.*　→ペレウス／テラモン／アキレウス／アイアス(1)／ネオプトレモス

アイアス　Αἴας　(1)テラモンの子、アキレウスの従兄、ギリシア南部サラミス島の王子。大アイアス。 *I 538 sq.:* アキレウスの屍を守る　*III 217 sq.:* グラウコスを討つ　*III 279:* アイネイアスに傷を負わせる　*III 287:* ディオメデスとレスリング　*IV 215 sq.:* 円盤投げで優勝　*IV 439 sq.:* パンクラティオン　*IV 496:* アキレウスの武具を要求　*V 130 sq.:* 狂気に取りつかれる　*V 390 sq.:* 自害する　*V 456 sq., A. P.*　(2)オイレウスの子、小アイアス。 徒競走で優勝　*IV 186:* 弓術で敗れる　*IV 410:* 戦場で　*I 258; VI 602, 521; X 148; XI 440; XIII 211:* カッサンドレを凌辱　*XIII 422:* 難破して溺死　*XIV 502-589, A. P.*

アイオリエ　Αἰολίη　アイオロスの王国。 *XIV 474*

アイオロス　Αἴολος　風の神々の王。 *III 699, 702; XIV 467, 477*

アイガイオンの海　Αἰγαῖος θαλάσση　エーゲ海のこと。 *VII 241; IX 337*

アイゲウス　Αἰγεύς　アテナイの先代の王、テセウスの父。 *XIII 511*

愛神（ヒメロス）　Ἵμερος　*V 71*

アイセポス　Αἴσηπος　ミュシア（小アジア北部、トロイエの東隣の国）の河。 *II 587 sq.*

アイソン　Αἴσων　イエソンの父。 *XII 267*

アイタリデス　Αἰθαλίδης　アカイア方の戦士。 *XI 202*

アイティオペイア　Αἰθιόπεια　エチオピアのこと。 *II 32*

—人　Αἰθιοπῆες / Αἰθίοπες　戦場で　*II 101 sq.:* 鳥に変えられる　*II 570 sq.*

アイティコス　Αἴθικος　パプラゴニアの将。 *VI 318, 511*

アイドネウス　Ἀιδονεύς　*III 15*　→冥王（アイデス）

アイトプス　Αἶθυψ　アイティオペイア人。 *II 247*

アイトレ　Αἴθρη　テセウスの母。孫たちにトロイエから救出される。 *XIII 498 sq.*

アイネイアス　Αἰνείας　トロイエの王族で、主要な英雄。のちにローマの建国者とされた。 *III 249 sq.:* 陥落したトロイエから父を救い出す　*XIII 317 sq.:* 戦場で　*VI, VIII, X-XI, A. P.*

アイノス　Αἶνος　ケテイオイ人の戦士。 *XI 79*

アウゲ　Αὔγη　テゲアの王女。ヘラクレスに犯され私生児としてテレポスを生む。 *VI 138*

アウゲイアス　Αὐγείας　エリスの王。 *VI 232*

アウトメドン　Αὐτομέδων　アキレウスおよびネオプトレモスに仕える御者。 *VIII 35; IX 213, 225*

アウリス　Αὐλίς　ギリシア中部ボイオティアの港町。 *VIII 304; XIV 126*

アカイア（アカイイス）　Ἀχαιΐς　ギリシア全土を指す言葉。 *V 565*

アカイア人　Ἀχαιοί　ギリシア人のこと。 *I 401-XIV 622, A. P.*

アカストス　Ἄκαστος　ネストルの従兄弟。 *IV 308*

暁女神（エオス、エリゲネイア）　Ἠώς / Ἠριγένεια　暁の女神、メムノンの母。 メムノンの死を嘆く　*II 549-666: I 49-XIV 228, A. P.*

アガニッポス　Ἀγάνιππος　トロイエ方の戦士。 *III 230*

アガペノル　Ἀγαπήνωρ　アルカディアの将。 *IV 466; XII 325*

アカマス　Ἀκάμας　(1)トロイエの長老アンテノルの息子。 *VI 574; X 168*　(2)テセウスの息子。 *IV 332 sq.; XII 326; XII 496 sq.*

アガメストル　Ἀγαμήστωρ　クレイトスの父。 *VI 464*

アガメムノン　Ἀγαμέμνων Ἀτρείδης　アカイア軍の総大将。 戦場で　*VI 337 sq.; VIII 99; IX 203 sq.:* テネドス島にて　*XII 339 sq.:* 葬礼競技を主催　*IV:* 戦車競走で優勝　*IV 580 sq.:* アキレウスを饗応　*I 828 sq.:* アイアス(1)への対応　*V 135 sq.:* テクメッサを慰める　*V 559 sq.:* ネオプトレモスを歓待　*VII 687 sq.:* カッサンドレを捕虜にする　*XIV 20, A. P.*

アキレウス　Ἀχιλλεύς Πηλείδης, Αἰακίδης　ペレウスの息子、アイアコスの孫。 パトロクロスの墓前で　*I 377 sq.:* ペンテシレイアに出会って討ち取る　*508-674:* テルシテスを殺す　*722 sq.:* メムノンに出会って討ち取る　*II 388-548:* スカイア門の前で戦死　*III 21-185:* 葬礼競技　*IV 74-595:* 武具の描写　*V 6-120:* 亡霊としてネオプトレモスの夢に現われる　*XIV 179-226, A. P.*

アクシオス　Ἀξιός　ギリシア北部の川。その河神。 *III 610; VI 551*

アグライエ　Ἀγλαΐη　ニレウスの母。 *VI 492*

アグリオス　Ἄγριος　テルシテスの父。 *I 770*

明けの明星　Ἑωσφόρος　*II 184*

アゲストラトス　Ἀγέστρατος　トロイエ方の戦士。 *III 230*

アゲノル　Ἀγήνωρ　トロイエの長老アンテノルの息子、アカマス(1)の兄弟。 *VI 624; VIII 310 sq.; XI 86, 188, 349:* アキレウスの屍をめぐって戦う　*III 214:* ネオプトレモスに討たれる　*XIII 217*

アゲラオス　Ἀγέλαος　(1)アカイア方の戦士。 *IV 334*　(2)トロイエ方の戦士。 *III 229*　(3)カリアの戦士。 *I 279*

アシアデス　Ἀσιάδης　アイティオペイア人の戦士。 *II 364*

アスカニオス　Ἀσκάνιος　トロイエ方の戦士。 *IX 192*

アスクレピオス　Ἀσκληπιός　医術の神。マカオンとポダレイリオスの父。 *IX 466*

アステュアナクス　Ἀστυάναξ　ヘクトルの息子。 *XIII 251*

アステュオケ　Ἀστυόχη　プリアモスの妹、エウリュピュロスの母。 *VI 136*

アステロパイオス　Ἀστεροπαῖος　アクシオス川の河神の孫。 *III 609; IV 155, 587; VI 552*

アストライオス　Ἀστραῖος　トロイエ方の戦士。 *VIII 307*

アッサラコス　Ἀσσάρακος　かつてのトロイエ王。アイネイアスの曾祖父にあたる。 *VI 145*

アテ　Ἄτη　迷妄を擬人化した女神。 *I 753*

アテナイ　Ἀθῆναι　ギリシア南東部の町。現在のギリシアの首都アテネ。 *VIII 358*

アテネ　Ἀθήνη / Ἀθηναίη　知恵の女神、アカイア方の守護神。 *I 365; VIII 342*

アテュムニオス　Ἀτύμνιος　トロイエ方の戦士。 *III 300*

アトラス　Ἄτλας　天空を支える巨人。 *XI 419*

アトリュトネ　Ἀτρυτώνη　*I 514; XIV 326, 530*　→アテネ

アトレウス　Ἀτρεύς　アガメムノンとメネラオスの父。 *IV 38; VI 41, 502, 516; XII 122*
—の息子　Ἀτρείδης　*I 783-XIV 239, A. P.*　→アガメムノン／メネラオス

アドレストス　Ἄδρηστος　アドラストスともいう。ギリシアのテーバイを攻略した将の一人。 *IV 572*

アバス　Ἄβας　(1)トロイエ方の戦士。 *XI 81*　(2)トロイエ方の戦士（別人）。 *XIII 209*
阿鼻叫喚の神（キュドイモス）　Κυδοιμός　*I 308; VI 350*
アピドナイ　Ἄφιδναι　ギリシア南東部アッティカ地方の町。 *XIII 519*
アビュドス　Ἄβυδος　ヘレスポントス沿岸の町。 *III 299*
アプロディテ　Ἀφροδίτη　愛と美の女神、アイネイアスの母。 *XIII 343:* アイネイアスを救出　*XI 289:* メネラオスとヘレネを和解させる　*XIII 389, A. P.*
アポロン　Ἀπόλλων　弓術と予言の神。 *III 30 sq.:* 火葬壇からグラウコスの屍を運び去る　*IV 4 sq.:* デイポボスを救出　*IX 256, A. P.*
アマゾン族　Ἀμαζών　黒海沿岸に住んでいたとされる勇猛な女の種族。 *I 53, 178, 448, 456, 559, 568, 724, 804; VI 245*
アマリュンケウス　Ἀμαρυγκεύς　エペイオイ人の王。 *IV 316*
アミデス　Ἀμίδης　トロイエ方の戦士。 *IX 186*
アリオン　Ἀρίων　アドレストスの馬。 *IV 569*
アリストロコス　Ἀριστόλοχος　アカイア方の戦士。 *VIII 93*
アリゼロス　Ἀρίζηλος　ハルパリオンの父。 *X 75*
アルカイオス　Ἀλκαῖος　カリア人の戦士。ヘラクレスの祖父とは別人。 *X 138*
アルカイオスの孫　Ἀλκείδης　*VI 222, 292*　→ヘラクレス
アルカトオス　Ἀλκάθοος　トロイエのパラディオン（アテネの像）の番人。 *X 352*
アルキダマス　Ἀλκιδάμας　カリア人の戦士。 *VIII 77*
アルキトオス　Ἀλκίθοος　トロイエの戦士。 *III 158*
アルキビエ　Ἀλκιβίη　アマゾンの女戦士。 *I 45, 260*
アルキメドン　Ἀλκιμέδων　アイアス(2)の従者。 *VI 557; XI 448*
アルキモス　Ἄλκιμος　アカイア方の戦士。 *XI 86*
アルキュオネウス　Ἀλκυονεύς　アイティオペイア人の戦士。 *II 364*
アルクトゥロス　Ἀρκτοῦρος　北の空に現われる牛飼座の主星。 *XIII 482*
アルケシラオス　Ἀρκεσίλαος　ボイオティアの王。 *VIII 304*
アルケロコス　Ἀρχέλοχος　キリキア人の戦士。 *XI 91*
アルゴス　Ἄργος　ペロポネソス半島東部、ミュケネの南にある王国。 *III 570; IV 563; VI 625; VII 187*
　—人　Ἀργεῖοι　ギリシア人のこと。 *I 205-XIV 633, A. P.*
アルゴス　Ἄργος　多数の目をもつ怪物。 *X 190*
アルゴ船　νηῦς Ἀργῴης　イアソンを長とする勇士たちは黒海東岸の国コルキスへ黄金の羊毛を取りに行くために遠征した。その折に建造された船。 *XII 268*
アルコン　Ἄλκων　トロイエ方の戦士。 *III 308; IV 594*
アルテミス　Ἄρτεμις　月と狩猟の女神、アポロンの姉。 *I 664; XII 312*
アルペイオス　Ἀλφειός　ペロポンネソス地方を流れる川。 *II 241; VI 234*
アレイオス　Ἀρήιος　トロイエ方の戦士。 *III 298*
アレクサンドロス　Ἀλέξανδρος　*VI 36, 160*　→パリス
アレクシッポス　Ἀλέξιππος　アイティオペイア人の戦士。 *II 365*
アレクシノモス　Ἀλεξίνομος　メラネウスとアルキダマスの父。 *VIII 78*
アレス　Ἄρης　軍神。ペンテシレイアの父。 *I 55 sq.:* ネオプトレモスを殺そうとする　*VIII 340:* アテネに攻めかかる　*XII 172 sq., A. P.*
　—の娘　Ἀρηιάς / Ἀρηίς / Ἐνυαλίη　*I 187, 206, 402*　→ペンテシレイア
アレトゥサ　Ἀρέθουσα　ヒュロスの母。 *X 82*
アロエウス　Ἀλωεύς　オトスとエピアルテス（神々に反抗した巨人の兄弟）の父。 *I*

516
アンカイオス　Ἀγκαῖος　アルカディア（ペロポネソス半島中部）の英雄。アガペノルの父。　*IV 312*
アンキセス　Ἀγχίσης　アイネイアスの父。　*XIII 317 sq., A. P.*
アンタイオス　Ἀνταῖος　海神ポセイダオンと大地母神の間に生まれた巨人。　*IV 445; VI 286*
アンタンドレ　Ἀντάνδρη　アマゾンの女戦士。　*I 143, 531*
アンティクロス　Ἄντικλος　アカイア方の戦士。　*XII 317*
アンティテオス　Ἀντίθεος　アカイア方の戦士。　*I 228*
アンティブロテ　Ἀντιβρότη　アマゾンの女戦士。　*I 45, 532*
アンティポス　Ἄντιφος　(1)アカイア方の戦士。　*VI 616*　(2)オデュッセウスの従者。　*VIII 116, 123*
アンティマコス　Ἀντίμαχος　(1)クレテ人の戦士。　*VI 622*　(2)トロイエの将。　*I 405; XIII 433*
アンティロコス　Ἀντίλοχος　ネストルの息子で、アカイア軍の主要な戦士の一人。　*II 244 sq.; III 2, 10, 517; V 605*
アンテノル　Ἀντήνωρ　トロイエ方の長老。　*IX 8; XIV 321, 402*
アンドロマケ　Ἀνδρομάχη　プリアモスの長男ヘクトルの未亡人。　*I 99; XIV 21*
アンドロマコス　Ἀνδρόμαχος　クレテ人の戦士。　*XI 41*
アンピアラオス　Ἀμφιάραος　ギリシア南部の王国アルゴスの予言者。　*XIV 366*
アンピアレ　Ἀμφιάλη　クレオドロスの母。　*X 332*
アンピオン　Ἀμφίων　エペイオスの従者。　*X 111*
アンピトリテ　Ἀμφιτρίτη　海神ポセイダオンの妻、海の女王とされた女神。または海の擬人化表現。　*VII 374; VIII 63; XIV 535, 609, 644*
アンピノオス　Ἀμφίνοος　トロイエ方の戦士。　*X 118*
アンピノメ　Ἀμφινόμη　ハルパリオンの母。　*X 75*
アンピノモス　Ἀμφίνομος　トロイエ方の戦士。　*X 88*
アンピマコス　Ἀμφίμαχος　(1)アカイアの将。　*XII 325*　(2)カリアの将。　*I 281*
アンピメドン　Ἀμφιμέδων　トロイエ方の戦士。　*XIII 211*
アンピロコス　Ἀμφίλοχος　アカイアの将、木馬に入った勇士の一人。　*XIV 366*
イアペトス　Ἰαπετός　プロメテウスの父。　*X 199*
イアルメノス　Ἰάλμενος　アカイアの将。　*XII 322*
イエソン　Ἰήσων　イアソンともいう。金の羊毛を求めてコルキスに向かい、アルゴ船の一行を率いたことで知られる。　*IV 383*
イオラオス　Ἰόλαος　ヘラクレスの甥。彼の難業に同行し、共に戦った。　*VI 216*
イカロスの海　πόντος Ἰκαρίοιο　エーゲ海南部。イカロスは人工の翼で空を飛んだがこの付近に墜落したとされる若者。　*IV 78*
イスメノス　Ἰσμηνός　トロイエ方の戦士。　*X 87*
イタケ　Ἰθάκη　ギリシア西岸の島。　*VII 187, 442*
イデ　Ἴδη　トロイエの近く、小アジア北西部にある山。　*I 10-XIV 640, A. P.*
射手座　Τοξευτής　*VII 302*
イテュモネウス　Ἰτυμονεύς　カリア人の戦士。　*I 279*
イドメネウス　Ἰδομενεύς　アカイア方の主要な将の一人、クレテの王。　戦場で　*I 247 sq.; VI 539 sq.; X 83:* アキレウスの葬礼競技大会で　*IV 284 sq., A. P.*
イナコス　Ἴναχος　ギリシア南東部の国アルゴリスの川。　*X 190*
イピアナッサ　Ἰφιάνασσα　メナルケスの母。　*VIII 295*

イピクロスの子　Ἰφικληιάδης　*I 234*　→ポダルケス
イピティオン　Ἰφιτίων　トロイエ方の戦士。 *XI 36*
イリオネウス　Ἰλιονεύς　トロイエの長老。 *XIII 181*
イリオン／イリオス　Ἴλιον / Ἴλιος　トロイエ、またはその都。 *I 185-XIV 383, A. P.*
イリス　Ἶρις　虹の女神、神々の使者。 *XII 193; XIV 467*
イロス　Ἶλος　かつてのトロイエ王。プリアモスの祖父。 *I 784; II 142*
インブラシオス　Ἰμβράσιος　トロイエ方の戦士。 *X 87*
インブロス　Ἴμβρος　トラキア沿岸の島。 *VIII 80*
運命神（モロス）　Μόρος　*VIII 325; XIV 205*
運命女神たち（モイライ）　Μοῖραι　*I 389a-XIII 559, A. P.*
エイリッソス　Εἴλισσος　アカイア方の戦士。 *I 228*
エウアドネ　Εὐάδνη　カパネウスの妻。 *X 481*
エウアンドレ　Εὐάνδρη　アマゾンの女戦士。 *I 43, 254*
エウエノス　Εὐηνός　アイトリア地方を流れる川。 *VI 283*
エウエノル　Εὐήνωρ　(1)アカイア方の戦士。 *I 274*　(2)トロイエ方の戦士。 *XI 33*
エウエノルの子　Εὐηνορίδης　エウエノルは上記とは別人。 *IV 334*　→アゲラオス(1)
エウクセイノスの海　Εὔξεινος πόντος　現在の黒海。 *III 776; VI 467; XIV 636*
エウストラトス　Ἐΰστρατος　トラキアの戦士。 *VIII 99*
エウネオス　Εὔνηος　イエソンの息子、レムノスの王。 *IV 383*
エウビオス　Εὔβιος　トロイエ援軍の戦士。 *VII 611*
エウボイエ　Εὐβοίη　ギリシア南東部の島。 *XIV 422*
エウマイオス　Εὔμαιος　トロイエ方の戦士。 *VIII 96*
エウメロス　Εὔμηλος　アカイア方の将。 *IV 503, 522; XII 324*
エウリュアロス　Εὐρύαλος　アカイア方の将。 *IV 473 sq.; VIII 306; XI 108 sq.; XII 324*
エウリュコオン　Εὐρυκόων　トロイエ方の戦士。 *XIII 210*
エウリュサケス　Εὐρυσάκης　アイアス(1)の息子。 *V 527*
エウリュステウス　Εὐρυσθεύς　アルゴリスの王。ヘラクレスに十二の功業を果たすよう命じた。 *VI 222*
エウリュダマス　Εὐρυδάμας　アンテノルの娘婿。 *XIII 178*
エウリュティオン　Εὐρυτίων　ゲリュオネウスの牛飼い。 *VI 255*
エウリュトス　Εὔρυτος　アカイア方の戦士。 *VIII 111*
エウリュノモス　Εὐρύνομος　トロイエ方の戦士。 *I 530*
エウリュピュロス　Εὐρύπυλος　(1)ヘラクレスの子テレポスの息子。トロイエ王プリアモスの甥にあたる。トロイエに到着　*VI 120:* アカイア軍を追いつめる　*VI 368-VIII 133:* ネオプトレモスと戦って討たれる　*VIII 134-209:* 楯の図柄　*VI 198-293, A. P.*　(2)アカイアの将。 *IV 502 sq.; XI 67, 353; XII 319*
エウリュマコス　Εὐρύμαχος　(1)トロイエの長老アンテノルの息子。 *XI 130, 137, 168, 183; XIV 323*　(2)アカイア方の戦士。 *XI 60*　(3)アカイア方の戦士（別人）。 *XII 321*
エウリュメネス　Εὐρυμένης　アイネイアスの従者。 *X 98*
エウロタス　Εὐρώτας　ラコニア地方の川。 *X 121*
エエティオン　Ἠετίων　(1)ミュシアの南方キリキアの町テーベの王、アンドロマケの父。 *I 98; III 546; IV 152, 543; XIII 266; XIV 130*　(2)アカイア方の戦士。 *VI 639*
—の娘　Ἠετιώνη　*I 115; XIII 268*　→アンドロマケ
エキドナ　Ἔχιδνα　半身は女で残りの半身は蛇の姿をした怪物。 *VI 261*
エニュエウス　Ἐνυεύς　トロイエ方の戦士。 *I 530*
エニュオ　Ἐνυώ　戦争の女神。 *I 365-XIII 85, A. P.*

エペイオイ人　Ἐπειοί　エリス地方の住民。 *IV 314*
エペイオス　Ἐπειός　アカイア方の将。後に木馬を製作した。 *IV 329-404:* 木馬を建造する　*XII 81-156, A. P.*
エマティオン　Ἠμαθίων　アテュムニオスの父。 *III 301*
獲物を集める（アゲレイエ） Ἀγελείη　*XII 416*　→アテネ
エラシッポス　Ἐλάσιππος　アカイア方の戦士。 *I 229*
エリクトニオス　Ἐριχθόνιος　ダルダノスの息子、かつてのトロイエ王。 *II 141, 142*
エリス　Ἦλις　ペロポンネソス半島西岸の町。 *IV 526*
エリダノス　Ἠριδανός　神話上の川。イタリアのポー川と同一視されることもある。 *V 628; X 192*
エリュシオンの野　Ἠλύσιον πέδον πεδίον　神々に愛された者たちが死後幸福に暮らしているとされた場所。 *II 651; III 761; XIV 224*
エリュマス　Ἐρύμας　リュキエの戦士。 *III 231*
エリュラオス　Ἐρύλαος　メイラニオンの父。 *VIII 121*
エレウス　Ἐλεοῦς　トロイエの北方にある小国。 *VII 408*
エレウトス　Ἔρευθος　アカイア方の戦士。 *II 239*
エレクトレ　Ἠλέκτρη　巨人アトラスの娘。ゼウスによりダルダノスを生む。ダルダノスはトロイエ王家の祖となった。 *XIII 552*
エレペノル　Ἐλεφήνωρ　アカイア方の将。 *VIII 112*
エンケラドス　Ἐγκέλαδος　神々に反抗を企ててゼウスに殺された百の手をもつ巨人。 *V 642; XIV 582*
エンデュミオン　Ἐνδυμίων　セレネに愛され永久に眠ったままにされた美少年。 *X 128, 455*
エンノモス　Ἔννομος　トロイエ方の戦士。 *X 88*
オイテ　Οἴτη　テッサリア（ギリシア北部地方）の南にある山。 *V 646*
オイネウス　Οἰνεύς　テュデウスの父。 *I 771*
—の孫　Οἰνεΐδης　*V 253*　→ディオメデス
オイノネ　Οἰνώνη　パリスの前妻。川のニンフ。 パリスの頼みを拒絶　*X 259-331:* 後悔し、火葬壇に身を投げる　*X 411-489*
オイノプス　Οἴνωψ　トロイエ方の戦士。 *IX 192*
オイノマオス　Οἰνόμαος　エリス地方の王。ヒッポダメイア(2)の父。 *IV 527*
オイレウス　Ὀϊλεύς　アイアス(2)の父。 *I 258*
—の子　→アイアス(2)
大熊座　Ἑλίκη　*II 105*
オキュトオス　Ὠκύθοος　トロイエ方の戦士。 *III 230*
オキュロエ　Ὠκυρόη　ニンフ。ヒッポメドン(3)の母。 *XI 37*
オケアノス　Ὠκεανός　当時世界をとりまいて流れるとされた潮流。その海神。 *I 119-XIV 1, A. P.*
オッサ　Ὄσσα　ギリシア北東部の山。 *I 518*
オデュッセウス　Ὀδυσσεύς / Ὀδυσεύς　ラエルテスの子、アカイア軍の知将。 *III 296 sq.:* アキレウスの武具を要求　*V 129 sq.:* スキュロス島へ赴く　*VII 169 sq.:* レムノス島へ赴く　*IX 333 sq.:* 木馬の建造を提案　*XII 25 sq., A. P.*
オリオン　Ὠρίων　巨漢の猟師。アルテミス女神に殺されて星座になったとされる。 *V 368, 404; VII 304*
オリュタオン　Ὀρυθάων　ヘクトルの従者。 *III 150*
オリュンポス　Ὄλυμπος / Οὔλυμπος　ギリシア北部の山。神々の住居があったとされる。

I 48-XIV 530, A. P.
オルトロス　Ὄρθρος　ゲリュオネウスの番犬。 *VI 253*
オルペウス　Ὀρφεύς　カリオペの子、伝説的な歌人。 *III 638*
オレイテュイア　Ὠρείθυια　北風神の妻。 *I 168*
オレスビオス　Ὀρέσβιος　トロイエ方の戦士。 *III 303*

カ　行

カイコス　Κάικος　小アジアにある王国ミュシアを流れる川。 *IV 174; VI 122; VIII 120*
カウカソス　Καύκασος　黒海からカスピ海に至る山岳地帯、現在のコーカサス山脈。 *VI 269; X 200*
カウノス　Καῦνος　カリアの町。 *VIII 79*
火炎（プロギオス）　Φλογίος　アレスの馬の名。 *VIII 242*
カオス（深淵）　Χάος　*III 756; XIV 2*
カッサンドレ　Κασσάνδρη　トロイエの王女、プリアモスの娘。 *XII 526 sq.:* アイアス（2）に凌辱される　*XIII 422:* アガメムノンの捕虜となる　*XIV 20, 395, 437*
カッサンドロス　Κάσσανδρος　ミュネスの父。 *VIII 81*
ガニュメデス　Γανυμήδης　ゼウスに愛され天上へさらわれた美少年。 *VIII 429, 443; XIV 325*
カパネウス　Καπανεύς　アカイア方の将ステネロスの父。アドレストスの戦友。 *X 481:* ステネロスの父　*IV 566; XI 338*
カベイロス　Κάβειρος　トロイエ援軍の戦士。 *I 267*
カペレウス　Καφηρεύς　ギリシア南東にあるエウボイエ島南西の岬。 *XIV 469, 487, 572:* その岩礁　*VI 524; XIV 362*
カリア人　Κᾶρες　小アジア西南部の国の民。 *I 285; VIII 83*
カリオペ　Καλλιόπη　ムーサの一人。 *III 632, 655*
カリュドナイ諸島　νῆσοι Καλυδναῖαι　トロイエの南方、イカリア海にある島々。 *VII 407*
カリュドネ　Καλύδνη　テネドス島付近にある群島の一つ。 *XIV 452*
カルカス　Κάλχας　アカイア軍の予言者。 *VI 70; VIII 475; IX 325*
ガルガロス　Γάργαρος　トロイエの町。 *X 90*
ガレノス　Γαληνός　トロイエ方の戦士。 *X 89*
季節の女神たち（ホライ）　Ὧραι　*I 50, II 658, IV 135*
北風神（ボレエス）　Βορέης　*I 167, 625, 684; III 703; IV 552; V 409; VI 485; VIII 50, 91, 205, 243; XI 228; XIII 396*
キマイラ　Χίμαιρα　獅子の頭、山羊の胴、蛇の尾をもつとされたリュキエの怪物。 *VIII 107*
ギュガイエの湖　λίμνη Γυγαίη　リュディア（トロイエの南にある王国）の町サルデイスの付近にある湖。 *XI 68*
キュクノス　Κύκνος　トロイエの将、ポセイダオンの子。 *IV 153, 468; XIV 131*
キュクロプス　Κύκλωψ　シチリア島に住むとされた単眼の巨人。 *VIII 126; XIV 446*
キュテラの女神　Κυθέρεια　*VIII 98; X 318; XI 241, 479; XIV 69*　→アプロディテ
キュプリス　Κύπρις　*I 667-XIV 152, A. P.*　→アプロディテ
キュプロゲネイア　Κυπρογένεια　*II 139*　→アプロディテ
キュモトエ　Κυμοθόη　ネレイデスの一人、テティスの姉妹。 *V 341, 345*
ギュライエの岩礁　πέτρη Γυραίη　カペレウス岬の傍の岩礁。 *XIV 570*

狂気の女神（マニエ）　*Μανίη*　狂気を擬人化した女神。　*V 452*
恐慌神（ポボス）　*Φόβος*　(1)恐慌を擬人化した神。　*V 29; X 57; XI 12*　(2)アレスの馬の名。　*VIII 242*
恐怖神（デイモス）　*Δεῖμος*　恐怖を擬人化した神。アレスの息子。　*V 29; X 57; XI 13*
狂乱の女神（リュッサ）　*Λύσσα*　*V 360, 404*
巨人族（ギガンテス）　*Γίγαντες*　ゼウスの支配に抵抗した巨人の一族。　*I 179; II 518; III 725; XI 416; XIV 584*
巨人族の娘（ティテニス）　*Τιτηνίς*　ここでは女神レトを指すと思われるが、他にも諸説がある。　*X 163*
キラ　*Κίλλα*　トロイエの町。　*VIII 295; XIV 413*
キリキア人　*Κίλικες*　(1)トロイエの一部族。　*III 545*　(2)パンピュリアの東にある国の民。　*XIV 369*
クサントス　*Ξάνθος*　(1)トロイエを流れる川。　*II 488-XIII 337, A. P.*　(2)(1)の河の神。　*XI 246; XII 72, 459; XIV 80*　(3)リュキエの川。　*XI 21*
クノッソス　*Κνωσσός*　クレテ島の都。　*XI 42*
グラウコス　*Γλαῦκος*　(1)小アジアの南西にある王国リュキエの王。　*III 214, 232, 243; VIII 102; X 147; XIV 136*　(2)リュキエの川。　*IV 11*
クリュサ　*Χρῦσα*　トロイエ付近の町。　*VII 402; XIV 412*
クリュドン　*Κλύδων*　アイティオペイア人の戦士。　*II 365*
クレイテ　*Κλείτη*　メイラニオンの母。　*VIII 121*
クレイト　*Κλειτώ*　ヘロスの母。　*XI 69*
クレイトス　*Κλεῖτος*　トロイエ援軍の戦士。　*VI 465*
クレウサ　*Κρέουσα*　ミュネスの母。　*VIII 82*
クレオドロス　*Κλεόδωρος*　アカイア方の戦士。　*X 213*
クレオメデ　*Κλεομήδη*　ラオポオンの母。　*VI 550*
クレオラオス　*Κλεόλαος*　メゲス(1)の従者。　*VI 634*
クレオン　*Κλέων*　アカイア方の戦士。　*XI 60*
クレテ　*Κρήτη*　一般にはクレタ島として知られる。エーゲ海南部の島。　*V 350; VI 623; X 83*
グレニコス　*Γρήνικος*　トロイエの川。　*III 302*
クレモス　*Χλέμος*　リュキエの戦士。　*VIII 101*
黒髪の神　→ポセイダオン
クロニエ　*Κλονίη*　アマゾンの女戦士。　*I 42, 230, 235*
クロノスの子　*Κρονίδης / Κρονίων*　*I 578-XIV 98, A. P.*　→ゼウス
クロミオス　*Χρομίος*　アカイア方の戦士。　*VI 616*
ケイロン　*Χείρων*　アキレウスなどの英雄を教育した半人半馬の怪物（ケンタウロス）。　*I 593; IV 143*
ケストロス　*Κέστρος*　トロイエ方の戦士。　*VIII 293*
ケテイオイ人　*Κήτειοι*　エウリュピュロスを王とする部族。　*VI 168; VII 149, 533, 541; XI 80*
ケパレニア人　*Κεφαλλῆνες*　ケパレニアはギリシア西部の島々。　*V 429*
ケブロス　*Κέβρος*　トロイエ方の戦士。　*X 86*
ケリドニエ　*Χελιδονίη*　リュキエの岬。　*III 234*
ゲリュオネウス　*Γηρυονεύς*　現在のスペイン付近に住んでいたとされる巨人で、三つの頭と三つの胴体を持っていた。ゲリュオンとも呼ばれる。　*VI 249*
ケルトス　*Κελτός*　トロイエ援軍の戦士。　*VII 611*

ケルベロス　*Κέρβερος*　冥界の入り口を守る番犬で、三つの頭を持つとされる。 *VI 254, 261*
轟音（コナボス）　*Κόναβος*　アレスの馬の名。 *VIII 242*
ケンタウロスたち　*Κένταυροι*　半人半馬の怪物。 *VI 273; VII 109*
コリュコスの岬　*Κωρύκιος*　キリキア人(2)の国の岬。 *XI 92*
ゴルゴンたち　*Γοργόνες*　海神ポルキュスの娘。髪は蛇で、その目に見られた者は石になったという。 *V 38*
コロイボス　*Κόροιβος*　トロイエの隣国プリュギエの王子。カッサンドレの婚約者。 *XIII 169*
婚姻の神（ヒュメナイオス）　*Ὑμέναιος*　*XIV 297*

サ　行

祭壇座　*Θυτήριον*　南の空に現われる星座。 *IV 554; XIII 483*
殺戮神（ポノス）　*Φόνος*　*VI 351; X 186*
サモトラケ　*Σάμος Θρηϊκίη*　エーゲ海北部の島。 *XIII 467*
サラミス　*Σαλαμίς*　アテナイ（現在のアテネ）の近くの島、アイアスとテウクロスの故郷。 *V 519, 548; VI 632*
サルペドン　*Σαρπηδών*　リュキエの王。 *IV 290*
サンガリオス　*Σαγγάριος*　プリュギエ及びトロイエの北にある王国ビテュニアを流れる川。 *VII 611; XI 38*
シゲオン　*Σίγεον*　トロイエの南の海岸にある町。アキレウスの墓があった。 *VII 402, 562; XIV 649*
シケレ島　*Σικελὴ νῆσος*　現在のシチリア島。 *XIV 583*
詩神たち（ムーサイ）　*Μοῦσαι*　詩や音楽等をつかさどる九人の女神。 *III 594, 662; IV 141; XII 306*
死神（タナトス）　*Θάνατος*　*I 104, 309; III 344; V 35; VI 14*
死神たち　*Κῆρες*　→命運の神（ケーレス）
シノン　*Σίνων*　アカイア方の戦士。 *XII 243 sq., 360, 419; XIII 23; XIV 107*
シピュロス　*Σίπυλος*　プリュギエとリュディアの国境にある山。 *I 293, 297, 304*
シモエイス　*Σιμόεις*　トロイエを流れる川。その河神。 *II 488; III 24; VI 647; XI 246; XII 460; XIV 83*
自由の神（エレウテリオス）　*Ἐλευθέριος*　*XII 312*　→ゼウス
宿命女神（アイサ）　*Αἶσα*　*I 104-XIV 365, A. P.*
シュメ　*Σύμη*　トロイエの南にある島。 *XI 61*
勝利女神（ニケ）　*Νίκη*　*XIV 86*
スカイア門（スカイエ門）　*Σκαιὴ πύλη*　トロイエの城門の一つ。 *III 82; IX 268; XI 338*
スカマンドロス　*Σκάμανδρος*　トロイエの川。 *I 10; IX 210*
スキュラケウス　*Σκυλακεύς*　リュキエの戦士。 *X 147*
スキュロス　*Σκῦρος*　エウボイエ島の東、エーゲ海にある島。アキレウスの息子ネオプトレモスの故郷。 *III 120, 754; IV 170; VI 65, 87; VII 169, 239*
スケディオス　*Σχεδίος*　トロイエ方の戦士。 *X 87*
ステネロス　*Σθένελος*　カパネウスの子で、アルゴスの王族、ディオメデス(1)の親友。 *I 267, 271; IV 564, 582, 587; VI 625; XI 81; XII 316*
ステュクス　*Στύξ*　冥府を流れる川。 *V 453; VI 266*
ステュンパロス湖の鳥たち　*Στυμφηλίδες*　ステュンパロスはアルカディア（ペロポネソ

ス半島中央部）にある湖。 VI 227
スパルテ　Σπάρτη　ギリシア南部の都市国家。いわゆるスパルタに同じ。 II 55; III 570; X 15
スミュルナ（スミュルネ）　Σμύρνη　小アジア西岸の都市。 XII 310
スミンテの神　Σμινθεύς　スミンテはトロイエの町。 XIV 413　→アポロン
正義の女神（ディケ）　Δίκη　V 46; XIII 378
セイリオス　Σείριος　シリウス（天狼星）のこと。 VIII 31
ゼウス　Ζεύς　ギリシアの最高神。 I 66-XIV 643, A. P.
ゼリュス　Ζέλυς　トロイエ方の戦士。 X 125
セストス　Σηστός　ヘレスポントス沿岸の町。 I 268
セレネ　Σελήνη　月の女神。 X 129, 337, 454
戦闘神（ポレモス）　Πόλεμος　VIII 426
ソコス　Σῶκος　トロイエの戦士。 VII 444
そよ風の女神たち（アウライ）　Αὖραι　北風神の娘たち。 I 684
ソリュモイ人　Σόλυμοι　リュキエの山岳に住む部族。その名はエルサレム（ヒエロソリュマ）のもとになったと言われる。 II 122
ゾロス　Ζῶρος　トロイエ方の戦士。 III 231

タ　行

大地を揺する神　Ἐννοσίγαιος / Ἐνοσίχθων　→ポセイダオン
太陽（神）　Ἠέλιος　I 118-XIII 229, A. P.
ダナオイ人　Δαναοί　ギリシア人のこと。 I 280-XIV 646, A. P.
ダマストルの息子　Δαμαστορίδης　トロイエ方の戦士。 XIII 211
タリオス　Θάλιος　トロイエ方の戦士。 II 228
ダルダニア門　Δαρδανίη πύλη　トロイエの城門の一つ。 IV 3; IX 44
ダルダニエ　Δαρδανίη　XII 98; XIV 407, 650　→トロイエ
ダルダノス　Δάρδανος　(1)ゼウスの息子。トロイエの祖となった。 I 196; II 141; IX 19; XIII 558　(2)トロイエの町。 VIII 97
　―の子孫　Δαρδανίδαι / Δαρδανίωνες　トロイエ人。 XII 520; XI 425
タルピオス　Θάλπιος　アカイア方の将。 XII 323
タルベロス　Τάρβηλος　インブロス島にある山。 VIII 80
嘆願の女神たち（リタイ）　Λιταί　嘆願を擬人化した女神たち。 X 300
テアノ　Θεανώ　トロイエの女神官で、長老アンテノルの妻。 I 449
ディエ　Δίη　ナクソス島の別名。 IV 389
デイオコス　Δηΐοχος　トロイエ方の戦士。 I 529
テイオダマス　Θειοδάμας　ドレサイオスの父。 I 292
ディオニュソス　Διόνυσος / Διώνυσος　ぶどう酒と演劇の神。 II 438; III 737, 772; IV 386
デイオネウス　Δηϊονεύς　トロイエ方の戦士。 X 167
デイオピテス　Δηϊοπίτης　(1)トアス(2)の従者。 VI 580　(2)トロイエ方の戦士。 XIII 212
デイオポンテス　Δηϊοφόντης　トロイエ方の戦士。 VIII 317
ディオメデス　Διομήδης　(1)アカイア方の将。テュデウスの息子。 戦場で I, III, VII-XI, XIII, passim: アキレウスと対立 I 767 sq.: アイアスとレスリング IV 217 sq.: オデュッセウスとともにスキュロス島へ赴く VI 64 sq.; VII 169 sq.: オデュッセウスとともにレムノス島へ赴く IX 335 sq., A. P.　(2)人間を食う馬を飼っていたトラキアの王。

VI 246
ティシポノス　Τισίφονος　プリアモスの息子。 *I 406; XIII 215*
デイダメイア　Δηϊδάμεια　スキュロス王リュコメデスの娘、アキレウスの妻。 *VII 184, 228, 242, 249, 254, 336, 349, 385*
ティタンたち　Τιτῆνες　大空と大地から生まれた巨人族。オリュンポスの神々に反乱を起こした。 *I 714; II 205, 519; V 105; VI 271; VIII 461; XII 180; XIV 550*
ティテュオス　Τιτυός　ゼウスと大地母神から生まれた巨人。 *III 392*
ティトノス　Τιθωνός　暁女神の夫、メムノンの父。プリアモスとは兄弟。 *II 494; VI 2; XIV 135*
デイポボス　Δηΐφοβος　プリアモスの息子、パリスの弟。パリスの死後ヘレネと結婚した。 戦場で　*VI, VIII, IX, XI, passim:* ヘレネと結婚　*X 346:* メネラオスに殺される　*XIII 355*
デイレオン　Δηϊλέων　エペイオスの従者。 *X 111*
デウカリオン　Δευκαλίων　プロメテウスの息子。 *XIV 603*
テウクロス　Τεῦκρος　アカイア方の将、アイアス(1)の異母弟。 *V 435, 500, 561; VIII 311, 314:* 徒競走に参加　*IV 186 sq.:* 弓術に参加　*IV 405 sq.:* 戦場で　*V 539 sq.; X 125; XI 99, 357*
テクメッサ　Τέκμησσα　プリュギエの王女。アイアスに祖国を攻め落とされ、その妻となった。 *V 521 sq.*
テストル　Θέστωρ　(1)カルカスの父。 *VI 57, 68*　(2)トロイエ方の戦士。 *III 229*
テセウス　Θησεύς　アテナイの王。クレテ島の怪物ミノタウロスを退治した。 *IV 331, 358, 388, 394; XIII 497, 511, 513*
テティス　Θέτις　アキレウスの母、海神ネレウスの娘。 *III 631:* アキレウスの葬礼競技大会で　*IV 110-V 236: II 437-XIII 62, A. P.*
テテュス　Τηθύς　大空と大地の娘、オケアノスの妻、海や河川の母。 *II 117; III 748; V 14, 398; XI 418; XII 160*
テネドス　Τένεδος　トロイエの対岸の島。 *VII 407; XII 30, 235, 278, 345; XIII 29, 467; XIV 412*
テーベ　Θήβη　アンドロマケの父エエティオンが治めていた小アジアの国。 *III 546; IV 153, 546; X 33; XIII 276*
テミス　Θέμις　ゼウスの妻、正義と掟の女神。 *IV 136; VIII 73; XII 202; XIII 299, 369*
デモポオン　Δημοφόων　テセウスの息子。 *XII 325:* アイトレに出会う　*XIII 496 sq.*
デモレオン　Δημολέων　アカイア方の戦士。 *X 119*
テュデウス　Τυδεύς　ディオメデス(1)の父。 *I 773*
　—の子　Τυδεΐδης　*I 260-XIII 207, A. P.*　→ディオメデス(1)
テュポン／テュポエウス　Τυφῶν / Τυφωεύς　百の蛇の頭をもつ怪物。もとはテュポエウスという巨人のことであったらしいが、テュポンはこれと混同される。 *V 485; VI 261; XII 452*
デュマス　Δύμας　(1)プリュギエ人、メゲス(3)の父。 *VII 607*　(2)アカイア方の戦士。 *VIII 303*
テュモイテス　Θυμοίτης　トロイエの長老。 *II 9*
テュンダレオスの娘　Τυνδαρίς　*X 310, 345*　→ヘレネ
テュンブリス　Θύμβρις　ローマのティベル川。 *XIII 337*
テラモン　Τελαμών　アイアス(1)の父。*I 534; III 273; IV 100, 227; V 129, 363, 482, 580, 663:* テウクロスの父　*IV 186*
テランドロス　Τήλανδρος　リュキエの町。 *IV 7*

デリノエ　Δηρινόη　アマゾンの女戦士。 I 42, 230, 258
デリマケイア　Δηριμάχεια　アマゾンの女戦士。 I 45, 260
テルサンドロス　Θέρσανδρος　ヒュロスの父。 X 80
テルシテス　Θερσίτης　いつも王たちを罵倒するアカイア人で、ホメロス『イリアス』第二歌にも登場する。 I 722 sq.: アキレウスに殺される　I 768 sq.: 粗末に埋葬される　I 823
テルモドッサ　Θερμώδοσσα　アマゾンの女戦士。 I 46, 254
テルモドン　Θερμώδων　黒海に注ぐ河。 I 18
テレポス　Τήλεφος　ヘラクレスの子、エウリュピュロス(1)の父。ミュシアの王。 IV 152, 174; VI 137; VII 141; VIII 7; XIV 130
—の子　→エウリュピュロス(1)
トアス　Θόας　(1)レムノスの王。 IV 392　(2)ギリシア西部アイトリアの将。 VI 540, 580, 587; XI 90; XII 318: 戦車競走に参加　IV 503 sq.
ドゥリキオン　Δουλίχιον　イタケ付近にある島。 I 275
遠矢を射る神　Ἕκατος　→アポロン
時神（アイオン）　Αἰών　悠久の時を擬人化した神。 II 506; XII 194
トクサイクメス　Τοξαίχμης　ピロクテテスの従者。 XI 488
徳の女神（アレテ）　Ἀρετή　人間の徳を擬人化した女神。 V 50; XIV 195, 200
トレイケ（トラキア）　Θρήκη　ギリシアの北にあった王国。 I 168; VIII 99, 355
—人　Θρήικες　IX 343
トラシュメデス　Θρασυμήδης　アカイア軍の長老ネストルの息子で、アンティロコスの弟。 II 267, 297, 342
トリトゲネイア／トリトニス　Τριτογένεια / Τριτωνίς　I 128-XIV 547, A. P.　→アテネ
トリナキエ　Θρινακίη　現在のシチリア島。 V 643
ドリュアス　Δρύας　アカイア方の戦士。 XI 86
トリュオン　Θρύον　ペロポネソス半島の町。 II 241
ドレサイオス　Δρησαῖος　トロイエ援軍の戦士。 I 291
トロイエ　Τροίη　I 17-XIV 637, A. P.
—人　Τρῶες　I 3-XIV 634, A. P.
—の女たち　Τρῳαί / Τρωιάδες　I 403-XIV 56, A. P.
トロイゼン　Τροιζήν　ギリシア南部アルゴリス地方の東方の町。 XIII 510
トロイロス　Τρωΐλος　プリアモスの息子。 IV 155, 419
トロス　Τλῶς　リュキエの町。 X 163
トロス　Τρώς　昔のトロイエの王、プリアモスの曽祖父。 II 142
ドロペス人　Δόλοπες　テッサリアの住民。 III 469

ナ　行

ナウプリオス　Ναύπλιος　アカイア人、パラメデスの父。 XIV 614
ナステス　Νάστης　カリアの将。 I 281
ニオベ　Νιόβη　タンタロスの娘。レト女神を侮辱したため、子どもたちを殺され、自身は石に変えられたという。 I 294
西風神（ゼピュロス）　Ζέφυρος　III 703-XII 192, A. P.
ニソス　Νῖσος　アカイア方の戦士。 VI 616
ニッソス　Νίσσος　トロイエ方の戦士。 III 231
ニュキオス　Νυχίος　アイティオペイア人の戦士。 II 364

ニュンパイオス　Νυμφαῖος　小アジア北部コンマゲネの川。 *VI 470*
ニレウス　Νιρεύς　アカイア方の将。アキレウスにつぐ美男として知られた。 *VI 372 sq., 440 sq.; VII 7 sq.; XI 61*
ニロス　Νῖρος　トロイエ方の戦士。 *XI 27*
ニンフたち　Νύμφαι　*III 300-XIV 73, A. P.*
ネアイラ　Νέαιρα　ドレサイオスの母。 *I 292*
ネオプトレモス　Νεοπτόλεμος　アキレウスの息子。スキュロス島からトロイエへ来る *VII 160 sq.:* 船団を守る *VII 452-621:* エウリュピュロスを討ち取る *VIII 134-216:* 戦場で *VIII, X-XI, passim:* ポリュクセイネをいけにえにする *XIV 304 sq., A. P.*
ネストル　Νέστωρ　アカイア軍の長老、ピュロス王。 *II 244 sq.:* 会議で *III 515 sq.; V 139 sq., 600 sq.; XII 260 sq.:* テティスとアキレウスを讃える *IV 118-170, A. P.*
ネッソス　Νέσσος　ケンタウロスの一人。ヘラクレスに殺された。 *V 645; VI 283*
眠りの神（ヒュプノス）　Ὕπνος　*V 396*
ネメアの獅子　Νεμειαῖος λέων　ネメアはアルゴリス北部の谷。 *VI 208*
ネレウス　Νηλεύς　ネストルの父。 *II 243; III 515, 525; IV 118, 144*
—の息子　Νηλείδης　→ネストル
ネレウス　Νηρεύς　海神。テティスの父。 *II 435, 498; III 583, 669, 734; V 73*
—の娘　Νηρηίς　→テティス
—の娘たち　Νηρεῖδες / Νηρηίαι　海の女神たち。 *III 662, 768, 786; IV 191; V 336; VII*

ハ　行

パイオンの子　Παιονίδης　→ラオポオン
ハイモニデス　Αἱμονίδης　アカイア方の戦士。 *I 229*
パエトン　Φαέθων　太陽神の息子。 *V 627; X 192*
パシテエ　Πασιθέη　ヘレの娘。ホメロスは優雅女神の一人としている。 *V 403*
パシテオス　Πασίθεος　トロイエ方の戦士。 *X 86*
パトロクロス　Πάτροκλος　アキレウスの親友。 *I 721; II 447; III 538; IV 209; V 315; VII 697*
パナケイア　Πανάκεια　オレスビオスの母。 *III 305*
パノペウス　Πανοπεύς　エペイオスの父。 *IV 324, 336*
—の子　Πανοπηϊάδης　→エペイオス
パノルモス　Πάνορμος　カリアの一地方。 *I 283*
パプラゴニア人　Παφλαγών　小アジア北部の地域の住民。トロイエに加勢した。 *VI 319, 473*
パプラゴネイオス　Παφλαγόνειος　メムノンの血から生じた河。 *II 560*
破滅神（オレトロス）　Ὄλεθρος　*II 486; XII 543; XIII 20, 218, 362; XIV 588*
パラス　Παλλάς　→アテネ
パラメデス　Παλαμήδης　アカイア軍の知将。オデュッセウスの謀略によって死に追いやられた。 *V 198*
パリス　Πάρις　トロイエ王プリアモスの息子。ヘレネを夫スパルテ王から奪った。 *II 67 sq.:* アキレウスの屍をめぐって戦う *III 186 sq.:* ピロクテテスの矢で負傷 *X 253 sq.:* オイノネに治療を懇願 *X 259-331:* オイノネとともに火葬される *X 459-489, A. P.*
パリス　Φάλις　トロイエ方の戦士。 *X 89*
パルテニオス　Παρθένιος　パプラゴニアの川。 *VI 466*
ハルパソス　Ἅρπασος　トロイエ南方の国カリアの川。 *X 144*

ハルパリオン　Ἁρπαλίων　ボイオティアの戦士。 *X 74*
ハルパロス　Ἅρπαλος　オデュッセウスの従者。 *VIII 113*
ハルピュイア（イ）　Ἅρπυια ι　女の顔と鳥の身体をもつ怪物（たち）。嵐の象徴。 *I 169; IV 513, 570; VIII 155; X 395*
ハルモトエ　Ἁρμοθόη　アマゾンの女戦士。 *I 44, 533*
ハルモン　Ἅρμων　トロイエ方の戦士。 *X 86*
パレロス　Φάληρος　トロイエ方の戦士。 *VIII 293*
パン　Πάν　半身は人、半身は山羊の姿をした牧神。 *VI 480*
パンピュリア人　Πάμφυλος　トロイエの南方、リュキエの東にある国の住民。 *XIV 369*
パンモン　Πάμμων　プリアモスの息子。 *VI 317, 562, 568; XIII 214*
ピエリアの女神たち　Πιερίδες　*III 647, 786; VI 76*　→詩神たち
東風神（エウロス）　Εὖρος　*III 581; VII 230; XII 192*
ピッテウス　Πιτθεύς　トロイゼンの王。 *XIII 509*
ヒッパシデス　Ἱππασίδης　(1)トロイエ王子パンモンの御者。*VI 562*　(2)アカイア方の将（タルピオス？）の御者。*IX 150*
ヒッパソス　Ἵππασος　アカイア方の戦士。 *XI 87*
ヒッパソスの子　Ἱππασίδης　(1)　→アゲラオス　(2)　→デモレオン（父ヒッパソスはいずれも上記とは別人）
ヒッパルモス　Ἵππαλμος　アカイア方の戦士。 *I 229*
ヒッポダメイア　Ἱπποδάμεια　(1)アンティマコス(3)の娘。 *I 404*　(2)オイノマオスの娘。 *IV 529*
ヒッポテスの子　Ἱπποτάδης　*XIV 477*　→アイオロス
ヒッポトエ　Ἱπποθόη　アマゾンの女戦士。 *I 44, 532*
ヒッポノオス　Ἱππόνοος　トロイエ方の戦士。 *III 155*
ヒッポメドン　Ἱππομέδων　(1)メノイテスの父。 *XI 99*　(2)トロイエ人の戦士。 *VIII 86*　(3)プリュギエ人の戦士。 *XI 36*
ヒッポメネス　Ἱππομένης　テウクロスの従者。 *VIII 311*
ヒッポリュテ　Ἱππολύτη　(1)勇猛な女族アマゾンの女王。 *VI 242*　(2)ペンテシレイアの妹。 *I 24*
ヒッポロコス　Ἱππόλοχος　グラウコスの父。 *III 237, 278; IV 1*
ピュト　Πυθώ　アポロンの聖地デルポイの別名。 *III 393*
ヒュドラ（ヒュドレ）　Ὕδρη　無数の頭を持つ水蛇。ヘラクレスに退治された。 *VI 212*
ヒュプシピュレイア　Ὑψιπύλεια　トアス(1)の娘。 *IV 391*
ヒュペリオン　Ὑπερίων　太陽の別名。 *II 596*
ピュラケ　Φυλάκη　テッサリアの町。 *I 231, 244*
ピュラソス　Πύρασος　トロイエの戦士。 *XI 52*
ピュラソスの子　Πυρρασίδης　*II 247*　→アイトプス
ピュリス　Φύλλις　カリア人アルカイオスの母。 *X 143*
ピュレウス　Φυλεύς　メゲス(1)の父。 *I 276; X 138; XII 326*
ヒュロス　Ὕλλος　(1)トロイエ方の戦士。 *I 529*　(2)クレテ人の戦士。 *X 81*
ピュロス人　Πύλιος　ペロポネソス半島南西部の王国の住民。ネストルの配下。 *III 3*
ピュロダマス　Φυλοδάμας　トロイエ方の戦士。 *VIII 403*
ピロクテテス　Φιλοκτήτης　アカイア軍の将、弓の名手。　レムノス島で　*IX 354 sq.:* トロイエに来る　*IX 426 sq.:* ポダレイリオスに傷を癒される　*IX 459 sq.:* 戦場で　*X 167 sq.:* パリスを射る　*X 223-240, A. P.*
風神たち（アエタイ）　Ἀῆται　暁女神の息子たち。 *II 550, 568, 581, 585; III 717*

復讐女神（エリンニュス） *Ἐριννύς* *VIII 243; X 303*
—たち *Ἐριννύες* *I 29; III 169; V 31, 454, 471; XII 547; XIII 382*
ブコリオン *Βουκολίων* アカイア方の戦士。 *VI 615*
プティエ *Φθίη* ギリシア北部テッサリアの国、アキレウスの故郷。 *I 673; III 436*
ブランコス *Βράγχος* カリアの英雄。 *I 283*
プリアモス *Πρίαμος* トロイエの王。 ヘクトル、パリスらの父。ネオプトレモスに殺される *XIII 220-250; I 3-XIV 348, A. P.*
—の子 →デイポボス、パリス
ブリセイス *Βρισηίς* アキレウスの捕虜となったが妻同様に愛された女性。 *III 552, 687; IV 276; VII 723; XIV 216*
プリュギエ *Φρυγίη* 小アジア中部の国。ときにトロイエと同一視される。 *I 285; VIII 85; X 126* →トロイエ
プリュダマス *Πουλυδάμας* トロイエ方の知将。 *II 41 sq.; X 9 sq.:* 戦場で *VI 317, 505; X 217; XI 60*
プレイアデス *Πληϊάδες* 巨人アトラスの娘たち。オリオンに追われてすばる星となった。 *II 605, 665; V 367; VII 308; XIII 554*
プレギュス *Φλέγυς* トロイエ方の戦士。 *X 87*
ブレムサ *Βρέμουσα* アマゾンの女戦士。 *I 43, 247*
ブレモン *Βρέμων* クレテ人の戦士。 *XI 41*
プロテウス *Πρωτεύς* オレスビオスの父。 *III 303*
プロテシラオス *Πρωτεσίλαος* アカイア方、テッサリアの将。トロイエ上陸直後に戦死した。 *I 231, 816, 818; IV 469; VII 408*
プロトエノル *Προθοήνωρ* ボイオティアの将。 *X 76*
プロノエ *Προνόη* ラッソスの母。 *VI 469*
プロメテウス *Προμηθεύς* ゼウスの意に背いたため縛られてワシに毎日肝臓を食われたとされる巨人。 *V 338; VI 269*
不和女神（エリス） *Ἔρις* 争いの女神。 *I 159-XIII 563, A. P.*
ペイサンドロス *Πείσανδρος* トロイエの戦士。 *III 298*
ペイセノル *Πεισήνωρ* クレモスの父。 *VIII 101*
ペガシス *Πηγασίς* ニンフ。アテュムニオスの母。 *III 301*
ヘカベ *Ἑκάβη* プリアモスの妃。 *IV 420; XIV 22, 273, 288:* パリスの死を嘆く *X 369 sq.:* 犬に変えられる *XIV 347 sq.*
ヘクトル *Ἕκτωρ* トロイエ王プリアモスの長男、トロイエ軍の総大将。アキレウスに殺された。 *I 1-XIV 133, A. P.*
ヘシオネ *Ἡσιόνη* トロイエ王ラオメドンの娘、プリアモスの姉妹。 *VI 291*
ヘスペリデス *Ἑσπερίδες* 夜の女神または巨人アトラスの娘たちで、オケアノスの西端に住むとされる。 *II 419; VI 257*
ペネイオス *Πηνειός* ギリシア北部テッサリアの川。 *XI 88*
ペネレオス *Πηνέλεως* ボイオティアの将。 *VII 104, 125, 159*
ヘパイストス *Ἥφαιστος* 火と鍛冶の神。 *I 550-XIV 53, A. P.*
ヘラクレイア *Ἡράκλεια* 小アジア南西部カリアの町。 *VI 474*
ヘラクレス（ヘラクレエス） *Ἡρακλέης* ゼウスの子で、大力無双の英雄。 *VI 198-293; I 505-X 204, A. P.*
ヘラス *Ἑλλάς* ギリシアの古名。 *I 371-XIV 419, A. P.*
ペリエス *Πελίης* ペリアスともいう。ネストルの叔父、ギリシア北部イオルコスの王。 *IV 307; XII 270*

ペリオン　Πήλιον　ギリシア北部テッサリアの東にある山。 *I 518; IV 52, 133; V 76; VIII 161*
ペリクリュメノス　Περικλύμενος　ネストルの兄。ギリシア神話中最大の英雄とされるヘラクレスと戦って殺された。 *II 273*
ヘリコン山　Ἑλικών　詩神たちの聖地で、ボイオティアにある。 *III 594, 785*
ペリボイア　Περίβοια　メゲス(3)の妻。 *VII 610*
ペリムネストス　Περίμνηστος　エウリュコオンの父。 *XIII 210*
ペリメデス　Περιμήδης　トロイエ方の戦士。 *VIII 291*
ペリラオス　Περίλαος　トロイエ方の戦士。 *VIII 294*
ペルガモス　Πέργαμος　トロイエの城塞。 *XII 482; XIII 434*
ヘルケイオス　Ἑρκεῖος　*VI 147; XIII 222, 436*　→ゼウス
ペルシノオス　Περσίνοος　アカイア方の戦士。 *I 227*
ペルセウス　Περσεύς　ゼウスとアルゴスの王女ダナエとの間に生まれた英雄。 *X 195*
ヘルミオネ　Ἑρμιόνη　メネラオスの娘。 *VI 90*
ヘルメ（イエ）ス　Ἑρμείης　ゼウスの伝令をつとめる神。 *III 699; X 189*
ヘルモス　Ἕρμος　小アジア西岸の川。 *I 296; XII 311*
ヘレ　Ἥρη　ゼウスの妻、神々の女王。 *III 137; IV 48; V 397; X 334; XIII 417:* アポロンを非難する　*III 129 sq.:* シノンに力を吹き込む　*XII 373*
ペレウス　Πηλεύς　アキレウスの父、ギリシア北部の王国プティエの王。 *IV 131-143; I 574-XIII 275, A. P.*
—の子　Πηλείων / Πηληϊάδης　→アキレウス
ペレウス　Φηρεύς　アンティロコスの従者。 *II 279, 293, 298, 343*
ペレス　Φέρης　クレテ人の戦士。 *VI 622*
ヘレスポントス　Ἑλλήσποντος　トロイエとトラキアの間の海峡、現在のダーダネルス海峡。 *II 353-XIV 636, A. P.*
ヘレネ　Ἑλένη　スパルテ王メネラオスの妻。 *VI 152 sq.:* パリスの死を嘆く　*X 389 sq.:* メネラオスがヘレネを殺そうとする　*XIII 385:* 美しさを讃嘆される　*XIV 39-70:* メネラオスと和解　*XIV 149-178, A. P.*
ヘレノス　Ἕλενος　プリアモスの息子、パリスの弟で予言者。 *VIII 254; X 346; XI 349*
ベレロポンテス　Βελλεροφόντης　リュキエの伝説的英雄。 *X 162*
ヘロス　Ἕλλος　リュディア人の戦士。 *XI 67*
ペロン　Φέρων　アカイア方の戦士。 *II 238*
ペンテシレイア　Πενθεσίλεια　アマゾン族の女王。 *I 19 sq.:* 戦場で　*I 227 sq.:* アキレウスと戦って討ち取られる　*I 538-629:* 死顔の美しさ　*I 659-674, A. P.*
ポイアスの子　Ποιάντιος　→ピロクテテス
ボイオティア人　Βοιωτός　ギリシア東部の国の民。 *X 76*
ポイニクス　Φοῖνιξ　(1)アキレウスの養育係。 *III 460; IV 293; VII 630; IX 64*　(2)フェニキアの祖となった王。ゼウスに愛された王女エウロパの父または兄とされる。 *VIII 106*
ポイボス　Φοῖβος　*III 30, 46, 56, 98; VIII 399; XI 178; XII 103, 517; XIV 413*　→アポロン
忘却（レテ）　Λήθη　忘却を擬人化した女神。死者の国の川または平野を指すこともある。 *XIV 168*
ポセイダオン　Ποσειδάων　海神。通常ポセイドンと呼ばれる。 *III 758; IV 154; XIV 250, 507, 620, 631, 647*
ポダルケス　Ποδάρκης　アカイア方の将。プロテシラオスの弟。 *I 233, 238, 815*
ポダルゲ　Ποδάργη　ハルピュイアの一人。 *III 750*

ポダレイリオス　*Ποδαλείριος*　医神アスクレピオスの息子、マカオンの弟。兄と同じくアカイア軍の軍医。 *XII 321:* 負傷者を治療する　*IV 397, 539; IX 463:* 兄を失う　*VI 456; VII 22 sq.*
ポリテス　*Πολίτης*　プリアモスの息子。 *VIII 403, 411; XI 340; XIII 214*
ポリュイドス　*Πολύιδος*　ケテイオイ人の戦士。 *XI 79*
ポリュクセイネ　*Πολυξείνη*　プリアモスの娘。 *XIV 214, 241:* アキレウスの墓でいけにえにされる　*XIV 315 sq.*
ポリュデウケス　*Πολυδαύκης*　ゼウスの子。ポルクスともいう。ヘレネの兄弟にあたる。 *IV 309*
ポリュドロス　*Πολύδωρος*　プリアモスの末息子。 *IV 154, 586*
ポリュポイテス　*Πολυποίτης*　アカイア方の将。 *I 291; IV 503; XII 318*
ポリュボス　*Πόλυβος*　トロイエ方の戦士。 *VIII 86*
ポリュムニオス　*Πολύμνιος*　トロイエ方の戦士。 *II 292*
ポリュメストル　*Πολυμήστωρ*　トロイエの予言者。 *XI 135*
ポルキュス　*Φόρκυς*　アカイア方の戦士。 *VI 631*
ポレムサ　*Πολεμοῦσα*　アマゾンの女戦士。 *I 42, 531*
ポロエ　*Φολόη*　ギリシア北部の山。 *VII 108*
ポロス　*Φόλος*　ケンタウロスの一人。ケイロンにつぐ賢者。 *VI 274*

マ　行

マイアンドロス　*Μαίανδρος*　カリアの川。 *I 284; X 145*
マイオニエ　*Μαιονίη*　トロイエの南方にある国リュディアの古名。 *X 35*
マイオンの子　*Μαιονίδης*　*III 229*　→アゲラオス（2）
マイナロス　*Μαίναλος*　(1)ヒッポメドン(3)の父。 *XI 37*　(2)アレイオスの父。 *III 299*
マカオン　*Μαχάων*　医神アスクレピオスの息子。アカイア方の軍医。 *VI 391 sq.; VII 6, 14, 45*
マッシキュトス　*Μασσίκυτος*　リュキエの山。 *III 234; VIII 107*
マルガソス　*Μάργασος*　カリア人アルカイオスの父。 *X 143*
南風神（ノトス）　*Νότος*　*IV 520, 553; VI 486; XII 192; XIII 483*
ミノス　*Μίνως*　クレテの王、イドメネウスの祖父とされる。 *IV 388*
ミマス　*Μίμας*　(1)トロイエの戦士。 *XI 481*　(2)トロイエの戦士（別人）。 *XIII 212*
ミュカレ　*Μυκάλη*　ミレトス付近の山。 *I 282*
ミュグドン　*Μύγδων*　コロイボスの父。 *XIII 169*
ミュケネ　*Μυκήνη*　アガメムノンの支配する王国。 *VI 616*
ミュネス　*Μύνης*　(1)リュルネッソスの王。 *IV 477*　(2)カリアの戦士。 *VIII 81*
ミュルミドネス人　*Μυρμιδόνες*　アキレウスの部下で、プティエに住んでいた民族。 *I 689; II 547; III 422, 686, 742; VII 605, 661; VIII 13; IX 64; XI 224*
ミレトス　*Μίλητος*　カリアの町。 *I 280*
ムネサイオス　*Μνήσαιος*　トロイエ方の戦士。 *X 88*
冥王（アイデス）　*Ἀΐδης*　冥界の王。ハデスに同じ。 *III 774, A. P.*
命運の神（ケーレス）　*Κῆρες*　人の命運を擬人化した神。 *I 273-XIV 563, A. P.*
メイラニオン　*Μειλανίων*　ミュシアの戦士。 *VIII 119*
メガクレス　*Μεγακλῆς*　アルコンの父。 *III 309*
メゲス　*Μέγης*　(1)ギリシア西部の島ドゥリキオンの将。 *I 287; VI 634; X 108, 138; XII*

326; XIII 212　(2) ポリュムニオスの父。 II 292　(3) ケルトスとエウビオスの父。 VII 606
メドゥーサ　Μέδουσα　蛇の髪をもつ女怪。その姿を目にした者は石に化したという。 X 195; XIV 454
メドン　Μέδων　(1) メナルケスの父。 VIII 296　(2) ゼリュスの父。 X 125
メナルケス　Μενάλκης　トロイエ人の戦士。 VIII 294
メニッポス　Μένιππος　プロテシラオスの従者。 I 230
メネクロス　Μένεκλος　アイティオペイア人の戦士。 II 365, 368
メネステウス　Μενεσθεύς　アカイア方の将。 XII 317
メネラオス　Μενέλαος Ἀτρείδης　アガメムノンの弟で、ヘレネの夫。 戦車競走で IV 502 sq.: 会議で VI 6 sq.: 戦場で VI 508 sq.: デイポボスを殺す XIII 354: ヘレネと和解 XIV 149-178, A. P.
メノイティオス　Μενοιτίος　アカイア方の戦士。 VIII 111
メノイティオスの子　Μενοιτιάδης　(メノイティオスは上記とは別人) I 378 →パトロクロス
メノイテス　Μενοίτης　(1) トロイエの伝令。 IX 34　(2) トロイエ方の戦士。 XI 99
メノン　Μένων　トロイエ方の戦士。 X 118
メムノン　Μέμνων　アイティオペイアの王。暁女神の息子でプリアモスの甥にあたる。 II 100: 戦場で II 235 sq.: アキレウスと戦う II 453-542: 埋葬 II 586 sq.: 武具 IV 458: メムノンの鳥たち II 643 sq.
メラニッピオン　Μελανίππιον　リュキエの町。 III 233
メラネウス　Μελανεύς　カリア人の戦士。 VIII 77
メランティオス　Μελάνθιος　アカイア方の戦士。 IX 154
メリオス　Μελίος　トロイエ方の戦士。 XI 85
メリオネス　Μηριόνης　クレテの王族。イドメネウスの配下の将。 I 254; VI 540 sq.; VIII 101, 402; XI 91; XII 320
メレス　Μέλης　トロイエ方の戦士。 XI 119
メンテス　Μέντης　トロイエ方の戦士。 II 228
モシュノス　Μόσυνος　アカイア方の戦士。 VI 631
モリオン　Μολίων　アカイア方の戦士。 I 227
モリュス　Μόρυς　プリュギエ人の戦士。 VIII 85
モロス　Μόλος　メリオネスの父。 VIII 409
モロス　Μῶλος　アカイア方の戦士。 VI 624

ヤ　行

山羊座　Αἰγοκερεύς　I 356; II 533; VII 300; X 340
闇の世界（エレボス）　Ἔρεβος　現世と冥界の間にあるとされた闇の世界。 XII 118
優雅女神たち（カリテス）　Χάριτες　IV 140; V 72; VI 152
夢　Ὄνειρος　夢を擬人化した神。 I 125, 129, 134
宵の明星　Ἕσπερος　V 132
夜女神（ニュクス）　Νύξ　夜を擬人化した女神で暁女神の母。 II 625

ラ　行

ラエルテス　Λαέρτης　オデュッセウスの父。 IV 125, 592

—の子　Λαερτιάδης　→オデュッセウス
ラオコオン　Λαοκόων　トロイエの神官。　*XII 391, 398, 444, 448, 473, 483, 560*
ラオゴノス　Λαογόνος　アカイア方の戦士。　*I 230*
ラオダマス　Λαοδάμας　リュキエの戦士。　*XI 20*
ラオディケ　Λαοδίκη　プリアモスの娘。　*XIII 545*
ラオドコス　Λαόδοκος　トロイエの戦士。　*XI 85*
ラオポオン　Λαοφόων　トラキア人の戦士。　*VI 549*
ラオメドン　Λαομέδων　(1)プリアモスの父。　*I 83, 183, 505, 788, 802; II 26, 143, 144; III 110*　(2)トロイエ方の戦士。　*II 293*
—の子　Λαομεδοντιάδης　→プリアモス
ラケダイモン　Λακεδαίμων　スパルタの別名。メネラオスの支配する王国。　*VI 617*
ラコニアの地　Λακωνὶς γαῖα　ギリシア南部、スパルテを中心とする地方。　*X 120*
ラッソス　Λάσσος　パプラゴニア人の戦士。　*VI 469*
ラトモス　Λάτμος　カリアの山。　*I 282*
ラモス　Λάμος　トロイエ方の戦士。　*XI 90*
乱戦女神（デリス）　Δῆρις　*VIII 426*
リミュロス　Λίμυρος　リュキエ南部の沿岸を流れる川。　*VIII 103*
リュカオン　Λυκάων　プリアモスの息子。　*IV 158, 384, 393*
リュキエ　Λυκίη　小アジア南東部にあるトロイエの同盟国。　*III 232; IV 6; VIII 84; X 154; XI 21, 24:* リュキエの王　*IV 12:* リュキエ人　*III 270*
リュクトス　Λύκτος　クレテの町。クノッソスの東にある。　*XI 42*
リュクルゴス　Λυκοῦργος　幼時のディオニュソス神を迫害したため、神罰を受けたとされる王。　*II 439*
リュコメデス　Λυκομήδης　スキュロス王、ネオプトレモスの母方の祖父。　*VII 292*
リュコン　Λύκων　(1)アカイア方の戦士。　*VIII 300*　(2)トロイエ方の戦士。　*XI 91*
リュルネッソス　Λυρνησσός　プリュギエの町。ブリセイスの故郷。　*IV 478*
リュンコス　Λύγχος　トロイエ方の戦士。　*XI 90*
リンドス　Λίνδος　カリアとリュキエの国境を流れる川。　*VIII 83*
レオンテウス　Λεοντεύς　アカイア方の将。　*VII 484; XII 323*
レクトン　Λεκτόν　トロイエの岬。　*XIV 415*
レスボス　Λέσβος　エーゲ海北東部、小アジアの沖にある大きな島。　*IV 277; XIV 414*
レタイオス　Ληθαῖος　クレテ島の川。　*X 82*
烈火（アイトン）　Αἴθων　アレスの馬。　*VIII 242*
レト　Λητώ　ゼウスの妻で、アポロンとアルテミスの母。　*III 392, 398; IX 293; X 165; XI 23:* アルテミスの母　*I 366*
—の息子　→アポロン
—の娘　→アルテミス
レムノス　Λῆμνος　エーゲ海北東部の島。　*III 545; IV 385; V 196; IX 334, 338, 353, 434, 492*
レルノス　Λέρνος　(1)アカイア方の戦士。　*I 228*　(2)クレオドロスの父。　*X 221*
ロイテイオンの岬　Ῥοιτηΐδος ἀκτή　ヘレスポントスに張り出している、トロイエ付近の岬。　*V 656*
ロクリス人　Λοκροί　エウボイエ対岸に住む、小アイアス配下の部族。　*IV 187, 208; XI 447, 469; XIV 424, 485*
ロドスの地　Ῥοδίων γαίη　エーゲ海の島。小アジア南西沖にある。　*X 222*

訳者略歴

北見紀子（きたみ　のりこ）

一九六三年　千葉県生まれ
二〇〇二年　東京大学大学院人文社会科学研究科博士課程満期退学

主な論文
「Quintus Smyrnaeus」（逸身喜一郎編『古典後期エポスの伝統受容ならびに特殊性の研究』所収、東京大学）

ホメロス後日譚《ごじつたん》　西洋古典叢書　2018第3回配本

二〇一八年十月三十一日　初版第一刷発行

訳　者　北《きた》見《み》紀《のり》子《こ》
発行者　末原達郎
発行所　京都大学学術出版会
606-8315　京都市左京区吉田近衛町六九 京都大学吉田南構内
電　話　〇七五-七六一-六一八二
ＦＡＸ　〇七五-七六一-六一九〇
http://www.kyoto-up.or.jp/
印刷／製本・亜細亜印刷株式会社

ISBN978-4-8140-0172-9

定価はカバーに表示してあります

1　森谷宇一・戸高和弘・渡辺浩司・伊達立晶訳　2800円
2　森谷宇一・戸高和弘・渡辺浩司・伊達立晶訳　3500円
3　森谷宇一・戸高和弘・吉田俊一郎訳　3500円
4　森谷宇一・戸高和弘・伊達立晶・吉田俊一郎訳　3400円
クルティウス・ルフス　アレクサンドロス大王伝　谷栄一郎・上村健二訳　4200円
スパルティアヌス他　ローマ皇帝群像（全4冊・完結）
1　南川高志訳　3000円
2　桑山由文・井上文則・南川高志訳　3400円
3　桑山由文・井上文則訳　3500円
4　井上文則訳　3700円
セネカ　悲劇集（全2冊・完結）
1　小川正廣・高橋宏幸・大西英文・小林　標訳　3800円
2　岩崎　務・大西英文・宮城徳也・竹中康雄・木村健治訳　4000円
トログス／ユスティヌス抄録　地中海世界史　合阪　學訳　5000円
プラウトゥス／テレンティウス　ローマ喜劇集（全5冊・完結）
1　木村健治・宮城徳也・五之治昌比呂・小川正廣・竹中康雄訳　4500円
2　山下太郎・岩谷　智・小川正廣・五之治昌比呂・岩崎　務訳　4200円
3　木村健治・岩谷　智・竹中康雄・山澤孝至訳　4700円
4　高橋宏幸・小林　標・上村健二・宮城徳也・藤谷道夫訳　4700円
5　木村健治・城江良和・谷栄一郎・高橋宏幸・上村健二・山下太郎訳　4900円
リウィウス　ローマ建国以来の歴史（全14冊）
1　岩谷　智訳　3100円
2　岩谷　智訳　4000円
3　毛利　晶訳　3100円
4　毛利　晶訳　3400円
5　安井　萠訳　2900円
9　吉村忠典・小池和子訳　3100円

プルタルコス　モラリア（全 14 冊）
1　瀬口昌久訳　3400 円
2　瀬口昌久訳　3300 円
3　松本仁助訳　3700 円
5　丸橋　裕訳　3700 円
6　戸塚七郎訳　3400 円
7　田中龍山訳　3700 円
8　松本仁助訳　4200 円
9　伊藤照夫訳　3400 円
10　伊藤照夫訳　2800 円
11　三浦　要訳　2800 円
12　三浦　要・中村健・和田利博訳　3600 円
13　戸塚七郎訳　3400 円
14　戸塚七郎訳　3000 円
プルタルコス／ヘラクレイトス　古代ホメロス論集　内田次信訳　3800 円
プロコピオス　秘史　和田　廣訳　3400 円
ヘシオドス　全作品　中務哲郎訳　4600 円
ポリュビオス　歴史（全 4 冊・完結）
1　城江良和訳　4200 円
2　城江良和訳　3900 円
3　城江良和訳　4700 円
4　城江良和訳　4300 円
マルクス・アウレリウス　自省録　水地宗明訳　3200 円
リバニオス　書簡集（全 3 冊）
1　田中　創訳　5000 円
リュシアス　弁論集　細井敦子・桜井万里子・安部素子訳　4200 円
ルキアノス　全集（全 8 冊）
3　食客　丹下和彦訳　3400 円
4　偽預言者アレクサンドロス　内田次信・戸高和弘・渡辺浩司訳　3500 円
ロンギノス／ディオニュシオス　古代文芸論集　木曽明子・戸高和弘訳　4600 円
ギリシア詞華集（全 4 冊・完結）
1　沓掛良彦訳　4700 円
2　沓掛良彦訳　4700 円
3　沓掛良彦訳　5500 円
4　沓掛良彦訳　4900 円

【ローマ古典篇】
アウルス・ゲッリウス　アッティカの夜（全 2 冊）
1　大西英文訳　4000 円
アンミアヌス・マルケリヌス　ローマ帝政の歴史（全 3 冊）
1　山沢孝至訳　3800 円
ウェルギリウス　アエネーイス　岡　道男・高橋宏幸訳　4900 円
ウェルギリウス　牧歌／農耕詩　小川正廣訳　2800 円
ウェレイユス・パテルクルス　ローマ世界の歴史　西田卓生・高橋宏幸訳　2800 円
オウィディウス　悲しみの歌／黒海からの手紙　木村健治訳　3800 円
クインティリアヌス　弁論家の教育（全 5 冊）

2　根本英世訳　3000 円
クセノポン　小品集　松本仁助訳　3200 円
クセノポン　ソクラテス言行録（全 2 冊）
1　内山勝利訳　3200 円
セクストス・エンペイリコス　学者たちへの論駁（全 3 冊・完結）
1　金山弥平・金山万里子訳　3600 円
2　金山弥平・金山万里子訳　4400 円
3　金山弥平・金山万里子訳　4600 円
セクストス・エンペイリコス　ピュロン主義哲学の概要　金山弥平・金山万里子訳　3800 円
ゼノン他／クリュシッポス　初期ストア派断片集（全 5 冊・完結）
1　中川純男訳　3600 円
2　水落健治・山口義久訳　4800 円
3　山口義久訳　4200 円
4　中川純男・山口義久訳　3500 円
5　中川純男・山口義久訳　3500 円
ディオニュシオス／デメトリオス　修辞学論集　木曽明子・戸高和弘・渡辺浩司訳　4600 円
ディオン・クリュソストモス　弁論集（全 6 冊）
1　王政論　内田次信訳　3200 円
2　トロイア陥落せず　内田次信訳　3300 円
テオグニス他　エレゲイア詩集　西村賀子訳　3800 円
テオクリトス　牧歌　古澤ゆう子訳　3000 円
テオプラストス　植物誌（全 3 冊）
1　小川洋子訳　4700 円
2　小川洋子訳　5000 円
デモステネス　弁論集（全 7 冊）
1　加来彰俊・北嶋美雪・杉山晃太郎・田中美知太郎・北野雅弘訳　5000 円
2　木曽明子訳　4500 円
3　北嶋美雪・木曽明子・杉山晃太郎訳　3600 円
4　木曽明子・杉山晃太郎訳　3600 円
トゥキュディデス　歴史（全 2 冊・完結）
1　藤縄謙三訳　4200 円
2　城江良和訳　4400 円
ピロストラトス　テュアナのアポロニオス伝（全 2 冊）
1　秦　剛平訳　3700 円
ピロストラトス／エウナピオス　哲学者・ソフィスト列伝　戸塚七郎・金子佳司訳　3700 円
ピンダロス　祝勝歌集／断片選　内田次信訳　4400 円
フィロン　フラックスへの反論／ガイウスへの使節　秦　剛平訳　3200 円
プラトン　エウテュデモス／クレイトポン　朴　一功訳　2800 円
プラトン　エウテュプロン／ソクラテスの弁明／クリトン　朴　一功・西尾浩二訳　3000 円
プラトン　饗宴／パイドン　朴　一功訳　4300 円
プラトン　ピレボス　山田道夫訳　3200 円
プルタルコス　英雄伝（全 6 冊）
1　柳沼重剛訳　3900 円
2　柳沼重剛訳　3800 円
3　柳沼重剛訳　3900 円
4　城江良和訳　4600 円

西洋古典叢書 既刊全131冊（税別）

【ギリシア古典篇】

アイスキネス　弁論集　木曽明子訳　4200円

アイリアノス　動物奇譚集（全2冊・完結）

1　中務哲郎訳　4100円

2　中務哲郎訳　3900円

アキレウス・タティオス　レウキッペとクレイトポン　中谷彩一郎訳　3100円

アテナイオス　食卓の賢人たち（全5冊・完結）

1　柳沼重剛訳　3800円

2　柳沼重剛訳　3800円

3　柳沼重剛訳　4000円

4　柳沼重剛訳　3800円

5　柳沼重剛訳　4000円

アラトス／ニカンドロス／オッピアノス　ギリシア教訓叙事詩集　伊藤照夫訳　4300円

アリストクセノス／プトレマイオス　古代音楽論集　山本建郎訳　3600円

アリストテレス　政治学　牛田徳子訳　4200円

アリストテレス　生成と消滅について　池田康男訳　3100円

アリストテレス　魂について　中畑正志訳　3200円

アリストテレス　天について　池田康男訳　3000円

アリストテレス　動物部分論他　坂下浩司訳　4500円

アリストテレス　トピカ　池田康男訳　3800円

アリストテレス　ニコマコス倫理学　朴　一功訳　4700円

アルクマン他　ギリシア合唱抒情詩集　丹下和彦訳　4500円

アルビノス他　プラトン哲学入門　中畑正志編　4100円

アンティポン／アンドキデス　弁論集　高畠純夫訳　3700円

イアンブリコス　ピタゴラス的生き方　水地宗明訳　3600円

イソクラテス　弁論集（全2冊・完結）

1　小池澄夫訳　3200円

2　小池澄夫訳　3600円

エウセビオス　コンスタンティヌスの生涯　秦　剛平訳　3700円

エウリピデス　悲劇全集（全5冊・完結）

1　丹下和彦訳　4200円

2　丹下和彦訳　4200円

3　丹下和彦訳　4600円

4　丹下和彦訳　4800円

5　丹下和彦訳　4100円

ガレノス　解剖学論集　坂井建雄・池田黎太郎・澤井　直訳　3100円

ガレノス　自然の機能について　種山恭子訳　3000円

ガレノス　身体諸部分の用途について（全4冊）

1　坂井建雄・池田黎太郎・澤井　直訳　2800円

ガレノス　ヒッポクラテスとプラトンの学説（全2冊）

1　内山勝利・木原志乃訳　3200円

クセノポン　キュロスの教育　松本仁助訳　3600円

クセノポン　ギリシア史（全2冊・完結）

1　根本英世訳　2800円